5

삼보태감三寶太監
서양기西洋記 통속연의通俗演義

(명) 나무등 저

홍상훈 역

明文堂

1. 이 번역은 [明] 羅懋登 著, 陸樹崙·竺少華 校點,《三寶太監西洋記通俗演義》
(上·下), 上海：上海古籍出版社, 1985 제1쇄의 소설 본문을 저본으로 했다.

2. 원작에 인용된 시문(詩文)과 본문 중의 오류는 역자가 각종 자료를 참조해
교감하여 번역했으며, 소설 작자의 창작된 문장이 많이 들어간 상소문이
나 서신 등을 제외한 나머지 인용문들은 한문 독해 능력이 있는 독자들의
이해를 돕기 위해 최대한 원문을 함께 수록했다.

3. 본 번역의 주석에서는 작품에 인용된 서양 풍물에 대한 묘사들은 대부분
마환(馬歡)의 《영애승람(瀛涯勝覽)》과 비신(費信)의 《성사승람(星槎勝覽)》, 공
진(鞏珍)의 《서양번국지(西洋蕃國志)》,《명사(明史)》〈외국열전(外國列傳)〉 등
의 전적에 담긴 내용을 변용한 것이지만, 본 번역에서는 특별한 경우가 아
니면 원래 기록과 일일이 비교하여 설명하지 않았다. 이에 관한 좀 더 전
문적인 비교 분석은 본 번역의 저본 말미에 〈부록〉으로 수록된 샹다[向達]
와 자오징선[趙景深]의 논문을 참조하기 바란다.

4. 본 번역의 역주는 필자의 역량으로 접근할 수 있는 범위에 한정해서 수록
했기 때문에, 일부 미흡하거나 오류가 있을 수도 있다.

5. 본서의 번역 과정에서 중국어로 표기된 외국 지명을 확인하는 데에는 인
터넷 학술 사이트인 남명망(南溟網, http://www.world10k.com/)으로부터 많
은 도움을 받았다.

6. 본 번역에서는 서양의 인명을 가능한 한 실제 역사서에 등장하는 인물의
이름을 찾아 표기했고, 가상 인물일 경우에는 중국어 발음을 고려하여 서
양인의 이름에 가깝게 번역했다. 예) 쟝 홀츠[姜忽刺], 쟝 지니어[姜盡牙],
쟝 다이어[姜代牙]……

7. 본 번역에서 전집류나 단행본, 장편소설 등은 《 》로, 그 외의 단편소설이
나 시사(詩詞), 악곡(樂曲) 등의 제목은 〈 〉로 표기했다.

차례

삼보태감三寶太監
서양기西洋記 통속연의通俗演義

제56회
....

호법신 신내아는 위용을 떨치고
천화와 만합은 신통력을 보이다
護法神妳兒揚威　和合二仙童發聖

濯纓歌詠絶纖塵	갓끈 씻고 노래하며 속세의 때 씻어내도
渭水泱泱認未眞	도도히 흐르는 위수(渭水)를 제대로 알아보지 못하는구나.
萬古乾坤盈尺地	만고의 세월 동안 천지는 작은 땅을 채웠을 뿐
一竿風月滿懷春	풍류 즐기며 가슴 가득 춘정을 품었구나.
寒波不動魚綸舊	차가운 물결 고요하여 낚싯줄도 삭았지만
秋雪寧添鶴髮新	가을 눈이 어찌 흰머리 더할쏘냐?
自是飛熊驚夢底	날아가는 곰을 보고 놀라 꿈에서 깨어난 이래[1]

---

1 《무왕벌주평화(武王伐紂平話)》에 따르면 서백(西伯, 훗날의 문왕[文王])이 꿈에 날아가는 곰 한 마리를 보았는데, 주공(周公)이 해몽하며 틀림없이 훌륭한 인재를 얻을 거라고 했다. 과연 서백은 나중에 강태공을 얻었는데, 당시 강태공은 위수(渭水) 물가에서 낚시하고 있었다. 이 때문에 후세에는 '날아

盤彝奠鼎識周臣　　　나라의 기틀 다질 훌륭한 신하 알아보게 되었지.

신내아의 말이 계속 이어졌다.

"그러니까 그 노인은 흙의 장막 속에 숨어 버렸다가 이튿날 다시 왔습니다. 저는 그래도 그를 알아보지 못하고 여전히 잡아먹으려 했습니다. 그러자 그 노인이 매섭게 호통을 쳤는데, 그 순간 마 원수가 내려와서 쇳덩이를 응수간으로 던졌습니다. 그 노인이 누군지 아십니까? 알고 보니 위수에서 낚시질하다가 날아가는 곰이 되어 서백(西伯)의 꿈속으로 들어갔고, 여든 살에 문왕(文王)을 만나 팔백 년 동안 천하를 다스린 주(周)나라를 세우도록 해주셨고, 모든 신의 조상이신 강자아(姜子牙) 즉 강태공이셨습니다. 그리고 그 쇳덩이가 순식간에 응수간의 물을 뜨겁게 끓여 버리는 바람에 저는 숨을 곳이 없어져서 강자아를 따라 하늘나라로 올라갈 수밖에 없었습니다. 그런데 그분이 제게 벼슬을 주지 않으셔서 저는 어쩔 수 없이 다시 하늘나라에서 내려와 옛날 살던 곳을 찾았는데, 바로 물이었습니다. 마침 그때 수관대제를 만났고, 그분은 저를 거둬들여 호법신으로 삼으면서 신내아라는 이름을 지어 주셨습니다."

연등고불이 물었다.

"그런데 천신이라면 찾는 게 어렵지 않다고 했는데, 무슨 방법이

가는 곰[飛熊]'이라는 말을 군주가 훌륭한 인재를 얻을 징조를 가리키는 뜻으로 쓰게 되었다.

있다는 게냐?"

"제 생각에는 북천문에서 찾아보시면 바로 알 수 있을 것 같습니다."

연등고불은 이미 금모도장의 하얀 기운이 북천문으로 들어가는 것을 보았는데 또 신내아가 그렇게 말하자, 어떤 생각이 떠올라서 곧 한 줄기 금빛으로 변해 북천문으로 갔다. 당시 북천문의 수문장은 자리를 비운 상태였고, 나머지 부장(副將)들은 모두 한가롭게 놀고 있었다. 그것을 보자 연등고불은 아무 말도 하지 않고 속으로 작정했다.

'아예 뿌리를 뽑아야겠어!'

그는 즉시 한 줄기 금빛으로 변해 남천문의 영소보전으로 가서 옥황대천존을 만났다.

"제가 하늘나라와 지옥을 두루 조사해 보았는데 도무지 금모도장을 찾을 수 없었고, 다들 그자가 아무래도 천신 같다고 해서 다시 찾아왔소이다. 수고스럽지만 사대문을 지키는 장수들을 한 번 점검해 주시구려."

옥황대천존이 즉시 사대문의 장수들을 점검해 보니, 유독 북천문의 네 장수만 지각을 했다. 연등고불이 자세히 살펴보니 계단 앞에 무릎을 꿇은 이들 가운데 하나가 세 길 네 자의 키에 둥근 눈과 자줏빛 수염을 기르고 있었고, 또 마침 검은 도포를 입고, 옥대를 차고, 황금 관을 쓰고 있었다. 이에 진상을 알아챈 연등고불이 물었다.

"거기 뒤쪽에 있는 그대가 아래 세상의 금모도장인가?"

이야말로 도둑이 제 발 저린 격으로, 연등고불이 '금모도장'이라는 말을 하자마자 한 상서로운 구름을 타고 북천문으로 내달렸다. 연등고불이 쫓아가 물었다.

"조금 전에 돌아온 자들은 누구인가?"

그 자리에 있던 연월일시(年月日時)의 사치공조(四值功曹)가 보고했다.

"현천대제(玄天大帝) 휘하의 북천문 수문장인 수화사신(水火四神)이었습니다."

"검은 도포를 입은 자는 누구인가?"

"현천대제의 검을 들고 시중을 드는 치세무당대원수(治世無當大元帥)입니다."

"이런 하찮은 신쯤이나 사로잡는 데에 무슨 걱정이 필요할까!"

연등고불은 즉시 한 줄기 금빛으로 변해 북천문으로 갔다. 무당대원수가 당황하자 나머지 신장들이 모두 말했다.

"우리는 이제 호랑이 등에 올라탄 형국일세. 왜냐고? 불가에 순종하지 않은 것은 당연히 죄를 지은 것일 뿐만 아니라, 이제야 순종한다고 해도 죄를 면하기 어렵네. 차라리 도가를 일으키고 불가를 없애는 게 하늘나라에서 명성을 날리는 길이지."

이렇게 논의를 마치자 그들은 각기 신통력을 일으켜서 북천문을 반쯤 부숴 놓았다. 연등고불이 그걸 보고 생각했다.

'아미타불! 선재로다! 네 신장이 살심을 일으켰구나. 다만 내가 직접 저들을 잡는다면 남의 집에서 주인을 무시하는 셈이 되니, 나중에 현천대제가 돌아오면 곤란해지겠지. 차라리 살발국으로 돌아가서 저들을 잡는 게 낫겠구나.'

그가 다시 금빛으로 변해 배로 돌아오니, 마침 날이 저무는 술시(戌時)로 넘어가고 있었다. 그 사이에 하늘과 지옥을 한 바퀴 돌았으니, 그야말로 신선 세계의 이레가 인간 세상의 천 년이라는 게 틀린 말이 아니었고, 이 또한 부처님의 오묘한 능력이었다.

이윽고 진시 삼각이 되자 금모도장이 또 찾아왔다.

'나는 부처이고 저자는 신이니, 위세로 핍박하여 잡게 되면 우리 불가의 덕행(德行)을 손상하게 되는 셈이지 않은가? 그래, 차라리 한 길 여섯 자의 본래 몸을 드러내고 저들이 귀순하는지 살펴보자. 만약 그래도 귀순하지 않는다면 다시 대책을 마련하는 수밖에.'

그가 앞으로 나아가자 금모도장이 고함을 질렀다.

"어이, 땡중, 아직 죽지 않았나? 죽지는 않았더라도 살가죽은 많이 상했겠지. 이제 내가 무서운 줄 알았겠지? 당장 함대를 물리면 만사가 끝이겠지만, 조금이라도 거역한다면 당장 네 목숨을 끝장내버리겠다!"

벽봉장로가 느릿느릿 말했다.

"아미타불! 선재로다! 그대는 어찌 근본을 잊었는가? 어서 본원으로 돌아가서 정과를 추구하시게. 이렇게 참된 마음이 미혹되어 있다가 속세의 나락으로 떨어지게 되면, 기껏 도가의 수련을 쌓아 지금의 경지에 이른 것이 헛수고가 되지 않겠는가?"

"하찮은 까까머리가 감히 내 앞에서 문자를 쓰다니!"

그는 재빨리 보물을 꺼내 벽봉장로의 정수리를 향해 던졌다. 그 순간 벽봉장로의 몸에서 수많은 금빛이 피어나면서 한 길 여섯 자의 본래 모습이 드러났다. 좌우에 각기 아난과 석가모니 부처를 거느리고 있었고, 앞뒤에는 각기 게체신(揭諦神)과 위타존자가 자리를 잡고 있었다. 연등고불의 모습을 본 금모도장은 당황하여 재빨리 북천문으로 소식을 알리는 향기를 전했다. 그 순간 허공중에 우렛소리가 울리면서 자줏빛 번개가 번쩍이더니, 키가 서른여섯 길이요 온몸이 단단한 비늘에 둘러싸인 신이 내려오며 호통을 쳤다.

"부처가 감히 무례하구나! 감히 나 단릉성화대원수(丹陵聖火大元帥)를 몰라보는 것이냐?"

그 말이 끝나기도 전에 키가 열두 길이요, 온몸에 구궁팔괘(九宮八卦)를 장식한 또 다른 신이 내려오며 고함을 질렀다.

"부처가 감히 남을 무시하다니! 나 교릉성수대원수(皎陵聖水大元帥)를 몰라보는 것이냐?"

세 천신은 각자 신통력을 드러내며 연등고불을 단단히 포위했다. 그들이 살심을 일으키는 것을 보자 연등고불은 어쩔 수 없이 금빛을 거둬들였다. 그때 뒤쪽에서 또 서른네 길의 키에 시커먼 얼굴, 별처럼 반짝이는 눈을 한 신이 내려와 머리카락이 분노로 솟구치고 이를 갈며 고함을 질렀다.

"부처야, 나 흑검두수대원수(黑臉兜鬚大元帥)를 몰라보는 것이냐? 꼼짝 마라! 내가 세상을 뒤바꿔 놓겠다!"

그런데 세상을 뒤바꿔 놓겠다는 것은 무슨 말인가? 원래 현천대제의 칠성기(七星旗)는 대단히 무시무시한 위력을 갖고 있었다. 그것을 한 번 펄럭이면 신장들도 말에서 떨어지고, 두 번 휘두르면 부처도 구름에서 떨어지고, 세 번 휘두르면 천지는 물론 해와 달까지 모조리 누런 물로 변해 버리는 것이었다. 자비로운 부처님은 '세상을 뒤바꿔 놓겠다!'라는 말을 듣자 사대부주의 중생이 몰살될까 염려스러워 금빛을 피워 냈다. 그러자 금모도장이 또 보물을 던져 공격했다. 벽봉장로는 금빛을 거둬들이고 배로 돌아가려고 했으나, 그만 실수로 서양 바다에 떨어지고 말았다. 성화대원수가 바닷속까지 쫓아오며 고함을 질렀다.

"바닷물을 다 말려 버리겠다!"

그 말에 바닷속에 있던 물의 신들이 모두 깜짝 놀라 한바탕 소동이 벌어졌고, 수관대제의 탁자 밑에 있던 호법신 신내아도 깜짝 놀랐다. 그때 물속에서 "우르릉!" 하면서 마치 천지가 무너져 내리는 듯한 굉음이 울렸다. 그 소리에 벽봉장로도 깜짝 놀라 위를 쳐다보았다.

'설마 하늘의 반쪽이 무너져 내리기라도 한 것인가? 그게 아니라면 어찌 이리 큰 소리가 일어날 수 있지?'

알고 보니 신내아가 서양 바다에 본래 모습을 드러낸 것이었다. 그가 본래 모습을 드러내자 서양 바다를 꽉 메웠고, 척추를 드러내자 그 높이가 봉황산과 비슷했다. 그 모습을 보고 벽봉장로도 상당히 놀랐다.

'큰소리를 치더라니, 알고 보니 이렇게 큰 몸이었구나!'

예로부터 구름은 용을 따르고 바람은 호랑이를 따른다고 하지 않았던가? 그런데 용과 호랑이 사이에서 태어난 신내아가 본래 모습을 드러내자, 순식간에 바다에 거센 바람이 일면서 하얀 파도가 하늘을 뒤집을 듯이 일어났다.

無形無影亦無面	형체도 그림자도 얼굴도 없이
冷冷颼颼天地變	싸늘하게 쌩쌩 불어 천지가 변하네.
鑽窗透戶損雕梁	창문 지게문 뚫고 들어와 화려한 들보 손상하고
揭瓦掀磚抛格扇	기와와 벽돌 날리며 문틀도 내던지네.
卷簾放出燕飛雙	주렴 말아 올려 쌍쌍이 제비 날아가게 하고
入樹吹殘花落片	숲에 들어가 떨어진 꽃잎 조각조각 날리게 하네.
沙迷彭澤柳當門	모래 먼지 뿌연 팽택에서는 버들가지는 문으로 쓸리고
浪滾河陽紅滿縣	물결 휩쓴 하양현 온 고을이 시뻘건 흙탕물에 잠겼구나.
大樹倒栽葱	커다란 나무도 파처럼 쓰러지고
小樹針穿線	작은 나무는 실 꿰인 바늘처럼 변했구나.
九江八河徹底渾	세상의 모든 강물 바닥까지 뒤집히고
五湖四海瓊珠濺	모든 호수와 바다의 진주가 드러났네.
南山鳥斷北山飛	남산의 새는 북쪽 산으로 날아갈 길 끊기고
東湖水向西湖漩	동쪽 호수의 물은 서쪽 호수로 소용돌이

치네.

稍子拍手叫皇天	사공은 손뼉 치며 "하느님!" 하고 소리치고
商人許下猪羊獻	상인은 돼지와 양 바쳐 제사 지내라고 하네.
漁翁不敢開船頭	어부는 감히 배를 띄우지 못하고
活魚煮酒生難咽	생선 구워 술 마시니 비려서 삼키기 힘들구나.
下方刮倒水晶宮	아래로는 용궁을 휩쓸고
上方刮倒靈霄殿	위로는 영소보전을 휩쓰네.
二郎不見灌州城	이랑신(二郎神)은 관주(灌州)의 성을 보지 못하고
王母難赴蟠桃宴	서왕모는 반도연에 가기 힘드네.
鎭天眞武不見了龜和蛇	하늘 다스리는 현무는 거북과 뱀을 보지 못하고
龍虎天師不見了雷及電	용호산 장 천사는 우레와 번개도 보지 못하지.
老君推倒了煉丹爐	태상노군은 단약 단련하는 화로가 뒤집히고
梓童失却了文昌院	제동(梓童)은 문창원(文昌院)을 잃어버리지.
一刮刮到了補陀巖	단번에 보타암(補陀巖)까지 쓸어가니
直見觀音菩薩在磨面	얼굴 쓰다듬는 관음보살 보이네.
鸚哥兒哭着紫竹林	앵무새는 자죽림에서 울고 있고
龍女兒愁着黃金釧	용녀는 황금 팔찌 차고 시름에 잠겼구나.
一刮刮到了地獄門	단번에 지옥문까지 쓸어가니
直看見閻王菩薩在勸善	선을 권면하는 염라대왕 보이네.

宿娼飮酒的打陰山	기생집에서 술 마시던 이는 음산(陰山)에서 매를 맞고
吃齋把素的一匹絹	소식하며 재개하던 이는 비단을 둘렀구나.
一刮刮到了南天門	단번에 남천까지 쓸어가니
直看見玉皇大帝在進膳	수라상을 받고 있는 옥황상제 보이네.
三十六天罡永無踪	서른여섯 천강은 영원히 종적 없고
七十二地煞尋不見	일흔두 지살은 찾을 수 없구나.

이야말로 이런 격이었다.

漢將曾分銅柱標	한나라 장수는 구리기둥 세워 표지를 남겼고[2]
唐臣早定天山箭	당나라 신하는 천산(天山)의 전쟁을 종식시켰지.[3]
從來日月也藏神	이후로 해와 달도 신령함을 숨겼고
大抵乾坤都是顚	대체로 천지도 모두 떨었지.

바람이 지날 때 신내아는 송곳니와 발톱을 드러내고 불을 뿜고 연기를 피우며 자루가 달린 유성추(流星錘)를 손에 들었다. 원래 그것은 은으로 만든 것인데 들어 올려 무게를 잴 수 없어서, 나무로

---

2 동한 때의 복파장군(伏波將軍) 마원(馬援)은 이천여 척의 누선(樓船)과 이만여 명의 군사를 거느리고 교지(交趾)를 정벌하고, 구리기둥을 세워 한나라 영토의 남쪽 경계를 나타내는 표지로 삼은 적이 있다.

3 당나라의 명장 설예(薛禮: 614~683, 자는 인귀[仁貴])의 이야기를 가리킨다. 이에 관해서는 제24회의 각주 1)을 참조할 것.

만든 틀을 이용하여 하늘 수레[天車]에 얹어 달아 보니 무게가 팔만사천이백육십오 근 네 냥(兩) 석 전(錢)이나 되는 것이었다. 그가 마치 뇌공(雷公)처럼 고함을 지르며 빗방울이 쏟아지듯 유성추를 휘두르며 공격하자, 무당대원수가 소리쳤다.

"너는 어떤 신이기에 감히 우리에게 덤비느냐?"

"내가 바로 수관대제 휘하의 호법신 신내아니라! 부처님의 명을 받고 너희를 잡으러 왔노라!"

수화사신들도 수관대제 휘하의 신내아가 상당히 대단하다는 것을 알았기 때문에 함부로 덤빌 수 없었다. 무당대원수가 당황해할 때 뒤쪽에서 성화대원수가 나타났다. 그는 현무대제 앞에 있던 적련화사(赤練花蛇)였다가 나중에 장수로 봉해진 신이었다. 몸길이가 서른여섯 길에 이르고 온몸을 단단한 비늘로 감싼 그가 소리쳤다.

"신내아 따위가 뭐가 두렵다는 것이냐? 여기 내가 있노라!"

그 말이 끝나기도 전에 뒤쪽에서 또 성수대원수가 가세했다. 그는 원래 현무대제 앞에 있던 화각오귀(花脚烏龜)였다가 나중에 장수로 봉해진 신이었다. 몸길이가 열두 길이고 온몸에 구궁팔괘의 무늬가 있는 그가 소리쳤다.

"신내아 따위가 뭐가 두렵다는 것이냐? 여기 내가 있노라!"

이렇게 일 대 삼의 치열한 전투가 벌어지자 천지가 캄캄해지면서 태양도 빛을 잃고 귀신들도 울부짖었고, 물속의 종족도 모두 놀라 벌벌 떨었다. 하지만 싸움을 벌이고 있는 이들은 갈수록 더욱 힘이 솟구치고 있었다. 그러다가 세 명의 신이 밀리는 듯하자, 갑자기 옆쪽에서 시커먼 얼굴의 두수대원수가 가세했다. 몸길이가 서른네 길에 옻칠한 듯 시커먼 얼굴, 유성 같은 눈동자를 가진 그가 칠성기를 메고 소리쳤다.

"신나게 싸우고 있구나! 너희가 무슨 짓을 하든지 간에, 나는 그저 이 깃발을 휘둘러 세상을 뒤엎어 버리고 말겠다!"

그리고 즉시 칠성기를 들어 흔들려고 했다. 그 모습을 보고 연등고불이 생각했다.

'부처인 내가 오늘은 오히려 덕행을 망치게 되었구나.'

그리고 나직하게 말했다.

"아미타불! 신내아, 너는 이만 돌아가도록 해라."

신내아는 어쩔 수 없이 신위를 거두었지만, 아직 분이 풀리지 않아서 수화사신을 돌아보며 고함을 질렀다.

"이 버르장머리 없는 놈들, 네놈들이 무서워서가 아니라 부처님의 분부를 어길 수 없어서 손을 거둔다. 어디 또 덤빌 테냐?"

연등고불은 다시 속으로 생각했다.

'일이 고약하게 되었구나. 아무래도 옥황대천존에게 부탁하는 수밖에 없겠어.'

그가 한 줄기 금빛으로 변해서 영소보전으로 가자 옥황대천존이 말했다.

"부처님께서 연달아 세 번이나 찾아오셨는데, 매번 길게 얘기할 틈이 없었습니다."

"살발국의 그 금모도장이 알고 보니 현천대제 휘하의 천신이었더구려. 지금 수화사신이 한통속이 되어 있는데, 신내아도 그들을 사로잡지 못했소이다. 번거로우시더라도 천존께서 좀 처리해 주시 구려!"

"조금 전에 조사해 보니 그자들이 현천대제의 세 가지 보물을 훔 쳐 갔는지라, 금방 잡아들이기는 어려울 것 같습니다."

연등고불은 즉시 자리에서 일어났다. 그때 계단 아래 몸집도 똑 같고, 똑같이 머리카락을 어깨에 늘어뜨리고, 똑같이 해죽해죽 웃 고 있는 두 명의 선동(仙童)이 있었다. 이에 연등고불이 옥황대천존 에게 물었다.

"이 아이들은 누구요?"

"천화(千和)하고 만합(萬合)이라는 아이들입니다."

"저 아이들은 왜 저렇게 웃고 있는 것이오?"

"습관입니다."

"말하고 웃는 것은 각기 때가 있는 법인데, 어떻게 저렇게 항상 웃고만 있을 수 있을꼬?"

이에 옥황대천존이 그들을 불렀다.

"이리 와서 부처님께 인사 올리도록 해라."

두 선동이 나란히 와서 부처님의 주위를 세 바퀴 돌고 여덟 번 절을 올렸다. 그 와중에도 그들은 입을 삐죽이며 웃고 있었다! 연 등고불이 그들에게 물었다.

"이렇게 잘 웃는 이유가 있느냐?"

두 선동이 나란히 무릎을 꿇고 대답했다.

"저희 형제는 어려서부터 천하를 돌아다니며 장사를 해서 열 배의 이익을 챙겼습니다. 장사에서 밑진 사람이 있으면 저희가 돈을 빌려주었는데 열 배, 백 배, 천 배, 만 배로 불렸습니다. 무엇이든 사고 싶은 게 있으면 바로 돈이 불어났습니다. 그래서 저희가 '이번에는 손해 보는 장사를 한 번 해보자.' 하고 상의했습니다.

한 번은 유월 삼복(三伏)에 모자를 사서 배에 가득 싣고 어느 지방으로 가게 되었습니다. 그런데 하필 추연(鄒衍)이 억울하게 옥살이했을 때 그랬듯이,[4] 유월에 서리가 내려서 다들 모자를 사려고 했습니다. 유월에 모자를 파는 곳이 또 어디 있었겠습니까? 결국 통째로 다 팔아서 또 열 배의 이익을 남기고 말았습니다.

또 한 번은 정월 아흐레에 청양선(青陽扇)[5]을 사서 배에 가득 싣고 어느 지방으로 가게 되었습니다. 그런데 하필 미륵불이 세상을 다스리는 것처럼, 정월인데도 양기(陽氣)가 돌아와서 한 달 남짓 날씨가 더워서 다들 부채를 사려고 했습니다. 정월에 부채를 파는 곳이 또 어디 있었겠습니까? 결국 통째로 다 팔아서 또 열 배의 이익을 남기고 말았습니다.

---

4 추연(鄒衍: 기원전 324?~기원전 250?)은 전국시대 제(齊)나라 사람인데 적대국인 연(燕)나라에서 공을 세워 벼슬살이하고 있다가 억울한 누명을 쓰고 옥에 갇힌 적이 있었다. 이에 그가 목 놓아 통곡하자 하늘도 감응하여 오월인데도 서리가 내렸다고 한다.

5 청양선(青陽扇)은 청양(青陽)에서 생산된 접는 부채로서, 구화산(九華山) 주변의 고을에서 만들어졌다고 해서 구화절선(九華折扇)이라고도 부른다. 이것은 청나라 초기에 해마다 조정의 진상품으로 바쳐질 정도로 유명했다고 한다.

또 한 번은 배를 타고 가다가 맞은편에서 배를 타고 오는 친구를 만났습니다. 그래서 저희가 물었습니다.

'어디서 오는 길인가? 거기서 빨리 팔 수 있는 물건은 무엇이던가?'

하지만 배가 너무 빨리 지나가는 바람에 그 친구는 미처 대답할 틈이 없어서, 한 손을 들고 손짓을 했습니다. 그걸 보자 저희는 그만 웃음이 나왔습니다. 세상에 숙련된 손길만큼 빠른 게 없는 법이니까요. 당시 저희는 그 손짓을 잘못 알고, 한 손에는 손가락이 다섯 개니까 오배자(五倍子)[6]가 빨리 팔린다는 얘기인 줄로 알았습니다. 그래서 얼른 오배자를 사서 배에 가득 싣고 그곳으로 갔습니다. 그런데 하필 그때 조정에서 직물(織物)을 징수하는 바람에 집집마다 푸른 천을 바쳐야 하는데, 마침 염색하는 데에 필요한 오배자가 부족했습니다. 결국 저희는 그걸 통째로 다 팔아서 또 열 배의 이익을 남겼습니다.

또 한 번은 저희 형제가 말을 타고 가는데 맞은편에서 한 무리가 말을 타고 왔습니다. 그런데 그쪽 사람들이 저희를 보고 '굵은 산수유[糙茱茱]! 굵은 산수유!' 하고 말하는 것이었습니다. 원래 그건 저

---

6 오배자(五倍子)는 백충창(百蟲倉), 백약전(百藥煎), 부자(梧子) 등으로도 불리는 약재이다. 이것은 각배아(角倍蚜) 또는 배단아(倍蛋蚜)라고 하는 진딧물과 벌레의 암컷이 옻나무과의 나무인 염부목(鹽膚木)이나 기타 식물에 기생하면서 그 잎을 먹으면서 생긴 상처에 난 자루 모양의 혹을 불에 그슬려 말린 것이다. 이것은 주로 폐병을 치료하거나 지혈제, 해독제 등으로 쓰이며, 그 껍질은 짙푸른 색을 내는 염색제로도 쓰인다.

희를 애송이라고 놀리는 것이었습니다만, 저희는 또 여기서는 산수유가 잘 팔리나 보다 하고 오해했습니다. 그래서 산수유를 사서 배에 가득 싣고 그곳으로 갔습니다. 그런데 그곳은 전쟁을 겪어서 기근이 들었는데, 먹을 양식이 없었습니다. 결국 저희는 그걸 통째로 다 팔아서 또 열 배의 이익을 남겼습니다.

부처님, 솔직히 말씀드리자면 매번 이렇게 장사를 해서 그렇게 이익을 남겼으니 항상 이렇게 웃을 수밖에 없었습니다. 그러다가 웃는 게 습관이 되어 버렸으니, 부디 용서해 주십시오!"

"어쨌거나 수완이 좋구나. 그런데 신통력은 얼마나 지니고 있느냐?"

"솔직히 저희도 신통력이 조금 있습니다."

"현천상제 휘하의 수화사신도 당해 낼 수 있겠느냐?"

"그런 것들쯤이야 우습지요."

"그자들도 신통력이 대단하니 우습게 보지 마라."

"그자들이 현천상제의 보물을 훔쳤다고 제법 간덩이가 부은 모양인데, 솔직히 저희는 손짓 하나에 하나씩 해치울 수 있습니다. 그리고 그 자들에게서 보물을 회수해 버리면 죽은 뱀처럼 아무 수작도 부릴 수 없게 될 겁니다."

연등고불이 고개를 끄덕이며 말했다.

"쇠 신이 닳도록 돌아다녀도 찾을 수 없더니, 전혀 힘쓰지 않았는데 저절로 찾아왔구나. 알고 보니 이 일은 저희 둘에게 달린 것 같구나. 내일 아침에 내게 오도록 해라."

옥황대천존이 말했다.

"부처님, 염려 마십시오. 내일 아침에 저 아이들이 늦지 않게 찾아갈 겁니다."

이에 벽봉장로는 한 줄기 금빛으로 변해서 배로 돌아왔다.

이튿날 아침 금모도장이 위세를 떨치며 나타나 벽봉장로를 보고 소리쳤다.

"어이, 중놈아, 아직도 내 무서움을 모르겠느냐?"

"아미타불! 선재로다! 말이 좀 심하구먼."

금모도장이 곧 보물을 꺼내 허공을 던지자, 그것은 곧장 벽봉장로의 정수를 향해 쏟아졌다. 그 순간 천화와 만합이 나타나 구름 속에서 손을 뻗어 보물을 낚아채더니, 상서로운 구름을 내려 벽봉장로에게 건네주었다. 벽봉장로가 받아 살펴보더니 깜짝 놀랐다.

"알고 보니 이것이었구나. 그러니 다른 신들이 피할 수밖에!"

과연 그것은 무슨 보물이었을까? 다름 아니라 현천상제의 황금도장이었다. 그것은 현천상제가 직접 나타난 것과 마찬가지였기 때문에, 다른 신들도 몸을 피할 수밖에 없었던 것이다. 한편 금모도장은 첫 번째 보물이 떨어져 내리지 않자 황급히 두 번째 보물을 공중에 던졌다. 그 보물 또한 벽봉장로의 정수리를 향해 떨어져 내렸는데, 천화와 만합이 다시 구름 속에서 손을 뻗어 낚아채서 상서로운 구름을 내려 벽봉장로에게 건네주었다. 벽봉장로가 받아 살펴보더니 또 깜짝 놀랐다.

"알고 보니 이것이었구나. 그러니 다른 신들이 상대가 되지 못했지!"

과연 그것은 무슨 보물이었을까? 다름 아니라 현천상제가 요괴를 베는 신검이었다. 이 검은 한 번 휘두르면 모든 신이 뒤로 물러나게 만들기 때문에, 다른 신들도 감히 거기에 맞설 수 없었던 것이다. 두 개의 보물이 사라지자 금모도장은 다급히 소식을 전하는 향기를 풍겼다. 그 즉시 시커먼 얼굴의 두수대원수가 나타나 고함을 질렀다.

"그런 보물쯤이야 잃어버려도 괜찮아! 내가 세상을 뒤바꿔 버리면 그만이니까!"

그 말을 마치기도 전에 그는 칠성기를 꺼내 들고 흔들려고 했다. 그 순간 천화와 만합이 다시 구름 속에서 손을 썼다. 하지만 그들이 너무 일찍 손을 쓰는 바람에 두수대원수에게 들키고 말았다.

"이런! 어쩐지 보물이 다시 떨어지지 않더라니. 알고 보니 너희 조그만 녀석들이 구름 속에 숨어서 수작을 부린 거였구나!"

그는 상서로운 구름을 타고 올라가 그들을 잡으려고 했다. 적수가 되지 않는다는 것을 잘 아는 천화와 만합은 재빨리 도망쳤다. 이 둘은 나이도 어리고 몸놀림도 약삭빨라서 구름을 아주 빨리 몰았다. 하지만 두수대원수는 나이도 많고 몸동작도 둔해서 구름을 모는 것도 느릴 수밖에 없었다. 결국 둘을 놓쳐 버린 두수대원수는 '뽕나무에 활을 쏘았는데 닥나무에서 진물이 흐르는 격[桑樹上射箭, 谷樹上出膿]'으로 허탕만 치고 돌아올 수밖에 없었다. 그 대신 그는 벽봉장로에게 분풀이를 할 요량으로 고함을 질렀다.

"이놈의 돌중, 네가 천화와 만합을 데려와서 우리 보물을 낚아챘겠다? 하지만 그건 상관없으니 내 네놈의 세상을 뒤집어 버리겠다. 잘 봐라!"

그러자 대천세계의 중생이 도탄에 빠지는 것을 염려한 자비로운 부처님은 어쩔 수 없이 금빛을 거두고 배로 돌아갈 수밖에 없었다. 그러자 두 사령관이 맞이했다.

"국사님, 연일 노고가 많으십니다."

"노고랄 게 있소이까? 그나저나 이 금모도장은 처리하기가 좀 곤란하구려."

"아니, 왜요?"

"그자는 원래 현천대제 휘하의 치세무당대원수인데, 현천대제가 인간 세상에 내려온 틈을 이용해 그의 보물을 훔쳐 와서 말썽을 피우고 있는 것이외다."

"무슨 보물입니까?"

"하나는 황금 도장이고, 또 하나는 신검, 그리고 세 번째는 칠성기라는 깃발이외다."

"그건 현천상제께서 늘 쓰시는 물건들인데 왜 보물이라고 하는 것인지요?"

"그건 잘 모르시는 말씀이오. 그 도장은 북천문을 지키는 바탕이 되는 것이라오. 그걸 보이면 현천대제가 직접 나온 것과 마찬가지라서 모든 신이 회피해야 하오. 하늘나라에 이런 도장이 몇 개나 있겠소? 그러니 보물이 아니냐는 거외다!"

"쓸 만한 거였군요."

"그 검은 요괴를 베는 신검이오. 이걸 한 번 휘두르면 모든 신이 구십 리 밖으로 물러나게 되오. 하늘나라에 이런 검이 몇 자루나 있겠소? 그러니 보물이 아니냐는 거외다!"

"그것도 쓸 만한 거였군요."

"칠성기는 더욱 말하기 곤란한 물건이오. 그걸 한 번 휘두르면 모든 신장도 말에서 떨어지고, 두 번 휘두르면 제아무리 부처라 해도 구름에서 떨어질 수밖에 없소. 세 번 휘두르면 천지는 물론 해와 달, 산천, 사직이 모두 노란 물로 변해 버리오. 그렇게 되면 반고(盤古) 같은 존재가 다시 나타나서 하늘과 땅, 음양을 나누어야 비로소 세상이 다시 만들어지게 되는 것이오."

그 말에 너무 놀란 두 사령관은 아무 말도 하지 못했고, 장수들과 벼슬아치들은 다들 혀를 빼물고 넋이 나갔다. 한참 후에 삼보태감이 말했다.

"그렇게 무시무시하다면 살발국을 지나기란 영원히 틀렸군요."

"꼭 그렇다고는 할 수 없소이다. 지금은 계단을 오르는 걸로 치자면 열에 아홉은 올라와서 하나만 남은 상황이오."

"그건 무슨 말씀입니까?"

"세 가지 보물들 가운데 두 개는 거둬들였고, 하나만 남았다는 말씀이외다."

"혹시 남아 있는 하나가 그 칠성기입니까?"

"그렇소이다."

"그렇다면 이건 열 개의 계단 가운데 하나밖에 오르지 못한 셈이 아닙니까?"

"허튼소리가 아니라, 내 나름대로 생각이 있소이다."

"황봉선(黃鳳仙)을 보내 훔쳐 오라고 하면 되지 않습니까?"

"사령관, 세상사를 너무 쉽게 보시는구려! 수많은 하늘 병사가 지키고 있는 그걸 쉽게 훔칠 수 있겠소?"

"훔쳐내지 못한다면 별 다른 대책이 없는 거 아닙니까?"

"사령관, 다시 한번 내 불당을 봉쇄해 놓고, 이레 후에나 열도록 하시오. 만약 하루라도 일찍 열면 여러분의 수명이 줄어들 것이오."

"누가 감히 국사님 말씀을 거역하겠습니까!"

벽봉장로가 천엽연화대로 올라가자 삼보태감은 밖에서 불당의 문에 쪽지를 붙여 봉쇄했다. 비환과 운곡은 가부좌를 틀고 앉아 있었으나 벽봉장로가 무슨 생각을 하는지 알 수 없었다.

한편 입정에 들어간 벽봉장로는 원신(元神)이 육체에서 벗어나서 게체신을 불렀다. 그 즉시 금두게체와 은두체게, 바라게체, 마하게체가 일제히 나타나 무릎을 꿇었다.

"무슨 분부가 계시옵니까?"

"내가 지금 명나라 응천부(應天府)에 다녀올 것이니, 너희는 나의 이 육신을 잘 지키고 있도록 해라. 조금이라도 실수를 했다가는 엄히 처벌할 것이니라!"

"저희가 어찌 감히!"

벽봉장로는 곧 한 줄기 금빛으로 변해서 남선부주 금릉의 응천부에 있는 우화대(雨花臺)로 가서 장간사(長干寺)로 걸어 들어갔다.[7]

秦淮河上長干寺	진회하(秦淮河) 강가의 장간사
松柏蕭蕭雲日鮮	소나무 잣나무 소슬한데 구름 사이 해가 밝구나.
故壔尙存銅雀瓦	옛 보루에는 아직 동작대(銅雀臺) 지붕의 기와 남아 있고
斷碑猶載晉朝年	부러진 비석에는 아직 진(晉)나라의 연호가 새겨져 있구나.
石壇旛影風吹動	돌 쌓아 만든 단에는 깃발 그림자 바람에 흔들리고
輦路磚花雨滴穿	황제가 다니던 길의 꽃무늬 벽돌은 빗방울에 구멍이 뚫렸구나.
惟有長廊舊時月	그저 긴 회랑에 비치는 그 옛날의 달은
幾回缺後幾回圓	몇 번이나 이지러졌다가 다시 차올랐던가!

연등고불이 장간사로 들어가자 성황신이 마중을 나와서 부처님 주위를 세 바퀴 돌고 여덟 번 절을 올렸다.

"황제가 어째서 남경에 없는 것이냐?"

"북평성(北平城)으로 도읍을 옮기고 북경(北京)이라고 부릅니다."

'황제는 현무대제가 인간의 몸으로 환생한 몸이라서 아무래도

---

7 인용된 시는 원나라 때 살도랍(薩都拉)의 〈장간사에서[遊長干寺]〉이다.

북쪽을 좋아하는 모양이로구나.'

"황제가 천도한 뒤로 남경 지역에서 훌륭한 인물이 몇이나 나왔느냐?"

"근래 일이 년 사이에 도사 한 명이 나왔습니다."

"그 도사의 이름은 무엇이냐?"

"이름은 장수성(張守成)이고 도호(道號)는 장삼봉(張三峰)인데, 떠돌이 장도사[張躧躧]라는 별명으로도 불립니다."

"그는 지금 어디 있느냐?"

"양주부(揚州府) 경화관(瓊花觀)에 있습니다."

"그걸 네가 어찌 아느냐?"

"어제 그가 경화관에서 이런 시를 썼습니다.[8]

瑤枝瓊樹屬仙家	요지(瑤枝)와 경수(瓊樹)의 신선의 것이라
未識人間有此花	인간 세상에도 이 꽃이 있는 줄 몰랐구나.
淸致不沾凡雨露	때 묻지 않고 고결함은 비와 이슬 맞았기 때문일 테고
高標長帶古烟霞	우뚝 서서 긴 띠를 찬 채 그 옛날의 노을을 두르고 있구나.
歷年旣久何曾老	오랜 세월 지났건만 늙지도 않으니
擧世無雙莫浪誇	세상에 짝이 없다는 말이 허풍이 아니었

---

8 장삼봉(張三峰)이 경화관(瓊花觀)에 시를 썼다는 이 이야기는 양의(楊儀: 1488~1560?, 자는 몽우[夢羽], 호는 오천[五川])의 《고파이찬(高坡異纂)》에 수록된 것이다.

구나.

幾欲載回天上去	머리에 얹고 하늘나라로 돌아가고 싶건만
擬從博望惜靈槎	박망후(博望侯)[9] 따라가고 싶어도 아쉽게도 신령한 뗏목이 없구나!

이 시 때문에 그가 양주성에 있다는 것을 알았습니다."

"가서 좀 데려오너라."

성황신은 즉시 상서로운 구름을 타고 양주부 경화관으로 가서 장삼봉을 데려왔다. 부처님이 장간사에 와 계신다는 소식을 들은 장삼봉은 서둘러 달려와 도포를 가다듬고 부처님 주위를 세 바퀴 돌고 나서 여덟 번 절을 올렸다. 연등고불이 지혜의 눈으로 살펴보니 그는 이미 지선(地仙)의 경지에 올라 있었다.

"그대는 어느 지역 출신의 누구이신가?"

"저는 구용현(句容縣) 출신의 장수성이라고 하옵니다."

"그대는 어려서부터 출가했는가, 아니면 나이가 들어서 중도에 출가했는가?"

"나이가 들어서 출가했사옵니다."

"좀 자세히 얘기해 보시게."

"어려서는 경서를 공부하며 과거를 준비했사온데, 나중에 제 자질이 모자라다는 것을 자각하고 관아에 가서 벼슬을 하게 됐습니

---

9 박망후(博望侯) 장건(張騫)의 뗏목에 대해서는 제33회의 각주 3)을 참조할 것.

다. 바로 농사를 지으면서 차츰 관청의 일을 맡아 작은 아전 노릇이라도 하려는 것이었습니다. 그러다 보니 관아에 불공정하고 불법적인 일이 너무 많이 벌어지고 있다는 것을 알게 되어서 새로운 결심을 하고 벼슬을 버렸습니다. 그리고 조천궁(朝天宮)의 서산도원(西山道院)으로 가서 출가하게 되었던 것입니다."

"그런데 출가인이 어째서 몸이 이리 지저분한가?"

"추한 가죽을 차마 벗어버리지 못하기 때문입니다."

"그걸 버리지 않고 어떻게 정과를 이룰 수 있겠는가?"

"저희 도가에는 다섯 가지 등급이 있다는 걸 아시는지요?"

그가 말하는 다섯 가지 등급이 무엇인지는 다음 회를 보시라.

벽봉장로는 남경성으로 가고
장삼봉은 황제를 알현하다

護金碧峰轉南京城　張三峰見萬歲爺

以汝眞高士　　　그대는 진정한 도사인지라

相從意氣溫　　　어울리면 마음이 따스하다네.

規中調氣化　　　안을 살펴서 기운을 조화롭게 하고

動處見天根　　　움직일 때는 타고난 품성을 보지.

宇宙爲傳舍　　　우주를 집으로 삼고

乾坤是易門　　　천지를 쉽게 드나드는 문으로 삼지.

丹砂授祖氣　　　단사가 조기(祖氣)[1]를 받았으니

同上謁軒轅　　　함께 하늘로 가서 헌원씨를 알현하세.

그러니까 장삼봉이 말했다.

"저희 도가에는 다섯 가지 등급이 있으니 바로 하늘과 땅, 사람,

---

1 도교에서는 사물이란 기운[氣]의 화생(化生)으로 생겨난다고 여기는데, 사물의 내원(來源)을 가리켜 '조기(祖氣)'라고 한다.

신(神)과 귀(鬼)이옵니다. 이 가운데 천선(天仙)이 되기가 가장 어려 운데, 이것은 도의 경지가 높고 행실이 완벽하여 정과를 얻음으로 써 하늘나라 신선의 명부에 이름이 올라야 하고, 또 인간 세상의 제 왕이 금물로 쓴 문서에 옥도장을 찍어 직위에 봉해 주어야만 진정 한 천선이 되어서 반도회(蟠桃會)에 참석할 수 있사옵니다. 도를 깨 달았다 해도 인간 세상의 제왕이 직위를 봉해 주지 않으면, 결국 하 늘나라로 올라가지 못하고 지선(地仙)으로 남을 수밖에 없사옵니 다."

그 말을 듣고 연등고불이 생각했다.

'이 사람이 천선과 지선에 관해서만 얘기하고 인선과 신선, 귀선 에 대해서는 언급하지 않는 걸 보니, 자신 또한 지선에 지나지 않는 다는 것을 알겠구나. 어디 한 번 시험해 보자.'

"여보게. 지금 나와 함께 북경으로 가서 황제를 만나세. 그 금물 로 쓴 문서에 옥도장을 찍어 그대를 직위에 봉해 주어 반도회에 갈 수 있게 해 주겠네. 어떤가?"

"부처님께서 자비로운 마음으로 그렇게 해 주신다면 저로서는 그야말로 천 년에 한 번, 아니 만 년에 한 번 만날 수 있는 절호의 기회를 만난 셈이옵니다."

그는 황급히 네 번의 절을 올리며 감사했다.

"그럼 같이 가세나."

그 말이 끝나기도 전에 연등고불은 한 줄기 금빛으로 변해서 장 삼봉과 함께 북경성의 황금대(黃金臺)가 있던 옛터로 갔다. 이를 중명하는 〈금대부(金臺賦)〉[2]가 있다.

　춘추시대 전국(戰國)의 연(燕)나라는 소공(召公)이 왕조를 세운
이후 지금까지 오랜 세월을 이어왔다.

　요순(堯舜)의 고상한 풍격을 흠모하여 정권을 선양(禪讓)하려
했으나, 자식에게 물려줌으로써 원수에게 칼자루를 넘겨준 격이
되어 제(齊)나라 선왕(宣王)에게 세 번이나 군침을 삼키게 했다.

　소왕(昭王)이 왕위를 계승하자 발분(發憤)하여 현명한 인재를
구하고자 여기에 높은 대를 쌓고 그 꼭대기에 천금을 두었다.

　이로써 빼어난 인재들을 초빙하여 그들과 함께 나라를 다스리
며 원수를 갚고자 했다.

　이에 곽외(郭隗)[3]에게서 시작하여 추연(鄒衍)[4]과 극신(劇辛)[5]까

<hr />

2 《악의도제칠국춘추후집(樂毅圖齊七國春秋後集)》(또는 《칠국춘추평화(七國春
秋平話)》라고도 함) 권상(卷上)과 명나라 때 여소어(余邵魚: 1566전후, 자는 외
재[畏齋])가 편찬한 《열국지전(列國志傳)》(《주조비사(周朝秘史)》라고도 함)
제102회 "자쾌전위어자지(子噲傳位於子之), 손빈은적매성명(孫臏隱跡埋姓
名)" 등에는 이것이 서경산(徐景山)이 지은 〈황금대부(黃金臺賦)〉라고 했다.
서경산은 삼국시대 위(魏)나라의 대신이었던 서막(徐邈: 171~249)을 가리킨
다. 그는 위나라에서 초국상(譙國相), 안평태수(安平太守) 등을 역임하고 관
내후(關內侯)에 봉해졌으며, 이후 무군대장군군사(撫軍大將軍軍師), 양주자
사(涼州刺史) 대사농(大司農), 사례교위(司隷校尉), 광록대부(光祿大夫) 등을
역임했으며 시호는 목후(穆侯)이다. 또한 그는 술을 좋아하고 그림에도 뛰
어났다고 알려져 있다. 다만 그가 실제로 이 작품을 지었는지는 확인할 길
이 없으며, 어쩌면 명나라 때 통속문학의 작가들이 그의 이름을 빌려서 지
은 것인지 모르겠다.

3 곽외(郭隗: ?~?)는 전국시대 연(燕)나라 소왕(昭王)의 객경(客卿)으로서 황금
대를 쌓아 인재를 초청하도록 건의하면서 우선 자신을 등용해 달라고 얘기

지 이어졌다.

식량을 싸 들고 산동(山東)의 구석에서 찾아오기도 하고, 명령을 받고 조(趙)나라와 위(魏)나라의 도읍으로 분주히 뛰어다닌 이도 있었다.

지혜로운 자는 계책을 바치고 용맹한 자는 힘을 다하니, 창고가 넉넉해지고 병사들도 즐거워했다.

이에 주변의 네 나라와 동맹을 맺어 강력한 제(齊)나라에 복수함으로써 담소를 나누는 가운데 승리를 거두고 멀리 북쪽으로 내쫓아버렸다.

이에 임치(臨淄)에 있던 왕실의 보물이 연나라로 오고, 제나라의 후손은 거성(莒城)과 즉묵성(卽墨城)으로 돌아갔으며,[6] 문수(汶水) 강가의 대나무를 계구(薊丘)에 심었고,[7] 옛날의 세발솥이 마

한 일화로 유명하다.

4 추연(鄒衍: 기원전 324?~기원전 250?)에 대해서는 제56회의 각주 4)를 참조할 것.

5 극신(劇辛: ?~기원전 243)은 전국시대 조(趙)나라 사람으로서 연나라 소왕에게 장수로 등용되어 많은 공을 세웠으나, 훗날 조나라를 기습하려다가 포로가 되어 처형되었다.

6 《사기》 권80 〈악의열전(樂毅列傳)〉에 따르면, 악의는 제나라 땅에 5년 동안 있으면서 70개가 넘는 성을 함락하여, 오직 거성(莒城)과 즉묵성(卽墨城)만 남아 있었다고 했다.

7 계구(薊丘)는 당시 연나라의 도읍이 있던 곳이다. 본 번역에서는 사마정(司馬貞)의 《색은(索隱)》을 따랐는데, 사실 이에 대해서는 이설이 많다. 예를 들어서 천인커[陳寅恪]는 〈"薊丘之植, 植于汶篁"之最簡易解釋〉에서 이 부분이 제나라에 5년 동안이나 주둔해 있던 연나라 군대가 자기 나라에 있던 작물을 제나라 땅인 문수(汶水) 강가에 심어서 고향 음식을 맛보려는 마음

실궁(磨室宮)으로 돌아왔다.[8]

이로써 안으로는 선왕(先王)의 묵은 분노를 풀고, 밖으로는 강력한 제나라의 전의를 상실하게 함으로써 당당하고 위대한 연나라의 위세를 발휘하고, 천하를 안정시키며 나라의 기반을 안정시켰다.

이에 선비는 나라의 보배요 재물은 세상에 흔한 것이니, 선비를 귀한 옥보다 중히 여기고 재물은 모래나 자갈보다 가벼이 여겨야 함을 알게 되었다.

오직 소왕의 현명함만은 천 년을 하루 같이 중시해야 하리니, 이는 마땅히 당시에 보고 선망했을 것이요, 후세에 들었다 해도 감탄할 바이다.

당시를 살았던 이들은 그 광명을 입었을 것이요, 세월이 지나도 그 유적을 생각하게 되리라.

이에 옛일을 헤아려 느낌을 담나니, 애석하게도 황금대는 평탄해지고 옛날의 영화도 끝나버렸구나!

<hr />

을 달랬다는 의미로 풀어야 한다고 했다. 한편 이 소설의 인용문에서는 문황(汶篁)을 문열(汶涅)로 표기해 놓았으나 이는 명백한 오류이기 때문에 바로잡아 번역했다.

8 《사기》 권80 〈악의열전〉에 대한 장수절(張守節)의 《정의(正義)》에 인용된 고유(高誘)의 설명에 따르면, 연나라 공자(公子) 쾌(噲)가 반란을 일으켜서 제나라가 군대를 보내 반란을 평정하면서 연나라의 세발솥을 얻어 제나라로 가져갔는데, 이제 연나라가 제나라를 정벌함으로써 그것을 다시 가져가게 되었다고 했다. 마실(磨室)은 역실(歷室)이라고도 하며, 연나라의 궁전 이름이다. 한편 이 소설의 인용문에서는 마실을 역질(歷郅)로 표기해 놓았으나 이 역시 명백한 오류이기 때문에 바로잡아 번역했다.

春秋之世, 戰國之燕, 爰自召公, 啓土於前, 傳世至今, 已多歷年.

慕唐虞之高風, 思揖讓於政權, 援子之以倒持, 流齊宣之三涎.

昭王嗣世, 發憤求賢, 筑崇臺於此地, 致千金於其巓.

以招夫卓犖奇特之士, 與之共國而雪冤.

於是始至郭隗, 終延鄒劇.

或盈糧景從於靑齊之陬, 或聞命星馳於趙魏之邑.

智者獻其謀, 勇者效其力, 儲積殷富, 士卒樂懌.

結援四國, 報仇强敵, 談笑取勝, 長驅逐北.

寶器轉於臨淄, 遺種還於莒墨, 汶篁植於薊丘, 故鼎返於磨室.

內以攄先世之宿憤, 外以褫强齊之戰魄, 使堂堂大燕之勢, 重九鼎而安盤石.

乃知士爲國之金寶, 金乃世之常物, 將士重於珪璋, 視金輕於沙礫.

惟昭王之賢稱重, 千載猶一日, 是宜當時見之而歆羨, 後世聞之而歎息.

居者被其耿光, 過者想其遺迹, 因酌古而寓情, 惜臺平而事熄.

이때는 이미 이경 무렵이었는지라 연등고불이 물었다.

"장 신선, 이 북경성 안에 있는 오부(五府)와 육부(六部), 육과(六科)와 십삼도(十三道)를 비롯한 크고 작은 관아에 그대가 아는 벼슬아치가 있는가?"

"아는 사람이야 천하에 가득하지만 지기(知己)가 몇이나 되겠습니까!"

"그럼 얼굴만 알고 지내는 사람이 있는가, 아니면 마음이 통하는 사람이 있는가?"

"얼굴만 아는 사람은 거론할 필요 없고, 마음이 통하는 사람은 한 분이 있습니다."

"그게 누구인가?"

"예부상서 호(胡) 어른입니다."

"그럼 그 사람을 통해서 처리하도록 하세."

"그분을 어떻게 이용하실 생각입니까?"

"내가 황제 폐하의 명을 받고 서양을 정벌하러 나갔는데, 살발국에서 이르러서 금모도장이라는 이를 만났네. 아주 신통력이 대단하고 무궁무진한 변신술을 쓰는 이라네. 게다가 그가 들고 있는 깃발을 흔들면 세상을 뒤바꿔 버릴 수가 있다네."

"혹시 그게 칠성기입니까?"

"자네도 그게 얼마나 무시무시한지 아는구먼?"

"예전에 사부님들께서 현천대제의 칠성기는 한 번 흔들면 아무리 하늘 신장이라도 말에서 떨어지고, 두 번 흔들면 부처님도 구름에서 떨어지고, 세 번 흔들면 천지는 물론 해와 달, 산천, 사직이 모두 노란 물로 변해서 세상이 뒤바뀐다고 말씀하진 적이 있습니다."

"바로 그 원수 같은 물건이라네."

"금모도장이 누구기에 감히 현천대제의 깃발을 휘두르려 한답니까?"

"현천대제가 인간 세상에 환생하자, 그의 휘하에 있던 수화사신이 이런 말썽을 피운 거라네."

"그렇다면 지금의 황제 폐하가 바로 북극진천진무현천인위상제(北極鎭天眞武玄天仁威上帝)의 기운을 타고나신 분인데, 직접 나서서서 해결하시면 되지 않습니까?"

연등고불은 자기 생각도 바로 그와 같은지라 무척 기뻐했다.

"역시 음악을 알아주는 사람에게만 연주를 들려주는 법이지. 나도 바로 그럴 생각으로 수고스럽게 자네를 이리로 데려왔다네."

"무슨 일이든 분부만 내리십시오."

"별다른 게 아니라, 자네가 황제를 알현하거든 그분의 진성(眞性)을 모셔가서 수화사신을 거둬들여 달라는 것일세."

"그렇다면 제가 그냥 황제 폐하를 알현하러 가면 되지, 굳이 예부상서를 통할 필요가 있습니까?"

"그건 아닐세! '어부가 이끌어주지 않으면 어떻게 파도를 구경할 수 있겠는가?[不因漁父引, 怎得見波濤]'[9]라는 말도 있지 않은가?"

장삼봉은 그제야 고개를 끄덕였다.

"그렇군요! 무슨 말씀이신지 알겠습니다."

장삼봉은 곧 구름을 타고 예부상서의 관아로 갔다. 이때는 마침 이경이 끝나고 삼경으로 넘어가는 무렵이었다. 예부상서의 대문 안에는 스물네 명의 순라꾼이 있었는데, 제각기 잠이 들었거나 앉아 있거나 시끌벅적 떠들어 대거나 이리저리 걸어 다니고 있었다.

---

9 이것은 어떤 일을 더 깊이 이해하기 위해서는 경험 많은 선배의 인도를 받아야 한다는 뜻이다.

도롱이와 망토를 입고 있던 장삼봉은 대문 밖에 도롱이를 깔고 망토를 말아 베개로 삼고 누워서 드르렁드르렁 코를 골며 잠을 잤다. 예로부터 코골이하고는 함께 자지 못한다고 했는데, 하물며 예부상서의 관아 앞에서 이렇게 우레처럼 코를 골고 있어서야겠는가? 잠시 후 순라꾼들 사이에서 투덜거리는 소리가 들렸다.

"누가 이렇게 코를 골아? 안에 계신 나리께서 깨시면 어쩌려고!"

"네가 골았어?"

"아냐! 네가 그런 거 아냐?"

그렇게 옥신각신하는데 개중에 제법 사리를 아는 이가 말했다.

"다들 조용히 하라고. 하나씩 차근차근 조사해 보면 누군지 알게 될 거 아냐?"

그렇게 스물네 명을 모두 조사했으나 코를 곤 사람은 없었다. 그런데 자세히 들어보니 코 고는 소리는 대문 밖에서 들리는 것이었다. 황급히 대문을 열어보니 웬 도사 하나가 온몸이 토한 소주에 잔뜩 찌든 채 누워 자고 있었다. 게다가 몸에는 여기저기 종기와 부스러기가 가득 나 있어서 참을 수 없이 고약한 냄새를 풍기고 있었다.

"아니, 어디서 이렇게 취한 도사가 관아의 대문 앞에 와서 자빠져 있는 거야? 이 작자는 천하의 승려와 도사를 관리하는 사제사(祠祭司)가 바로 예부에 속해 있다는 것을 모르는 모양이구먼?"

개중에 누군가가 말했다.

"내일 나리께 보고하여 성 위로 끌고 가서 한바탕 혼을 내고, 죄를 물어서 도사 명부에서 이름을 지우고 고향으로 돌려보내야겠구면."

그러자 다른 누군가가 말했다.

"형님, 관아에 있으면 수행하기 좋다고 하지 않았소? 게다가 '취한 사람은 천자의 대문 아래로 피신한다.'라는 옛말도 있지 않소? 어느 지방에서 왔는지는 모르겠지만, 이 도사도 부모를 버리고 고향을 떠나 여기까지 굴러왔소. 그런데 끌고 가서 죄를 물어 도사 명부에서 이름을 지워 버린다면 천리(天理)에 어긋나는 일이 아니겠소? 그냥 용서해 줍시다!"

또 누군가 이렇게 말했다.

"살인하려면 피를 봐야 하고, 사람을 구하려면 끝까지 보살펴 줘야 하지 않겠소? 내 생각에는 이 사람을 들어다가 큰길로 옮겨놓고, 술이 깨면 알아서 가도록 하는 게 좋을 것 같소. 내일까지 계속 여기 누워 있게 하는 건 좋지 않아요."

그러자 모두 일리 있는 말이라고 동의했다. 그리고 개중에 한 사람이 장삼봉을 일으켜 부축하려 했는데, 혼자 힘으로는 도저히 되지 않아서 두 사람이 달려들었다. 하지만 두 명으로도 힘이 부쳐서 세 명, 네 명, 거기서 다시 아홉 명, 열두 명이 달려들었지만 일으킬 수 없는지라 결국 스물네 명이 모두 달려들었다. 그래도 꼼짝을 하지 않자 다들 짜증을 냈다.

"호의를 베풀어 옮겨놓으려고 했더니, 이 작자가 더욱 무례하게 구는구먼!"

그러자 개중의 누군가가 말했다.

"대문 빗장을 뽑아다가 야무지게 두어 대 때려서 어떻게 나오는지 보자고!"

그러자 정말 한 사람이 대문 빗장을 뽑아 와서 장삼봉의 머리를 때렸다. 그러자 장삼봉이 속으로 웃음을 터뜨렸다.

'그런 문빗장으로는 살갗에 상처조차 입히지 못할 거야.'

그러면서 슬며시 손가락으로 대문 빗장을 툭 쳤다. 그러자 그 매질의 고통이 대문 빗장을 뽑아 온 이와 평소 사이가 나빴던 이에게 옮겨져 버렸다. 그자는 순간 눈앞에서 별이 빙빙 돌고 아무것도 보이지 않게 되자, 장삼봉의 농간인 줄은 모르고 매질을 한 이가 일부러 이 기회를 틈타 개인적인 복수를 한 걸로 생각했다. 그는 홧김에 문빗장을 집어 들고 매질을 한 이를 "퍽!" 때려서 이십오 리 밖으로 날려 버렸다. 대문 빗장을 뽑아온 자는 일부러 그런 것이 아니었기에 아무 방비도 하지 않았다가 뜻밖에 한 대를 얻어맞자, 울컥 화가 치밀어 태산압정(泰山壓頂)의 자세로 빗장을 휘둘러 그자의 정수리를 내리쳤다. 하지만 이쪽도 제법 재간이 있어서 신선타영(神仙躱影)의 수법으로 피하면서 소리쳤다.

"네가 먼저 쳤잖아?"

"내가 그랬다고? 네가 머리를 들이미는 바람에 그렇게 됐잖아!"

둘은 평소 사이가 나쁘기도 했고 어둠 속에서 상황을 제대로 파악할 수도 없었기 때문에 곧 드잡이가 벌어졌다. 이쪽에서 희작쟁소(喜雀爭巢)의 수법으로 주먹을 날리면 저쪽에서는 오아박식(烏鴉

撲食)의 수법으로 맞받아쳤고, 저쪽에서 만면화(滿面花)의 수법으로 얼굴을 공격하면 이쪽에서는 췌지금(萃地錦)의 수법으로 다리를 공격하며 맞섰다. 이어서 금계독립(金鷄獨立)의 수법에는 복호측신(伏虎側身)의 수법으로, 고사평(高四平)에는 중사평(中四平)으로, 정란사평(井欄四平)에는 대구사평(碓臼四平)으로, 호포두(虎抱頭)에는 용헌조(龍獻爪)로, 순란주(順鸞肘)에는 요란주(拗鸞肘)로, 당두포(當頭抱)에는 측신애(側身挨)로, 섬약생강(閃弱生强)에는 절장보단(截長補短)으로, 일조편(一條鞭)에는 칠성검(七星劍)으로, 귀축각(鬼蹴脚)에는 포련주(炮連珠)로, 하삽상(下揷上)에는 상경하(上驚下)로, 탐각허(探脚虛)에는 탐마쾌(探馬快)로, 만천성(滿天星)에는 조지호(抓地虎)로, 화염찬심(火焰攢心)에는 산화개정(撒花蓋頂)으로 맞섰다. 나중에는 저쪽이 피해서 이쪽이 헛손질하고, 이쪽이 피해서 저쪽이 헛손질하고, 저쪽이 잡아 비틀려고 하면 이쪽이 발길질로 응수하고, 이쪽이 발길질하면 저쪽도 발길질로 응수했다. 그렇게 서로 붙잡아 뒤엉키고 한 덩어리가 되어 발길질해 댔다. 다른 이들은 그저 도사를 때리는 소리인 줄로 여기고 다들 쑤군거렸다.

"너무 심하군. 사람이 할 짓이 아니야!"

장삼봉은 여전히 코를 골며 편히 자고 있었고, 애먼 사람들만 자기들끼리 싸우고 있었던 것이다. 그렇게 밤새 싸우다가 오경이 훨씬 지나 날이 밝아오자, 집안에서 딱따기 소리가 들리면서 중문이 열렸다.

호 상서가 당상에 나와 새벽 업무를 시작하려 하는데, 밖에서 시끌벅적한 소리가 들리는 것이었다. 이에 소란을 피우는 자들을 잡아 오라고 해서 보니, 스물네 명의 순라꾼이었다.

"순라꾼들이 어찌 감히 내 관아 앞에서 소란을 피웠느냐?"

순라꾼들이 도사에 대한 이야기를 자세히 얘기하자 호 상서가 말했다.

"그런 주정뱅이는 그냥 보내 버리면 될 게 아니냐?"

"그런데 아무리 들어다 옮기려 해도 꼼짝을 하지 않아서, 저희가 소란을 피우는 바람에 나리의 심기를 어지럽혔습니다."

"몇 사람을 시켜서 부축해 일으키라고 해라."

이에 가마꾼 예닐곱 명이 달려들었으나 일으켜 세우지 못했다.

"그렇다면 순라꾼들에게 지키고 있으라고 해라. 조회를 마치고 돌아와서 내가 심문해 보겠다."

예로부터 대신은 주렴 아래의 일에 상관하지 않고, 병길(丙吉)[10]은 살인자를 문책하지 않았다고 했듯이, 호 상서는 곧 대문을 나서 떠나려 했다. 그렇게 되자 장삼봉은 생각이 달라졌다.

'이 어른을 이대로 보내 버리면 황제 폐하를 알현할 수 없게 되잖아?'

보라. 그는 벌떡 일어나더니 얼굴을 쓱 문지르고 몸을 부르르 떨었다. 그러자 순라꾼들이 놀라며 쑤군거렸다.

"알고 보니 아주 말쑥하고 잘생긴 도사잖아? 정말 이상하군!"

---

10 병길(丙吉: ?~기원전 55)에 대해서는 제30회의 각주 94)를 참조할 것.

장삼봉은 드디어 신선의 본래 면모를 드러냈다. 신선의 면모란 무엇인가? 바로 누울 때는 활처럼 굽어서 눕고, 설 때는 소나무처럼 의젓하게 서고, 발걸음은 바람처럼, 목소리는 종소리처럼 울리는 것이었다. 그는 서둘러 호 상서에게 다가가서 큰 소리로 말했다.

"어르신, 안녕하십니까? 저 장수성입니다."

호 상서가 잠시 누구인가 떠오르지 않아 머뭇거리자 그가 다시 말했다.

"떠돌이 장 도사라고도 불리는 장삼봉입니다. 저번에 어르신께 환약을 하나 드린 적이 있지 않습니까?"

그 얘기를 듣고 나자 비로소 호 상서가 그를 알아보았다.

"알고 보니 장삼봉 도사로구먼."

그런데 호 상서는 어떻게 그를 알고 또 도사라고 불렀던 것일까? 예전에 그가 벼슬살이하기 전에 반신불수의 병에 걸렸는데, 어떤 약을 써도 듣지 않아 무척 곤혹스러웠다. 그런데 나중에 이 장삼봉을 만나게 되었다. 호 상서가 하늘나라 별신이 환생한 몸이라는 것을 안 장삼봉은 경건하게 금단(金丹)을 한 알 바쳤는데, 호 상서는 그걸 먹자마자 바로 병이 나았던 것이다.

"훌륭한 약 덕분에 병이 나았는데 제대로 보답하지 못했구려."

"보답은 필요 없습니다. 나중에 높은 재상의 자리에 오르시거든 저를 잊지만 말아 주십시오. 그러면 저로서는 화려한 곤룡포를 입은 것보다 영광으로 여기겠습니다."

"가난하고 신분이 낮을 때 사귄 벗은 잊어서는 안 되는 법인데, 어찌 그런 말씀을 하시는 게요?"

호 상서는 한 번 내뱉은 말은 반드시 지키는 덕망 높은 군자였는 지라, 일부러 장삼봉에게 도사라는 말을 붙여서 공대해 주었다. 그러자 장삼봉이 말했다.

"어르신께서 벼슬살이하신 지 벌써 이삼십 년이나 되었지만 제가 함부로 찾아오지 않았습니다. 하지만 오늘은 일부러 인사를 올리려고 경사에 왔습니다."

"지금은 조회에 참석해야 하니, 잠시 사랑채에 앉아 계시구려. 돌아와서 담소나 나눕시다."

"사실은 저도 황제 폐하를 알현하러 가려는 참입니다. 그러니 어르신께서 미리 아뢰어 주실 수 없으신지요?"

"알겠소이다. 그렇게 하리다!"

호 상서는 행차를 출발시키면서 말을 준비하여 장삼봉을 태우고 황궁으로 향했다. 이야말로 이런 모습이었다.[11]

| 百靈侍軒后 | 신들은 모두 헌원씨(軒轅氏)를 모시고 |
| 萬國會涂山 | 모든 나라가 도산(涂山)에 모였지.[12] |

---

11 인용된 시는 당나라 때 위징(魏徵: 580~643, 자는 현성[玄成])의 태종황제의 시 〈정일림조(正日臨朝)〉에 대해 명을 받고 화답함[奉和正日臨朝應詔]이다.

12 《좌전》〈애공(哀公) 7년〉: "우임금이 도산에서 제후를 회합하자 예물을 가지고 찾아온 나라(즉 부족)가 만 개나 되었다.[禹合諸侯于涂山, 執玉帛者

豈如今睿哲	하지만 어찌 지금의 폐하[13]처럼 성스럽고 명철하리오?
邁古獨光前	고대를 뛰어넘어 홀로 뛰어난 공을 세우셨네.
聲教溢四海	교화의 목소리 천하에 넘치고
朝宗歸百川	천자를 알현한 은택[14] 온 세상에 두루 퍼졌네.
鏘洋鳴玉佩	옥패 소리 짤랑짤랑 울리고
灼爍耀金蟬	찬란한 모자 장식[15] 눈부시게 빛나네.
淑景輝雕輦	아름다운 봄빛 화려한 천자의 수레를 비추고
高旌揚翠烟	드높은 깃발 푸른 연기처럼 나부끼네.
庭實超王會	마당에 진열한 제물(祭物)은 주공(周公)의 것보다 성대하고[16]

萬國.]"

13 당나라 태종(太宗)을 가리킨다.

14 본문의 조종(朝宗)은 고대 제후들이 봄과 여름에 천자를 알현하는 것을 말한다. 《주례(周禮)》〈춘관(春官)〉〈대종백(大宗伯)〉: "봄에 알현하는 것을 조(朝), 여름에 알현하는 것을 종(宗), 가을에 알현하는 것을 근(覲), 겨울에 알현하는 것을 우(遇)라고 한다.[春見曰朝, 夏見曰宗, 秋見曰覲, 冬見曰遇.]"

15 고대에 황제의 측근들은 모자에 황금으로 만든 구슬[璫]을 달고 매미 모양의 장식을 붙이고 담비의 꼬리를 꽂았기 때문에, 이를 '초선(貂蟬)'이라고 불렀다.

16 주공(周公)은 낙읍(洛邑)에 영채를 완성하고 제후들을 널리 초빙하여 제사를 지내고 잔치를 열었는데, 역사에서는 이를 '왕회(王會)'라고 기록한다.

廣樂盛鈞天	천상의 음악 하늘나라에 흥겹게 울리네.[17]
旣欣東戶日	동호(東戶)[18]가 다스리던 날도 즐거웠고
復味南風篇	또 〈남풍(南風)〉[19]도 음미하곤 했다네.
願奉光華慶	부디 밝은 햇빛 같은 폐하를 받들어
從斯億萬年	이로부터 억만년의 영화가 이어지기를!

호 상서가 조정에 들어갔을 때는 문무백관의 상소가 모두 끝나
있었다. 이에 호 상서가 혼자 나아가 아뢰었다.

"폐하, 조정 문밖에 대라천선(大羅天仙)이 한 분 찾아와 폐하를 알
현하고자 하옵니다. 소신이 함부로 결정할 수 없어 이렇게 아뢰옵
나이다."

황제는 평소 말을 함부로 하지 않는 호 상서의 인품을 잘 알고
있었고 또 대라천선이라면 만나기 어려운 존재인지라, 무척 기뻐
하면서 즉시 안으로 부르라고 어명을 내렸다. 장삼봉이 의관을

---

17 균천(鈞天)은 하늘나라라는 뜻인데 여기서는 당나라 황궁을 가리키며, 광
악(廣樂)은 천상의 음악을 가리킨다.

18 동호(東戶)는 상고시대의 군주인 동호계자(東戶季子)를 가리킨다. 《회남
자》〈무칭훈(繆稱訓)〉: "옛날 동호계자가 다스리던 시절에는 길에 떨어진
물건을 주워가는 사람이 없었고 쟁기와 보습, 남은 곡식이 밭머리에 그
대로 남아 있었다.[昔東戶季子之世, 道路不拾遺, 耒耜餘糧宿諸畝首.]"

19 《공자가어(孔子家語)》〈변악해(辨樂解)〉에 따르면 순(舜)임금이 오현금(五
絃琴)을 만들고 〈남풍(南風)〉을 노래했는데, 그 가사는 이러했다고 한다.
"향기로운 남풍에 우리 백성들 노여움 풀어 줄 수 있겠구나![南風之薰兮,
可以解吾民之慍兮.]"

바로 하고 알현하러 들어오니, 황제는 새하얀 머리에 어린아이처럼 발그레한 그의 얼굴에서 표연히 속세를 벗어난 신선의 고고한 기풍을 느끼고 대단히 기꺼워했다. 장삼봉이 다섯 번의 절을 올리고 머리를 세 번 조아린 다음 만세삼창을 하자 황제가 입을 열었다.

"어서 오시구려, 대라천선!"

이에 장삼봉이 황급히 머리를 조아려 은혜에 감사했다. 그가 왜 그랬을까? 《예기》에서도 그러지 않았는가?

실처럼 가는 군주의 말도 밖으로 전해지면 도장 끈처럼 굵어지고, 도장 끈 같은 군주의 말도 밖으로 전해지면 밧줄처럼 굵어진다.[20]

그런데 황제가 그를 대라천선으로 불렀으니, 이는 바로 그를 대라천선에 봉한다는 것과 마찬가지였기 때문이다. 이게 모두 연등고불의 오묘한 안배 덕분이었으니, 장삼봉은 말할 수 없이 기뻤다.

그때 황제가 물었다.

"신선께서 유명한 도관 깊은 곳에서 도를 닦지 않고 어인 일로

---

20 《예기》〈치의(緇衣)〉: "王言如絲, 其出如綸. 王言如綸, 其出如綍." 이것은 정치를 담당한 사람은 사실에 근거하지 않은 허황된 말을 해서는 안 된다는 것을 경계하는 말이다.

찾아오셨소이까?"

"폐하께서 '백성을 대하시기를 당신 몸의 상처처럼 하시고, 멀리서 도를 보더라도 보지 못한 체'[21] 하신다는 소문을 듣고, 공경하는 마음으로 인사를 올리기 위해 왔사옵니다."

'이 도사는 알고 보니 삼교에 두루 능통하구나.'

황제는 더욱 기쁜 마음으로 말했다.

"짐은 구중궁궐 깊은 곳에 사는지라 은거하여 지내는 것이 어떤 것인지도 아직 모르고, 백성들 사이에 추위와 굶주림에 시달리는 이들이 얼마나 되는지도 모르는데, 어찌 '내 몸의 상처처럼 대한다.'라고 할 수 있겠소이까?"

"요임금은 하늘처럼 어지셨고 순임금은 생명을 아끼며 덕을 베푸셔서, 만 년의 세월이 흐르도록 모든 이들이 흠모하며 칭송하지 아니하옵니까! 이제 폐하께서 이를 염두에 두고 말씀하시니, 이 나라 사직과 만백성의 복이라 하겠사옵니다. 요임금과 순임금이 다시 태어나시더라도 이보다는 못할 것이옵니다."

"사람이 세상에 태어나서 어떻게든 이 고난을 벗어날 수만 있다면 좋은 일이겠지요."

"즐거움과 고난은 각기 인과(因果)에 따르는 법이옵니다. 보통

---

21 《좌전》〈애공(哀公) 1년〉: "제가 듣자하니 나라가 흥성하려면 백성을 자신의 상처처럼 대해서 복을 받기 때문이라고 했습니다. [臣聞國之興也, 視民如傷, 是其福也.]" 《맹자》〈이루하(離婁下)〉: "문왕께서는 백성을 자신의 상처처럼 대하시고, 멀리서 도를 보더라도 보지 못한 체하셨다. [文王視民如傷, 望道而未之見.]"

사람들은 고난의 인과에 따라 그런 삶을 사는 것이 아니겠사옵니까?"

"출가인들에게는 어떠하오?"

"저와 같은 출가인들은 모두 즐거움의 인과에 따라 살고 있사옵니다."

"출가인들에게는 어떤 즐거움이 있는지 들려주실 수 있소이까?"

"출가인들은 마음이 혼탁하지 않고 행적이 밝게 드러나지 않사옵니다. 아침저녁으로 수수로 지은 밥 한 그릇과 나물 한 접시만 먹어도 흡족하고 편안하게 지내옵니다. 때로 학창의를 입고《황정경》을 낭송하기도 하는데, 구불구불한 옛 글씨를 보면 마음이 탁트이고 즐거워집니다. 또 어떤 때는 차분히 앉아 평온한 마음으로 천지간의 조화로운 기운을 받으며 아득한 하늘나라를 드나듭니다. 그리고 세상 곳곳을 돌아다니며 물가 숲속에서 느긋하게 산보를 즐기기도 하옵니다. 그러다가 마음에 드는 경치를 보면 자신에 비유하여 회포를 글로 쓰기도 하옵니다. 진솔하고 소박하게 마음 깊은 곳에 담긴 생각을 표현하는 것이지요. 이렇게 청풍명월을 벗으로 삼고 사니 또한 즐겁지 아니하겠사옵니까!"

"그렇다면 보통 사람들의 고난이란 무엇이오?"

"농사짓고 누에 치는 사람들은 이월에 새 실을 팔고, 오월에 햇곡식을 팔아야 하니, 고생이 아니옵니까? 공부하는 이들은 삼경에 불을 밝히고, 닭이 우는 오경까지 책을 읽고 무쇠로 만든 벼루에 구멍이 뚫릴 때까지 먹을 갈아야 하니, 고생이 아니옵니까? 장인들은 온갖 고생을 하며 재주를 쓰지만, 추위와 굶주림에서 완전히 벗어나지 못하니 고생이 아니옵니까? 행상들은 달을 이고 별빛을 맞으며 산 넘고 물 건너 여기저기 돌아다녀야 하니, 고생이 아니옵니까? 벼슬아치들은 날이 밝기도 전인 사경 무렵에 일어나 의관을 차려입고, 조회에 늦지 않게 달려와 오문(午門)에서 대기해야 하니, 고생이 아니옵니까? 심지어 폐하께서도 나라를 위해 밤늦게 주무시고 일찍 일어나 공문서를 읽으셔야 하니, 고생이 아니옵니까?"

"모두 맞는 말씀이구려. 그렇다면 그런 고난에서 벗어나려면 어찌해야 하는 것이오?"

"사람은 족함을 알고 제때 그만둘 줄 알아야 하는 법입니다. 이것을 적절하게 표현한 〈만강홍(滿江紅)〉²²이라는 노래가 있사옵니다.

어지럽고 힘겨운 삶, 만족하기를 바란다면 언제 끝날까?

확고한 마음으로 풍족하고 모자람을 스스로 결정한다면, 거북이가 머리 움츠리듯 숙이고 살 수 있지.

충분히 뜻을 이루면 더 나아가지 말지니, 모름지기 세상사란 뒤집히는 일 많다는 걸 알아야 한다네.

부질없이 청춘을 허비해 봐야 헛고생일 뿐일세!

황금으로 집을 치장하고, 창고 가득 곡식 쌓아 놓길 바라지 않

---

22 이것은 송나라 때 나대경(羅大經: 1196~1252, 자는 경륜[景綸], 호는 유림[儒林] 또는 학림[鶴林])이 편찬한 《학림옥로(鶴林玉露)》권14에 수록된 것으로서, 주희(朱熹)가 지은 것이라고 했다.

는 이 어디 있으랴?

하지만 운수가 맞지 않으니 그것이 문제이지.

부질없이 마음 써서 이런저런 걱정하지 말지니, 자손들은 제 나름의 복을 타고나기 때문이지.

약초 캐고 신선을 찾아가지도 말고, 그저 욕심을 줄이게나!

膠擾勞生, 待足後, 何時是足?
據見定, 隨家豊儉, 便堪龜縮.
得意濃時休進步, 須知世事多翻覆.
漫敎人白了少年頭, 徒碌碌.
誰不愛黃金屋? 誰不羨千鐘粟?
奈五行不是, 這般題目.
枉費心神空計轉, 兒孫自有兒孫福.
不須採藥訪蓬萊, 但寡欲.

또 〈수조가두(水調歌頭)〉[23]라는 노래가 있사옵니다.

부귀하면 즐거움 넘치고, 가난하면 근심을 감당하지 못하지만 어찌 알랴, 하늘로 오르는 길은 깊고 험한 데다 재앙과 복은 돌고 도는 것임을?

보게나, 동문(東門)의 누렁이를.[24] 화정(華亭)의 학 울음소리 다

---

23 이 역시 나대경의 《학림옥로》 권14에 수록된 것으로서 주희(朱熹)가 지은 것이라고 했다.

24 진나라 때 승상 이사(李斯)가 조고(趙高)에게 해를 당하게 되자 형장에서

시 듣고 싶어도²⁵ 천고의 한을 거두기 어렵다네.

어이해 치이자피(鴟夷子皮)²⁶처럼 머리카락 풀어헤치고 조각
배 몰지 않는가?

치이자피는 패업을 달성하고도 계책이 넘쳐

천승의 재상 자리를 버리고 낚시꾼으로 돌아갔지.

봄날 낮에는 안개 낀 호수들을 떠돌고, 가을밤이면 환한 달빛
을 즐기면서, 그 밖의 모든 일에 유유자적했지.

인간 세상의 만사를 영원히 버리고, 나는야 신선 세계를 추구
한다네!

자신의 둘째아들에게 "너와 함께 누렁이 데리고 상채(上蔡) 동문(東門) 밖
에 나가 다시 토끼 사냥을 하려 해도 어찌 가능하겠느냐?" 하고 말했다고
한다. 이것은 대개 벼슬살이를 하다가 재앙을 당하면 후회해도 이미 늦다
는 뜻으로 쓰인다.

25 《세설신어》〈우회(尤悔)〉에 따르면 육기(陸機)가 하북도독(河北都督)으로
있을 때 군중(軍中)의 호각(號角) 소리를 듣고 그의 손자 육승(陸丞)에게,
"이것보다는 화정(華亭)의 학 울음소리가 더 듣기 좋지." 하고 말했다. 훗
날 그가 전투에서 패배하고 노지(盧志)에게 참소를 당해 처형되게 되었는
데, 형장에서 그는 "화정의 학 울음소리가 듣고 싶지만 다시 들을 수 있을
꼬?" 하고 탄식했다고 한다.

26 치이자피(鴟夷子皮)는 춘추 말엽 월(越)나라의 왕 구천(句踐)을 모시는 대
부(大夫)로서 오(吳)나라를 멸망시켜 복수를 하는 데에 기여한 범려(范蠡)
를 가리킨다. 대업을 완수한 그는 토사구팽(兔死狗烹)을 피해 벼슬을 사직
하고 홀연히 배를 타고 강호를 떠돌다가 제(齊)나라 도(陶, 지금의 산둥성[山
東省] 딩타오현[定陶縣])에 가서, 이름을 치이자피로 바꾸고 호를 주공(朱公)
으로 하고 그곳에서 장사를 하여 19년 동안 세 번이나 천금(千金)의 재물
을 벌어들였다고 한다. 이 때문에 그는 지금까지도 중국 민간에서 흔히
재신(財神) 도주공(陶朱公)으로 불린다.

富貴有餘樂, 貧賤不堪憂.

那知天路幽險, 倚伏互相酬.

請看東門黃犬, 更聽華亭清唳, 千古恨難收.

何似鴟夷子, 散髮弄扁舟.

鴟夷子, 成霸業, 有餘謀.

收身千乘卿相, 歸把釣魚鉤.

春畫五湖烟浪, 秋夜一天明月, 此外盡悠悠.

永棄人間事, 吾道付滄州.

이처럼 족함을 알게 되면 창피한 일이나 치욕을 당하는 일이 없어지는 것이옵니다."

"하지만 그 또한 어려운 일이지요."

"족함을 모른다면 폐하라 하더라도 죽음을 피하기 어렵사옵니다."

"설마 그럴 리가?"

"오늘 궁에 들어가셨을 때 수라를 잡수지 못하시고 곤룡포를 입지 못하시게 되면, 이 또한 작지만 무상한 일이 아니겠사옵니까?"

황제는 그 말을 듣자 진노하여 금의위에게 그를 끌어내리고 호통을 치고, 벌떡 일어나 궁으로 들어가 버렸다. 이때 장삼봉은 이미 황제의 진성을 취해 돌아와서, 약을 담는 데에 쓰는 조그마한 호로에 담아 연등고불에게 건네주었다. 연등고불은 무척 기뻐하며 곧 한 줄기 금빛으로 변해서 살발국의 배로 돌아갔다.

한편 함대의 모든 이들은 벽봉장로의 불당이 봉쇄되고 그가 입정에 들어가자 다들 의아하게 생각했다.

　"혹시 국사께서 도사를 당해 낼 수 없으니까 창피해서 이렇게 불당을 봉쇄한 거 아닐까?"

　"창피하다고는 하지만 이러다가 굶어 죽게 되는 거 아냐?"

　"에이! 여자들이야 사흘 이상은 굶지 않지만 남자는 이레까지는 굶어도 되는데, 설마 그렇게 됐을 리 있나?"

　개중에 입도 싸고 성깔도 고약한 마 태감이 진지하게 말했다.

　"국사님께 무슨 불상사가 생겼다면 우리가 중국으로 돌아가는 것도 다 틀려 버리니까, 이 기회에 그분을 모셔 나오는 게 그나마 낫겠군요."

　후 태감이 말했다.

　"그럼 우리가 문을 열고 들어가 볼까요?"

　환관들의 성격은 벌떼 같아서 정말로 우르르 몰려가서 불당에 붙여 놓은 쪽지들을 먼저 떼어내고, 다시 선방(禪房)에 붙여진 쪽지들을 떼어냈다. 네 명의 태감들이 막 안으로 발을 들여놓자 안에 서 있는 키가 훤칠한 네 명의 장한들이 보였다. 모두 똑같이 세 개의 머리와 여섯 개의 팔, 시퍼런 얼굴과 날카로운 송곳니, 시뻘건 머리카락, 피를 칠한 듯한 입을 가진 그들이 일제히 호통을 쳤다.

　"누가 감히 들어오느냐?"

　그 바람에 혼비백산 놀란 환관들은 모조리 선방 바닥에 쓰러져 버렸다. 다행히 비환선사가 그들을 발견하고 황급히 다가가 혼을 부르는 부적을 사르고 입에 단약을 넣어 주어서 환관들은 하나씩 깨어나 중얼거렸다.

"어쩌다 길을 잘못 들어서 저승으로 오게 되었지? 그 귀신들은 정말 무서웠어!"

비환선사가 말했다.

"태감들께서 무슨 일로 오셨습니까?"

마 태감이 사정을 이야기하자 비환선사가 말했다.

"그건 잘못 생각하신 겁니다. 사부님께서 황제 폐하를 알현하신 이래로 얼마나 많은 신통력을 보여주셨습니까? 우리 함대가 경사를 떠난 이후 흉험한 일도 수없이 많이 겪으셨지요. 일흔두 가지 변신술을 가진 왕 선녀도 사부님의 손에서 벗어나지 못하셨는데, 이런 도사 하나를 어쩌지 못해 창피하다고 문을 걸어 닫으셨겠습니까!"

마 태감이 말했다.

"저희가 순간적으로 잘못된 생각을 했나 봅니다."

"자, 어서 나가시지요."

환관들은 선방을 나와 불당 밖으로 갔다. 거기에 이르러 마 태감이 또 말했다.

"선사, 제발 우리를 이승으로 안내해 주십시오. 우리는 아직 살날이 몇 년 더 남았다는 말씀입니다! 혹시라도 우리를 저승길로 안내하여 출가인의 음덕을 그르치지 마시기 바랍니다."

"아미타불! 남을 속이려는 마음이 없으면 정해진 수명대로 장수할 것이고, 혹시 혼이 나가더라도 금방 돌아오게 되어 있습니다. 여러분, 안심하고 어서 가시지요."

그 말이 끝나기도 전에 앞쪽에서 누군가 "비켜라!" 하고 호통을 쳤다. 그러자 네 명의 환관은 머리 셋에 팔이 여섯 달리고, 시퍼런 얼굴에 송곳니가 삐져나온 귀신들이 자신들을 치려고 찾아온 줄 알고, 혼백이 하늘 높이 날아가 버릴 정도로 놀랐다. 그런데 자세히 보니 그는 바로 정서우영대도독 김천뢰였다. 그제야 겨우 마음이 놓인 마 태감이 물었다.

"김 장군, 여긴 어쩐 일이십니까?"

"사령관의 명을 받고 국사님께 안부를 여쭈러 왔소이다."

"아니 왜 오늘?"

"국사님께서 봉문하신 지 오늘로 이레가 지났습니다. 말씀하신 기한이 다 찬 것입니다."

"아니 우리가 선방에서 잠깐 쓰러져 있었는데, 그새 이레가 지났다는 겁니까?"

"신선 세계에서 이레면 인간 세계에서는 몇천 년에 해당한다는 얘기도 못 들어보셨습니까?"

"우리도 방금 선방에서 나왔는데, 국사님은 보이지 않습니다."

그러자 비환선사가 말했다.

"아니 그럼 지금 불경을 읽고 계신 분은 누구십니까?"

거친 성격의 장수인 김천뢰가 즉시 선방으로 달려가 보니, 그 안에는 정말 불경을 읽고 있는 벽봉장로가 있었다. 그 모습을 본 김천뢰는 감히 안으로 들어가지도 못하고 또 돌아가기도 어색해서, 어쩔 수 없이 무릎을 꿇고 아뢰었다.

"소장 김천뢰, 사령관의 명을 받고 국사님께 안부를 여쭈러 왔습니다."

"요즘 군중의 상황은 어떻소?"

"금모도장이 며칠 동안 계속 싸움을 걸어오고 있지만, 사령관께서는 함부로 대처하지 않은 채 국사님을 기다리고 있습니다."

"가서 사령관께 갈고리와 밧줄을 가져갈 군사 쉰 명을 선발해 놓으라고 하시구려. 오늘은 그자를 생포할 것이니 말이오."

"국사님의 분부시라면 쉰 명이 아니라 오백 명, 오천 명, 오만 병이라도 즉시 준비하겠습니다."

"너무 많을 필요도 없소. 먼저 돌아가시구려. 나도 금방 가겠소."

김천뢰가 돌아가서 삼보태감에게 보고하는데 마침 금모도장이 또 싸움을 걸어왔다. 벽봉장로는 비로모를 쓰고, 승복 자락을 털더니 휘적휘적 걸어 나갔다. 그를 본 금모도장이 고함을 질렀다.

"얼씨구? 아직도 물러가지 않았어? 이놈의 중이 아직 내 무서운 줄을 모르나 보구먼?"

"아미타불! 무서우니 어쩌니 하지 말고, 각자 기분을 좀 차분히 가라앉히도록 합시다."

"또 허풍을 치는 게냐? 나도 너랑 잡담이나 주고받을 생각 없다. 오냐, 이 깃발 맛이나 봐라!"

그 말이 끝나기도 전에 그는 한 손으로 깃발을 꺼내 들고 흔들려고 했다.

결국 어찌 되는지는 다음 회를 보시라.

벽봉장로는 금모도장을 생포하고
벽수어를 제도하다

國師收金毛道長　國師度碧水神魚

千葉蓮臺上	천엽연화대 위에 앉아[1]
晝門爲掩關	낮에도 문을 닫고 있구나.
偶同靜者來	우연히 은자들과 함께 찾아오니
正値高雲閑	마침 하늘 높이 구름이 유유히 떠가는구나.
寂爾方丈內	조용한 방장 안은

---

1 인용된 시는 당나라 때 구양첨(歐陽詹: 755~800, 자는 행주[行周])의 〈여러 사람들과 함께 복선사 율원의 선 상인의 방에 들르다(同諸公過福先寺律院宣上人房)〉에서 일부 글자를 바꾼 것이다. 원작은 다음과 같다. "율좌에서 아침 강설을 끝냈는데, 낮에도 산문은 아직 닫혀 있구나. 외람되게 은자들과 함께 찾아오니, 마침 하늘 높이 구름이 유유히 떠가는구나. 조용한 방장 안은, 밝고 깨끗한 마음 그대로일세. 깊은 우물에는 소나무 색이 떨어져 비추고, 대숲 그늘에는 작은 동산이 쓸쓸하구나. 천 개의 등불처럼 밝은 지혜의 마음, 옥처럼 맑고 야윈 얼굴. 저무는 세월에 대해 환히 말씀하시니, 서글픈 마음으로 속세로 돌아가노라. [律座下朝講, 晝門猶掩關. 叨同靜者來, 正値高雲閑. 寂爾方丈內, 瑩然虛白間. 千燈智惠心, 片玉清贏顏. 松色落深井, 竹陰寒小山. 晤言流曦晚, 惆悵歸人寰.]"

瑩然虛白間	밝고 깨끗한 마음 그대로일세.
千燈智慧心	천 개의 등불처럼 밝은 지혜의 마음
片玉淸羸顏	옥처럼 맑고 야윈 얼굴.
黛色落深井	깊은 우물에는 검푸른 색이 떨어져 비추고
濤聲寒陰山	파도 소리 음산에 차갑게 울리는구나.
金毛稱道長	도사라고 자칭하는 금모도장은
立地絶人寰	당장 인간 세계를 떠나게 되었지.

그러니까 금모도장은 한 손으로 칠성기를 들고 "맛이나 봐라!" 하면서 깃발을 흔들려고 했다. 그러자 벽봉장로는 아무 말도 하지 않고 가볍게 자금 호리병을 꺼내서 뚜껑을 열었다. 그 순간 한 줄기 금빛이 북천문을 향해 쏘아졌다. 그리고 금모도장이 막 깃발을 흔들려는 순간, 갑자기 허공에서 호통 소리가 들려왔다.

"어느 놈이 감히 내 깃발을 함부로 흔들려고 하느냐?"

금모도장이 깜짝 놀라 고개를 들고 쳐다보니, 머리카락 늘어뜨린 채 용천검을 들고 있는 이는 인간 세상의 요괴를 소탕하고, 환생한 몸은 황궁에 있으면서 천하의 생명을 보호하는 바로 그 북극진천진무현천인위상제(北極鎭天眞武玄天仁威上帝)가 아닌가! 이야말로 나라에는 왕이 있고 집안에는 가장이 있다는 격이었으니, 현천상제를 본 금모도장이 어찌 감히 제멋대로 굴 수 있었겠는가? 그는 어쩔 수 없이 깃발을 거두고 공중으로 날아올랐다. 금빛이 비치는 곳에는 벌써 시커먼 얼굴의 두수대원수가 와 있었고, 잠시 후 단릉승화대원수와 교릉성수대원수가 차례로 왔다. 현천상제가 그들을 꾸짖었다.

"너희 네 놈이 감히 천문을 함부로 떠나 인간 세상에서 말썽을 부리다니!"

그러자 네 장수가 일제히 애원했다.

"잘못했습니다. 제발 자비를 베풀어 주십시오!"

현천상제가 호통을 지르자 즉시 네 개의 하얀 구름이 나타나면서 수화신장들이 각기 하나씩 그 위에 서 있게 되었다. 그리고 현천상제가 진언을 외고 주문을 읊조리자 그 구름은 즉시 네 개의 빙산(氷山)으로 변해서 수화신장들을 가둬 버렸다. 그들이 고통스러운 비명을 지르자 현천상제가 말했다.

"네놈이 무슨 재간이 있다고 감히 무슨 호국국사니 금모도장이니 하고 거들먹거리는 게냐? 나머지 놈들은 왜 저놈을 도와 행패를 부렸느냐? 어떻게 감히 부처님을 능멸하려고 들어! 여봐라, 음산(陰山)의 귀판관(鬼判官)은 어디 있느냐?"

"여기 대령했사옵니다!"

"이 수화사신들은 옥황상제의 명을 어기고 천문을 떠나 인간 세상에 내려가 소란을 일으켰다. 이들을 음산으로 압송하여 영원히 그곳에 감금하도록 하라!"

음산 귀판관이 즉각 지시를 시행하려 하자, 어느새 상황을 알아챈 연등고불이 한 줄기 금빛으로 변해 북천문으로 와서 현천상제에게 말했다.

"제 체면을 봐서 이들을 용서해 주시구려."

"이놈들은 모두 제 명령을 어기고 천문을 떠나 함부로 인간 세상에 내려가 말썽을 부렸으니, 사정과 이치를 놓고 볼 때 그 말씀은 받아들이기 곤란합니다!"

"그게 아니외다. 제가 그대를 모셔왔는데, 이제 이들을 음산으로 내쫓으시면 오히려 우리 불가의 덕행에 손상을 끼치는 결과가 되지 않겠소이까?"

그 말에 현천상제도 어쩔 수 없이 수긍하여 빙산을 다시 흰 구름으로 만들었다. 그 위에는 처음처럼 수화사신이 서 있었다. 원래 현천상제는 도가에 몸을 담고 있다가 불가에 귀의하여 정과를 이루었기 때문에, 그의 도호(道號)도 나무무량수불(南無無量壽佛)이었다. 그런 그인지라 불가의 덕행을 손상할 수 없어서 즉시 연등고불의 권유에 따른 것이었다. 이에 수화사신은 재배하여 감사하고 각기 맡은 방위로 돌아갔다.

연등고불은 다시 자금 호리병을 들어 현천상제의 진성을 거둬들이고, 한 줄기 금빛으로 변해 남섬부주 북경성으로 갔다. 장삼봉이 부처님 주위를 세 바퀴 돌고 여덟 번 절을 올리자 연등고불이 말했다.

"황제의 건강은 어떠한가?"

"진성이 북천문으로 떠난 후 건강이 점점 나빠지고 계십니다."

"어서 이 자금 호리병을 들고 가시게."

장삼봉은 두 손으로 받아 들고 망토를 쓰고 도롱이를 걸친 다음, 곧장 장안가(長安街)로 가서 미친 듯 취한 듯 어슬렁어슬렁 걸어갔다. 그러자 어느 번수(番手)²가 그를 발견하고 말했다.

"이 도사는 혹시 떠돌이 장 도사가 아닌가?"

그 말이 떨어지기 무섭게 아홉 대문을 담당한 민쾌(民快),³ 오성병마사(五城兵馬司) 소속의 관군들, 그리고 거리의 백성들이 일제히 그에게 달려들어 붙들고 연상소(演象所)⁴로 몰려갔다. 그러자 장삼봉이 능청스럽게 물었다.

"왜들 이러시는 게요?"

"왜 이러냐고? 네가 감히 그런 말을 할 자격이 있어? 너는 예부상서께서 현상금으로 은 이백 냥을 걸고 잡아들이라는 방문을 내건 범인이란 말이다!"

"내가 무슨 죄를 지었다고 그런 방문이 나붙었다는 게요?"

"네가 황제 폐하의 심기를 건드리는 바람에 폐하께서 수라도 별로 잡수지 않고 풍악도 모두 중지시키시고 계셔서, 심지어 예부상서께서도 너무 황공하셔서 마음고생이 많으셨지. 하지만 네놈을 잡아 처치할 수 없으셨다 이거야. 그런데 네놈이 감히 여기서 활개

---

2 번수(番手)는 명나라와 청나라 때 범죄자를 체포하는 일을 담당하는 관청의 말단 심부름꾼의 일종이다.

3 민쾌(民快)는 옛날 관청에서 범죄자를 체포하는 일을 담당하는 말단 심부름꾼의 일종이다.

4 연상소(演象所)는 지금은 없어진 북경성 서단(西單)의 쌍탑사(雙塔寺)에 있던 곳이다. 옛날에는 매년 음력 유월이면 궁중의 코끼리들을 이곳으로 데려와 호성하(護城河)에서 목욕시키고 의장(儀仗) 행렬에서 행동하는 요령을 훈련시켜서 많은 구경꾼이 모여들곤 했고, 심지어 규방의 여자들도 남장하고 구경하러 나오곤 했다고 한다.

를 치고 다니면서 큰소리를 치고 다녀? 사람들이 너를 알아보지 못할 줄 알았더냐?"

"소란 피울 거 없이 그냥 예부상서께 데려다주시오."

사람들이 그를 끌고 예부로 가자, 예부상서가 그를 조정 문밖으로 데려가 황제의 처분을 기다렸다. 잠시 후 그를 금의위 옥에 가둬 두라는 황제의 어명이 내려오자, 장삼봉이 말했다.

"그럴 필요 없소. 내가 폐하를 진맥해 보면 금방 병을 치유하여 만수무강을 누리게 해 드릴 수 있소."

이에 금의위에 그 얘기를 전하자 다시 문무백관 가운데 누군가 장삼봉의 보증을 서야 한다는 어명이 내려와서, 다시 보증까지 서게 된 예부상서가 장삼봉에게 물었다.

"진맥은 어떻게 하는 것이오?"

"저는 속세를 떠난 몸이고 황제 폐하는 지금의 제왕이시니, 어찌 감히 폐하의 맥을 직접 짚을 수 있겠습니까? 환관에게 백 길의 붉은 실을 준비해서 궁 안쪽에서 한쪽 끝을 폐하의 맥에 얹게 하시고, 다른 한쪽 끝을 밖에 있는 제게 달라고 하십시오. 허풍이 아니라 당장 치유해서 만수무강을 누리게 해 드릴 수 있습니다."

예부상서가 그대로 아뢰자 황제의 윤허가 떨어졌다. 서둘러 환관이 붉은 실을 준비해서 장삼봉에게 한쪽 끝을 건네주었다. 장삼봉이 그걸 받아서 황제의 맥을 다스리자 황제는 모든 병이 나아서 무척 기뻐했다. 그런데 어떻게 도사가 병을 치료할 수 있었을까? 사실은 자금 호리병에 들어 있던 황제의 진성이 붉은 실을 따라 다시 황제의 가슴으로 들어갔기 때문이다. 맥을 짚는다는 것은 그저 핑계에 지나지 않았는데, 지금까지도 태의원(太醫院)에서 맥을 짚을 때는 붉은 실을 사용한다는 말도 안 되는 이야기가 전해지고 있다. 세상의 속설이라는 게 다 이런 것이기는 하지만, 이것만 봐도 부처님의 일 처리와 장삼봉의 행사가 오묘하고 뛰어나다는 것을 알 수 있지 않은가?

어쨌든 즉시 건강을 회복한 황제가 세 번의 정편(淨鞭) 소리와 함께 대전으로 나오니, 문무백관이 일제히 자리에 시립했다.[5]

秋風閭閶九門開	가을바람에 궁궐의 아홉 대문 열려
天上鳴鞘步輦來	천상에 정편 소리 울리며 보련(步輦)이 들어오네.
萬樂筭弦流紫府	궁궐 가득 풍악 소리 울리고
千官簪佩集鈞臺	수많은 벼슬아치 균대(鈞臺)[6]에 모였구나.
華胥雲霧凝仙杖	화서(華胥)[7]의 운무가 신선 지팡이에 서

---

5 인용된 시는 송나라 때 원강(元絳: 1008~1083, 자는 원지[原之] 또는 후지[厚之])의 〈집영전의 가을 연회에서 교방에 부침[集英殿秋燕教坊致語]〉이다.

6 균대(鈞臺)는 옛날 황제가 나들이 가서 즐기던 대관(臺觀)을 가리킨다.

7 화서(華胥)는 안락하고 평화로운 이상적 경계 또는 꿈속의 경계를 가리키는 말이다. 《열자(列子)》〈황제(黃帝)〉에 따르면 황제가 낮잠을 자다가 꿈속에서 화서씨(華胥氏)의 나라에 다녀온 적이 있다고 했는데 엄주(弇州)의 서쪽, 태주(台州)의 북쪽에 있는 그 나라는 너무 멀리 있어서 배나 수레로 갈수 없기 때문에 이렇게 정신을 통한 여행[神遊]을 할 수밖에 없었다고 했다. 또 그 나라는 다스리는 수장(首長)도 없이 자연스럽게 살고 있었고, 백성들도 아무 욕심 없이 자연스럽게 살고 있었다고 했다.

	리고
南極星辰入壽杯	남극의 별이 생신 축하주 담긴 잔에 들어오네.
旣醉太平均五福	거나하게 취하여 너무나 평화롭고 오복이 고루 내리니
明良賡載詠康哉	현명한 군주와 신하들 시를 주고받으며 태평성대를 노래하네.

황제가 대전에 오르자 문무백관은 진정으로 기쁨을 이기지 못해 모두 머리를 조아리며 감격했다. 황제는 예부상서에게 오색 비단과 황금 꽃장식을 하사하고, 궁보(宮保)[8]로 특진(特進)시켰다. 예부상서가 절을 올려 은혜에 감사하자, 황제는 다시 장삼봉을 불러들이라고 어명을 내렸다. 그러자 문무백관이 쑤군거렸다.

"이 도사가 이번에 운수가 대통했군!"

하지만 황궁 안에서도, 북경성 어디에서도 잠상봉의 모습을 찾을 수 없었다. 이에 황제는 그를 대라천선에 봉한다는 칙령을 내리고, 남경과 북경, 그리고 열세 지방의 모든 관청에 장삼봉을 보는 즉시 황제에게 보고하라는 어명이 내려졌다. 하지만 장삼봉은 모르는 체하고 허공을 날아 연등고불에게 가서 일이 잘 풀렸다고 보고한 후, 명산의 경치 좋은 곳을 찾아 떠나 버렸다.

---

8 궁보(宮保)는 태자태보(太子太保)와 태자소보(太子少保)를 아울러 칭하는 말인데 명나라 때는 관습적으로 태자태보를, 청나라 때는 태자소보를 가리키는 말로 썼다.

벽봉장로는 다시 한 줄기 금빛으로 변해 살발국의 함대로 돌아가서 삼보태감을 만났다.

"어제 국사님의 명에 따라 쉰 명의 철갑군이 금모도장을 생포했는데, 뜻밖에 그자도 왕 선녀 같은 작자였더군요."

"그게 무슨 말씀이시오?"

"그자는 갑옷하고 검푸른 전포, 백옥 허리띠, 머리에 쓰고 있던 황금관만 남기고 어디론가 사라져 버렸습니다. 그러니 왕 선녀하고 같다는 말씀이지요."

벽봉장로가 그간의 사정을 자세히 들려주자 두 사령관이 깜짝 놀랐다.

"아니, 그런 일이 있었군요! 국사님의 신통력이 이렇듯 광대할 줄이야!"

그러자 마 태감이 말했다.

"그럼 설마 폐하께서 북경으로 천도를 하셨다는 겁니까? 그런데 북경은 남경에 비해 어떻던가요?"

홍 태감도 끼어들었다.

"북경의 사례감(司禮監)은 일을 잘하고 있었습니까?"

후 태감도 물었다.

"북경의 내상부(內相府)[9]는 어떠하던가요?"

---

9 내상(內相)은 원래 한림(翰林)을 부르던 칭호였는데, 고대 소설 등에서는 종종 궁중의 태감들을 관리하는 장권태감(掌權太監)을 가리키는 뜻으로 쓰였다. 그러므로 내상부(內相府)는 장권태감의 집무실 겸 숙소가 있는 곳을 가리킨다.

왕 태감도 물었다.

"북경에도 남경처럼 구운 오리나 거위, 닭, 돼지족발 같은 것이 있던가요? 남경과 마찬가지로 담주(罎酒)[10]나 세주(細酒), 벽청주(璧淸酒), 삼백주(三白酒),[11] 고거주(靠柜酒)[12] 같은 것이 있던가요?"

그러자 삼보태감이 말했다.

"자자, 쓸데없는 소리는 그만해라. 그런데 국사님, 금모도장은 어째서 모습이 사라진 것입니까?"

"득도한 신선이 육체를 두고 떠나는 것과 마찬가지지요."

"그렇다면 그자는 다시 오지 않겠군요?"

"제가 그렇게 고생했는데 어떻게 또 오겠습니까?"

"그렇다면 성으로 장수를 파견하여 상소문과 항서를 받아오고, 통관문서를 교환해서 다시 항해를 계속해야겠습니다."

"잠시 그 벽수어를 이리로 데려오시기 바랍니다. 제가 물어볼 게 있습니다."

수하들이 벽수어를 끌고 오자 벽봉장로가 벽수어에게 물었다.

---

10 담주(罎酒)는 단지에 술을 담아 밀봉하여 땅에 묻어 두었다가 꺼내서 뚜껑을 깨고 마시는 술이다.

11 삼백주(三白酒)는 오진(烏鎭, 지금의 저장성[浙江省]에 속함)의 특산품이다. 《오청진지(烏靑鎭志)》에 따르면 그것은 백미(白米)와 하얀 밀가루[白麵], 무색무미(無色無味)의 물[白水]로 만들었기 때문에 그런 이름이 붙었다고 했다.

12 고거주(靠柜酒)는 술의 일종이라기보다는 술을 마시는 방식의 일종이다. 이것은 오늘날 바(bar)에서 술을 마시는 것과 같은 방식을 가리킨다.

"너는 무슨 물고기이냐?"

"벽수어이옵니다."

"원래 출신을 묻는 것이다."

"저는 원래 지렁이였는데 천 년이 넘게 수행하여 용이 되었습니다. 그 후에 비를 내리다가 실수를 해서, 옥황상제께서 인간 세계로 쫓아내 벽수어로 만들어 버리셨습니다."

"당초에는 용이었다면서 어떻게 물고기가 된 것이더냐?"

"저도 모르겠습니다. 노(魯) 땅의 소가 병들어 슬퍼하다가 이레 만에 호랑이로 변해서 형체가 바뀌면서 발톱과 송곳니가 자라더니, 그걸 훔쳐본 형을 잡아먹었습니다.[13] 그러니 사람이 호랑이로 변할 수도 있고, 호랑이가 사람으로 변할 수도 있는 것이 아니겠습니까?"

"그렇게 오랫동안 수련했다면 분명히 좋은 곳에 가야 하거늘, 어쩌다가 하루아침에 공염불이 되었더란 말이냐?"

"하늘나라로 올라가기에는 천 일의 수련이 부족하고, 지하로 내려가기에는 하루가 남습니다."

"그렇다면 다시 바다로 돌아가도록 해라!"

"운수 좋게 부처님을 만났사오니, 제발 저를 제도해 주십시오!"

---

13 《회남자(淮南子)》〈숙진훈(俶眞訓)〉: "옛날에 황소가 슬퍼하다가 병이 들었는데, 이레 만에 호랑이로 변했다. 그 형이 문에 숨어 엿보자 호랑이가 때려 죽였다.[昔公牛哀轉病也, 七日化爲虎, 其兄掩戶而入覘之, 則虎搏而殺之.]"

"손을 내밀어 봐라. 네게 한 글자를 알려주마."

벽수어는 손을 내밀어 벽봉장로에게 글자 하나를 받고 나서 절을 올리고 떠났다. 그러자 삼보태감이 물었다.

"국사님, 이 나라 국왕의 상소문과 항서를 어떻게 받아내지요?"

"금모도장도 없으니 사령관께서 알아서 하시구려."

삼보태감은 즉시 명령을 내려 전후좌우 네 진용의 대도독에게 각기 병사를 이끌고 성의 사대문을 공격하여 조속히 점령하라고 했다. 또 좌우선봉들도 각자 부대를 이끌고 가서 지원하도록 했다. 장수들이 떠나고 나서 얼마 후 호위병이 보고했다.

"좌영대도독 황동량 장군이 패전하여 돌아왔는데, 귀신도 무서워한다는 그분의 질뢰추도 아무 소용이 없었다고 합니다."

그 말이 끝나기도 전에 또 다른 보고가 올라왔다.

"우영대도독 김천뢰 장군이 패전하여 돌아왔는데, 귀신도 보면 울고 간다는 그분의 임군당도 아무 소용이 없었다고 합니다."

그 말이 끝나기도 전에 또 다른 보고가 올라왔다.

"전영대도독 왕량 장군이 패전하여 돌아왔는데, 다행히 유금호(流金弧) 천리마의 걸음이 빨라 목숨은 건졌다고 합니다."

그 말이 끝나기도 전에 또 다른 보고가 올라왔다.

"후영대도독 무장원 당영 장군이 패전하여 돌아왔는데, 다급히 도망치다가 은으로 만든 투구까지 잃어버렸다고 합니다."

결국 네 진영의 대도독이 모두 패전하여 돌아왔는데, 그나마 좌우 선봉장들이 도와주지 않았더라면 모두 목숨을 잃을 뻔했다는 것이었다. 두 사령관은 조금 전에 금모도장을 생포해서 기뻐했지만, 이 흉보를 듣고 나자 근심으로 변해 버렸다. 삼보태감이 말했다.

"설마 금모도장이 아직 안 죽은 것인가?"

왕 상서가 말했다.

"국사님께서 죽었다고 하셨는데 그럴 리가 있습니까? 이 패장들에게 물어보면 이유를 알 수 있겠지요."

그 말이 끝나기도 전에 네 명의 패장들이 일제히 들어와 부복했다. 삼보태감이 물었다.

"어떻게 네 장수가 모두 패전할 수 있소?"

"저희 능력이 모자라서가 아니라 사대문을 지키는 장수들이 모두 하늘 신장으로서 하늘 병사들을 거느리고 있으니, 저희는 도저히 적수가 될 수 없었습니다."

"하늘 신장이라니?"

"동문의 대장은 자칭 청모도장(靑毛道長)이라고 했고, 남문의 대장은 홍모도장(紅毛道長), 서문의 대장은 백모도장(白毛道長), 북문의 대장은 흑모도장(黑毛道長)이라고 했습니다. 다들 키가 서른 길이 넘지만 얼굴 생김새하고 복장만 달랐습니다. 그리고 각자 불을 내뿜고, 연기를 피우고, 바람을 부르고, 비를 불렀습니다. 그러니 만 명을 대적할 만한 용맹한 장수라 해도 아무 소용이 없습니다."

"아무래도 국사님께 도움을 청해야겠구려."

그러자 왕 상서가 말했다.

"계속해서 그분께만 폐를 끼칠 수 없으니, 차라리 천사님께 청하는 게 낫겠습니다."

이에 즉시 장 천사에게 부탁하니, 장 천사는 곧 채비해서 성으로 달려갔다. 성문을 지키던 네 장수는 장 천사를 보자 원수를 만난 듯이 눈이 시뻘겋게 변해서 일제히 고함을 질렀다.

"천사라는 작자가 어찌 함부로 칼을 휘둘러 살인을 하려 하느냐?"

장 천사는 영문을 몰라 칼끝에 부적을 살라서 하늘 신장을 소환했다. 그런데 하늘 신장이 도착하기도 전에 동문의 청모도장이 사납게 고함을 지르자 마른하늘에 날벼락이 울렸다.

萬壑千峰起暮雲	수많은 골짜기와 봉우리에 저녁 구름 일어나고
乾坤倒影鑄氤氳	천지가 거꾸로 뒤집혀 음양의 기운 주조하는구나.
飄飄人世間鈞樂	표표히 인간 세상에 신선의 음악 울리니
霹靂天門謁帝君	벼락 울리는 하늘 문에서 신을 알현하지.

우렛소리가 그치기도 전에 북문의 흑모도장이 사납게 고함을 지르자 먹구름을 사방을 가리고 검은 안개가 하늘을 덮었다.

| 山川迷舊迹 | 산천은 옛 형적 흐릿해지고 |
| 雷電發先機 | 우레와 번개가 미리 치는구나. |

冉冉谷中起	골짝에서 느릿느릿 피어나고
遲遲雨後歸	비 갠 후에 천천히 돌아가는구나.
掛林初作陣	처음에는 숲에 걸려 진세를 이루더니
披石忽成衣	바위를 덮어 갑자기 옷이 되었구나.
豈是無心出	어찌 무심히 나온 것이랴?
從龍願不違	언제나 용을 따라 다니고 싶었기 때문이지.

　짙은 구름 속에서 남문의 홍모도장이 사납게 고함을 지르자, 갑자기 "화르륵!" 하는 소리와 함께 수만 길의 불빛이 피어났다.

赫赫炎炎只自猜	시뻘겋게 활활 타올라 그저 스스로 어림짐작만 할 뿐인데
祝融飛下讀書臺	아무래도 축융이 독서대[14]에 내려온 듯하구나.
圓淵千里傳焦石	천 리 넓이의 둥근 연못에 석탄이 전해지고
武庫雙旌失舊釵	무기고의 나란한 깃발 옛 모습 잃었구나.

　수만 줄기 불빛이 맹렬히 타오르는 가운데 서문의 백모도장이 사납게 고함을 지르자, 갑자기 천지를 뒤엎을 듯한 소낙비가 쏟아지기 시작했다.

---

14 독서대(讀書臺)는 쓰촨[四川]에 세 군데나 있는 곳인데, 각기 이백(李白)이나 사마광(司馬光) 같은 명사들이 책을 읽던 곳이라서 그런 명칭이 붙었다고 한다.

陰雲特地鎖重城	먹구름이 단단한 성을 가리고
寒雨通宵又徹明	차가운 비 또한 밤새 내리는구나.
茅屋人家烟火冷	초가집 굴뚝의 연기도 싸늘하고
梨花院落夢魂驚	배꽃 핀 뜰에서는 단잠을 깨는구나.[15]

이렇게 우레가 치고, 불길이 타오르고, 먹구름이 자욱한 데다가 소낙비까지 퍼붓는데도, 장 천사는 오히려 우스워서 푸른 갈기의 말을 타고 짚으로 엮은 용에 올라 공중으로 날아올라 배로 돌아와서 삼보태감을 찾아갔다.

"천사님, 어떻게 되었습니까?"

"네 장수도 좀 괴상해서 어쩔 수 없었소이다."

마 태감이 말했다.

"그자들은 혹시 금모도장의 사제(師弟)들이 아닐까요? 다들 똑같이 이름에 무슨 '터럭[毛] 도장'이라는 글자가 들어 있지 않습니까?"

홍 태감이 말했다.

"그나마 그거니까 조금 낫지 '수염[鬚] 도장'이었다면 더 이상하지 않았겠소?"

왕 태감이 말했다.

"그게 무슨 소립니까?"

---

15 마지막 두 구절은 풍몽룡(馮夢龍: 1574~1646, 자는 유룡[猶龍] 또는 자유[子猶])의 《경세통언(警世通言)》 권40 〈정야궁철진요(旌陽宮鐵樹鎭妖)〉에 들어 있는 시에서 발췌한 것이다.

그러자 후 태감이 끼어들었다.

"아, 그런 구호가 있지 않아요?"

"구호라니요?"

"이거 말입니다.

一個嬌嬌	어여쁜 아가씨
兩腿蹺蹺	두 다리 사뿐사뿐
三更四點	깊은 밤에
蠟燭倒澆	촛농이 거꾸로 떨어지네.[16]

그렇게 아래에 수염이 난 도장이라고 하면 좀 괴상망측해지지 않소!"

삼보태감이 장 천사를 보며 말했다.

"어쨌든 그자들이 이렇게 괴상하다면 아무래도 국사님께 가르침을 청하는 수밖에 없겠군요."

"그럴 필요 없습니다. 제 나름대로 대책이 있어요."

이튿날 장 천사는 미리 별자리를 밟으며 칼끝에 주문을 걸고 부적을 써서 정신을 가다듬고 하늘 신장을 부른 다음, 다시 성문으로 갔다. 네 명의 도장이 그를 보고 일제히 달려오자, 장 천사가 말했다.

"잠깐! 모두 거기서 신통력을 부려보도록 해라. 다만 어제처럼

_____

16 이 노래는 한밤중에 남녀가 성교하는 장면을 은유한다.

연기나 불 따위를 일으키면 안 된다!"

"그래, 우리가 여기에 서 있으면 네가 어쩔 테냐?"

장 천사가 흘끗 보니 앞쪽에 서 있는 이는 자칭 홍모도장이라는 이였다. 그는 키가 세 길 네 자에 머리카락도 얼굴도, 투구도, 갑옷도, 전포까지 모조리 붉은색이었다. 그 뒤쪽에 서 있는 이는 자칭 흑모도장이었는데 그 또한 세 길 네 자의 키에 머리카락도 얼굴도, 투구도, 갑옷도, 전포까지 모조리 검은색이었다. 왼쪽에 서 있는 이는 자칭 청모도장이었는데 마찬가지로 세 길 네 자의 키에 머리카락도 얼굴도, 투구도, 갑옷도, 전포까지 모조리 푸른색이었다. 오른쪽에 서 있는 이는 자칭 백모도장이었는데 마찬가지로 세 길 네 자의 키에 머리카락도 얼굴도, 투구도, 갑옷도, 전포까지 모조리 흰색이었다.

장 천사는 우선 맨 앞쪽의 홍모도장을 향해 칼을 내리쳤다. 그러자 홍모도장이 두 쪽으로 갈라지면서 키와 생김새, 차림새까지 똑같은 두 명의 홍모도장이 생겨나는 것이었다. 장 천사가 다시 그들의 허리를 단칼에 베어 버리자 이번에는 키와 생김새, 차림새까지 똑같은 네 명의 홍모도장이 생겨나는 것이었다.

"고얀! 이따위 분신법으로 나를 현혹하려 하느냐?"

그 말이 끝나기도 전에 흑모도장이 고함을 질렀다.

"말코도사 네놈이 분신법을 알기나 하느냐?"

장 천사가 재빨리 돌아서서 그에게 칼을 내리그었다. 그러자 흑모도장이 반쪽으로 쪼개지면서 각기 한 개의 눈과 반쪽의 코, 반쪽의 입, 하나의 손과 다리를 가진 두 명의 흑모도장으로 변했다. 그렇지만 그 눈은 볼 수가 있고, 코도 움직일 수 있고, 입은 말을 할 수 있고, 손은 창을 휘두를 수 있고, 다리는 달릴 수 있었다. 장 천사가 다시 그 둘의 허리를 잘라버리자 흑모도장의 잘린 상반신은 그대로 공중에 떠 있고, 하반신은 여전히 풀밭에 서 있었다. 그런 상태로도 머리를 돌리고, 팔을 움직이고, 손을 휘두르고, 엉덩이를 삐죽거리며 뛰어다니는 것이었다.

"고얀! 감히 이 천사 앞에서 그런 요사한 술법을 부리느냐?"

그 말이 끝나기도 전에 왼쪽의 청모도장이 소리쳤다.

"말코도사야, 당장 항복하면 칼맛은 보지 않게 해 주마!"

장 천사는 화가 치밀어 그자의 다리를 향해 칼을 그어 버렸다. 그러자 땅에서 한 줄기 푸른 연기가 공중의 구름까지 피어올랐다. 그 연기의 끝에는 머리카락과 얼굴, 투구, 갑옷, 전포까지 모두 파란색의 청모도장이 앉아서 껄껄 웃으며 말했다.

"말코도사, 칼질이 제법이구나?"

장 천사는 아무 말도 하지 않고 다시 그의 다리에 칼을 그었다.

그러자 푸른 연기가 한 길 더 높아지는 것이었다. 이렇게 칼을 그을 때마다 한 길씩 높아지더니, 결국 푸른 연기가 하늘에 닿을 정도가 되어서 어떻게 해볼 도리가 없었다.

"너도 기껏 이따위 재주밖에 없는 모양이구나?"

"그럴 리가 있어?"

"그렇다면 왜 도망만 치느냐?"

그 말이 끝나기도 전에 오른쪽의 백모도장이 고함을 쳤다.

"말코도사, 누가 도망을 친다는 게냐?"

"그럼 너는 이 칼을 당해 낼 수 있느냐?"

장 천사가 칼을 들어 그의 정수리를 사납게 내리치자, 백모도장의 정수리가 쩍 갈라지면서 두 줄기 하얀 연기가 하늘로 치솟았다. 그리고 그 연기 끝에는 두 명의 백모도장이 서 있었다. 장 천사가 다시 칼을 내리치자 네 줄기 하얀 연기가 하늘로 치솟았고, 그 끝에는 네 명의 백모도장이 서 있었다. 다시 한번 칼을 내리치자 여덟 줄기 하얀 연기가 하늘로 치솟았고, 그 끝에는 여덟 명의 백모도장이 서 있었다.

사태가 심상치 않게 되자 장 천사는 짚으로 엮은 용을 타고 재빨리 구름 위로 쫓아갔다. 그러자 사방팔방에서 여러 명의 도장이 그를 에워쌌다. 개중에 키가 큰 자도 있고, 키가 작은 자, 사지가 제대로 붙은 자, 반쪽인 자, 둘로 쪼개진 자, 넷으로 쪼개진 자도 있었다. 그들이 일제히 달려들자 장 천사는 전후좌우로 칼을 휘두르며 맞섰지만, 그야말로 중과부적의 상황이 되고 말았다. 이에 그는 어쩔 수 없이 공중으로 날아올라 배로 돌아오고 말았다.

이튿날 출전하기 전에 장 천사는 속으로 생각했다.

"이 자들이 분명히 요사한 술법이나 부리는 것 같은데, 도저히 어찌 해볼 수 없구나! 안 되겠다. 이번에는 보물을 써서 상대해 봐야겠다."

장 천사가 성문으로 가자 네 명의 도장들이 또 일제히 몰려왔다.

장 천사는 이런저런 말도 없이 다짜고짜 소매에서 아홉 마리 용이 수놓아진 손수건을 꺼내 하늘로 던졌다.

'네놈들이 제아무리 무슨 도장이니 뭐니 해도 이 천라지망(天羅地網)을 벗어나지는 못할 게다!'

그리고 손수건을 거둬들였는데, 알고 보니 이 도장들은 상당한 재주꾼들이었다. 왜냐? 그자들이 각기 손수건의 위와 아래, 앞과 뒤에 자리 잡고 있는 상태에서 손수건을 거둬들인 것이다. '이자들이 안 보이는 걸 보니, 다들 제법 재간이 뛰어나구나!'

그는 어쩔 수 없이 돌아가서 벽봉장로에게 도움을 청했다.

"금모도장 하나 때문에 그렇게 고생했는데, 또 네 명이나 되는 도장이 있다는 것인가? 일단 어디서 나타난 작자들인지 보세."

벽봉장로가 즉시 지혜의 눈을 뜨고 한참 살펴보니, 그 도장들의 정수리에 모두 한 줄기씩 하얀 기운이 피어나고 있었다.

"허! 또 무슨 하늘 신장들인 모양인데, 골치 아프게 되었구먼!"

그는 즉시 왕명을 불러 호두패를 들고 성안으로 들어가서 국왕에게 보여주라고 분부했다. 이에 왕명은 한 손에는 은신초를, 다른 한 손에는 호두패를 들고 성문을 거쳐 대전으로 들어갔다. 마침 왕이 조회를 열고 있어서 양쪽으로 문무백관이 늘어서서 절을 올리고 있었다.

'이번에야말로 왕을 해치우고 수급을 가져갈 수 있는 절호의 기회인데, 애석하게도 칼을 가져오지 않았구나! 가만있자. 그렇다면 다른 방법을 써야지!'

그는 칼을 꺼낼 셈으로 입을 크게 벌리고 "껄껄껄!" 세 번 웃고 "흑흑흑!" 세 번 통곡한 다음, 이리저리 손을 더듬어 보았지만 칼이 잡히지 않았다.

'다들 웃음 속에 칼이 숨겨져 있다[笑裏藏刀]고 하던데, 세 번이나 웃었는데 왜 칼이 없지?'

그때 갑자기 호두패가 그에게 말했다.

'형, 입안에 쓴맛만 가득한데 어떻게 칼이 나오겠어요?'

'어라? 거 참 괴상한 일일세. 이런 패까지 말을 하다니 말이야. 뭐 그렇다 치고, 그런데 그건 무슨 소리냐? 내 입안이 써서 칼이 나오지 않는다니 말이야.'

'호삼성(胡三省)¹⁷의 《통감(通鑑)》도 보지 못했나요? 거기에 구밀복검(口蜜腹劍)이라고 했는데, 형은 입안에 꿀이 없으니 뱃속에 칼이 들어 있을 리 있나요?'

'그거 말 되네. 그런데 너는 기껏 그려놓은 호랑이 머리에 지나지 않는데, 어떻게 머리를 흔들고 말도 할 줄 아는 거야?'

'형이 웃음 속에 칼을 숨긴 사람이라면, 저는 털 속에서 입을 여는 몸[毛裏開口]¹⁸이거든요!'

---

17 호삼성(胡三省: 1280~1302)은 자가 신지(身之)이며 송나라 말엽과 원나라 초기를 살았던 역사가이다. 1285년에 그는 《자치통감음주(資治通鑑音注)》 294권과 《석문변오(釋文辨誤)》 12권을 완성하여 《자치통감》에 대해 교감(校勘)과 고증(考證) 작업을 했고, 《석문》의 오류를 바로잡으면서 역사적 사건에 대해 평론을 붙였다.

18 여성의 성기를 비유한 말이다.

그 말이 너무 웃겨서 왕명은 그만 "하하하!" 소리를 내서 웃고 말았다.

이렇게 웃고 얘기를 하자 왕명 자신은 몰랐지만, 조정에 있던 오랑캐 왕과 관리들은 다들 깜짝 놀랐다.

"어디서 이런 소리가 나는 거야? 어디야?"

왕은 곧 의혹이 생겨서 신하들을 보며 물었다.

"혹시 지금 웃고 떠드는 게 그 왕명이라는 작자가 아닐까?"

그 말에 다들 자기 머리를 만지며 떠들어댔다.

"아직 붙어 있구나!"

"나도 아직 괜찮구먼!"

그 모습을 보고 왕명이 생각했다.

'일을 시작했으면 끝을 봐야지! 어디 맛 좀 봐라!'

그가 은신초를 내리자 정말 당상에 떡 버티고 선 그의 모습이 나타났다. 국왕은 그를 보고 혼비백산 놀라서 벌떡 일어나 후궁으로 내달렸다. 그러면서 한편으로는 궁궐을 호위하는 장수들에게 그를 붙잡으라고 고함을 질렀다. 그러자 장수들이 투덜거렸다.

"당신 머리만 걱정하면 다야? 우리 거는 머리가 아니냐고!"

그러면서 그들도 모두 비명을 지르며 우르르 달아나 버렸다. 그 바람에 대전 안에는 왕명만 남게 되었다.

'흥! 사람을 잡아먹지 못하는 호랑이는 호랑이도 아니지! 그나저나 이것들이 다 도망쳐 버렸으니, 국사님께 뭐라고 보고한담? 에라, 일단은 저자들하고 화해하자.'

그리고 그는 후궁 쪽을 향해 고함을 질렀다.

"어이, 국왕, 잠깐 나와 보시오! 할 말이 있소!"

"싫다! 내가 왜 죽을 데를 내 발로 찾아가냐?"

"나한테 칼도 없는데 어떻게 죽이겠소?"

"꼭 칼이 있어야 사람을 죽이는 건 아니잖아!"

"남아일언중천금이라고 했소. 내 입으로 죽이지 않겠다고 했는데 왜 그러시오?"

"그럼 먼저 우리 문무백관을 불러내라. 그러면 나도 나가겠다!"

이에 왕명이 문무백관을 부르자 다들 무서워서 나올 생각을 하지 않았다.

"너는 정직한 척해도 사실은 안 그렇잖아! 저번에도 이런 식으로 도망쳤지 않느냐?"

"이번에는 진짜라니까!"

"손에 사람 잡아먹는 호랑이를 들고도 진짜라고 우기는군!"

"아냐. 이건 호랑이가 아니라 호두패라고!"

"그게 뭐냐?"

"우리 사령관께서 보내신 거다. 여기에 우리가 서양에 온 이유가 적혀 있어."

"그렇다면 네가 읽어 봐라."

"좋아. 읽을 테니 잘 들어라."

위대한 명나라 황제께서 정서통병초토대원수 아무개를 파견하여 오랑캐를 위무하고 보물을 구하는 바이다.

천자의 나라 역대 제왕은 대대로 전국옥새를 전해 온 것이 천 년이 넘었으나, 원나라 순제가 하얀 코끼리에 그걸 싣고 서양으로 들어왔다. 우리 명나라 황제께서는 융성한 덕으로 이미 하늘의 보살핌을 받아 천하를 통일했는데, 종실의 기물을 어찌 오랫동안 없는 상태로 둘 수 있겠는가? 이에 우리에게 천 척의 함대와 천 명의 장수, 용맹한 군사 백만을 이끌고 서양으로 와서 오랑캐 나라를 순찰하고 옥새의 행방을 탐문하게 하셨다. 이에 각 나라의 왕과 장수들에게 이 패를 보내 알리노라. 우리 함대가 도착하면 해당 나라에 옥새가 있는지 사실대로 알리기 바라노라. 이외에는 아무 일도 없을 것이다. 다만 이를 기회로 여겨 간악한 마음을 품고 다른 계책을 꾸며서 분쟁을 일으키지 않기 바라노라. 감히 이를 어기면 온 나라를 쑥대밭으로 만들어 버리겠노라!

이대로 시행하라!

그러자 관리들이 말했다.

"그 천 명의 장수 속에 저 도사와 승려의 수도 포함되어 있느냐?"

"출가인들을 어찌 전투하는 장수에 포함하겠어?"

"그럼 너도 거기 포함되어 있느냐?"

"나는 하급 병사에 지나지 않아서 백만 명 가운데 포함되어 있지."

이에 관리들은 깜짝 놀랐다.

'세상에! 그런 도사와 승려도 장수로 치지 않는다니, 그 천 명의 장수는 얼마나 무시무시할까! 왕명 같은 이런 작자도 겨우 일반 병사밖에 안 된다니, 이런 놈이 백만 명이라면 정말 엄청나구나! 우리 살발국은 도저히 적수가 안 되겠어!'

관리들이 일제히 달려 나와 머리를 조아리며 말했다.

"왕 장군, 살려주십시오! 이 전쟁은 우리와는 상관없이 총사령관과 금모도장이 주장한 것입니다."

"이전의 일은 모두 없었던 것으로 치겠다. 그런데 지금 사대문을 지키는 도장들은 또 어디서 온 것이냐?"

"우리나라와는 상관없는 일입니다. 저희도 어디서 나타났는지 모릅니다."

그렇다면 그들 네 명의 도장은 어디서 나타난 것일까? 이에 대해서는 다음 회를 보시라.

벽봉장로는 살발국을 굴복시키고
삼보태감은 군대를 동원해 실론 국왕을 생포하다

國師收服撒髮國　元帥兵執錫蘭王

劍客不誇貌	검객은 용모를 자랑하지 않아도[1]
主人知此心	주인은 그 마음 안다네.
但營纖毫義	그저 아주 작은 의로움만 추구할 뿐
肯計千萬金	어찌 천만금의 영화를 도모하랴?
勇發看鶻擊	용기 발휘하면 맹금처럼 매섭게 공격하고
憤來聽虎吟	분노 일으키면 호랑이처럼 포효하지.
平生志報國	평생 나라에 보답하려는 뜻을 품나니
料敵無幽深	적을 요리함에 어려움이 없다네!

왕명이 물었다.

---

1 인용된 시는 당나라 때 맹간(孟簡: ?~823, 자는 기도[幾道])의 〈의고(擬古)〉에서 마지막 두 구절을 변형한 것이다. 원작에서는 마지막 두 구절이 "평생 덕에 보답하는 것을 중시하고, 적을 베는 데에는 어려움이 없노라.[平生貴酬德, 刃敵無幽深]"라고 했다.

"그자들이 어디서 왔는지를 어떻게 당신들이 모를 수 있어?"

"대왕마마께서 듣고 계시는데 저희가 어찌 감히 거짓말을 하겠습니까?"

"당신들 왕에게 좀 나오라고 해."

오랑캐 왕은 왕명이 호탕한 대장부인 것 같고, 또 호두패에 적힌 글의 내용도 들어보니 공명정대하고 도리에 맞는 말인 것 같아서, 비로소 마음을 놓고 대전으로 나왔다. 이에 왕명이 그에게 물었다.

"우리가 천 척의 배와 천 명의 장수, 백만 명의 용병을 이끌고 서양에 온 것은 단지 바깥의 나라들을 순시하여 다스리고 옥새의 행방을 탐문하기 위한 것일 뿐인데, 어찌 이리 무례하게 대항하는 것이오?"

"그건 우리 탓이 아닙니다. 우선 총사령관의 잘못이고, 다음으로 금모도장이 잘못을 저질러서 장군께 죄를 짓게 된 것입니다. 부디 용서해 주십시오!"

"지나간 잘못은 따지지 않겠소. 다만 지금 또 무슨 도장이라고 하는 네 작자들이 있던데, 그자들은 모두 어디서 온 게요?"

"그자들은 상당히 괴상합니다."

"무슨 말이오?"

"금모도장이 떠난 뒤에 이들 넷이 와서 자칭 무슨 도장이라고 하면서 성문을 지키고 있어서, 심지어 우리 백성들까지 곤욕을 치르고 있습니다."

"어떻게 곤욕을 치른다는 말이오?"

"그 네 도장은 각기 불과 연기, 바람, 비를 부립니다. 그 바람에 성안에 사는 이들은 성 밖으로 나갈 수 없고, 성 밖의 사람들도 안으로 들어올 수 없습니다."

"거짓말 마시오!"

"절대 아닙니다. 조금이라도 거짓이 섞였다면 이 나라 군주와 신하들이 모두 가루가 될 게 아니겠습니까!"

"그렇다면 내가 가서 살펴보겠소."

왕명이 은신초를 들어 올리자 순식간에 그의 모습이 사라져 버렸다. 그러자 왕이 당황하며 말했다.

"다들 조심해라. 그자가 또 우리 궁궐 안으로 몰래 들어올지 모른다."

"궁궐 안으로 들어오는 거야 상관없지만, 다들 머리를 조심해야지요!"

왕명은 웃음이 나왔지만 아무 대답도 하지 않고, 느긋하게 왕궁에서 나와 성문으로 갔다.

'천신만고 끝에 여기까지 왔으니, 이참에 성으로 올라가서 그놈들 가운데 한 놈의 목이라도 베어서 공을 세워보자!'

그는 손쉬운 일로 생각하고 성문으로 올라갔는데, 하필 그곳은 동문이었다. 마침 동문의 청모도장은 잠을 자고 있었다. 그 모습을 보고 왕명은 기뻐 어쩔 줄을 몰라 했다.

'곤히 자고 있으니 이야말로 하늘이 내게 큰 공을 세울 기회를 내린 셈이로구나! 하지만 칼을 가져오지 않았으니 어쩌지?'

마침 눈을 들어 살펴보니 칼 틀에 새하얀 쾌도(快刀)가 한 자루 걸려 있었다.

'이야말로 남의 칼을 빌려 사람을 죽이는 셈이로군!'

그는 이것저것 따지지 않고 한 손으로 칼을 들어 거사를 해치우려 했다. 그런데 뜻밖에 그 칼이 "찡!" 하고 울렸고, 그 소리에 잠이 깬 청모도장이 호통을 쳤다.

"어떤 인간이 내 칼에 손을 대느냐?"

그러면서 "늘어나라!" 하고 소리치자 그 칼은 즉시 사오십 길로 늘어났다. 그 바람에 왕명은 칼자루에 매달린 채 내려올 수 없게 되어 버렸다. 청모도장이 다시 "늘어나라!" 하고 소리치자 그 칼은 즉시 사오백 길로 늘어나서, 대낮의 무지개가 해를 관통하는 꼴이 되어 버렸다. 그러니 칼자루에 붙어 있는 왕명은 더욱 도망칠 길이 없어져 버렸다. 고개를 들어 살펴보니 머리 위에 붉은 태양이 가까이 있었고, 아래를 내려다보니 흰 구름이 깔려 있었다.

'이러다가 칼끝에서 죽게 되는 거 아냐? 뭐 어쩔 수 없지. 자고이래로 죽지 않은 사람이 어디 있었나? 오늘 여기서 죽더라도 명예롭게 죽는 셈이니, 차라리 눈을 감고 얌전히 죽음을 기다리자. 괜히 가슴만 놀랄 필요 없잖아?'

그렇게 눈을 꼭 감은 채 칼자루에 매달려 이리저리 흔들리며 언제 어디서 죽을지 모르는 상태로 있었다. 그런데 잠시 후 어디선가 불경을 읽는 소리가 들렸다. 그 소리는 분명 이런 것이었다.

아제, 아제, 바라아제, 바라승아제, 모지사바하!

揭諦, 揭諦, 波羅揭諦, 波羅僧揭諦, 菩提薩婆訶!²

'이건 분명 우리 국사님의 목소리인데? 정말 이상하군!'

황급히 눈을 떠 보니 청모도장도 칼도 보이지 않고, 그 자신은 천엽연화대의 바람막이에 걸려 있었다.

"귀, 귀신이다! 사람 살려!"

그가 후다닥 뛰어내리자 벽봉장로가 말했다.

"밖에 무슨 소리인가?"

왕명은 황급히 불당으로 가서 무릎을 꿇고, 오랑캐 왕궁에서 있었던 일과 청모도장에게 갔다가 당했던 일을 자세히 아뢰었다. 그러자 벽봉장로가 말했다.

"어쨌든 그 도장들이 승려도 속인도 아니라서 처리하기가 곤란하지."

영리한 왕명은 그 틈에 재빨리 거짓말을 하나 덧붙였다.

"국사님, 이 도장들은 우리뿐만 아니라 살발국에도 아주 막심한 피해를 주고 있습니다."

"그게 무슨 소리냐?"

"그 네 도장이 못된 마음을 품고 이렇게 맹세했답니다. '명나라를 어쩌지 못하면 살발국의 모든 백성을 남녀노소 할 것 없이 모조

---

2 이것은 《마하반야바라밀다심경(摩訶般若波羅密多心經)》의 마지막에 붙어 있는 주문이다.

리 죽여서 풀 한 포기도 남겨 놓지 않겠다!' 이렇게요!"

왕명은 입에서 나오는 대로 거짓말을 한 것이지만, 뜻밖에도 그에게 복이 많아서 그 말이 교묘하게 들어맞았다. 무슨 말이냐고? 벽봉장로가 지혜의 눈을 뜨고 살펴보니, 살발국의 군주와 백성이 남녀노소를 막론하고 삼 년 동안 커다란 고난을 겪게 되었는지라, 마침 그를 근심하고 있었던 참이었기 때문이다. 그런데 왕명이 하필 그때 "그 네 도장이 나라 안의 모든 이들을 죽여 풀 한 포기도 남겨 놓지 않겠다고 했습니다."라고 거짓말을 했으니, 즉각 벽봉장로의 자비심을 건드리지 않았겠는가?

"어허! 살발국의 군주와 백성이 겪을 고난을 풀어 줄 길이 없으니, 어쩐다?"

그러자 왕명이 또 말했다.

"국사님께서는 자비심을 바탕으로 사람들의 사정을 살펴 교화하시는 분이시니, 그들의 고난을 풀어주시면 그들로서는 더할 나위 없이 큰 행운이겠지요!"

"그도 그렇겠구먼. 그 네 명의 도장을 모두 불러오게."

"그러면 공적으로든 사적으로든 양쪽 모두에게 이로운 일이지요. 아미타불! 무량공덕(無量功德)!"

왕명의 그 몇 마디는 또 벽봉장로의 마음을 기쁘게 했다. 그는 즉시 비환선사를 불러, 군정사에 가서 저번에 왕명이 가져온 봉황의 알을 가져오라고 했다. 비환선사가 즉시 군정사의 관리를 불러 봉황의 알 두 개를 가져오라고 하자, 벽봉장로가 말했다.

"하나면 된다."

그리고 봉황 알을 받아 들고 몇 마디 중얼거리면서 몇 번 만지작거리더니, 구환석장으로 마룻바닥을 탁! 치고 나서 곧 눈을 감고 입정에 들어갔다. 그리고 한참 후에 눈을 뜨고 말했다.

"왕명, 가서 사령관께 출항 명령을 내리라고 전해라!"

왕명은 어쩔 수 없이 삼보태감을 찾아가면서 속으로 생각했다.

'살발국에서 이 년이 넘게 고생했는데, 상소문하고 항서도 받아내지 못하고 진상품도 받지 못한 상태로 출항하라 하시니, 이건 또 무슨 말씀이지?'

왕명으로부터 얘기를 전해 들은 삼보태감도 믿기지 않은 듯, 즉시 벽봉장로를 찾아와 연유를 물었다.

"사령관, 사실 이 살발국의 군주와 백성은 모두 삼 년 동안 커다란 재난을 겪게 되어 있소이다. 그래서 내가 그들을 모두 봉황 알 속에 거둬들였소이다."

"아니, 봉황 알 하나에 어떻게 한 나라의 군주와 백성이 모두 들어갈 수 있습니까?"

"사령관, 건곤차대(乾坤叉袋)를 생각해 보시구려. 자루 하나에 사대부주(四大部洲)의 모든 중생을 다 넣어도 겨우 작은 귀퉁이 한쪽만 채울 뿐이오. 그런데 이렇게 큰 알에 겨우 이런 작은 나라를 담는 게 뭐가 어렵겠소?"

"그럼, 언제 풀어주실 생각입니까?"

"삼 년 뒤에 풀어줄 것이오."

"삼 년 뒤면 우리 함대가 어디에 가 있을지 모르는데, 어떻게 풀어주신다는 말씀입니까?"

"마음이 가는 곳에 몸도 따라가는 법이니, 어디인들 상관없소이다."

"시간이 조금이라도 늦거나 빨라지면 어떻게 됩니까?"

"하루라도 먼저 풀어주면 그만큼 일찍 죽게 되고, 또 하루라도 늦게 풀어주면 그만큼 복을 받게 되지요. 물론 일 년을 늦게 풀어주면 일 년 동안 복을 받게 된다오."

"그럼 십 년이 늦어지면 십 년 동안, 백 년이나 천 년이 늦어지면 또 그만큼 복을 누리게 된다는 말씀입니까?"

"사람마다 타고난 복이 다른 법이니, 십 년 이상은 어렵소이다."

"그 네 도장은 어찌하셨습니까?"

"원래 그들까지 함께 알 안에 담아서 그들의 불같은 성미를 죽이고 진원(眞元)을 보태줄 생각이었는데, 뜻밖에 그들의 복이 없는지 알에 담기지 않았소이다."

"그렇다면 또 저희를 방해하지 않을까요?"

"나라 안의 군주와 백성이 모두 사라져 버렸는데, 뭐 하러 방해하러 오겠소?"

"군주가 모욕을 당하면 신하는 따라 죽어야 하는 법이 아닙니까? 왕이 사라졌는데 그들이 그대로 단념할까요?"

"그들 넷은 모두 지나가는 수행자일 뿐이지 이 나라의 관리가 아닌데, 군신 간의 도리를 지킬 필요가 있겠소?"

"국사님께서 그걸 어찌 아십니까?"

"왕명을 시켜 탐문해 보고 알게 되었소이다."

"혹시 그들이 저희 앞길로 가게 되어서 나중에 맞닥뜨리면 곤란하지 않을까요?"

"나도 그 점을 염려해서 즉시 출항하라고 한 거라오. 함대가 출발하면 내가 영소보전에 가서 어찌 된 일인지 조사해서 처리하도록 하겠소이다."

"그렇다면 분부에 따르겠습니다."

삼보태감은 즉시 중군 막사로 돌아가 출항 명령을 내렸다.

그때 쉰 명의 정찰병이 보고했다.

"국사님께서 신통력을 발휘하셔서 살발국의 모든 사람을 죄다 잡아가 버리셨습니다."

삼보태감이 일부러 되물었다.

"설마 한 사람도 빠짐없이 잡아가셨을까?"

"심지어 개나 닭까지 모조리 사라져 버렸습니다."

그때 다섯 명의 장수들이 돌아와서 일제히 보고했다.

"국사님께서 신통력을 발휘하셔서 살발국의 모든 사람을 죄다 잡아가 버리셨습니다."

삼보태감이 또 일부러 되물었다.

"국사님께서는 자비로운 마음으로 사람들의 사정을 고려하여 교화하시는 출가인이신데, 설마 온 나라 사람을 다 잡아갔을 리 있소?"

"못 믿으시겠거든 직접 가 보십시오. 온 성안에 심지어 닭이나 개조차 보이지 않습니다."

삼보태감은 '불법의 힘은 한이 없다고 하더니 정말 그렇구나!' 하고 생각하면서도 일부러 다른 말을 했다.

"국사께서 모조리 잡아가 버리셨다면, 어쩔 수 없이 배를 출발시키는 수밖에 없겠구려. 머뭇거리다가 또 다른 변고를 당할 수도 있지 않겠소?"

이에 장수와 벼슬아치들은 그저 "예, 예!" 하고 물러나 즉시 출항했다.

삼경 무렵이 되자 벽봉장로는 육신을 벗어나 한 줄기 금빛으로 변해 남천문의 영소보전으로 가서 옥황상제를 만났다. 옥황상제가 지극히 공경하게 맞이하자, 연등고불이 말했다.

"제가 병사를 이끌고 서양에 왔다가 고금의 서적에도 기록되지 않은 살발국에서 곤경에 처했소이다."

"작은 나라라면 처리하기가 쉬우셨을 텐데요."

"나라는 작은데 골치 아픈 일이 아주 많소이다."

"아니, 무엇 때문에요?"

"저번에는 금모도장이라는 아주 고약한 이가 나와서 제가 현천상제를 모셔가서야 겨우 굴복시켰지요. 그런데 나중에 또 청모도장과 홍모도장, 흑모도장, 백모도장이라는 네 명의 도장들이 나왔는데, 이들 또한 아주 고약해서 싸움으로는 물리칠 수가 없었소이다. 그자들은 저번에 또 살발국의 군주와 백성을 모조리 죽여 버리려고도 했소이다. 그래서 제가 차마 두고 볼 수 없어서, 그 나라의 모든 중생을 극락천궁(極樂天宮) 안에 거두어 고난을 피하게 해 주었소이다."

"그 네 도장은 어떻게 되었습니까?"

"처음에는 그들도 극락천궁으로 데려가 정과(正果)로 돌아가게 할 생각이었는데, 그들의 복이 거기까지는 되지 않는지 거둬들이지 못했소이다."

"허허! 부처님, 지금 말씀하신 네 도장은 누구입니까?"

"그걸 몰라서 이렇게 찾아뵌 것이외다."

"아, 그건 모르셨던 모양이군요. 그들은 금모도장이 길잡이로 데려간 이들입니다."

"길잡이로는 청룡과 주작, 현무, 백호를 내세웠던 것 같았소만?"

"바로 그들이지요!"

"그렇다면 그들이 어찌 그리 무례할 수 있단 말이오!"

"장 천사가 함부로 칼을 휘둘러 자기들을 죽이자 제게 와서 고소했습니다. 그래서 제가 율법에 따라 재판하여 그들에게 목숨을 얻어 본래 자리로 돌아가도록 허락해 주었더니, 그렇게 대담하게 난동을 부렸던 모양입니다."

"그자들이 처음에 금모도장을 도와 포악한 짓을 하지 않았다면, 장 천사가 왜 그들에게 칼을 휘둘렀겠소이까?"

"이번에는 부처님 뜻대로 그들을 거두어들이십시오. 저는 상관하지 않겠습니다."

이에 벽봉장로는 옥황상제와 작별하고 곧 한 줄기 금빛으로 변해서 배로 돌아왔다. 함대는 순풍을 만나 아무 탈 없이 서양을 향해 나아갔다. 벽봉장로는 불당에 앉아 무장원 당영을 불렀다.

"내가 한 가지 부탁이 있는데, 괜찮겠는가?"

"국사님 분부를 누가 감히 거역하겠습니까!"

"어제 그 네 명의 도장은 원래 금모도장이 길잡이로 데려온 청룡과 백호, 현무, 주작이었네."

"그런데 어찌 그런 일을 벌이게 되었습니까?"

"그들이 옥황상제에게 가서 장 천사가 무고하게 자신들을 죽였다고 고소한 모양일세. 그래서 옥황상제가 율법에 따라 재판하여 그들에게 목숨을 얻어 본래 자리로 돌아가도록 허락해 주었더니, 곧바로 인간 세계로 내려와서 그렇게 난동을 부렸던 모양이야."

"그럼 국사님께서는 어떻게 하실 생각입니까?"

"내가 보기에는 그들이 그 짓을 그만두지 않을 것 같으니, 틀림없이 우리가 도착할 나라에서 재앙을 일으킬 것 같네. 그래서 좀 귀찮게 되었지."

"그럼 제가 어떻게 해야 하는지 분부를 내려 주십시오."

"자네 부인인 황봉선이 몸을 피하는 술법에 능하니, 내 생각에는 그 사람을 미리 보내 앞쪽에 무슨 나라가 있고, 또 그 네 명의 신이 무슨 짓을 하고 있는지 자세히 탐문하게 했으면 하네. 그리고 내게 보고하면 나름대로 대책을 마련하겠네."

"분부대로 하겠습니다."

당영은 즉시 영채로 돌아가서 황봉선에게 벽봉장로의 이야기를 들려주었다.

"당연히 분부에 따라야지요."

그녀는 즉시 새로 만든 침대를 하나 가져오라고 해서 거기에 새로 휘장을 치더니, 정안수를 한 사발 떠놓고 칠칠 사십구 개의 등잔을 가져왔다. 그리고 정안수가 담긴 사발을 침대 아래에 놓고, 다시 그 안에 등잔 하나를 띄웠다. 사발 주위에는 구궁팔괘(九宮八卦)의 문양을 그리고, 다시 그 위에 각기 하나씩 총 마흔여덟 개의 등잔을 놓았다. 모든 준비가 끝나자 그녀는 침대 위에 앉아 당영에게 문을 봉쇄하라고 했다. 이때는 벌써 술시 삼각(戌時三刻)이었는데, 그녀는 자시 삼각(子時三刻)이 되면 문을 열라고 했다.[3] 당영은 문을 단단히 봉쇄하고 겹겹으로 호위했다.

한편 황봉선은 물의 장막을 이용하여 밖으로 나와 가는 곳마다 자세히 살펴보았다. 자시 삼각이 되어 당영이 문을 열며 물었다.

"부인, 돌아오셨소?"

"예."

"어느 나라에 다녀오셨소?"

"아주 여러 나라를 다녀왔어요."

"어떤 사람들을 보셨소?"

---

3 술시(戌時) 삼각(三刻)은 밤 8시 45분에 해당하고, 자시 삼각은 밤 11시 45분에 해당한다.

"아주 많은 사람을 보고 왔지요."

"어디, 얘기 좀 해보시구려."

"공과 사는 분명히 구분해야지요. 일단 국사님께 보고부터 먼저 해야 하지 않겠어요? 어떻게 당신한테 먼저 얘기해요?"

이렇게 핀잔을 듣고 나자 당영은 무안해졌다.

이튿날 날이 밝자 황봉선은 즉시 벽봉장로를 찾아갔다.

"그래, 어느 나라를 다녀왔는가?"

"여기서 앞쪽으로 가니까 모산(帽山)[4]이 나타났는데, 그 아래에 아주 아름다운 산호수(珊瑚樹)가 있었습니다. 거기서 또 앞으로 가니까 취람산(翠藍山)[5]이 나왔는데, 산발치의 주민은 모두 나무 위에 집을 짓거나 동굴에 살고 있었습니다. 남녀를 막론하고 모두 발가벗은 채, 그저 나뭇잎을 엮어서 아랫도리의 앞뒤를 가리고 있었습니다."

"왜 그렇게 사는지 아시는가?"

"저는 그냥 보기만 했을 뿐, 왜 그런지는 알 수 없었습니다."

"옛날 석가모니 부처가 그곳을 지날 때 가사를 벗어서 물에 빨았

---

4 모산(帽山)은 지금의 수마트라 섬 서북쪽 해상에 있는 웨이(Weh) 섬을 가리킨다. 《영애승람》에서는 이곳을 모산(帽山)이라고 표기했지만, 《서양조공전록(西洋朝貢典錄)》 "석란산(錫蘭山)" 조목에서는 남모산(南帽山), "유산국(溜山國)" 조목에서는 소모(小帽)라고 표기했다. 이 섬은 15세기에 동서양을 오가는 항로에서 표지가 되었던 곳이다.

5 취람산(翠藍山)은 지금의 인도 벵갈(Bengal) 만과 안다만 해(Andaman Sea) 사이에 있는 니코바(Nicobar) 군도(群島)를 가리킨다. 마환의 《영애승람》에서는 이곳을 '나형국(裸形國)'이라고 했고, 《해록(海錄)》에서는 '니고파랍(呢咕吧拉)'이라고 했다.

던 적이 있지. 그런데 그곳 원주민이 그 가사를 훔쳐 가 버린 걸세. 석가모니 부처는 어쩔 수 없이 이렇게 서원(誓願)했다네.

'이 중생들은 모두 인면수심(人面獸心)이니, 이후로 다시는 옷을 입지 못하게 되리라. 만약 옷을 입게 되면 즉시 그 살갗이 문드러질 것이다!'

이 때문에 지금까지 남녀를 막론하고 모두 옷을 입을 수 없게 되었던 것일세."

"그렇군요. 거기서 또 앞으로 가니까 앵가취산(鸚哥嘴山)이 나오고, 거기서 또 앞으로 가니까 불당산(佛堂山)이 나왔습니다.[6] 또 앞으로 가니까 실론(錫蘭國, Sri Lanka)이라는 나라가 나왔습니다."

"거긴 아주 작은 나라이지."

"예. 그렇더군요."

"나라는 작아도 옛 유적이 많은데, 알고 있는가?"

"별라리(別羅里)[7]에 절이 하나 있는데, 그 안에 모셔진 불상은 몸

---

6 《명사(明史)》 권326 〈열전(列傳)〉 제214 〈외국(外國) 7〉에 따르면 니코바 군도에서 서쪽으로 이레 동안 항해하면 앵가취산(鸚哥嘴山)이 나오고, 거기서 다시 이삼일 동안 항해하면 스리랑카 남단의 돈드라 헤드(Dondra Head, 佛堂山)에 도착하게 된다고 했다. 앵가취산(鸚哥嘴山)은 문헌에 따라서 앵가취산(鸚歌嘴山), 앵가조취산(鸚哥鳥嘴山) 등으로도 쓰며, 지금의 스리랑카 동부의 나무나쿨리(Namunakuli) 산을 가리킨다. 또 《항해도(航海圖) 도(圖) 19》에는 이 산의 남북에 2개의 불당(佛堂)이 있는데 북쪽의 것은 지금의 스리랑카 동북 해안의 트링코말리(Trincomalee)이고, 남쪽의 것은 스리랑카 남단의 돈드라 헤드(Dondra Head)라고 했다.

7 별라리(別羅里)는 스리랑카에 있던 옛 항구 이름으로서, 스리랑카 남안의 갈레(Galle) 북쪽에 있는 벨리감(Beligam)이다.

을 옆으로 한 채 누워 계십니다. 그곳의 감실(龕室)들은 모두 침향목
으로 조각한 것이고, 또 수많은 보석을 아주 정교하게 박아 장식했
습니다. 또 부처님의 치아에서 나온 진신사리(眞身舍利) 두 개와 다른
수많은 사리가 모셔져 있습니다. 이게 바로 옛 유적이 아닙니까?"

  "거기는 석가모니 부처가 열반에 드신 곳이지. 별라리에는 또 바
위에 새겨진 석가모니 부처의 발자국이 있지. 길이는 두 자쯤 되고
깊이는 다섯 치인데, 중간에 고인 맑은 물은 사계절 내내 마르지 않
지. 그곳에 들른 이들이 그 물로 눈을 씻으면 평생 눈이 멀지 않고,
얼굴을 씻으면 평생 피부가 매끄럽지. 그리고 거기서 북쪽으로 십
리쯤 가면 사독산(梭篤山)[8]이 있는데, 그 아래에는 두 개의 발자국
이 새겨진 바위가 있다네. 이것은 인간의 조상인 아담(Adam, 阿聃)
의 발자국이데, 길이는 여덟아홉 자쯤 되고 깊이는 두 자이며, 중
간에 맑은 물이 고여 있지.[9] 그 나라 사람들은 그 물로 그해의 운세
를 점치는데, 매년 정월 보름에 가서 살펴보았을 때 물이 맑고 얕으
면 그 해는 가뭄이 많이 들고, 물이 탁하면 물난리가 많이 난다고
하네. 항상 틀림이 없었기 때문에 그 나라 사람들은 신처럼 모시고

---

  8 사독산(梭篤山)은 안독만산(按篤蠻山) 또는 안독만산(桉篤蠻山)을 잘못 쓴
     것이다. 이것은 지금의 안다만(Andaman) 군도(群島) 또는 그 가운데 북 안
     다만(North Andaman) 섬을 가리킨다.

  9 《영애승람》〈석란병라형국(錫蘭并裸形國)〉: "근처에 큰 산이 하나 있는데
     구름을 뚫고 높이 솟아 있으며, 꼭대기에 사람의 오른발 발자국이 하나 있
     다. 깊이는 석 자쯤 되고 길이는 여덟 자 남짓 되는데, 인간의 조상인 아담
     성인 즉 반고의 발자국이라고 한다.[近有一大山, 侵雲高聳, 山頂有人右脚
     跡一個, 入深三尺許, 長八尺餘, 云是人祖阿聃聖人卽盤古之足跡也.]"

있다고 하지. 이 두 곳도 옛 유적이라고 할 수 있지 않은가?"

"저는 자세히 살펴보지 않아서 몰랐습니다."

"그런데 특이한 사람을 본 적이 있는가?"

"외지고 작은 지역에 무슨 특이한 사람이 있겠습니까? 거기서 좀 더 앞으로 가니까 유산국(溜山國)¹⁰이 나왔습니다."

"그 나라 이름이 왜 유산국인지 아는가?"

"어리석은 저로서는 잘 모르겠습니다."

"바다 한가운데 산이 있는데, 자연적으로 생긴 세 개의 돌문이 마치 성으로 들어가는 관문처럼 나 있지. 산의 한가운데 흐르는 물을 여울[溜]이라고 부르기 때문에 그 산을 유산(溜山)이라고 한 것이지. 또 유산에는 여덟 군데 중요한 곳이 있는데 사류(沙溜)와 인부지류(人不知溜), 기래류(起來溜), 마리기류(麻里奇溜), 가반년류(加半年溜), 가가류(加加溜), 안도리류(安都里溜), 관서류(官嶼溜)가 그것일세.¹¹ 그것들 외에 또 소착류(小窄溜)¹²가 있는데 길이가 삼천 리

10 제9회의 각주 39)를 참조할 것.

11 소설 원문에는 기래류(起來溜)를 처래류(處來溜), 관서류(官嶼溜)를 관명류(官鳴溜)라고 했으나 본 번역에는 《영애승람》〈유산국(溜山國)〉 조목에 따라 수정했다. 한편 인부지류(人不知溜)는 오늘날 몰디브 군도의 티라둔마티 환초(環礁)의 케라이(Kelai) 섬과 말레(Malè) 섬 사이의 산호 암초를, 기래류(起來溜)는 케라이 섬을, 마리기류(麻里奇溜)는 몰디브 군도 북쪽에 있는 인도령(印度領) 미니코이(Minikoy) 섬을, 가반년류(加半年溜)는 가평년류(加平年溜) 즉 이도양 중부 럭셔드윕 제도(the Union Territory of Lakshadweep)의 칼페니(Kalpeni) 섬을, 가가류(加加溜)는 라카디브(Lakshadweep) 군도의 안드로트(Androth) 섬 동쪽의 암초를, 안도리류(安都里溜)는 안드로트 섬을, 관서류(官嶼溜)는 몰디브 군도의 말레(Malè) 섬을 가리킨다.

남짓 되지. 그러니까 이야말로 서양의 약수(弱水) 삼천리라는 말에 딱 떨어지네. 바로 이것이 세 번째 약수라네."

"국사님, 그야말로 눈으로 십만 리 밖을 보고, 다리에 팔천 개의 수레바퀴를 굴리며 천하를 돌아다니신 것처럼 아주 잘 알고 계시는군요!"

"그 앞쪽은 또 어떤 곳이던가?"

"앞쪽으로 더 가니까 대갈란(大葛蘭) 왕국과 소갈란(小葛蘭) 왕국,[13] 그리고 아판(阿板) 왕국[14]이 차례로 나타났습니다."

"그 세 나라도 작은 왕국이지."

"또 앞으로 가니까 이름이 좀 괴상망측한 나라가 나타났습니다."

"그 나라는 크던가?"

"서양에서 제일 큰 나라 같았습니다."

"그렇다면 고리(古俚)[15] 왕국이로구면. 작은 나라라면 낭노아(狼奴兒)[16] 왕국일 게야."

"고리 왕국이 맞습니다."

---

12 소설 원문에서는 반착류(半滯溜)라고 되어 있으나, 본 번역에서는 《영애승람》〈유산국(溜山國)〉 조목에 따라 수정했다. 다만 이곳이 지금의 어디에 해당하는지는 정확히 알 수 없다.

13 이 두 나라에 대해서는 제9회의 각주 40)를 참조할 것.

14 아판(阿板)은 아지(阿枝)를 잘못 쓴 것으로 보인다. 아지는 곧 가지(柯枝)를 가리키는데, 이에 대해서는 제9회의 각주 41)을 참조할 것.

15 제9회의 각주 43)을 참조할 것.

16 낭노아(狼奴兒)는 한노아(狠奴兒)를 잘못 쓴 것이다. 《영애승람》〈고리국(古里國)〉에 따르면 "북쪽으로 한노아와 인접해 있다. [北邊相接狠奴兒]"고

105

"그 나라에는 특이한 사람이 몇이나 있던가?"

"네 명의 도사[全眞]가 있었습니다."

"그들은 지금 거기서 무슨 일을 하고 있던가?"

"처음에 그들은 각기 푸른색과 붉은색, 흰색, 까만색 옷을 입고 일제히 국왕을 만나려고 했습니다. 국왕이 만나서 어디서 온 사람들이냐고 묻자, 상팔동(上八洞)에서 왔다고 대답하더랍니다. 그래서 무슨 일로 왔느냐고 물었더니, 금 일만 냥과 은 십만 냥을 보시해 달라고 청하러 왔다고 했습니다. 그걸 어디에 쓸 거냐고 물었더니, 절을 지어서 불상을 하나 주조해 모시려 한다고 했습니다. 그래서 무슨 기원을 하려고 하느냐고 하니까 이렇게 대답했습니다.

'얼마 후 이 나라에 큰 재난이 닥칠 텐데, 그 절과 불상을 완성하여 대왕마마에게 진국대비로(鎭國大毗盧)가 되게 해 드리겠습니다.'

그래서 어떤 재난이냐고 물었더니 이렇게 대답했습니다.

'전쟁이 일어나서 이 나라 군주와 백성 가운데 열에 여덟이나 아홉이 죽게 되기 때문에, 화살과 창 같은 무기도 준비해야 하옵니다.'

그리고 그 재난이 언제 닥치게 되느냐고 물었더니, 적어도 백 일 안에 일어날 거라고 했습니다. 그래서 절과 불상은 어떻게 조성할 거냐고 물었더니 이렇게 대답했습니다.

'그저 대왕마마께서 금과 은을 내주시고 마음속으로 소원을 비

___

했다. 한노아는 지금의 인도 카르나타카(Karnataka, 卡納塔克) 서안(西岸)의 호나바르(Honavar, 霍納瓦)의 옛 명칭인 호노레(Honore)를 음역(音譯)한 것이다.

시면, 저희 형제가 온 나라를 평안하게 지켜드리겠습니다.'

그렇다면 이 재난을 어떻게 해소할 것인지, 그러니까 남들이 모르게 해결할 것인지 다들 볼 수 있는 방법으로 해결할 것인지 묻자 이렇게 대답했습니다.

'어떤 자들이 쳐들어오더라도 우리 형제들이 그들을 모조리 쓸어 버려서 창 한 자루, 갑옷 조각 하나도 없애 버리겠습니다.'

마침 국왕은 얼마 전에 놀라서 살이 떨리는 일을 겪었기 때문에, 그들의 말을 믿고 즉시 사부로 삼아 납아사(納兒寺)에서 모시고 있습니다. 그들은 매일 병사를 조련하고 있습니다. 그러니 이 네 명의 도사가 상당히 특이하지 않습니까?"

"이 못된 것들이 또 고리 왕국에서 소란을 피우는구먼! 하지만 내 나름대로 대책이 있네."

벽봉장로는 즉시 삼보태감을 찾아가 황봉선이 탐문하고 와서 들려준 이야기를 다시 들려주었다.

"그럼 어떻게 하실 생각입니까?"

"그 넷은 모두 내게 맡기시고, 다만 앞으로 들르게 되는 다섯 개의 작은 나라와 큰 나라인 고리 왕국에 군대와 장수를 파견하는 일은 모두 사령관께서 처리하시구려."

"그 네 명의 신장만 국사님께서 처리해 주신다면, 나머지는 제가 알아서 처리하겠습니다."

삼보태감이 왕 상서를 불러 상의하자, 왕 상서가 말했다.

"외진 서양의 오랑캐들은 거칠고 무지하여 오랫동안 천자의 교화를 모르고 지냈습니다. 그런데 이제 병사를 보내면 저들이 분명히 굴복하지 않을 것입니다. 게다가 우리는 이곳에 처음 왔는지라 길도 잘 모르니, 차라리 능력 있는 장수를 몇 명 보내서 그들을 설득하게 하는 게 좋겠습니다. 그래도 저들이 굴복하지 않는다면 달리 대책을 세워야지요."

"옳은 말씀이십니다."

삼보태감은 즉시 네 명의 태감을 부르고 또 네 명의 사초부도독을 불렀다. 그리고 태감을 사신으로 삼아 호두패를 전달하는 임무를 맡기고, 사초부도독은 각기 스물다섯 명의 철갑군과 함께 수행원으로 분장하여 옷 속에 갑옷을 입고 짧은 칼을 지니게 했다. 그리하여 그 나라 왕이 진심으로 귀의할 뜻을 보이면 예의에 맞게 대우하고, 중간에 간사한 짓을 일삼는 자가 있다면 즉시 체포하고 군사를 동원하여 토벌하도록 했다. 태감들과 부도독들은 각기 준비를 마치고 작은 배를 이용하여 각자 맡은 곳을 향해 떠났다. 그들이 떠나자 삼보태감은 또 왕명을 불러서 혼자 고리 왕국을 찾아가 국왕에게 서신을 전하게 했다. 그에게 진정한 재앙과 복이 무엇인지 알려주어 제때 피할 수 있게 해 주려는 것이었다. 그러자 왕명이 말했다.

"고리 왕국에 네 명의 도장이 있다고 하니, 아마 국왕이 우리 뜻에 따르지 않을 것 같습니다."

"그 도장들은 국사님께서 처리해 주신다고 하셨으니, 걱정할 필요 없다."

왕명은 그저 "예! 예!" 하고 곧 작은 배를 타고 떠났다.

한편 함대는 며칠 동안 항해하여 모산 아래에 이르자 높이가 네다섯 자나 되는 산호수 열두 개를 채취했다. 그리고 또 사흘을 더 가서 취람산에 이르렀다. 산발치에는 벌거벗은 원주민들이 사오십 명씩 무리를 지어 서 있었다. 그걸 보고 벽봉장로가 말했다.

"아미타불! 부처는 금물로 치장하고 사람은 옷을 입어야 하거늘, 어떻게 옷을 입을 수 있는 이가 하나도 없을꼬! 차라리 남들처럼 아랫도리에 천이라도 두를 일이지!"

그 얘기 덕분에 그곳 사람들은 이후로 지금까지 아랫도리에 천을 두르고 다니게 되었으니, 이 또한 연등고불의 공덕이라 하겠다. 어쨌든 함대는 다시 이레 남짓 항해하여 앵가취산에 이르렀다. 산발치에는 가지도 잎도 없는 정광수(精光樹)가 가득했는데, 그 위에는 파랗고 빨갛고 하얗고 까맣고 노란 깃털이 너무나 사랑스러운 오색찬란한 앵무새들이 수없이 많이 앉아 있었다. 그걸 보고 삼보태감이 말했다.

"저 앵무새들은 깃털이 저리 아름다운데 어째서 저런 나무에 앉아 있을까?"

그러자 왕 상서가 웃으며 말했다.

"홀아비[光棍]의 거시기[串子]¹⁷에 올라가려면 저런 깃털이 필요한 모양이지요."

그러자 잠시 후 앵무새들이 지지배배 요란하게 울어 대기 시작

---

17 가지도 잎도 없는 나무를 홀아비의 성기에 비유하고, 오색 앵무새를 화려하게 치장한 기생에 비유한 음담패설이다.

했다.

벽봉장로가 잠시 말없이 생각에 잠겨 있다가 고개를 끄덕이자 삼보태감이 물었다.

"국사님, 왜 그러십니까?"

"앵무새들이 뭔가 불길한 일이 있을 거라고 하는구려."

"까치가 운다고 어찌 복이 들어오겠으며, 까마귀가 운다고 어찌 불길한 일이 있겠습니까? 인간사의 길흉이란 새소리에 달린 것이 아니지요. 우리가 공을 세우기 위해 군사를 이끌고 해외로 나왔는데, 왜 그런 불길한 말씀을 하십니까?"

벽봉장로가 느릿하게 말했다.

"제가 일부러 그런 것이 아니라, 앵무새들 얘기가 그렇다는 것이외다."

"그게 무슨 말씀입니까?"

"앵무새들이 이렇게 얘기했소이다.

김벽봉, 김벽봉
첫 싸움에서 이기겠네.
싸움에는 이기겠지만
금방 불행이 닥칠 거라네.
불행이란 무엇인가?
전갈과 지네라네.

이건 바로 눈앞에 불행이 닥쳤다는 뜻이 아니겠소이까?"

"그 불행이 어디서 닥칠까요?"

"틀림없이 실론 왕국에서 닥칠 겁니다."

"고리 왕국이 아니고요?"

"그게 '눈앞'에 있다고 했으니 고리 왕국은 아니겠지요."

그 말이 끝나기도 전에 함대가 불당산에 도착했다. 그러자 벽봉장로가 말했다.

"다행히 이 산에 왔구먼. 두 분 사령관께서는 먼저 가시구려. 저는 여기서 며칠 동안 경전을 읽어서 공덕을 쌓고 따라가겠소이다."

삼보태감이 말했다.

"그럼 저희도 함께 있다가 가겠습니다."

그리고 곧 배를 멈추고 영채를 차렸다. 벽봉장로는 이레 동안 연이어 불경을 읽고, 외로운 영혼들을 위해 음식을 보시하고, 주문을 외어 등에 불을 밝혔다. 여러 가지 경전이라고까지는 하기 어렵지만 아미타불이 가져온 것만 하더라도 천 척의 배에다 실을 정도가 아닌가! 이레 동안의 불사를 마치자 벽봉장로는 불당 한가운데에 구환석장을 꼿꼿하게 세워 놓았다. 두 사령관은 물론이고 장 천사마저도 그게 무슨 뜻인지 몰랐다. 삼보태감이 벽봉장로에게 말했다.

"불사가 끝났으니 함대를 출발하도록 하시지요."

"내일 아침에 출발합시다."

이삼일이 지났을 때 호위병이 보고했다.

"사오십 리 앞에 실론 왕국이 있는데, 철갑군 한 명이 보고할 일이 있다고 합니다."

삼보태감이 그를 불러들여 물었다.

"너는 어느 태감 밑에 있느냐?"

"마 태감입니다."

"앞에 있는 나라는 어디더냐?"

"실론 왕국입니다."

"마 태감은 어디 있느냐?"

"그 나라에 있습니다."

"그래, 보고할 일이라는 게 무엇이더냐?"

"마 태감께서 사령관께 알려드리라고 하셨습니다. 이 실론 국왕은 마음 씀씀이가 고약하고 행사도 괴팍합니다. 처음에 저희 일행을 맞이하여 호두패를 보았을 때는 무척 기뻐하면서, 진심으로 천자의 왕조에 귀의하겠다고 했습니다. 그런데 하루 뒤에 무슨 사령관이 귀환했다는 소문이 들리더니, 국왕이 곧 마음을 바꿔서 저희를 해칠 음모를 꾸미게 되었습니다. 요 이틀 동안 그 국왕의 마음이 시종일관하지 않았습니다. 태감께서는 함대가 며칠 내에 도착할 것인지라 마음대로 처리하지 못하고, 사령관께 보고하여 결정을 기다리겠다고 하셨습니다."

"오랑캐 사령관은 지금 어디서 무얼 하고 있느냐?"

"병사를 거느리고 발피관(潑皮關)[18]을 지키고 있습니다."

"거기가 어디냐?"

---

18 중국어에서 '발피(潑皮, pōpí)'는 불량배, 무뢰한을 뜻한다.

"바로 저희가 가는 길목에 있습니다."

"거기에 성이 있느냐?"

"성은 없고, 항로의 요충지입니다."

삼보태감은 그 철갑군을 먼저 보내서 마 태감에게 밤낮으로 대기하고 있다가, 포성을 신호로 공격하도록 준비하게 했다. 그리고 다섯 명의 정찰병을 불러 오랑캐로 변장하고 각자 연주포(連珠炮)[19]를 열 통씩 지니고 관문 안으로 잠입해서 밤낮으로 대기하고 있다가, 관문 밖에서 포성이 울리면 연주포를 터뜨리면서 고함을 질러 소란을 피우라고 했다. 정찰병들이 떠나자 삼보태감은 왕 상서를 불러서 물었다.

"실론 왕국이 변심하여 우리 군대에 해를 끼치려 하고 있소이다. 제 생각에는 사후약방문(死後藥方文)이 되기 전에 미리 방비하는 게 좋을 듯합니다. 함대가 도착할 무렵이면 저들이 이미 방비를 끝냈을 터이니, 오늘 밤은 배를 멈추고 두 명의 장수에게 정예병 몇백 명을 붙여서 선발대로 보내는 게 좋겠습니다. 저들이 미처 방비하지 못한 틈을 타서 공격하자는 것인데, 어떻게 생각하시는지요?"

"병법에서도 신속함이 중요하다고 했으니, 선발대를 보내는 것은 옳은 생각이라 하겠습니다. 그리고 적의 의표를 찌르는 것이 승리의 지름길이라고 했으니 그렇게 공격하는 것도 옳습니다. 사령관께서 생각하시고 움직이시는 게 《손자병법》의 뜻과 부합하니,

---

19 연주포(連珠炮)은 연속으로 폭발할 수 있는 폭탄의 일종으로서, 주로 신호를 보내는 용도로 쓴다.

서양에서의 임무도 무난히 성공할 것 같습니다."

그 말에 삼보태감은 무척 기뻐하며 즉시 유격장군 호응봉과 황
회덕을 불러 분부했다.

"여기서 삼십 리 밖에 실론 왕국이 있는데, 그 동쪽에 발피관이
라는 관문이 있소. 거기를 지키는 사령관이라는 작자가 상당히 대
단한 모양이니, 두 분은 정예병 오백 명을 두 부대로 나누어 앞뒤로
보살피면서 접근하시오. 말은 소리를 내지 않게 입에 헝겊을 씌우
고, 병사들의 갑옷도 단단히 묶은 상태로 접근해서 먼저 대포를 한
발 쏘시오. 그러면 그걸 신호로 관문 안쪽에서 연주포가 터질 테
니, 안팎에서 협공하도록 하시오. 관문을 들어서면 여세를 몰아 국
왕의 거처를 공격하여 사로잡도록 하시오. 절대 실수하여 일을 그
르치지 않도록 하시오. 이를 어기면 군법에 따라 처벌할 것이오!"

두 유격대장이 명을 받고 물러나자, 삼보태감은 다시 유격장군
황표(黃彪)를 불러 분부했다.

"앞쪽에 있는 실론 왕국의 북쪽에 합우관(哈牛關)이라는 관문이
있는데, 거기를 지키는 사령관이 제법 대단한 모양이오. 그대는 정
예병 오백 명을 이끌고 오늘 밤 말의 주둥이에 헝겊을 씌우고, 병사
들의 갑옷도 단단히 묶은 상태로 접근하시오. 그리고 동쪽 관문에
서 포성이 울리면, 그것을 신호로 대포를 쏘고 일제히 함성을 지르
며 공격하도록 하시오. 관문을 들어서면 여세를 몰아 국왕의 거처
를 공격하여 사로잡도록 하시오. 절대 실수하여 일을 그르치지 않
도록 하시오. 이를 어기면 군법에 따라 처벌할 것이오!"

황표가 "예!" 하고 물러나자, 삼보태감은 다시 유격장군 마여룡을 불러 분부했다.

　"앞쪽에 있는 실론 왕국의 남쪽은 백성의 집들이 들어서 있고, 무슨 관문이나 장애물이 없소. 그대는 정예병 오백 명을 이끌고 오늘 밤 말의 주둥이에 헝겊을 씌우고, 병사들의 갑옷도 단단히 묶은 상태로 접근하시오. 그리고 동쪽 관문에서 포성이 울리면, 그것을 신호로 대포를 쏘고 일제히 함성을 지르며 진입하여, 곧장 국왕의 거처를 공격하여 사로잡도록 하시오. 절대 실수하여 일을 그르치지 않도록 하시오. 이를 어기면 군법에 따라 처벌할 것이오!"

　마여룡이 "예!" 하고 물러가자, 왕 상서가 말했다.

　"서쪽으로는 누구를 보내실 생각입니까?"

　"그쪽은 바닷가이니 장수를 보낼 필요가 없소이다."

　이 장수들이 나가서 어떻게 공을 세우는지는 다음 회를 보시라.

군대는 유산국을 거쳐서 대갈란 왕국으로 다시 가지 왕국과 소갈란 왕국으로 진격하다

兵過溜山大葛蘭　兵過柯枝小葛蘭

漢使乘槎出海濱	한나라 사신 뗏목 타고 바닷가로 나오니
紫泥頒處動星辰	자줏빛 진흙 가득한 곳에 별자리가 바뀌네.
風雷威息魚龍夜	바람과 우레의 위세 수그러진 가을
雨露恩深草木春	천자의 깊은 은택 입어 초목은 봄이 한창일세.[1]
去國元戎金甲苦	고국 떠나온 장수는 갑옷 입고 고생하지만
還家義士錦袍新	고향으로 돌아가는 의로운 사내는 비단 전포 말쑥하지.
遠人重譯來朝日	먼 이역의 사람들 통역을 거쳐 조공 바치러 오는 날에는

----

1 이 두 구절은 원나라 때 서적(舒頔: 1304~1377, 자는 도원[道元])의 〈취령에서[題翠嶺]〉에서 따서 변형한 것이다. 원작에서는 "風雷威息魚龍夜"를 "風霜威肅峯巒曉"라고 했다.

共着衣裳作舜民   함께 옷을 차려입고 성군(聖君)의 백성이
되리라!

그러니까 유격대장 호응봉과 황회덕이 각기 정예병 오백 명을
이끌고, 말의 주둥이에 헝겊을 씌우고, 병사들의 갑옷도 단단히 묶
은 채 발피관에 도착했을 때는 이미 한밤중이 되어 있었다. 그들이
관문 밖에서 대포를 한 발 쏘자, 관문 안쪽에서 연주포가 천지를 울
릴 듯 폭발했다. 한창 단잠에 빠져 있던 오랑캐 사령관은 깜짝 놀
라 깨어났다.

"관문 밖에 명나라 병사들이 가득한 거야 그럴 수 있다지만, 어
떻게 관문 안쪽에도 명나라 병사들이 있지? 안팎에서 협공을 당했
으니 어떻게 견디겠느냐고!"

그는 어쩔 수 없이 도망치는 오랑캐 병사들 사이에 섞여서 도주
해 버렸다. 그러자 자연히 남은 오랑캐 병사들도 모두 흩어져 버렸
다. 정찰병이 관문을 열어 주자, 두 유격대장은 곧장 왕궁으로 쳐
들어갔다. 그때 북쪽에서 또 포성이 울리면서 일단의 군마가 쇄도
해 들어오는데, 맨 앞에 선 장수는 정서유격대장군 황표였다. 또
남쪽에서도 포성이 울리면서 일단의 군마가 쇄도해 들어오는데,
맨 앞에 선 장수는 정서유격대장군 마여룡[2]이었다. 두 방향의 군마
가 밖에서 진입할 때 낭아봉 장백이 쉰 명의 철갑군을 이끌고 안쪽

---

2 원문에서는 호응봉이라고 되어 있으나, 이는 명백한 오류이기 때문에 바로
잡아 번역했다.

에서 나와 실론 국왕을 사로잡아 조롱 안의 새, 우리에 갇힌 들짐승 신세로 만들어 버렸다.

이튿날 함대가 항구에 도착했다. 별라리라고 하는 이 항구는 멀리서 보면 수면 위에 수많은 거품이 떠다니는 것처럼 보였다. 그걸 보고 삼보태감이 말했다.

"아무래도 물속에 무언가가 있는 모양이로구먼."

그 말이 끝나기도 전에 수군도독(水軍都督) 해응표(解應彪)가 재빨리 나아가 여덟 개의 새서비(賽犀飛)³를 물속으로 날렸다. 그러자 잠시 후 벌겋게 피로 물든 물속에서 여덟 구의 시체가 떠올랐다. 그걸 보고 삼보태감이 말했다.

"물속에 복병이 숨어 있는 모양이구먼."

해응표가 다시 여덟 개의 새서비를 날리자, 벌겋게 피로 물든 물속에서 서너 구의 시체가 떠올랐다. 그걸 보고 삼보태감이 말했다.

"물속에 있는 자들이 이미 놀라서 흩어진 모양이니, 장수들은 각자 계책을 세워 사로잡도록 하라!"

그 명령이 떨어지자마자 장수들은 나름대로 수단을 발휘하여 백여 명의 오랑캐 병사를 물속에서 끌어냈다. 개중에는 죽은 자도 있었고 살아 있는 자도 있었는데, 죽은 자들은 목을 베어 효수하고 살아 있는 자들은 중군 막사로 끌고 왔다. 삼보태감이 그들을

---

3 새서비(賽犀飛)에 대해서는 정확히 알 수 없으나, 글자의 뜻으로 보건대 던져서 공격하는 화살처럼 생긴 것으로서 마치 물소처럼 물에서 효력이 강한 무기인 듯하다.

심문했다.

"너희는 어디서 왔느냐?"

"저희는 모두 실론 왕국의 수군입니다."

"너희를 물속에 잠복하라고 한 자는 누구냐?"

"사령관의 명령인지라 감히 어길 수 없었습니다."

"어느 사령관 말이냐?"

"동문을 지키던 분입니다."

"물속에서 어떻게 그리 오래 있을 수 있었느냐?"

"저희는 어려서부터 수영을 잘했고, 물속에서 이레 동안 아무것도 먹지 않고도 버틸 수 있습니다."

"너희 사령관이 물속에 잠복해 있다가 어떻게 하라고 하더냐?"

"송곳으로 배 밑바닥에 구멍을 내라고 했습니다."

"너희는 모두 몇 명이냐?"

"이백오십 명입니다."

"나머지는 모두 어디 있느냐?"

"무시무시한 무기를 보고 각자 바다 한가운데로 도망쳤습니다."

"이놈의 국왕이 감히 이따위 속임수를 쓰다니!"

그 말이 끝나기도 전에 마 태감이 장수들과 함께 실론 국왕을 끌고 들어왔다. 삼보태감이 국왕을 보자마자 노성을 질렀다.

"개 같은 오랑캐 놈, 감히 이따위 속임수를 쓰다니! 내가 보낸 패에 뭐라고 적혀 있더냐? '옥새가 있는지 사실대로 보고하면 아무 일도 없을 것'이라고 하지 않았더냐? 내가 성심으로 대해 주었건만 네

놈은 속임수로 나를 기만했구나. 여봐라, 저놈의 목을 베어 효수하라!"

국왕은 놀라 벌벌 떨며 뭐라고 말도 하지 못하고 체념했다. 그때 또 벽봉장로가 나서서 말했다.

"아미타불! 저를 봐서라도 그를 살려주시구려."

삼보태감은 계속 완강하게 버텼지만, 벽봉장로가 재삼 얘기하자 결국 그 말에 따를 수밖에 없었다. 실론 왕국의 국왕은 황망히 감사의 절을 올렸는데, 이번에는 이전과는 달리 두 팔을 반듯이 펴고 두 다리를 뒤로 쭉 뻗어서 배가 완전히 땅바닥에 닿도록 절을 했다. 삼보태감이 물었다.

"네 이름은 무엇이냐?"

"알라가코나라(亞烈苦奈兒, Alagakkonara)[4]이옵니다."

"동문을 지키는 사령관은 누구이냐?"

"나이나이투[乃奈涂]라고 하옵니다."

"그자는 어디 출신이냐?"

---

4 원작에는 '亞烈若奈兒'라고 했으나 바로잡아 번역했다. 알라가코나라 (Alagakkonara: 1399~1411 재위)는 '阿羅伽瞿那羅'라고도 쓰며, 영어로는 Allegakoen 또는 Alakeshwara라고도 쓴다. 영락 9년(1411)에 정화는 당시 스리랑카의 국왕으로서 원정대를 습격한 그를 생포하여 북경으로 압송했다가 이듬해에 석방했다. 또 명나라는 그 대신 야파 파투나(Yapa Patuna, 邪巴來邪)의 찬드라 바누(Chandra Banu)의 후예를 왕으로 세웠으니, 그가 바로 코테(Kotte, 科提) 왕조의 설립자인 파라크라마 바후(Parakrama Bahu: 1412~1467 재위) 6세이다.

"원래는 쇄리(瑣里)[5] 사람인데 우리나라에 와서 벼슬을 달라고 하기에, 상당히 용감하고 지략이 있는 것 같아서 사령관으로 삼았습니다. 하지만 뜻밖에 어제 그자 때문에 일을 그르치게 되었습니다."

"그자는 지금 어디로 갔느냐?"

"어제 발피관을 지키다가 실패한 뒤로, 죽었는지 살았는지도 모르겠습니다."

"그런 하찮은 일에는 신경 쓸 거 없다! 여봐라, 이자를 살려주긴 했으나 그냥 풀어줄 수는 없다. 쇠사슬을 가져와 비파골을 꿰어 끌고 가도록 하라. 나중에 조정에 돌아가면 폐하께 처분을 맡기도록 하겠다."

국왕은 감히 항변하지 못하고 처분대로 따르는 수밖에 없었다.

삼보태감은 길일을 택해 출항하려고 생각하고 있었는데, 이튿날 서쪽에 일단의 오랑캐 병사들이 사오십 마리의 크고 거대한 코끼리를 타고 우르르 몰려왔다. 삼보태감이 전령을 통해 물었다.

"누가 나가서 저자들을 잡아 오겠는가?"

그 말이 끝나기도 전에 크고 늠름한 체격에 우레 같은 목소리를 지닌 장수가 나와서 포권하며 말했다.

"재주는 부족하지만 제가 나가보겠습니다."

---

5 쇄리(瑣里)는 옛날 인도의 왕조 가운데 하나인 콜라(Cola) 왕조를 가리킨다. 지금의 코로만델(Coromandel) 해안에 있었던 이 나라의 수도는 나가파탐(Nagapattam)에 있었을 것으로 추측된다.

그는 바로 정서유격장군 유천작(劉天爵)이었다. 그러자 왕 상서가 말했다.

"유 장군은 영민함과 용맹이 출중하니 아주 적합하겠습니다."

삼보태감이 유천작에게 말했다.

"코끼리 부대와 싸우는 것이니 적을 경시하면 안 되오."

"제 나름대로 생각이 있습니다. 절대 실패하지 않을 겁니다."

왕 상서가 그에게 술을 한 잔 건네며 격려했다. 이어서 세 번의 북소리와 함께 유천작이 부대를 이끌고 나가 소리쳤다.

"천한 오랑캐 놈들, 감히 이렇게 무례하다니! 이 어르신을 알아보겠느냐?"

오랑캐 사령관이 맞받았다.

"너는 명나라 놈이고 나는 서양 사람인데 서로 상관할 일이 어디 있느냐? 어째서 남의 나라를 침략하여 군주를 사로잡았느냐? 네놈들이 남을 멸시한다고 내가 무서워할 줄 알았더냐?"

그가 칼을 휘둘러 머리를 내리치자 유천작이 한 길 여덟 자 길이의 창을 들어서 막았다. 서너 번 맞붙고 나자 오랑캐 사령관은 칼놀림이 어지러워졌다. 유천작은 이를 악물며 당장 그를 사로잡으려 했다. 그런데 오랑캐 사령관이 쇠뿔로 만든 나팔을 불자, 사오십 마리의 코끼리가 일제히 달려들었다. 커다란 몸집의 코끼리들은 오랑캐 장수의 채찍질을 당하자 앞뒤를 가리지 않고 무작정 돌진했다. 창으로 찔러도 뽑아 보면 창날이 보이지 않고, 칼로 내리쳐도 금방 칼날이 망가져 버렸다. 이에 유천작은 어쩔 수 없이 병사를 물려서 돌아올 수밖에 없었다.

삼보태감이 물었다.

"전과는 어찌 되었소?"

"코끼리들이 몸집도 큰 데다가 창칼을 무서워하지 않으니 어쩔 도리가 없었습니다. 내일은 반드시 저들을 굴복시켜서 사령관께 바치겠습니다."

"적을 물리칠 계책이 있소?"

"예."

왕 상서가 물었다.

"사령관께서 무슨 좋은 생각이 있으십니까?"

"저는 딱 한 글자로 된 계책으로 저들을 격파할 수 있을 것 같습니다. 상서께서는 무슨 고견이 있습니까?"

"저는 두 글자로 된 계책이 있습니다만, 유 장군께서는 어떤 계책을 세우고 계시는지요?"

"저는 세 글자로 된 계책이 있습니다."

이에 왕 상서가 말했다.

"그러면 각자 생각한 계책을 종이에 써서 봉인해 두었다가, 내일 적을 물리친 뒤에 열어보고 맞힌 사람에게는 상을 주고, 틀린 사람에게는 벌을 내리도록 합시다. 어떻소이까?"

유천작이 물었다.

"혹시 똑같으면 어떻게 되는 겁니까?"

"적을 격파하여 승리만 하면 되지, 같은지 다른지 따질 필요가 있겠소!"

삼보태감이 말했다.

"옳은 말씀이십니다."

그리고 즉시 수하들에게 문방사우를 가져오라 해서, 각자 계책을 적어서 봉투에 넣고 봉인해 삼보태감의 도장을 담는 상자에 넣어 두었다.

이튿날 유천작은 출전하면서 부대를 셋으로 나누었다. 앞쪽의 두 부대는 대포와 총, 불화살 등으로 무장하고, 뒤쪽의 한 부대는 각자 새성비(賽星飛)를 하나씩 지니고 있었다. 새성비란 무엇인가? 알고 보니 그것은 여덟 길 남짓한 길이의 채찍 모양을 하고 있었는데, 중간에 여덟 개의 마디가 있어서 접고 펼 수도 있고, 각각의 마디를 쏘거나 거둬들일 수도 있는 것이었다. 각 마디에는 화약과 납으로 만든 탄환이 채워져 있어서 손을 뻗어 펼치면 불길과 함께 탄환이 저절로 발사되는데, 그 빠르기가 마치 유성 같다고 해서 새성비라는 이름이 붙은 것이었다. 오랑캐 사령관은 그저 어제와 다를 바 없으려니 생각하고, 의기양양하게 쇠뿔 나팔을 불어 코끼리 부대를 일제히 돌진하게 했다. 그러자 유천작이 수하들에게 분부했다.

"오늘은 오로지 전진만 있을 뿐 후퇴는 없다! 전진하여 승리를 거두면 후한 상을 내리겠지만, 후퇴한 부대는 모조리 참수형에 처할 것이다! 모두 나팔소리를 신호로 전진하라!"

잠시 후 나팔소리가 울리자 최전방의 부대가 일제히 대포와 총,

불화살을 발사했다. 하지만 코끼리 부대가 물러나지 않자 다시 나팔소리가 울렸다. 이에 두 번째 부대에서도 일제히 대포와 총, 불화살을 발사했다. 하지만 이번에도 코끼리 부대가 물러나지 않자 다시 나팔소리가 울렸다. 그러자 세 번째 부대의 새성비가 일제히 발사되자 유성처럼 빠른 불길과 연기가 뿜어지면서 벼락이 치는 듯한 굉음이 천지를 뒤흔들었다. 그러니 제아무리 코끼리라 한들 감히 다가오지 못하고 일제히 후퇴했는데, 코끼리들은 온몸에 화살이 박히고 화상을 입어 죽기도 하고 쓰러져 몸부림을 치기도 했다. 유천작이 여세를 몰아 창을 들고 맨 앞에서 돌격하자, 세 개의 부대원들도 일제히 돌진했다.

잠시 후 오랑캐 병사들은 창칼에 맞아 죽기도 하고 생포되기도 해서 사령관 하나만 남게 되었다. 더 피할 곳이 없어진 그를 향해 유천작이 말을 몰아 달려가서 사납게 창을 내질렀다. 그 바람에 오랑캐 사령관은 등 뒤쪽으로부터 가슴까지 단번에 꿰뚫리고 말았다. 이에 유천작의 부대는 개선가를 울리며 돌아와 삼보태감에게 오랑캐 사령관의 수급을 바쳤다.

삼보태감이 무척 기뻐하며 수하에게 분부했다.

"도장 상자 안에 담긴 봉투들을 가져와 모든 이들이 보는 앞에서 개봉하도록 하라."

봉투를 열고 보니 삼보태감은 '불[火]'이라는 글자 하나를, 왕 상서는 '적벽(赤壁)'이라는 두 글자를, 유천작은 '새성비'라는 세 글자를 써 놓았다는 것을 알 수 있었다. 이에 모두 한바탕 폭소를 터뜨렸다.

"지략가들의 생각이란 대체로 같은 법이지요."

그러자 삼보태감이 말했다.

"저번에 해 도독은 새서비를 썼고, 이번에 유 장군은 새성비를 썼는데, 어떻게 이렇게 훌륭한 무기들을 갖게 되었소이까?"

그러자 왕 상서가 말했다.

"해 도독의 무기는 소매에서 쏘는 화살과 같아서 물에서 유리하기 때문에 새서비라고 부릅니다. 유 장군의 무기는 유성처럼 불을 쓰는 데에 유리하기 때문에 새성비라고 부릅니다. 물과 불이 다르기는 하지만 공을 세우기는 마찬가지지요."

"그렇다면 둘 다 상을 내려야겠구려."

이에 즉시 장수와 병사들에게 각기 직위와 공로에 따라 상을 내렸다. 그러자 유천작이 삼보태감에게 물었다.

"이 수급들은 어찌할까요?"

"모두 새끼줄에 꿰어서 그걸 벤 사람이 간수하도록 하시오."

이튿날 배를 출발하여 이레 남짓 항해하자 유산국에 도착했다. 미리 대기하고 일던 철갑군이 보고하기 위해 배에 올라오자, 삼보태감이 물었다.

"여기는 무슨 나라이냐?"

"유산국입니다."

"여기는 어느 태감이 왔느냐?"

"홍 태감입니다."

"부도독은 누가 왔느냐?"

"후초부도독 오(吳) 장군이십니다."

"그래, 보고할 일이란 무엇이냐?"

"홍 태감께서 사령관께 알리라고 하셨습니다. 유산국의 왕이 호
두패를 보고 무척 기뻐하며 상소문과 항서를 쓰고 진상품을 준비
해서, 함대가 도착하면 직접 나와서 영접하려고 기다리고 있습니
다. 다만 요 며칠 사이에 두 명의 두목들이 반감을 가지고 국왕을
선동했습니다. 그래서 홍 태감께서 먼저 저를 보내 이곳 상황을 알
려드리고, 사령관께서도 미리 방비를 조금 하시라고 하셨습니다."

"내 나름대로 대책이 있다."

그리고 즉시 수하들에게 실론 국왕을 데려오라고 했다. 그는 비
파골에 쇠사슬이 꿰인 채 죄수를 가두는 우리에 갇혀 있었다. 그
우리 위에는 "세력을 믿고 귀의하지 않은 나라의 국왕은 이같이 처
벌할 것이다."라고 적힌 하얀 패가 세워져 있었다. 삼보태감은 또
유격대장 유천작에게 지난번에 참수한 수급들을 가져오라고 해서
일일이 점검한 후 장대에 높이 걸게 하고, 그 옆에 "감히 무례하게
저항하는 각 나라 두목들은 이같이 처벌할 것이다."라고 적힌 하얀
패를 세워두게 했다. 이 두 개의 하얀 패는 적의 사기를 미리 죽이
려는 의도가 담긴 것이었다.

정황을 염탐하던 오랑캐들은 우리에 갇힌 실론 국왕과 장대에
걸린 수급들, 그리고 하얀 패에 적힌 커다란 글을 보고 일일이 자기

국왕에게 보고했다. 이에 국왕이 좌우 두목들을 불러서 말했다.

"너희가 나더러 세력을 믿고 귀의하지 않게 했으니, 너희가 저 우리에 들어가라."

좌우 두목들도 정찰병의 보고를 들었기 때문에 얼른 꼬리를 내렸다.

"저희도 머리가 소중한데 어찌 감히 저항하겠습니까?"

그들은 즉시 홍 태감과 함께 중군 막사로 찾아와 상소문을 바쳤다. 삼보태감이 중군의 관리에게 잘 보관하라고 분부하자, 국왕이 다시 항서를 바쳤다. 삼보태감이 받아서 열어보니, 거기에는 이렇게 적혀 있었다.

유산국 국왕 바르샹다라[八兒向打剌][6]가 삼가 재배하며 위대한 명나라 황제께서 파견하신 정서통병초토대원수께 바칩니다.

대원수께서는 용맹한 군대를 이끌고 하늘같이 높은 위세를 떨치시며 험한 산천 깊숙한 곳까지 들어가시고, 사나운 무리를 붙잡아 온 나라의 분노를 풀어줌으로써 사직의 영원한 평화를 이루게 해 주신다고 들었습니다. 그러니 어찌 충직하기만 하겠습니까? 언제나 그런 보살핌은 많을수록 좋다는 것을 느끼고 있습니다. 저희는 멀고 외진 곳에 살고 있는지라, 우물 안의 개구리처럼 식견이 좁습니다. 그러나 이번에 찬란히 빛나는 의장(儀仗)을 우러르며 질서정연한 군대의 위용을 알게 되었습니다. 부디 저

---

6 작자가 허구적으로 지어낸 이름인 듯하다.

희도 보살핌의 행운을 받아 이민족의 무리 가운데 우뚝 설 수 있게 해 주시옵소서.

관대한 마음으로 받아 주시길 엎드려 바라오며, 이 은혜는 가슴 깊이 새기겠습니다.

삼보태감이 항서를 다 읽고 나자 다시 진상품을 바쳤다. 삼보태감이 목록을 받아 살펴보니 이렇게 적혀 있었다.

은화(銀貨) 일만 개, 바다 조개 스무 섬[石](그 나라에는 이 조개가 산처럼 쌓여 있는데, 살이 썩을 때까지 기다렸다가 깨끗이 씻어서 그 껍질을 다른 나라에 판매함), 홍아호(紅鴉呼)[7] 열 개(보석의 일종인데, 그 색깔이 연분홍색이어서 이렇게 부름), 청아호(靑鴉呼) 열 개(보석의 일종인데, 그 색깔이 하늘색이어서 이렇게 부름), 청엽람(靑葉藍) 열 개(남색의 보석으로서, 표면에 푸른 버들잎 같은 문양이 있음), 실라니[昔剌泥][8] 열 개, 쿠모란[窟沒藍] 열 개(보석인데, 이곳에서는 이렇게 부

---

7 아호(鴉呼)는 '강옥(剛玉)'을 나타내는 아랍어 'Yāqūt' 또는 페르시아어 'Yāghūt'를 음역(音譯)한 것이다. 아랍인들이 가장 좋아하는 보석인 이것은 기본적으로 홍색과 황색, 하늘색, 그리고 공기처럼 투명한 백색의 네 가지 색깔을 띠는데, 이 가운데 가장 아름답고 값어치도 가장 높은 것은 순수한 홍색(Bahrāmāniyyah, al-Darsiyi)을 띤 것이다. 본서의 다른 부분에서는 '아골(鴉骨)'이라고 표기하기도 했고, 《영애승람》에서는 '아고(雅姑)'로 표기하기도 했다.

8 실라니[昔剌泥] 즉 'Sīlānī'는 아랍어에서 "실란[錫蘭]에서 생산된"이라는 뜻이다. 여기서 말하는 '실라니'는 바로 스리랑카에서 생산된 중저가(中低價)의 홍보석(紅寶石)으로서 검붉은 색의 석류석(石榴石, garnet)을 가리킨다.

름), 강진향(降眞香) 열 섬, 용연향 다섯 섬(향이 무척 훌륭하며, 값어
치가 은과 같음), 야자 열매로 만든 술잔 백 개(야자 열매의 껍질을 깎
아 술잔을 만들고, 금과 은을 박아 장식한 화리목[花梨木]으로 다리를 만
들었으며, 이곳에서 나는 옻으로 입구를 칠해서 아주 아름다움), 사감수
건(絲嵌手巾) 백 장(다른 곳에서 난 것들에 비해 가장 세밀하게 짠 것임),
금실로 짠 손수건[織金手帕] 백 장(아주 정교하게 만들어서 부유한
집안의 남자들이 머리에 두르고 다니는데, 한 장에 은 다섯 냥의 값어치가
있음), 상어고기 포 백 섬(유어[溜魚]라고도 하며, 덩어리째 말린 것이
담백하고 맛이 좋음)

삼보태감은 내저(內貯)의 관리에게 진상품들을 받아 간수하게
하고, 국왕에게 모자와 허리띠, 도포와 홀(笏)을 답례품으로 주었
다. 그리고 좌우 두목을 불러 분부했다.

"너희는 두목의 신분으로서 국왕에게 나쁜 짓을 선동했다. 하늘
은 덕망 있는 이에게 복을 내리고 죄를 지은 자는 토벌하며, 하늘의
뜻에 따르면 복을 받고 거역하면 재앙을 당한다는 사실을 모르느
냐? 저기 우리에 갇힌 실론 국왕을 보았느냐? 장대에 내걸린 실론
왕국 사령관과 병사들의 수급을 보았느냐?"

좌우 두목은 그저 머리를 조아리며 간절히 빌었다.

"제발 살려주십시오!"

"너희들의 죄악이 아직 드러나지 않았으니, 깊이 추궁하지도 벌
을 내리지도 않겠다. 다만 오늘 이후로 우리 천자의 나라가 있다는
것을 잊지 말고, 해마다 조공을 바치며 복속해야 할 것이니라!"

좌우 두목이 연신 머리를 조아렸다.

"알겠습니다. 다시는 잘못을 저지르지 않겠습니다."

삼보태감은 군정사의 관리에게 분부하여 그들에게 술과 안주를 내리게 했다. 국왕과 좌우 두목은 다시 감사하고 자기 나라로 돌아갔다.

함대가 다시 출항하여 이삼일 동안 항해 끝에 대갈란 왕국에 도착하니, 후 태감과 좌초부도독 황전언이 그 나라 국왕 리스다[利思多]와 함께 영접했다. 후 태감이 삼보태감에게 말했다.

"이 국왕은 대의를 아주 잘 알아서 호두패를 받고, '이 외에는 아무 사달이 일어나지 않을 것'이라는 말에 무척 기뻐하며, 패를 향해 여덟 번이나 절을 올렸습니다. 그야말로 하늘이 바로 지척에서 살펴보고 있으니 삼가고 또 삼간다는 의미를 보여준 것입니다. 다만 작은 나라라서 백성이 무지하고 공부하지 않아서 다들 문자를 모릅니다. 그래서 상소문이나 항서는 쓰지 않고 통관문서도 교환할 수 없어서, 그저 토산품을 모아 조정에 바친다고 합니다."

"그래도 성의를 보였으니, 공경하는 의미에서 모두 받아두어야겠구먼."

이에 진상품을 늘어놓고 보니 별로 특이한 것도 없었다.

금화 백 개, 오색 비단 쉰 필, 꽃무늬를 염색한 천 이백 필, 파란색과 흰색의 꽃무늬가 들어 있는 자기 열 섬[石], 후추 열 자루, 야자 스무 자루, 유어(溜魚) 오천 근, 빈랑 오천 근 삼보태감은 예물을 받아 간수하게 하고 두건과 의복, 도포, 홀 등을 하사했다. 그리고 국왕에게 계단을 오르내리며 절하는 방법 등의 예법을 가르쳐 주었다. 이에 국왕은 감사하고 돌아갔다.

함대가 다시 출발하여 사나흘 동안 항해하니 소갈란 왕국에 도 착했다. 그때 다섯 명의 철갑군이 보고하러 왔다.

"무슨 일이냐?"

"왕 태감의 지시를 받고 사령관님을 영접하러 나왔습니다."

"왕 태감은 어디 있느냐?"

"이 나라에 도착하자 국왕이 성심성의를 보이며 천자의 나라에 귀의하겠다고 했습니다. 어제는 또 이 나라 병사들이 사령관께서 실론 국왕을 옥에 가두고, 사령관의 목을 베었다는 사실을 보고하 자, 더욱 두려워하며 공손해졌습니다. 왕 태감께서는 그가 다른 생 각을 하지 않을 거라는 것을 알고 저희더러 사령관님의 함대가 오 기를 기다리게 하고, 태감님은 다시 길을 떠나셨습니다. 이상과 같 이 보고하는 바입니다."

"여기는 무슨 나라이냐?"

"소갈란 왕국입니다."

"국왕은 어디 있느냐?"

"뱃머리에 와 있습니다."

"상소문과 항서는 준비했더냐?"

"이 나라 사람들은 무지하여 글자를 모르기 때문에 상소문과 항 서는 작성하지 못하고, 그저 몇 가지 토산품을 모아 진상한다고 합니다.”

"저번에 대갈란 왕국에서도 그랬지만, 성의가 있으니 진상품은 받아두고 적당히 사례한 적이 있지. 이 나라 국왕도 성심성의를 보였다고 하니, 들라 하라!"

국왕은 뱃머리에 갇혀 있는 실론 국왕과 장대 끝에 매달린 수급들을 보고 너무 놀라 정신을 차리지 못했다. 그러다가 삼보태감을 보자 그저 한없이 머리를 조아리며 절을 올렸다.

"일어나시오."

한참 후에야 국왕이 조심스럽게 일어나자 삼보태감이 물었다.

"여기는 무슨 나라요?"

국왕이 잠시 머뭇거리다가 말했다.

"소갈란 왕국입니다."

"국왕께서는 성함이 어찌 되시오?"

"리다리다리(利多理多里)입니다."

"어째서 문자를 익히지 않으셨소?"

국왕은 또 잠시 머뭇거리다가 말했다.

"제가 우둔하여 배우지 못해서 상소문과 항서를 작성하지 못했으니, 부디 용서해 주십시오!"

"천자의 나라에 귀의하려는 정성만 있으면 그런 것쯤은 괜찮소이다."

"보잘것없지만 몇 가지 토산품을 준비하여 바치고자 하오니, 하해와 같은 아량으로 받아 주시기 바랍니다."

삼보태감은 내저의 관리에게 받아 간수하게 했는데, 그것들은
다음과 같았다.

금화 백 개, 은화 오백 개, 황소 열 마리(한 마리당 무게가 사오백
근쯤 됨), 청양(靑羊) 스무 마리(털이 푸른색이고 다리 길이가 석 자임),
후추 열 가마, 소방목[蘇木] 쉰 묶음, 말린 빈랑 쉰 섬[石], 바라밀
오백 근, 사향 백 근

이어서 삼보태감은 국왕에게 중국의 의관과 도포, 홀, 장화 따위
를 답례로 주었다. 그리고 계단을 오르내리며 절하는 방법 등의 예
법을 가르쳐 주자 국왕은 한없이 감사했다.

함대가 다시 출발하여 이틀쯤 가자 또 하나의 나라에 도착했다.
이곳은 동쪽으로 큰 산이 있고 서쪽으로는 드넓은 바다가 펼쳐져
있으며, 남북으로는 여섯 개의 큰길이 나 있었다. 함대가 정박하자
왕 태감이 우초부도독 허이성과 함께 영접했다.

"여기는 무슨 나라요?"

"가지 왕국입니다."

"국왕은 어디 출신이오?"

"쇄리(瑣里) 출신입니다. 머리에 노란색과 하얀색이 뒤섞인 천을
두르고, 상의를 입고, 아래쪽은 꽃무늬가 들어 있는 수건을 두른 다
음, 색깔이 들어 있는 모시풀로 엮은 '압요(壓腰)'라는 띠를 둘렀습
니다."

"국왕의 이름은 무엇이오?"

"케이리[可亦里]라고 합니다."

"백성들은 어떠하오?"

"다섯 등급이 있습니다.[9] 첫째는 남곤인(南崑人)으로서 국왕과 비슷하게 생겼으며, 개중에 머리를 깎고 머리에 초록색 두건을 쓴 이들은 가장 신분이 높은 귀족들입니다. 둘째는 위구르인인데 그래도 상당한 재력을 갖춘 이들입니다. 셋째는 철지인(哲地人)이라고 부르는데 이들도 제법 재력이 있습니다. 넷째는 혁령인(革令人)인데, 남의 보증을 서주거나 물건을 매매합니다. 다섯째는 목과인(木瓜人)로서 가장 천한 신분입니다. 이들은 동굴이나 나무 위에 지은 집에 남녀를 막론하고 발가벗고 사는데, 나뭇잎이나 풀을 엮어 아랫도리의 앞뒤만 가리고 있습니다. 그리고 길을 가다가 남곤인이나 철지인을 만나면 즉시 길가에 쪼그리고 앉아 피해 주고, 그들이 지난 뒤에야 일어섭니다."

"나라 안의 풍속은 어떠한가?"

"국왕은 불교를 믿고 코끼리와 소를 신성시합니다. 대개 집을 지

---

9 《명사》 권326 〈열전〉 제214 〈외국 7〉 "가지(柯枝)": "백성은 다섯 등급으로 나눈다. 첫째는 남곤으로 왕족의 부류이다. 둘째는 위구르, 셋째는 철지인데 모두 부자들이다. 넷째는 혁전인데 모두 상인들이다. 다섯째는 목과인데, 가장 가난하며 천한 일을 한다. 그들의 집은 높이가 석 자를 넘기지 못하고, 옷은 위로 배꼽을 넘지 못하고 아래로 무릎을 넘지 못한다. 길에서 남곤인이나 철지인을 만나면 즉시 엎드렸다가 그들이 지나간 뒤에 일어난다.[人分五等 : 一曰南崑, 王族類. 二曰回回, 三曰哲地, 皆富民. 四曰革全, 皆牙儈, 五曰木瓜. 木瓜最貧, 爲人執賤役者. 屋高不得過三尺, 衣上不得過臍, 下不得過膝. 途遇南崑哲地人, 輒伏地, 俟其過乃起.]"

으면 그 안에 불상을 모십니다. 불상 아래에는 벽돌을 쌓아 도랑을 만들고, 그 옆에 우물을 팝니다. 매일 아침 종과 북을 울리고 샘물을 길어다가 불상을 씻습니다. 그렇게 두세 번 씻고 절을 올린 다음에 자리에서 떠납니다. 또 부처를 모시는 죠지[濁肌]라고 하는 도사는 어린 아내를 두고 있으며, 머리를 깎지 않고 빗지도 않습니다. 머리카락을 양탄자 모양으로 짜서 십여 갈래 또는 일고여덟 갈래로 나누어 머리 뒤쪽으로 드리우고 있습니다. 또 황소의 똥을 태운 재를 몸에 바르고 다니는데, 옷은 전혀 걸치지 않고, 허리에 커다란 등나무 줄기를 매고 다니면서 입으로 소라가 우는 듯한 소리를 내고 다닙니다. 그 뒤를 따라다니는 아내는 천 조각으로 치부만 가리고 있는데, 그런 행색을 하고 부부가 집집마다 돌아다니며 동냥을 합니다. 이런 것들은 아주 꼴불견인 풍속이라 하겠습니다."

"기후는 어떠한가?"

"늘 우리나라의 여름처럼 무덥습니다. 오뉴월에는 밤낮없이 소낙비가 쏟아져서 도시는 강으로 변하는데, '반년 동안 비가 내리고, 반년만 맑다.'라는 속담이 있을 지경입니다."

"국왕은 패를 보고 뭐라고 하던가?"

"호두패에 적힌 내용을 듣고 전혀 거부하는 기색을 보이지 않았습니다. 다만 세 명의 남곤인과 네 명의 철지인이 우리 군대를 해치려는 음모를 꾸몄는데, 국왕이 이를 알고 꾸짖었습니다.

'이놈들의 거역하는 행태는 내게 복이 아니라 재앙을 입히는 짓이다. 나더러 실론 국왕하고 함께 갇혀 마주 보고 있으라는 얘기냐!'

그리고 즉시 그 일곱 명을 잡아들여 포박해서 여기로 끌고 왔습니다. 사령관님께 처분을 맡기겠다는 뜻입니다."

"국왕은 어디 있는가?"

"문밖에서 대기하고 있습니다."

삼보태감이 국왕을 들여보내라고 하자, 국왕이 들어와 절을 올렸고, 삼보태감도 귀빈으로 대접했다. 국왕이 올린 상소문은 중군의 관리가 간수했고, 다시 항서를 올려서 삼보태감이 받아 펼쳐 보니 이렇게 적혀 있었다.[10]

가지 왕국의 국왕 케이리가 삼가 재배하며 위대한 명나라 황제께서 파견하신 정서통병초토대원수께 올립니다.

듣자 하니 하늘은 덕 있는 자에게 복을 내리고 죄지은 자를 토벌하며, 하늘을 따르는 자는 복을 누리고 거역하는 자는 재앙을 당한다고 했습니다. 저희는 바다 건너 멀리 외진 곳에 사는지라 순종하고 거역하는 도리에 대해서는 잘 모르지만, 명나라가 하늘로부터 권력을 부여받아 흉악한 무리의 원흉을 없애고 다른 마음을 품지 않도록 달래어 주심은 분명히 알겠습니다. 위엄은 앞서 나가면서 풍성한 덕을 베푸시고, 징벌은 필요한 만큼 행하시며 은혜를 내려 주십니다. 화해의 기운이 멀리까지 두루 미쳐 칠순 늙은이에게 고상한 덕의 교화를 입게 하시고, 어진 기풍을

---

10 아래의 상소문은 당나라 때 유종원(柳宗元)의 〈하평치청후사사상(賀平淄靑後肆赦狀)〉에서 몇 구절을 뽑아 변형하여 엮은 것이다.

널리 퍼뜨리셔서 오뉴월의 더위에 세상을 떠도는 이가 없이 편히 지내도록 해 주셨습니다.

이렇게 태평성대의 복을 누리게 해 주심에 감격스러운 마음을 주체할 수 없사오며, 춤이라도 출 듯 기뻐하며, 명나라를 향한 변치 않는 마음을 만 배나 더 다지게 되었습니다.

삼보태감이 그걸 보고 무척 기뻐하자, 국왕이 또 진상품을 올렸다.

"이들이 이렇게 정성으로 대해 주니, 우리도 정성으로 보답하지 않을 수 없구나."

삼보태감은 일단 내저의 관리에게 진상품을 받아 간수하게 했는데, 그것은 다음과 같았다.

불탑도(佛塔圖) 한 폭, 보리수 잎 열 장, 금불상 하나, 금화 백 개, 은화 천오백 개(은화 열다섯 개는 금화 하나의 값어치에 해당함.), 진주 네 알(모두 무게가 네 푼 반인데, 네 푼이면 이곳에서는 은 백 냥의 값어치에 해당함), 산호수 네 개(철지인은 무게에 따라 거래하며, 그곳에서 장인을 고용하여 선반에 놓고 가공하여 구슬 모양으로 만들고 깨끗하게 광을 내서 파는데, 무게에 따라 값을 매김), 후추 백 섬, 용연향 오백 근, 각종 꽃무늬를 염색한 천 오백 필, 봉봉내(蓬蓬柰)[11] 열 섬

---

11 봉봉내(蓬蓬柰)는 벽오동과에 속하는 나무인 방대해(胖大海)를 가리키며, 도이향(都夷香)이라고도 부른다. 봉봉내는 이 나무와 열매를 가리키는 북인도 카슈미르 남방의 방언(方言)을 음역한 것이다.

(과육이 붉고 달콤한데, 이 지역 사람들은 그것을 말려서 멀리까지 갖고 다님)

삼보태감이 중국에서 가져온 의관과 허리띠, 도포와 홀 따위를 답례로 주자, 국왕은 무척 기뻐하며 감사의 절을 올리고 떠났다.

이후 함대는 다시 며칠을 항해했는데, 삼보태감이 중얼거렸다.

"이 몇 개의 작은 나라에서는 다행히 아무 일도 없었구나. 그나저나 앞에 고리 왕국이 있는데, 왕명은 일을 잘하고 있는지 모르겠구나."

왕명이 그곳에서 어떤 공을 세우게 되는지는 다음 회를 보시라.

왕명은 고리 국왕에게 편지를 전달하고 고리 국왕은 삼보태감을 귀빈으로 접대하다

王明致書古俚王　古俚王賓服元帥

漢家大使乘輶軒	한나라의 사신 가벼운 수레 타고
擊筑高歌出帝前	축(筑) 울리고 소리 높여 노래하며 황제 앞을 떠났네.
烽烟廣照三千里	봉화 연기 삼천리를 비추고
伐鼓摐金度海垣	북을 울리고 징 치며 바다를 건넜네.
野騎車來獵邊土	들판에서 수레 타고 와서 변방을 휩쓰니
天王號令更神武	천왕의 호령에 신령한 무위 드높구나!
大將今數霍嫖姚	대장은 표요교위(嫖姚校尉) 곽거병(霍去病)[1] 같고
儒生持節稱謀主	부절(符節) 지닌 학자는 책략도 뛰어나지.

---

1 곽거병(霍去病: 기원전 140~기원전 117)은 한나라 무제(武帝) 때의 명장으로서 활솜씨가 뛰어났고, 여러 차례 북방의 흉노를 정벌하여 많은 공을 세웠다.

黍穀盧龍瀚海傍	서곡산(黍穀山)과 노룡곡(盧龍谷), 한해(瀚海) 옆[2]
霞標六月飛清霜	높다란 산에는 유월에도 맑은 서리가 내린다네.
錦袍十道秋風滿	비단 전포는 가을바람에 펄럭이고
碣石高懸關路長	비석 높이 걸린 관문의 길은 멀기만 하구나!

한편 삼보태감의 명을 받은 왕명은 작은 배를 타고 스무날 남짓 항해한 끝에 비로소 고리 왕국에 도착했다. 네 명의 도사는 낮에 군대를 곳곳에 배치하여 전쟁에 대비하고 있었다.

'그 네 명의 터럭[毛] 도사가 또 여기서 말썽을 피우고 있구나. 이러면 내가 좀 곤란해졌는걸? 사령관님의 편지를 갖고 왔는데 국왕에게 전하지 않으면 군령을 위반한 것이 되고, 전하러 가자니 이 네 도사의 눈을 피할 수 없을 테니 말이야. 그자들이 내 터럭 반쪽이라도 놓아주려 하겠어?'

그는 눈살을 찌푸리고 한참 생각하다가 계책을 하나 떠올렸다. 이튿날 그는 머리카락을 풀어 내려서 뒤로 바짝 묶고, 옷을 잡아당겨 도복처럼 만들었다. 그리고 커다란 글씨로 '신통한 파자점(破字

---

2 서곡산(黍穀山)은 북경 동북쪽의 옌산[燕山] 산맥 발치에 있는 산이고 노룡곡(盧龍谷)은 허베이성(河北省) 동북부에 있는 골짜기, 한해(瀚海)는 구체적으로 가리키는 지명이 시대에 따라 다르지만 대체로 북방의 사막을 가리키는 뜻으로 많이 쓰인다. 여기서 이 지명들은 잦은 전쟁이 일어나는 변방을 대표하는 뜻으로 쓰였다.

占)’이라고 적고, 그 아래에 두 줄의 작은 글씨로 ‘치란흥쇠(治亂興
衰), 길흉화복(吉凶禍福)’이라고 적은 패를 하나 만들어 손에 들었다.
그리고 사람들 북적거리는 저자로 느긋하게 걸어갔다. 잠깐 은신
초를 꺼내 들어서 모습을 감췄다가, 또 잠시 후에 은신초를 거둬들
여서 모습을 드러내고 저자를 휘적휘적 걸었다. 그 은신초 덕분에
이민족들이 모두 쑤군거렸다.

“분명히 보살이 강림한 걸 거야! 저것 보라고. 금방 모습이 보였
다가 또 금방 사라지잖아!”

그렇게 한 이틀 소문이 퍼졌는데, 오랑캐 나라에서도 소문이 아
주 빨리 퍼졌다. 마침내 셋째 날이 되자 그가 말했다.

“나는 상팔동에서 내려온 신선인데 이곳을 지나게 되었노라. 너
희 중생들 가운데 인연이 있는 자는 내게 글자 하나를 들고 와서 물
어봐라. 내 너희에게 ‘치란흥쇠’와 ‘길흉화복’에 대해 알려주어서 이
곳을 들른 보람으로 삼고자 하노라.”

그렇지 않아도 그가 입을 열기만 기다리고 있던 서양인들은 인
연이 있는 자는 글자 하나를 들고 와서 물어보라는 말을 듣자마자
우르르 몰려왔다. 개중에 하나가 앞으로 나서서 인사를 하자, 왕명
이 일부러 너스레를 떨었다.

“무엇을 물으려 하느냐? 먼저 글자 하나를 써봐라.”

그는 위구르인이었기 때문에 ‘회(回)’라고 썼다. 왕명이 다시 물
었다.

“어디다 쓸 것이냐?”

"집사람 뱃속에 들어 있는 아이에 대해 여쭙고자 합니다."

"그렇다면 딸을 낳겠구나."

"아니, 왜요?"

"이런 무식한! '마음을 돌려라. 석 달이 지나도록 사람 노릇을 못하다니![回也其心三月不爲人]'[3]라는 말도 들어보지 못했느냐? 네가지금까지 사람 노릇을 못 했는데 어떻게 아들을 낳겠느냐? 그러니딸이나 낳아야 마땅하지!"

그러자 그가 무척 기뻐하며 감탄했다.

"보살님은 유교와 불교, 도교에 모두 통달한 분이시군요!"

그 말이 끝나기도 전에 또 한 사람이 다가와 절을 올렸다.

"글자 하나를 써봐라."

그 사람은 귀에서 열이 조금 났기 때문에 '이(耳)'라고 썼다.

"어디다 쓸 것이냐?"

"저도 집사람 뱃속에 들어 있는 아이에 대해 여쭙고자 합니다."

"너는 아들을 낳겠구나. 그것도 여럿을 낳겠어."

"아니, 왜요?"

"이런 무식한! '귀가 작으면 여덟아홉 아들을 낳는다.[耳小生八九子]'[4]라는 말도 들어보지 못했느냐? 그런 아들을, 그것도 여럿

---

3 이것은 《논어》〈옹야(雍也)〉에서 공자가 "안회는 석 달이 지나도록 그 마음을 유지하여 어짊을 어기지 않는다.[回也, 其心三月不違仁]"라고 한 구절을엉터리로 이해하여 써먹은 것이다.

4 이것은 옛날 중국의 민간에서 유행하던 종이 패[紙牌]에 적힌 글이다. 대표

을 낳는다는 게지!"

이에 그 사람이 무척 기뻐하며 감탄했다.

"정말 살아 계신 신선이십니다!"

그 말이 끝나기도 전에 또 한 사람이 다가와 절을 올렸다.

"글자 하나를 써봐라."

그 사람은 외가에 재산이 제법 있어서 그걸 얻고 싶었기 때문에 '모(母)'라고 썼다.

"어디다 쓸 것이냐?"

"재물을 구하는 것에 대해 여쭙고자 합니다."

"재물이라면 열 배, 백 배를 얻게 될 테니 아주 운수가 대통이로구나."

"아니, 왜 그렇다는 것입니까?"

"이런 무식한! '재산이라면 어머니가 어떻게든 구해준다.[臨財母苟得][5]라는 말도 들어보지 못했나? 이러니 열 배, 백 배의 재산을

적인 글귀로는 "上大人, 丘乙己, 化三千, 七十賢, 八九子, 佳作美, 爾小生, 可知禮."인데 그 뜻은 이런 정도가 되겠다. "부모님들, 저 공구(孔丘, 즉 공자)는 삼천 명의 제자와 일흔 명의 현자, 여덟아홉 명의 선생을 가르쳤으니 상당히 훌륭하다고 할 수 있습니다. 여러분의 아이들도 제게 배우면 예의를 알 수 있을 것입니다." 여기서 왕명은 이 구절을 엇섞고, '이(爾)'와 '이(耳)'가 모두 중국어에서 '얼[ěr]'로 발음된다는 점을 이용해 글자를 바꾸어서 엉터리 말을 지어냈다.

5 이것은 《예기》〈곡례상(曲禮上)〉의 "재물 앞에서는 구차하게 얻으려 하지 말고, 어려움에 처하더라도 구차하게 벗어나려 하지 말라.[臨財毋苟得, 臨難毋苟免]"라는 구절을 엉터리로 바꿔서 만들어 낸 말이다. 어미 '모(母)'와 아닐 '무(毋)'는 글자의 생김새가 비슷하기 때문이다.

얻게 될 운수대통이라는 게 아닌가!"

그 말에 기분이 좋아진 그 사람이 감탄했다.

"정말 살아 계신 신선이십니다!"

그 말이 끝나기도 전에 또 한 사람이 다가와 절을 올렸다.

"글자 하나를 써봐라."

그 사람은 왕명이 세워 놓은 패에 다스릴 '치(治)'자가 들어 있는 것을 보고 그걸 썼다.

"어디다 쓸 것이냐?"

"결혼에 대해 여쭙고자 합니다."

"그거라면 뜻대로 될 것이다."

"아니, 그걸 어떻게 아십니까?"

"이런 무식한! '공치장에게는 딸을 줄 만하다. [公治長可妻也]⁶라는 말도 들어보지 못했나? 그러니 자네 결혼은 틀림없이 성사된다, 이걸세!"

기분 좋은 말을 들은 그 사람은 뛸 듯이 기뻐했다.

"정말 살아 계신 신선이십니다! 이렇게 어렵게 만났으니 저도 보시를 좀 하겠습니다."

그러면서 그는 즉시 금화 열 개를 건넸다.

---

6 이것은 《논어》〈공야장(公冶長)〉의 "공야장에게는 딸을 줄 만하다. [公冶長可妻也]"라는 구절을 엉터리로 변형한 것이다. 공야장의 이름에서 '야(冶)'를 '치(治)'로 잘못 읽는 것으로 무식한 사람을 비꼬는 일은 아주 오랜 관행 가운데 하나였다.

"얼마 되지는 않지만, 이걸로 성의를 표할까 합니다."

이렇게 되자 왕명이 오히려 머쓱해졌다.

'이런 엉터리 점을 친 것은 국왕의 호기심을 자극하기 위한 것일 뿐이지, 남의 재물을 긁어내려는 의도는 아니잖아? 이런 식으로 남의 재물을 얻는 것은 좋지 않아.'

그래서 그가 일부러 이렇게 말했다.

"보시를 베풀어 주셔서 고맙소만, 나는 돈을 쓸 데가 없어서 받을 수 없소이다."

그래도 그가 굳이 주려고 하자 왕명이 다시 말했다.

"자꾸 이러시면 떠나겠소이다!"

그 말을 마치자마자 그는 은신초를 꺼내 들고 모습을 감춰 버렸다. 그러자 거기 모여 있던 이들이 돈을 건네려 했던 이를 원망했다.

"분명히 살아계신 보살이라 길흉화복에 대해 여쭤보려 했는데, 왜 돈을 꺼내서 문제를 일으켜? 그분이 진노하셔서 떠나 버리셨잖아!"

그러자 개중의 누군가가 말했다.

"인연이 있다면 내일 또 오시겠지."

또 누군가는 이렇게 말했다.

"그냥 지나가는 길이셨을 텐데, 매일 오실 리 있겠어?"

이렇게 다들 이런저런 말들이 많아지자, 납아사에 있던 도사들도 그 소식을 듣고 서로 의논했다.

"저자에 행각승이 하나 나타났다던데, 혹시 어느 천신이 우리를 찾아온 게 아닐까? 가서 한 번 만나보세."

그러자 백모도장이 말했다.

"우리가 찾아가면 체통을 잃게 될 테니까, 사람을 보내 이리로 데려오세."

그렇게 상의를 마치고 유능한 하인 하나를 보내서, 저자에서 이삼일 동안 기다렸다가 그를 보거든 데려오라고 했다. 사정을 알게 된 왕명이 생각했다.

'지금은 행각승 행세를 하고 있으니, 이 기회에 몇 마디 말로 저들의 본성을 건드려보자.'

그리고 그는 휘적휘적 걸어서 네 도사를 만났다. 도사들은 승려 같지도 않고 속인 같지도 않은 그의 모습을 보고 의심스러운 듯한 표정으로 물었다.

"어디서 오셨소?"

"상팔동 서왕모의 잔치에서 왔소이다."

"그 자리에 빠진 신장이 있더이까?"

"옥황상제께서 사방의 신장을 점검하셨는데, 몇 명이 자리에 없어서 진노하셨소."

네 도사는 그 말에 뜨끔하여 황공한 마음에 전전긍긍하여 아무도 입을 열지 못했다.

'이 자는 정말 우리보다 지위가 높은 천선(天仙)이로구나!'

왕명은 그들의 속내를 짐작하고 또 한마디를 던졌다.

"네 분께서는 언제 여기에 오셨소이까?"

그들은 얼른 거짓말로 둘러댔다.

"사나흘 전에 왔습니다."

"그런데 무슨 일로 저를 부르셨소이까?"

"글자 점을 쳐주십사 부탁하려고 청했습니다."

"그럼 한 글자를 써보시구려."

그러자 청모도장이 푸를 '청(靑)' 자를 썼다.

"어디에 쓰실 거요?"

"전쟁에 대해 여쭙고자 합니다."

"여러분, 이런 말을 해서 미안하지만, 이건 아주 불길하오."

"아니, 왜요?"

"푸를 '청' 자는 위쪽의 네 획이니 바로 네 분의 수에 해당하오. 아래쪽은 달 '월(月)' 자가 아니오? 그런데 달은 태음(太陰)을 형상하는 것이오. 양(陽)의 기운이 뚜렷해지면 평안한 운수가 와서 천지가 교합하고 만물이 형통하며, 위아래가 교합하여 한마음이 되오. 군자의 도는 커지고 소인의 도는 소멸하게 되오.[7] 하지만 음의 기

---

7 《주역》〈태전(泰傳)〉: "단전(彖傳)에서는 이렇게 말했다. 태괘(䷊)는 작은 것이 가고 큰 것이 오니, 길하고 형통하다. 즉 천지가 교합하여 만물이 형통하고, 위아래가 교합하여 한마음이 된다. 양을 안으로 들이고 음을 밖으로 내몰며, 안이 강건하여 바깥이 순종하며, 군자를 안으로 들이고 소인을 밖으로 내몰아 군자의 도는 커지고 소인의 도는 소멸한다. [象曰泰小往大來, 吉亨, 則是天地交而萬物通也, 上下交而其志同也. 內陽而外陰, 內健而外順, 內君子而外小人, 君子道長小人道消也.]"

운이 뚜렷해지면 불길한 운수가 되니 천지가 교합하지 않고 만물이 형통하지 않게 되며, 위아래가 교합하지 않고 천하에 평안한 나라가 없어지게 되며, 군자의 도는 소멸하고 소인의 도가 커지게 되오. 또한 '청' 자의 왼쪽에 삐침을 하나 더하게 되면 재앙을 나타내는 '생(眚)' 자와 비슷해지고, 아래쪽에 가로획 하나와 점 두 개를 찍으면 문책한다는 뜻을 나타내는 '책(責)' 자가 되니, 이는 훗날 하늘나라에서 질책을 당할 것이라는 뜻이오. 그러니 전쟁에 관한 것이라면 길보다는 흉이 훨씬 더 많다는 것이오."

행각승으로 변장한 왕명의 이 일장 연설을 들은 네 도사는 맷돌 안에 던져진 것처럼 모골이 송연해져서, 그를 붙들어 앉히고 땅바닥에 털썩 엎드려 네 번의 절을 올렸다.

'재미를 봤으면 빠져나가는 게 상책이라는 옛말이 있지. 괜히 머뭇거리다가는 시비가 일기 마련이고, 이전에 사랑과 은혜를 베풀던 이가 원수로 변할 수 있다 이거야!'

왕명은 아무 말도 하지 않고 재빨리 은신초를 들어 모습을 감추고 유유히 그 자리를 빠져나가 버렸다. 그 바람에 네 도사는 무척 당황할 수밖에 없었다.

한편 어느 백성이 글자 점을 치는 신통한 행각승에 대해 국왕에게 자세히 얘기하고 또 이렇게 덧붙였다.

"납아사의 네 도사도 그분을 스승으로 모셨는데, 그분은 절을 받자마자 한 줄기 바람으로 변해서 떠나 버리셨다고 합니다."

그 이야기를 들은 국왕은 욕심이 생겼다.

'그 행각승을 만나서 나라의 홍망성쇠에 관해 물어보면 마음이 놓일 것 같은데, 어떻게 해야 그분을 만날 수 있을까?'

그는 즉시 측근들에게 분부했다.

"그 행각승을 찾아 짐에게 데려오도록 하라. 그렇게 한 자가 벼슬이 없다면 벼슬을 내리고, 벼슬이 있는 자라면 직급을 한 등급 올려주겠노라. 아울러 그와 별도로 금은과 비단을 두둑하게 하사하겠노라!"

두둑한 상이 걸리면 영웅이 나오는 법. 그 말을 들은 주변 사람들은 너도나도 행각승을 찾아 나섰다. 왕명도 국왕을 만나고 싶었기 때문에 은신초를 들고 거리 여기저기에서 모습을 드러냈다. 그 때문에 거리마다 그를 본 사람들은 저마다 "옳거니! 내게 벼슬 운이 트였구나!" 하고 환호성을 질렀지만, 하필 그 운수는 대전을 지키던 장수의 몫으로 돌아갔다. 이게 어떻게 된 일이냐고? 그 장수가 힘이 세서 다른 사람들을 제치고, 그를 어깨에 떠메고 대전으로 데려갔기 때문이다.

국왕은 그를 만나자 무척 기뻐하며 황급히 용상에서 내려와 인사를 했다.

"신선께서 내려오신 줄 모르고 미처 영접하지 못했습니다."

"저는 상팔동 서왕모의 연회에 들렀다가 내려오는 길에 귀국을 지나게 되었소이다. 그래서 인연이 있는 이들에게 글자 점을 쳐서 길흉화복을 알려주어 미리 방비하게 해 주었지요. 그렇게 해서 사람들에게 올바로 살길을 알려주고, 맹인이 다리를 건너도록 도와주게 된다면, 귀국을 들른 보람이 있지 않겠소이까?"

"신선께서 이 나라에 들르셔서 이렇게 만나게 된 것은 그야말로 천 년이나 만 년에 한 번 있을까 말까 한 행운입니다. 저도 걱정거리가 있는데, 가르침을 내려 주십시오."

"그럼 글자 하나를 써보시구려."

국왕은 자신의 신분을 고려하여 임금 '왕(王)' 자를 썼다.

"어디에 쓰실 거요?"

"이 나라의 흥망성쇠에 관해 여쭙고자 합니다."

"귀국에는 본래 별다른 일이 없었는데, 조만간 아주 귀한 분이 찾아올 것이오. 다만 몇몇 소인배가 중간에서 소란을 피울 것인지라, 그게 좀 아쉽구려. 그런데 국왕 본인의 생각은 어떠신지 모르겠구려."

"귀한 분이 찾아올 거라니요?"

"내 글자 점은 추호도 틀리지 않소. 국왕께서 쓰신 임금 '왕' 자의 맨 위쪽 획은 하늘, 아래쪽 획은 땅, 중간 획은 그 사이에 있는 사람에 해당하오. 이는 삼재(三才)의 올바른 자리인데, 중간에 세로획을 하나 덧붙여서 '왕' 자가 된 것이오. 그러니 왕 노릇 하는 사람은 하늘과 땅과 사람을 두루 아우를 수 있어야 하오. 그런데 세로획 때문에 '왕' 자가 되었으니, 이 세로획이야말로 아주 귀한 사람이 찾아온다는 뜻이 아니겠소이까?"

"그런데 몇몇 소인배들이 중간에서 소란을 피운다는 것은 무슨 말씀이신지요?"

"자, 봅시다. '왕' 자의 옆에 점 하나를 붙이면 구슬 '옥(玉)' 자가 되지 않소이까? 그런데 왕은 사람이고 옥은 물건이 아니오? 사람이 물건으로 변했는데도 좋아한다면, 그게 소인배들이 소란을 피운다는 뜻이 아니고 무엇이겠소이까?"

"그런데 어떻게 거기에 점이 들어간답니까?"

"당연하지요. 국왕, 그대의 허리에 까만 사마귀가 하나 있지 않소?"

국왕이 믿기지 않아 옷을 벗고 살펴보니, 과연 허리에 까만 사마귀가 하나 있었다. 왕명은 네 명의 도사를 염두에 두고 황당한 말을 지어낸 것인데, 뜻밖에도 그에게 복이 있어서 대충 짚어본 말이 이렇게 딱 맞아떨어진 것이다!

어쨌든 국왕은 자신도 모르던 사마귀까지 딱 짚어내자 말할 수 없이 기뻐했다.

"정말 살아계신 신선이십니다!"

그는 서둘러 다시 절을 올리며 물었다.

"신선님, 부디 그런 불길한 일을 피할 방도를 알려주십시오!"

"국왕께서 그런 마음이라면 알려드리리다."

"제발 간청하옵나이다!"

"그럼 제 말대로만 하시구려. 먼 지방에서 손님이 오거든 절대 거역하지 말고, 그분의 뜻대로 따르도록 하시오. 그렇게만 하면 재앙을 피해 복을 받을 것이오."

"이 나라에 네 명의 도사가 계시는데, 그분들이 도움이 될까요?"

"그들이야말로 국왕의 허리에 있는 사마귀와 같은 존재들이오!"

그러자 국왕이 잠시 말이 없다가 솔직하게 말했다.

"사실 제 나라는 서양에서도 제일 큰 나라인지라, 여태 다른 나라의 침략을 받아 본 적이 없습니다. 그런데 납아사의 네 도사가 제 돈을 가지고 불상을 주조하고 절을 짓겠다고 했습니다. 무엇 때문이냐고 물으니까, 우리나라에 백일 안에 큰 전쟁이 일어날 거라고 했습니다. 그러니 그 절을 짓고 불상을 주조하여 제가 진국대비로 된다면, 자기들이 이 재난을 해소해주겠다고 했습니다. 이에 제가 그들의 말대로 해 주고 이 나라에 머물게 해 주었지만, 사실 속으로는 그다지 믿지 않고 있었습니다. 그런데 최근에 무슨 명나라인가 하는 데에서 사령관과 도사, 중에게 수천 척의 배와 수천 명의 장수, 수백만 명의 정예병을 이끌고 서양으로 오게 했다는 불길한 소식을 들었습니다. 그들은 오는 도중에 남의 나라 국왕을 사로잡고 그 나라를 멸망시켰다고 합니다. 최근에는 실론 국왕을 옥에 가두고 그 나라를 싹쓸이했다고 하는데, 그들이 조만간 우리나라에 도착할 거라고 하옵니다. 네 도사의 이 말이 사실인지요? 다행히 신선님을 만나 뵈었으니, 부디 제게 가르침을 주시옵소서!"

"내 말대로만 하시면 응당 대단히 즐거운 일이 있을 거외다. 못 믿겠거든 밖을 보시구려. 기쁜 소식이 와 있을 거외다."

국왕이 믿으려 하지 않자, 왕명은 슬쩍 술수를 부렸다. 그는 은신초를 들어 주변 사람들의 눈을 피한 상태에서 용감하게 도포를 벗고 팔목에 노란 보호대를 찼다. 그리고 한 손에 삼보태감의 서신을 들고, 다른 한 손에는 호신용 칼을 든 채 당당하게 궁궐 문 앞에 서서 소리쳤다.

"기쁜 소식이 담긴 서신을 전하러 왔소!"

국왕은 행각승이 사라지자 후회막급이었는데, 문지기가 와서 이렇게 보고했다.

"궁궐 문밖에 기쁜 소식이 담긴 편지를 전하러 왔다는 이가 대왕마마를 뵙고자 하옵니다."

"세상에 그런 신선이 있다니! 정말 기쁜 일이 생겼구나. 어서 그를 안으로 들여라!"

앞서 보았던 행각승이 서신을 전하는 왕명이고, 눈앞의 왕명이 바로 조금 전의 행각승이었음을 그가 어찌 알겠는가? 왕명은 국왕에게 삼보태감의 서신을 건네며 나직이 말했다.

"사령관께서 국왕께 인사 전하라고 하셨습니다. 그리고 우리 함대가 귀국을 지날 때 놀라지 않으시도록 먼저 이 서신을 전해 알리라고 하셨습니다."

국왕은 편지를 보고 무척 기뻐하던 차에 왕명이 이렇게 몇 마디 말로 안심시키자 더욱 기분이 좋았다. 그는 좌우 두목을 불러 명나라 사신에게 차를 대접하라고 하면서 서신을 펼쳐 읽었다.

위대한 명나라 황제 폐하의 명에 따라 파견된 정서통병초토대 원수 정 아무개가 고리 왕국의 국왕께 알리오.

옛날 우리 고조 황제께서는 오랑캐 원나라를 몰아내고 천하를 통일하여, 매일 외국의 나라들이 신하로 복속하여 항상 조정을 찾아와 조공을 바쳤소. 이제 지금의 황제께서 서양 등 여러 나라가 외딴곳에 있어서 교화가 미치지 못하는지라, 특별히 관리를 파견하여 두루 시찰하고 조상 대대로 전해지다가 잃어버린 옥새의 행방을 찾는 한편, 각 나라에게 천자의 나라에 복속함을 맹세하는 상소문을 받아오라고 하시니, 나는 이와 같은 황제의 명을 감히 거역할 수 없었소.

명을 받아 떠나온 이래 파도도 일지 않고 순항하여, 늠름하고 용감한 병사들의 혁혁한 공을 내세워 여러 나라를 교화했소. 이제 귀국의 도읍에 이르게 되는데 군대를 동원하고 싶지 않아, 이렇게 먼저 서신을 통해 통보하는 바이오. 성스러운 우리 천자께서는 하늘의 명에 따라 제위에 오르신 분이니 순응하는 자는 번창할 것이되, 거역하는 자는 망하게 될 것이오.

국왕께서는 올바로 선택하셔서 후회하는 일이 없도록 하시오!

서신을 읽고 나자 국왕이 말했다.
"과연 이 편지는 희소식을 전하는 것이구려."
그리고 왕명에게 말했다.
"너무 갑작스러운 일이라 서신을 마련하지 못했소. 나 대신 사령관께 감사 인사를 전해 주시오. 다만 함대가 도착하는 날까지 상소문과 항서, 그리고 통관문서를 모두 준비하여 사령관께서 수고하시는 일이 없게 하겠소."

왕명이 다시 한 마디 다짐을 주었다.

"우리 사령관께서도 대왕의 충후한 뜻에 깊이 감사하실 겁니다. 다만 납아사의 네 도사가 여전히 군대를 동원하여 저항하려 하고 있으니 문제입니다."

"네 작자는 기껏해야 동냥 나온 도사들에 지나지 않는데, 어찌 이 나라의 중대한 군정에 관여할 수 있겠소이까?"

그 말이 끝나기도 전에 몇 명의 오랑캐 병사가 황급히 달려오며 소리를 질렀다.

"그, 급보, 급보입니다! 어서 대왕마마께 알리십시오. 네 도사가 일제히 쓰러졌습니다."

"무슨 얘기냐?"

"납아사의 네 도사가 일제히 가죽만 남기고 사라졌습니다."

"어허! 차근차근 자세히 얘기해 봐라!"

"도사들이 내내 별 탈이 없이 지내다가, 저번에 어떤 행각승을 불러서 글자 점을 쳤습니다. 그런데 며칠 내로 재앙이 닥칠 것이고 나중에 문책을 당할 거라는 얘기를 들었답니다. 그리고 전쟁을 벌이면 길보다 흉이 더 많을 거라고 했답니다. 그래서 도사들이 한 이틀 동안 근심에 빠져 있었는데, 난데없이 그 절의 방장 뒤쪽에 나무가 하나 자라났답니다. 그 나무는 금방 자라나서 가지와 잎이 무성해졌는데, 그렇지 않아도 걱정이 많던 도사들은 그 나무를 보고 또 놀라 무슨 일인가 싶어서 나무 아래 잠시 서 있었답니다. 그런데 어찌 된 영문인지 그분들이 모두 가죽만 남은 채로 나무에 걸려 있더랍니다."

"어찌 그런 괴이한 일이! 저번에 그 행각승 얘기로는 그 도사들이 내 허리의 사마귀 같은 존재라고 해서 나도 찜찜하게 생각하고 있던 차인데 말이다. 그럼 이 사마귀도 사라졌을까?"

그가 즉시 옷을 벗고 살펴보니 정말 사마귀가 없어진 게 아닌가!

"정말 신선이 강림하셨구나! 아쉽게도 너무 빨리 떠나서서 한 가지를 여쭤보지 못했어."

좌우 두목이 물었다.

"그나저나 그 네 개의 가죽은 어찌하시렵니까?"

"속담에 '하루에 가짜 세 개를 팔 수는 있어도, 사흘에 진짜 하나는 팔 수 없다[一日賣得三個假, 三日賣不得一個眞]⁸고 했다. 가지에 걸린 그 빈 가죽들은 잠시 그대로 둬라. 명나라 사령관이 오시면, 우리가 명나라에 귀의하려는 변함없고 성실한 마음을 보이기 위해 그들의 목을 맸다고 하자."

그 말이 끝나기도 전에 정탐하러 나갔던 병사가 돌아와 보고했다.

"천 척의 함대와 천 명의 장수, 백만 명의 정예병으로 구성된 명

---

8 이 속담은 가(假, jiǎ)와 갑(甲, jiǎ)의 발음이 같고, 진(眞, zhēn)과 침(針, zhēn)의 발음이 같다는 점을 이용해서, "하루에 갑옷 세 벌을 팔 수 있어도, 사흘에 바늘 한 묶음을 다 팔 수는 없다."라는 뜻으로 풀이하기도 하는데, 사실 여기서는 이렇게 풀이하는 편이 더 타당해 보인다.

나라 군대가 산처럼 거대한 기세를 자랑하며 우리 해안에 들어왔는데, 정말 무시무시합니다!"

국왕은 즉시 영접하러 나갔다. 물론 그 전에 왕명은 미리 삼보태감을 만나 행각승으로 변장해서 행한 일들과 네 명의 '터럭' 도사에 대한 일을 자세히 보고했다.

"아주 수완이 좋구나. 어디서 그런 재간을 익혔느냐?"

"황제 폐하의 홍복과 사령관님의 위엄을 믿고 되는대로 말을 지어냈는데, 운 좋게도 전부 맞아떨어진 것입니다."

"그 네 도사를 죽게 했다니 정말 어려운 일을 해냈구나."

"아마 무슨 다른 사연이 있을 걸로 생각됩니다."

그 말이 끝나기도 전에 고리 국왕이 찾아와서 두 사령관과 벽봉 장로, 장 천사와 각각 인사를 나누었다. 삼보태감이 그에게 자리를 권하고 정중하게 물었다.

"귀국의 국호는 어찌 되십니까?"

"보잘것없는 나라지만 고리 왕국이라고 부릅니다."

"대왕의 성함은 어찌 되시는지요?"

"새미어[沙米]라고 합니다."

"우리 황제 폐하께서는 외진 이방의 나라들에 교화가 미치지 못한 것을 염려하셔서, 특별히 저희에게 조서(詔書) 한 통과 은 도장하나, 황금 동전 열 자루를 전하면서 귀하를 왕으로 봉해 주도록 하셨소이다. 이 나라의 두목들께도 관직과 함께 의관과 허리띠를 하사하셨지요. 저번에 보내드린 편지에서 대충 설명해 드렸지만, 이런 성은에 대해 말씀드리지 않은 것은 천자의 공덕을 제 것처럼 만들고 싶지 않았기 때문입니다. 이해하시겠지요?"

"하늘 같은 성은에 감격스러울 뿐입니다! 멀리 마중하러 나오지 못한 죄를 용서해 주십시오!"

"그럴 필요까지는 없소이다. 그런데 귀국에 있던 네 명의 도사는 원래 어디서 왔다고 하더이까?"

"여기저기 떠돌던 이들 같은데, 제가 잠시 그들에게 미혹 당했습니다."

"다행히 그들의 수명이 다해서 전쟁을 피할 수 있었습니다."

국왕은 "저희가 그들을 교수형에 처했습니다." 하고 거짓말을 하려다가 장 천사와 벽봉장로가 모두 신통력이 뛰어나고 귀신도 부리는 이들이라는 것을 알고 감히 그 말을 꺼내지 못했으니, 그건 차라리 잘한 일이었다.

그러자 벽봉장로가 말을 이었다.

"사령관, 그들이 어떻게 되었는지 아시겠소이까?"

"저도 잘 몰라서 이렇게 국왕께 여쭙는 것입니다."

"보시면 알게 되실 거외다."

"보다니요? 무얼 본다는 말씀입니까?"

"제가 납아사의 나무를 빌려 그들을 놓아두었으니, 가서 보시구려."

"이 나라에도 절이 있습니까?"

"예배당은 사오십 군데가 있소이다."

그 말이 끝나기도 전에 눈앞에 나무가 나타났다. 그리고 무성한 가지와 잎 사이로 네 명의 도사가 걸려 있는 것이 보였다. 국왕은 그걸 보고 깜짝 놀라 몸이 덜덜 떨렸다.

'이 스님 정말 엄청나구나! 어떻게 나무를 통째로 옮겨올 수 있지?'

잠시 후 삼보태감이 말했다.

"국사님, 가르침을 베풀어 주셔서 감사합니다. 이제 나무를 돌려놓으시지요."

이에 벽봉장로가 "아미타불!" 하고 염불을 외자 "팟!" 하는 소리와 함께 나무가 사라지고, 그 자리에는 벽봉장로의 구환석장이 서 있었다. 이번에는 삼보태감도 깜짝 놀랐다.

"나무가 어떻게 석장으로 변했습니까?"

"그 도사들은 제가 처리하겠다고 하지 않았습니까?"

그제야 삼보태감도 상황을 이해하고 벽봉장로의 불력(佛力)에 감탄을 금치 못했다. 이에 벽봉장로가 삼보태감에게 말했다.

"나 혼자서도 처리할 수 있었지만, 왕명의 도움이 컸습니다."

"고리 왕국에서는 왕명이 제일 큰 공을 세웠다는 사실을 이미 장부에 기록해 놓았습니다."

그러자 후 태감이 벽봉장로에게 물었다.

"네 도사는 어떻게 껍질만 남게 되었는지요?"

"옥황상제가 그들의 진성(眞性)을 회수해 가서 육신의 껍질만 남게 된 것일세. 저번에 금모도장과 마찬가지이지."

"국사님, 정말 신통하십니다! 정말 신통하셔요!"

고리 국왕은 벽봉장로의 이런 신통력을 보자 좌불안석이 되어서 얼른 작별인사를 했다. 그러자 삼보태감이 말했다.

"날짜를 잡아서 조서를 받으시기 바랍니다."

국왕은 "예! 예!" 하고 물러갔다.

이튿날 국왕은 두목들과 함께 천자의 조서를 받았다. 두 사령관이 직접 가서 조서와 예물을 전해 주자, 국왕과 장수들은 황은에 감사하며 성대한 잔치를 열었다. 술이 얼큰하게 취하자 기생에게 술을 따르게 하고, 조롱박으로 만든 피리[葫蘆笳]와 붉은 구리선을 단 현악기를 연주했다. 이렇게 서양의 악기와 서양의 노래를 주거니 받거니 연주하고 부르는데, 그 소리가 아주 듣기 좋았다.

고리 국왕이 또 날짜를 잡아서 상소문을 올리자, 삼보태감은 중군의 관리에게 받아 간수하게 했다. 또 항서를 바쳐서 삼보태감이 받아 펼쳐 보니 이렇게 적혀 있었다.

고리 왕국의 국왕 새미어가 삼가 재배하며 위대한 명나라 황제께서 파견하신 정서통병초토대원수께 바칩니다.

듣자 하니 덕이 있는 자만이 하늘을 감동시킬 수 있고, 하늘도 덕이 있는 이만을 보살펴주신다고 하였습니다. 제왕의 도가 맷돌처럼 세상을 고르게 다스리시니, 사물들은 봄날을 맞이한 것처럼 보살핌 속에서 잘 자라고 있습니다. 사방 오랑캐에게 제대로 된 달력을 반포해 주시고, 신명(神明)한 정치를 베푸셔서 문화를 통일하고 자상한 은혜의 기풍을 선양해 주셨습니다.

미약한 우리나라가 외진 변방에 있음에도 이렇게 큰 사랑과 은혜를 내려 주시니, 천자의 용안을 지척에서 우러르고 고귀한 말씀을 들었습니다. 사계절의 평화 속에서 섬나라가 성스럽고, 현명하신 천자의 모습을 상상하며 감동했사옵니다. 더욱이 군대를 동원하지 않아 변방에 창칼 부딪치는 소리가 들리지 않게 하셨습니다. 이렇게 모두 아울러 품어 주심에 감격에 겨워 떨리는 마음을 억누르지 못하겠습니다.

이에 엎드려 큰절 올리며, 어버이 같은 마음에 감사하옵니다.

삼보태감이 항서를 챙겨 넣자 국왕은 또 진상품을 올렸다. 삼보태감은 내저의 관리에게 받아 간수하게 했는데 그것들은 다음과 같았다.

오색 옥 각기 네 개, 마가주(馬價珠) 하나(푸른색 진주. 하나의 값이 명마 한 마리의 값과 같다고 해서 이런 이름이 붙었음), 황금 허리띠 하나(머리카락처럼 가늘게 세공한 적금[赤金] 쉰 냥을 엮고, 거기에 각종 보석을 장식하여 만든 허리띠임), 초상비(草上飛) 한 마리(크기가 개만 한 짐승으로서 몸이 마치 대모[玳瑁] 모양의 얼룩무늬가 있는 고양이처럼 생겼으며 성격이 아주 유순함. 다만 사자나 코끼리 같은 사나운 짐승들도 이 동물을 보면 즉시 땅바닥에 엎드리게 되니, 바로 들짐승의 왕임), 검은 나귀 한 마리(하루에 천 리를 가며, 호랑이와 싸워도 한 번의 발길질로 호랑이를 죽일 수 있음), 서역 비단 백 단(端, 아주 섬세하고 오색 문양이 들어 있음), 화예포(花蘂布) 오백 필(꽃술로 짠 천임), 운휘(芸輝) 열

상자(향초[香草]임. 옥처럼 하얀색을 띠고 있으며 땅에 묻혀도 썩지 않음. 당나라 때 원재[元載][9]가 이걸 분쇄해서 벽에 바르고, 그 집을 운휘당[芸輝堂]이라고 했음)

삼보태감은 곧 군정사에 지시하여 연회를 마련해서 국왕을 융숭하게 접대했다. 한참 후에 국왕이 떠나면서 삼보태감에게 말했다.

"원로들의 말에 따르면 여기서 중국까지는 십만 리가 넘는다고 했는데, 이렇게 두 분 사령관께서 왕림해 주셨으니 정말 행운이라 하겠습니다. 그런데 이제 작별해야 하니 정말 가슴이 아픕니다!"

"어느새 그렇게 멀리까지 왔군요."

왕 상서가 말했다.

"십만 리 밖이라면 기념비를 세워야겠군요."

"일리 있는 말씀이십니다."

삼보태감은 즉시 수하들에게 분부하여 정자를 하나 짓고, 그 안에 비석을 세우게 했다. 며칠 후 공사가 끝났다는 보고와 함께 비석에 새길 글을 내려 달라고 청하자, 삼보태감이 왕 상서에게 양보했다.

"왕 상서께 청하도록 해라."

그러자 왕 상서도 양보했다.

---

9 원재(元載: ?~777)는 자가 공보(公輔)로서 재상에 해당하는 중서시랑동평장사(中書侍郎同平章事)까지 지냈으나, 훗날 당파를 결성하여 정권을 농락하며 벼슬을 팔고 뇌물을 탐하다가 재산이 몰수되고 처형당했다.

"아무래도 사령관께서 내려 주셔야지요."

"상서께서 내려 주시는 게 좋겠습니다."

이에 왕 상서가 어쩔 수 없이 붓을 들고 이렇게 썼다.

이곳은 중국에서 십만 리가 넘게 떨어진 곳이나, 백성과 사물이 모두 같고, 희로애락의 감정도 같도다. 이에 세상이 조화롭고 평화롭게 다스려졌음을 만대에 길이 보이노라.

此去中國, 十萬餘程. 民物咸若, 熙皞同情. 永示萬世, 地平天成.

수하들이 그걸 가져가서 비석에 새기자, 고리 국왕이 말했다.

"여기에 공평하게 법을 지키며 열심히 임무를 다한 관리의 흔적이 남겠군요."

삼보태감이 말했다.

"중국이 있어야 오랑캐가 있는 법이지요. 중국은 안에서 밖을 통제하고, 오랑캐는 밖에서 안을 섬겨야 합니다. 여러분이 복을 받아 평화로운 삶을 누리고 있으니, 우리 중국이 있음을 절대 잊어서는 안 될 것입니다."

국왕은 감격하여 눈물을 흘리며 작별했다. 이어서 삼보태감이 출항을 명령하자 함대는 다시 서양을 향해 떠났다. 그렇게 십여 일 동안 가고 있는데, 천엽연화대에 앉아 있던 벽봉장로는 한 줄기 지나가는 바람을 붙들고 꼼꼼하게 냄새를 맡아보았다. 그리고 앞쪽에 나타날 나라에서는 여러 가지 말도 많고, 병력과 장수의 손실도 있을 거라는 사실을 알았다. 그가 삼보태감을 찾아가 이런 사연을 얘기하자 삼보태감이 걱정했다.

"또 그런 곡절을 겪어야 한다면 감당하기 어려울 정도로 힘겨울 텐데, 이를 어쩌면 좋겠습니까?"

"서쪽을 향해 나아가고 있지만, 날씨가 좋을 때만 가야 하오이다. 짙은 안개나 연기는 모두 요사한 기운이 뭉친 것이니, 미리 방비하지 않으면 안 되오이다."

이에 삼보태감이 즉시 명령을 하달했다.

"모든 함선은 이후로 불의의 사태에 대비하면서 날씨가 청명할 때만 항해하고, 안개가 짙은 날은 기축(機軸)을 뽑아 항해를 멈추도록 하라. 이를 어기는 자는 군법에 따라 처벌할 것이다!"

다시 며칠을 가자 호위병이 보고했다.

"앞쪽에 육지가 보이는데, 가까이 다가가면서 보니 또 어떤 나라가 있는 것 같습니다."

두 사령관이 뱃머리로 나가 살펴보는 와중에 배가 어느 땅에 도착했다. 섬 사이로 물이 돌아 흐르고, 섬에는 아름다운 나무들이 빽빽하게 숲을 이루고 있었다. 나무 위의 어떤 새는 진귀한 깃털을 지니고 있었고, 마치 누구를 부르는 듯한 소리로 울어댔다. 애석하게도 그 소리를 알아들을 수는 없었지만 듣기는 아주 좋았다. 좀 더 가까이 다가가 보니 일단의 서양인들이 해안가에서 나무를 하거나 물속에서 고기를 잡고 있다가, 멀리서 함대가 다가오는 것을 발견하고 허둥지둥 달아났다. 왕 상서가 말했다.

"어서 뭍으로 사람을 보내 저 나무꾼들을 붙들고 이곳이 어느 나라인지 알아보도록 하라!"

이곳이 어떤 나라이고 또 이곳에는 어떤 장수들이 있는지는 다음 회를 보시라.

명나라 군대는 금안국에 진입하고
진당은 시하이쟈오와 세 차례 전투를 치르다
大明兵進金眼國　陳堂三戰西海蛟

漢使翩翩駐四牡	중국의 사신 기꺼이 네 마리 말을 멈추는데
黃雲望斷秦楊柳	변방의 구름 아득한 곳에 버들 숲 펼쳐졌다.
萬馬邊聲接戍樓	수많은 말의 소리 변방의 망루에 이어지고
三軍夜月傳刁斗	달밤의 군대에는 조두 두드리는 소리 들려온다.
壯君此去眞英雄	용감한 그대 이제 출정하니 진정한 영웅이라
軍士材官入彀中	병졸들은 화살의 사정거리 안으로 들어간다.
賜橐何須誇陸賈	전대를 하사한 육가(陸賈)[1]를 자랑할 필요

---

1 육가(陸賈: 기원전 240?~기원전 170)는 한나라 고조 유방 휘하의 달변가로서 여러 나라에 사신으로 다녀온 적이 있으며, 특히 두 차례나 베트남에 다녀와 양국의 관계를 회복한 공을 세우기도 했다. 그는 혜제(惠帝) 때 여태후(呂太后)가 정권을 쥐고 흔들자 벼슬에서 물러나 자식들에게 각자 생계를 유지할 수 있도록 재산을 공평하게 분배했는데, 이때 다섯 개의 전대에 각

어디 있으랴?

請纓早已識終童　　이미 예전에 갓끈을 달라고 청한 종군(終軍)[2]이 있었거늘!

　　그러니까 왕 상서가 뭍에 올라가 보라고 분부하자, 수영을 잘하는 이가 단번에 뛰어가 나무꾼 하나를 붙잡아 삼보태감 앞으로 데려왔다. 삼보태감이 그 나무꾼에게 물었다.

　　"여기는 무슨 나라이냐?"

　　"금안국(金眼國)이라고 하옵니다."

　　"아주 옛날부터 지금까지 금안국이라는 나라는 본 적이 없고, 이전에 서양에 온 이들 가운데도 이곳까지 온 사람이 없으니, 우리가 정말 서양의 끝까지 이르렀구나!"

　　그러자 왕 상서가 그 나무꾼에게 물었다.

─────
　　기 이백 금(金)을 담아서 다섯 아들들에게 나눠 주었다고 한다.

2 종군(終軍: 기원전 133?~기원전 112)은 자가 자운(子雲)이며, 열여덟 살에 박사제자(博士弟子)가 되어 급사중(給事中)의 벼슬을 받아 동방의 지역들을 순시했고, 흉노에 사신으로 다녀온 공으로 간대부(諫大夫)가 되었다. 이후 남월(南越, 지금의 광둥[廣東]과 광시[廣西], 베트남 북부에 있었던 왕조)에 사신으로 파견되면서 무제(武帝)에게 "제게 긴 갓끈을 주시면 반드시 남월의 왕을 묶어서 이곳으로 끌고 오겠습니다."라고 청했다. 이 때문에 이후 '갓끈을 청한다[請纓]'라는 말은 막중한 임무를 자청해서 맡는다는 뜻으로 쓰이게 되었다. 한편 남월로 간 그는 그곳 왕에게 한나라에 복속하라고 설득했으나, 당시 남월의 승상 여가(呂嘉)가 반란을 일으켜 남월왕과 종군을 살해했다. 당시 그는 겨우 스무 살 남짓밖에 되지 않았기 때문에, 후세 사람들은 그를 '종동(終童)'이라고 불렀다.

"이 나라는 얼마나 크냐?"

"둘레가 수천 리에 이릅니다. 날씨는 항상 찌는 듯이 무덥고, 바닷물을 끓여 소금을 만들거나 물고기를 잡아먹기 때문에, 이곳 사람들은 대부분 용감하고 호전적입니다."

다시 삼보태감이 물었다.

"성 같은 것도 있느냐?"

"성은 그다지 높지 않지만 대단히 견고합니다. 바닷가에는 접천관(接天關)이라는 관문이 있는데, 이곳을 지키는 시하이쟈오[西海蛟]라는 사령관은 아주 무시무시한 인물입니다."

"이곳을 왕래하는 서양의 배들이 있느냐?"

"있긴 합니다. 다만 선량한 사람이라면 큰 이득을 보지만, 거친 사람은 엄청난 곤욕을 치르게 됩니다."

삼보태감은 그에게 일어나라고 분부하면서, 군정사의 관리에게 그에게 술과 음식을 주라고 했다. 나무꾼은 뜀박질하듯이 떠났다.

삼보태감은 다시 오영대도독(五營大都督)에게 군사를 이끌고 뭍에 상륙하여 참호를 파고 영채를 차리되, 사방에 마른 나뭇가지를 빽빽하게 뿌려서 몰래 접근하는 이를 막고, 밤낮으로 병사들에게 파수를 서게 하라고 지시했다. 영채가 차려지자 삼보태감은 중군 막사에서 회의를 주재했다. 그리고 왕 상서가 오자 그가 물었다.

"운수 사납게 또 이런 나라에 도착했는데, 어쩌면 좋을까요?"

"그건 아니지요! 옛날 반초(班超)[3]는 대리 사마(司馬)로서 겨우 서

---

3 반초(班超: 32~102)는 자가 중승(仲升)이고, 저명한 역사가 반고(班固)의 동

른여섯 명의 수행원만 데리고 관문을 나가 선선국(鄯善國) 왕의 머리를 부수었고, 월지국(月氏國) 왕의 목을 밧줄로 묶어 무려 서른여섯 개 나라가 왕자를 인질로 보내 한나라의 신하로 복속하게 함으로써 조정에서 서역에 대해 영원히 걱정하지 않게 했으니, 이 얼마나 빛나는 업적입니까! 우리도 지금 천 척의 함대와 천 명의 장수, 백만 명의 정예병[4]을 거느리고 이곳에 왔는데, 역사에 길이 남을 공을 세우지 못한 채 부질없이 나이만 먹고 누워 있다가 아녀자의 손에 죽을 수 있겠습니까?"

"선선국이나 월지국은 모두 우리하고 같은 부류의 사람들이오. 하지만 지금 서양의 나라들은 걸핏하면 천선이나 지선, 또는 요괴가 나타나니 이것부터 우리와는 부류가 다르지요. 그러니 저들을 어쩌라는 겁니까?"

"그런 걸 무서워하면 안 되지요. 일이 여기까지 이르렀으니 오로지 전진만 있을 뿐 후퇴는 없습니다. '복잡하고 어려운 일을 당하지 않으면 뛰어난 인재를 구별할 수 없다.[不遇盤根錯節, 無以別利器]'라는 옛말도 있지 않습니까? 그저 온 마음과 힘을 바쳐 임무를 완수해야 합니다. 성패 여부는 제갈량이라도 미리 확신할 수 없으니, 우리가 어찌 확신할 수 있겠습니까?"

생이다. 그는 여러 차례 흉노 정벌에 참여한 바 있는 장군이자, 두 차례 서역의 여러 나라에 사신으로 다녀와서 그 나라들과 한나라의 우호 관계를 다지기도 했다.

4 이 부분의 원문에서는 "천 척의 함대와 백 명의 장수, 십만 명의 정예병"이라고 되어 있으나, 앞서 설명한 것과는 맞지 않아서 바로잡아 번역했다.

"좋은 가르침을 주셔서 감사합니다. 어쨌든 당장 일이 코앞에 닥쳤으니, 좋은 계책이 있으면 말씀해 주십시오."

"제 생각에는 외딴 바다 구석의 서양 사람들이 중원이니 오랑캐니 하는 것을 구분할 줄 모르는데, 갑자기 군대를 동원하면 놀라게 될 것 같습니다. 그러니 먼저 호두패를 보내서 저들이 어떻게 나오는지 보고, 그에 따라 대책을 마련하는 게 좋겠습니다. 이래야만 먼저 예의로 대하고 나중에 군대를 동원해야 한다는 도리에 맞지 않겠습니까?"

"지당하신 말씀이십니다."

삼보태감이 즉시 호두패를 전달하라고 분부하자, 좌우 측근들이 물었다.

"어느 장수를 보내시겠습니까?"

"몸을 피하는 술법을 잘 아는 황봉선을 보내는 게 좋겠구먼."

그러자 왕 상서가 말했다.

"장수를 먼저 보내면 무력을 쓰지 않겠다는 뜻을 전할 수 없지 않겠습니까?"

"그렇다면 또 왕명을 보내야겠구려. 그런데 너무 그 사람만 고생시키는 게 아닌지……"

"고생하더라도 공을 세우게 되면 원망하지는 않을 텐데, 너무 걱정이 지나치신 게 아니신지요?"

이에 즉시 왕명에게 임무가 내려졌다. 왕명은 호두패를 들고 금안국의 궁전으로 들어갔다. 당시 국왕은 문무백관을 모아놓고 조회를 열면서, 마침 명나라의 함대가 이 섬에 들어온 일에 대해 논의하고 있었다. 대신들 가운데는 저들이 온 의도가 불손하다고 주장하는 사람도 있었고, 악의는 없는 것 같다고 하는 사람, 예의로 대해야 한다는 사람, 군대를 동원해서 대응해야 한다고 하는 사람 등등 의견이 분분했고, 국왕 자신도 생각을 정하지 못하고 있었다. 그때 궁궐을 지키는 이가 보고했다.

"명나라 함대에서 병사 한 명을 보내왔는데, 호두패를 들고 대왕마마를 알현하겠다고 하고 있습니다."

국왕은 그를 들여보내라고 분부했다. 왕명은 국왕을 보자 공손히 두 손을 모으고 허리를 숙여 절하며 그 패를 건네주었다. 그러자 국왕의 측근들이 호통을 쳤다.

"너는 어떤 작자이기에 감히 엎드려 절을 올리지 않는 것이냐?"

"왕이라는 자리가 별것이 아니기는 해도 제후들보다는 높지요. 하지만 나는 천자의 나라에서 파견된 몸이니 이런 정도의 인사를 하는 것이 예의에 맞소. 어찌 엎드려 절을 한다는 말이오!"

국왕은 못 들은 체하며 패의 내용을 읽어 보았다. 대신들 가운데 아까 악의는 없는 것 같다고 했던 이는 "이 외에는 별다른 사달이 일어나지 않을 것이다."라고 적힌 부분을 가리키며, "정말 악의가 없구먼." 하고 말했다. 이에 비해 찾아온 의도가 불손하다고 했던 이는 "온 나라를 쑥대밭으로 만들어 버리겠다."라는 구절을 가리키며, "이것 보라고. 정말 의도가 불손하지 않냐 이거요!" 하고 말했다. 이렇게 다시 똑같은 논쟁이 벌어졌다. 그때 사령관 시하이쟈오가 반열에서 나와 아뢰었다.

"저는 대왕마마의 명을 받들어 접천관을 지키고 있사옵니다. 어제 명나라 병사들이 우리나라 영토로 들어오자 제가 정탐을 보내 상세히 알아보게 했사옵니다."

"그래 정탐해 본 결과 어떠했소?"

"배는 천 척 정도 되는데, 한 척 위에는 커다란 글씨로 '상국정서(上國征西)'라고 적힌 노란 깃발이 세워져 있고, 배 위에는 창칼로 무장한 정예병이 구름처럼 가득하고 용맹한 장수가 빗방울처럼 많았다고 하옵니다. 함대를 지휘하는 사령관은 무슨 사례감장인태감(司禮監掌印太監)인 정 아무개와 병부상서인가 하는 왕 아무개라고 하옵니다. 그리고 인화진인이라는 도사는 비바람을 부르고 구름과 안개를 탈 줄 안다고 하고, 명나라 황제가 직접 용상에서 내려와 여덟 번 절을 올리고 호국국사로 모셨다는 승려는 해와 달을 품에 품고 하늘과 땅을 소매에 담는 능력을 지녔다고 하옵니다. 저들이 우리 서양으로 와서 벌써 스무 개 가까운 나라를 거쳐서 여기까지 왔는데, 크게는 군주를 사로잡고 나라를 멸망시켰으며, 작게는 복속을 인정하는 상소문과 항서를 바치라고 강요하면서 진상품을 갈취했다고 하옵니다."

"저들이 우리를 쉽게 놓아주지 않을 것 같은데, 우리가 어찌하면 좋겠소?"

"우리나라는 평소 강국으로서 서양을 압도해오지 않았사옵니까? 이제 일이 이 지경에 이르렀으니 속수무책으로 죽음을 기다리면, 주변 나라들의 웃음거리가 되지 않겠사옵니까? 제가 병사를 이끌고 출전하여 목숨을 걸고 자웅을 겨루겠사옵니다. 그리하여 대왕마마의 깊은 근심을 나누어 갖고, 나아가 천여 년의 역사를 지닌 우리 국토를 보전하겠사옵니다. 부디 통촉해 주시옵소서!"

그러자 국왕이 뭐라고 하기도 전에 반열 가운데에서 수심에 겨운 눈썹을 드리우고, 이를 악물며 분노를 참고 있는 듯한 늙은 신하가 발을 끌며 앞으로 나아가 아뢰었다.

"아니 되옵니다! 아니 되옵니다!"

국왕이 고개를 들어 살펴보니 그는 좌승상 샤오타하[肖噠哈]였다.

"좌승상, 왜 아니 된다는 것이오?"

"제 말씀은 전쟁은 아니 된다는 것이옵니다."

"이유가 무엇이오?"

"명나라 군대가 우리 영토에 들어와서도 대뜸 군대를 보내지 않고 이렇게 먼저 패를 보낸 것은 일단 예의를 차려서 대화해보자는 뜻이옵니다. 그런데 우리가 당장 공격한다면 우리가 예의를 모르고 쓸 만한 인재가 없다고 여길 것이옵니다. 제 생각에는 우리도 먼저 예의로 대하고 나서 그게 통하지 않으면 군대를 동원해야 옳을 듯하옵니다."

"구체적으로 어떻게 하자는 것이오?"

"저들의 사신을 잘 대접해서 보내고, 우리 쪽에서도 사리를 잘 분별하고 달변인 사람을 보내서 답변해야 하옵니다.

'우리 금안국은 너희 중국과 멀리 떨어져 있어서 여태 서로 침범하지 않고 지내왔다. 그런데 지금 아무 까닭 없이 우리나라에 군대를 보냈으니, 이는 명백히 너희의 잘못이 아니냐? 지금이라도 병사를 돌려 너희 나라로 돌아간다면, 우리나라는 당연히 금은 비단과 술로 너희를 위로할 것이다. 이 외에 조금이라도 더 요구한다면 따를 수 없다. 너희가 대국의 정벌군을 갖고 있다면, 우리도 작은 나라이기는 하지만 단단한 방어 태세를 갖추고 있다. 또 그럴 만한 능력이 있는 장수도 있으니, 잘 생각해 봐라.'

이렇게 먼저 예의를 보여야 하옵니다. 저들이 그렇게 하겠다면 서로에게 다행이고, 따르지 않겠다면 잘못은 저쪽에 있으니 공격할 명분을 갖게 됩니다. 그리고 우리 군대는 반드시 이길 것이옵니다. 바로 이것이 제가 말씀드리고자 하는 대책이옵니다."

"아주 훌륭한 생각이오!"

국왕은 즉시 왕명을 후하게 대접하라고 분부하고, 사신을 파견하여 삼보태감에게 말했다.

"우리는 금은 비단과 술로 귀국의 병사를 위로해 줄 수는 있어도 항복의 내용이 담긴 상소문은 바칠 수 없소이다."

이에 삼보태감이 왕 상서와 상의했다.

"저들의 뜻이 이렇다는데 어찌하면 좋겠소이까?"

"이 나라 국왕은 본래 전쟁을 하고 싶은데, 우리가 먼저 예의를 보이니까 일부러 이런 식으로 나온 것입니다. 자기 나라에도 인재가 있음을 보이고, 우리의 군심(軍心)을 기만하여 이득을 챙기려는 수작이지요."

"그렇다면 어찌해야겠소이까?"

"어제 정탐꾼들의 얘기에 따르면 접천관을 지키는 시하이쟈오라는 자가 신장이 한 길 남짓 되고, 머리는 됫박 열 개를 합쳐 놓은 것처럼 크며, 당해 낼 자가 없을 정도로 용맹하다고 하더이다. 이 나라 왕은 그를 만리장성처럼 믿고 우리 쪽에는 그자의 적수가 없다고 여기는 모양이지요!"

그 말이 끝나기도 전에 아래쪽에서 한 명의 장수가 계단을 올라왔다. 그는 키가 여덟 자 남짓 되고 양어깨가 산처럼 우뚝 솟았으며, 대추처럼 검붉은 얼굴에 호랑이처럼 수염을 기른 채 태세회(太歲盔)라는 무시무시한 투구를 쓰고 반질반질한 갑옷을 걸치고 있었다. 또 꽃무늬가 수놓아진 비단 전포 위에 영롱하게 투각된 황금 허리띠를 두르고, 한 손에는 한 길 여덟 자의 사모(蛇矛)를 들고, 다른 한 손은 황금 허리띠를 꽉 잡은 채 큰 소리로 말했다.

"사령관님, 어찌 남에게 무시당하고 참을 수 있겠습니까! 분노에 찬 호통으로 모든 이들을 꼼짝 못 하게 했던 이는 예로부터 용맹무쌍하다고 알려진 초패왕(楚霸王) 항우(項羽) 한 명밖에 없었습니다. 하지만 그도 결국 한신(韓信)의 손에 죽지 않았습니까? 저희가 이따위 시하이쟈오에게 적수가 되지 못할 리 있습니까!"

왕 상서는 그가 수군대도독 진당(陳堂)임을 알아보고 속으로 생각했다.

'이 사람이 큰소리를 쳤으니 쓸모가 있겠구먼. 사람을 쓰는 데에

는 상대를 무시하면 안 되는 법이지.'

이에 그는 얼른 웃는 얼굴로 말했다.

"제가 실언을 했소이다. 진 장군이 용맹하고 문무를 겸비했다는 것은 진즉부터 들어 알고 있소이다. 그러니 이번에 출전하시면 반드시 공을 세우실 거외다. 제 말에는 신경 쓰지 마시기 바랍니다."

그러자 삼보태감이 말했다.

"진 장군, 그렇다면 그대가 출전해서 관문을 점령하도록 하시오, 실수 없이 반드시 성공해야 하오!"

이에 진당은 옷자락을 털며 일어났다. 그가 출전하려 할 때 왕상서가 다시 당부했다.

"진 장군, 아시다시피 우리는 적지 깊숙한 곳에 들어와 있으니 속전속결이 유리하오. 접천관 아래에 영채를 차리고, 적을 밖으로 유인하여 교전하도록 하시오. 이렇게 손님이 오히려 주인 행세를 하는 전술을 써야 온전한 승리를 거둘 수 있을 것이오."

"알겠습니다."

진당은 즉시 기마병과 보병의 정예병 삼천 명을 이끌고 접천관 아래로 가서 영채를 차렸다. 순찰병을 통해 이 소식을 전해 들은 금안국 국왕은 조금 겁이 나서 황급히 시하이쟈오를 불러 대책을 논의했다.

그런데 시하이쟈오가 입을 열기도 전에 셋째 왕자가 나섰다. 키가 훤칠하고 시커먼 얼굴에 눈꼬리가 굽어 올라가고 볼이 볼록한 그는 어려서부터 완력이 좋았으며, 자라서는 권법과 봉술을 익혔다. 그리고 무예가 능숙해짐과 동시에 병법에 대해서도 제법 조예가 깊어졌다. 그는 합선도(合扇刀)를 잘 쓸 뿐만 아니라 한 번에 세 대의 불화살을 쏘는 능력이 있었고, 전장에서 공격할 때는 영락없이 용이 꿈틀거리며 휘젓는 모습을 닮았기 때문에 반룡삼태자(盤龍三太子)라는 별명이 있었다. 이 때문에 서양의 나라들에서도 그의 목소리나 이름만 들어도 벌벌 떨었고, 그가 한 걸음만 내딛어도 다들 황망히 꽁무니를 뺐다. 이제 갓 열여덟 살의 혈기 넘치는 그가 국왕 앞에 무릎을 꿇고 아뢰었다.

"명나라 군대는 멀리까지 와서 연이은 승리로 교만해져서 안하무인이라, 우리나라쯤은 단번에 정복할 것으로 생각하고 있을 겁니다. 하지만 전쟁에서는 교만하면 패하는 법이요, 적을 경시하면 망하게 되는 법입니다. 저들은 이미 패망의 조짐을 보이고 있사오니, 아바마마께서는 일체의 군사적 임무를 모두 사령관께 일임하시옵소서. 사령관께서 묘책을 갖고 계실 것이옵니다. 그리고 제가 재주는 모자라지만 사령관과 함께 가서 협력할 것이오니, 염려 마시옵소서!"

"사령관이 맡겠다면 당연히 대궐 밖의 모든 일은 장군께서 통제하셔야지요. 짐이 끼어들어 방해할 리 있겠소?"

이에 시하이쟈오가 말했다.

"군대란 하루아침을 쓰기 위해 천 일 동안 양성하는 법이옵니다. 군주의 명령은 신하들이 함께 처리하는 법이니, 어찌하고 싶다느니 싫다느니 하는 말이 필요하겠사옵니까? 또 명나라 군대는 먼 길을 와서 오랫동안 전투를 해 왔기 때문에 피로가 쌓였을 터이니, 전혀 두려워할 이유가 없사옵니다! 제가 지닌 책략과 무기로 이 못된 놈들을 반드시 갑옷 조각 하나도 남김없이 쓸어버리겠사옵니다! 부디 통촉하여주시옵소서!"

국왕은 셋째 왕자의 용맹한 모습에 어느 정도 기분이 풀렸는데, 시하이쟈오가 이렇게 뜻깊은 이야기를 늘어놓자 더욱 기뻤다.

"하늘이 그대들 둘을 보내 우리 사직을 도와주시니, 짐이 어찌 걱정하겠소? 부디 조속히 승전보를 알려서 짐의 걱정을 풀어주기 바라오."

국왕은 즉시 시하이쟈오에게 금을 박아 장식한 말안장과 갑옷을 하사하고, 자신이 차고 있던 금패(金佩)를 풀어 셋째 왕자에게 하사했다. 둘은 감사의 절을 올린 다음, 석 잔의 술을 마시고 각자 무기를 들고 말에 올랐다. 셋째 왕자가 시하이쟈오에게 말했다.

"군대를 움직이는 데에는 신속함이 중요하고, 군대의 동정(動靜)은 기밀이 중요한 법입니다. 우리는 부대가 둘로 나뉘어 있으니, 길을 달리해서 진격해야 할 것 같습니다."

"무엇 때문입니까?"

"한쪽으로만 공격하면 명나라 군대도 온 힘을 그쪽으로 기울여 대항할 테니 승패를 알 수 없게 되지 않겠습니까?"

"그렇다면 어떻게 하자는 말씀입니까?"

"부대가 둘이니 사령관께서 먼저 한 부대를 이끌고 가서 명나라 군대가 보이면 공격하십시오. 저는 다른 한 부대를 인솔하고 뒤쪽에서 보조하다가, 일단 사령관의 부대와 명나라 군대 사이에 전투가 벌어지면 은밀히 적의 배후를 치겠습니다. 이렇게 사령관께서는 적의 목을 죄고, 저는 그 배후를 친다면 적들은 양쪽의 공격을 감당하지 못하지 않겠습니까?"

제법 책략이 깊은 그의 말에 시하이쟈오도 동의했다.

"묘책입니다! 아주 훌륭하십니다! 그럼 제가 먼저 실례하겠습니다."

이렇게 해서 시하이쟈오가 부대를 이끌고 먼저 출발하자 셋째 왕자가 그 뒤를 따라가서, 각자 관문을 내려와 따로 영채를 차렸다. 이튿날 아침 명나라 진영에서 세 번의 북소리가 울리더니 한 명의 장수가 나섰다. 여덟 자 남짓한 키에 양어깨가 산처럼 우뚝하고, 대추처럼 검붉은 얼굴에 호랑이 수염을 기른 그는 바로 수군대도독 진당이었다. 이윽고 오랑캐 진영에서도 소라 나팔소리에 이어서 악어가죽으로 만든 북이 세 번 울리더니 한 명의 장수가 나섰다. 키가 한 길 가까이 되고 머리는 됫박 열 개를 합쳐 놓은 것 같으며, 금빛 눈동자에 붉은 머리카락을 한 사나운 모습의 그 장수는 황표마(黃彪馬)를 탄 채 특이한 모양의 무기를 들고 있었다. 그 무기는 위쪽 절반은 세 자 정도의 둥근 모습이고, 아래쪽 절반은 굵기가 한 아름쯤 되는데, 전체 길이는 두 길 남짓하고 무게는 삼백 근이나 나가는 것이었다. 굵은 철리목(鐵梨木)을 자루로 하는 그것은 방천량(方天梁)이라는 것이었다. 그 괴상한 모습을 보고 진당이 대뜸 고함을 질렀다.

"이놈! 너는 누구이기에 감히 덤비는 것이냐?"

그러자 오랑캐 장수가 천둥처럼 호통을 쳤다.

"내가 바로 금안국 사령관 시하이쟈오이다. 너는 누구냐?"

"귓구멍은 없고 코만 있는 모양이구나. 위대한 명나라 수군대도독 진 어르신의 성함도 들어보지 못했느냐?"

"너는 명나라 사람이고 나는 금안국 사람이라 서로 아무 관계도 없는데, 어째서 감히 군대를 이끌고 우리 영토를 침범했느냐?"

"일이 있으니 왔을 게 아니냐? 우리 명나라 태조 황제께서 오랑캐 원나라를 내쫓았는데, 그 우두머리가 바다를 건너 서양으로 도망치면서 하얀 코끼리에 우리나라의 전국옥새를 싣고 와 버렸다. 이에 우리가 그 옥새를 찾기 위해 특별히 파견되었는데, 겸사겸사 너희들의 상소문과 항서를 받아 우리 천자의 교화를 퍼뜨려서 너희에게 야만의 생활에서 벗어날 수 있게 해 주려 한다. 알겠느냐?"

"뭐라? 어디서 그런 헛소리를 늘어놓느냐! 우리한테서 상소문인지 항서인지를 받으려면, 바닷물이 다 마르고 바위가 썩어 문드러질 때까지 기다려도 어려울 것이다. 내 손에 들린 게 무엇인지 보이느냐? 이놈에게 물어봐라. 뭐라고 대답할 것 같으냐?"

진당이 대로하여 꾸짖었다.

"네 이놈, 천한 오랑캐 같으니라고! 네까짓 게 무슨 재간이 있고, 그따위가 무슨 무기랍시고 감히 내 앞에서 큰소리냐?"

그는 한 길 여덟 자의 사모를 들어 단번에 상대의 머리를 내리쳤다. 시하이쟈오도 급히 방천량을 들어 맞서서, 둘은 이리저리 치고

받으며 한 덩어리가 되어 뒤엉켰다. 시하이쟈오는 무기가 무겁기는 했지만 그 대신 휘두르는 동작이 굼뜰 수밖에 없었고, 진당의 사모는 비록 작지만 그 덕분에 영활하게 놀릴 수 있었다. 진당이 힘을 낼수록 사모는 신출귀몰하게 빗방울처럼 상대에게 쏟아졌다. 이렇게 백여 차례나 맞붙었으나 둘은 실력이 막상막하여서 승부가 나지 않았다.

'이놈의 오랑캐가 제법 재간이 있으니 금방 이기기는 어려울 것 같구나. 어떻게든 빈틈을 만들어 봐야겠어.'

진당은 사모를 슬쩍 돌려 허공을 찌르고 말머리를 돌려 본진을 향해 달아났다. 시하이쟈오는 상대가 정말 도망치는 줄 알고 말을 달려 쫓아왔다. 그런데 그가 가까이 다가가자 진당이 표창을 꺼내들고 몸을 비틀더니 상대의 얼굴을 향해 내던졌다. 하지만 시하이쟈오도 제법 영리해서 상대의 암습에 대비하고 있었다. 표창이 날아오자 그는 재빨리 채찍을 꺼내 휘둘러서 표창을 땅에 떨어뜨려 버렸다.

'아니! 저놈이 눈썰미도 빠르고 손속도 제법이로구나. 상당히 겁나는 놈이로군!'

진당은 재빨리 두 개의 표창을 꺼내어 일제히 내던졌다. 표창들은 시하이쟈오의 정수리를 향해 날아갔으나 그는 전혀 당황하지 않고 슬쩍 몸을 비틀며 채찍을 휘두르고, 다른 한 손으로 방천량을 들어 자신의 솜씨를 자랑했다. 채찍이 "쌩!" 하고 바람을 가르는 소리와 함께 두 개의 표창도 단번에 땅바닥에 떨어져 버리자, 깜짝 놀란 진당은 얼굴이 흙빛이 되었다.

'내가 이 표창으로 적장의 머리를 수도 없이 땄는데, 제법 뛰어난 자라 하더라도 겨우 표창 하나밖에 막아 내지 못했어. 그런데 저 작자는 세 개나 막아 버리는구나!'

화가 치민 그가 다시 사모를 움켜쥐고 달려들자, 상대도 방천량으로 맞섰다. 그런데 둘의 싸움이 한참 무르익어가는 도중에, 갑자기 소라 나팔소리가 들리면서 진당의 뒤쪽에서 오랑캐 장수 하나가 달려들었다. 훤칠한 키에 시커먼 얼굴, 눈꼬리는 굽어 올라가고 볼이 볼록한 그는 두 개의 합선도를 휘두르며 고함을 질렀다.

"명나라 깡패 놈아, 어딜 도망치느냐! 이 반룡삼태자를 알아보겠느냐?"

적장이 한 명 더 가세하자 진당은 더욱 힘을 내서 둘을 상대로 이리저리 공격을 퍼부었다. 하지만 아무리 용감한 이도 두 명의 적을 감당하기는 어려운 법이고, 게다가 시하이쟈오와 셋째 왕자 역시 남에게 꿀리는 이들이 아니었다.

'이건 안 되겠어! 도저히 안 돼! 이러다가는 이기기는커녕 비기기도 어렵겠어.'

진당이 적잖이 당황하고 있을 때, 갑자기 포성이 울리면서 셋째 왕자의 뒤쪽에서 시커먼 얼굴에 송곳 같은 수염이 난 명나라 장수가 오추마를 타고 달려와 낭아봉을 휘두르며 고함을 질렀다.

"천한 오랑캐 놈들! 사내대장부라면 어찌 둘이서 한 사람을 공격하느냐? 용기가 있다면 내 낭아봉을 받아봐라! 네놈들이 이 장 어르신을 알기나 하느냐?"

셋째 왕자가 돌아보니 이렇게 시커먼 작자가 시커먼 말을 타고 이상한 무기를 휘두르는지라, 감히 방심하지 못하고 말머리를 돌려 칼을 들고 맞섰다. 장백은 거침없이 낭아봉을 내리쳤고, 셋째 왕자는 열심히 합선도를 놀려 막아 냈다. 이렇게 되자 장백이 생각했다.

'날도 이미 저물어 가는데 이런 식이라면 이놈을 이기기 힘들겠구나. 차라리 완력을 써서 놀라게 해 줘야겠구나.'

그가 아예 셋째 왕자의 합선도를 겨냥해서 쉬지 않고 "땅! 땅!" 낭아봉을 내리치자, 남경의 대중교(大中橋)에서 사탕 파는 장사치가 징을 치는 듯한 소리가 울렸다. 그러자 과연 반룡삼태자도 깜짝 놀랐다.

'이놈의 무기는 정말 무시무시하구나! 다행히 칼로 막아 내고 있기에 망정이지, 몸에 맞기라도 하면 묵사발이 되겠어. 이놈하고는 붙어서 승산이 없으니, 날도 저물었다는 핑계로 일단 병사를 거두고 내일 다시 대책을 마련해야겠어.'

그리고 장백을 향해 소리쳤다.

"오늘은 날이 저물었으니 살려 보내주마. 내일 다시 와서 내 칼을 받도록 해라!"

"너도 기껏 이 정도밖에 되지 않는구나. 그런데 내일 감히 다시 올 수 있겠느냐?"

진당은 병사를 물리고 영채로 돌아가 삼보태감을 찾아갔다.

"오늘 전과는 어찌 되었소?"

"적장의 무예가 대단해서 당장은 이기기 어려웠습니다. 장 장군이 와 주시지 않았더라면 패전할 뻔했습니다."

"아니, 그 정도였다는 말씀이오?"

진당이 전투 경과를 자세히 설명하자 삼보태감이 말했다.

"그렇다면 다시 장 장군을 출전시켜서 합공하도록 해야겠구려. 두 분은 만사에 조심하시기 바라오. 어쨌든 내일 전투를 보고 대책을 마련합시다."

이튿날 해가 뜨자 호위병이 보고했다.

"시하이쟈오가 다시 싸움을 걸어오고 있습니다."

그러자 장백이 말했다.

"오늘은 제가 먼저 나갈 테니, 진 도독께서는 뒤를 봐주시구려."

"먼저 기세를 죽여 놓을 필요가 있소이다. 장 장군께서 먼저 나가시면 저자는 제가 겁을 집어먹었다고 생각하고, 이후로 저를 우습게 볼 겁니다. 그러니 아무래도 제가 먼저 나가는 게 좋겠습니다."

진당은 곧 말을 타고 앞으로 나가 고함을 질렀다.

"허풍만 심한 오랑캐 놈아, 오늘은 누구랑 합세할 거냐?"

"죽을 둥 살 둥 모르는 도적놈 같으니! 어서 오너라. 내 방천량으로 고깃덩어리로 만들어줘야 끝이 나겠구나!"

"주둥이만 나불대면 무엇 하냐?"

시하이쟈오가 방천량을 휘두르며 달려들자, 그도 한 길 여덟 자의 사모를 들어 유성이 달을 쫓듯이 휘두르며 맞섰다. 시하이쟈오가 방천량을 돌리며 공격했지만 겨우 비기는 정도여서, 둘은 사오십 차례나 치고받았으나 승부가 나지 않았다. 둘의 싸움이 무르익어가는 차에 성질 급한 장백이 오추마를 몰고 달려들어 시하이쟈오에게 낭아봉을 휘둘렀다. 싸움에 몰두해 있던 시하이쟈오는 옆에서 공격해오는 이를 미처 방비하지 못했다. 그야말로 매미 잡으려고 정신이 팔린 사마귀가 뒤쪽에 참새가 있는 줄도 모르는 격이었다. 하지만 시하이쟈오를 암습하려는 장백의 모습을 발견한 반룡삼태자가 황급히 불화살을 한 대 꺼내 장백의 등을 향해 발사했다. 그 화살이 하필 장백의 갑옷에 맞는 바람에 그는 낭아봉을 마저 휘두르지도 못했다. 그 대신 무정한 불길이 그의 갑옷 위에서 타오르기 시작했다. 진당이 그걸 보고 생각했다.

'저 양반 또 화상을 입게 생겼구먼!'

셋째 왕자도 이렇게 생각했다.

'저 장백이라는 작자가 죽지는 않더라도 최소한 숯덩어리 신세를 면치 못하겠구나!'

한편 당황한 장백이 사납게 고함을 질렀다. 그 호통은 마치 공중에 울리는 천둥소리 같았다. 그런데 진짜 천둥도 아닌 그 소리가 울리자, 정말 땅에서 검은 바람이 일어나면서 하늘에서 소낙비가 쏟아지기 시작했다.

雨逞風威偏潑倒　　바람의 위세를 타고 비가 쏟아지나니

風隨雨勢越顚狂	바람 따라 빗줄기의 기세도 더욱 거세지는구나.
風風雨雨相追逐	바람과 비가 서로 쫓거니 쫓기거니 몰아치니
任是天公沒主張	하느님이라 하더라도 어쩔 도리가 없게 되었구나!

이렇게 바람도 거세고 비도 세차게 쏟아지니, 양측의 장수는 물론 병사들까지 바람을 견디려고 애쓰는 동안 흠뻑 젖어서 몸을 가누지 못했다. 장백의 갑옷에 붙었던 불도 진즉 꺼져버렸고, 양측은 각자의 본진으로 철수하는 수밖에 없었다. 이때 장백에게 아무 일이 없었던 것은 하늘이 명나라를 도와주었기 때문인지, 아니면 그의 운명이 아직 죽을 때가 되지 않았기 때문인지는 알 수 없다. 이렇게 되자 셋째 왕자가 놀라 중얼거렸다.

"장백이라는 작자는 뱃속에 벼락신을 담고 있는 모양이구나!"

그러자 시하이쟈오가 물었다.

"그게 무슨 말씀입니까?"

"그게 아니라면 어떻게 입에서 천둥소리가 나왔겠습니까?"

"그건 왕자님께서 모르시는 말씀이십니다. 저번에 정탐하고 온 부하의 보고에 따르면, 명나라의 인화진인이라는 도사가 비바람을 부르고 귀신을 부릴 줄 안다고 했습니다. 그러니 장백이라는 자도 그의 제자일 수 있겠지요."

"이렇게 비바람까지 부를 줄 안다면 이기기가 힘들겠군요."

"일이 이 지경에 이르렀으니 오로지 앞만 보고 나아가는 수밖에 없습니다. 그자를 어찌 처리할지는 내일 다시 생각해 보기로 하지요."

이튿날은 장백이 먼저 나와서 고함을 질렀다.

"셋째 왕자인지 하는 오랑캐 놈아, 네놈은 등 뒤에서 몰래 화살이나 날리는 재주밖에 없느냐? 오늘은 정정당당하게 나와서 나하고 삼백 판을 겨뤄 보자. 네놈에게 쓴맛을 보여주마!"

자기 이름을 지목당하자 셋째 왕자도 분기탱천해서 즉각 말에 올라 합선도를 치켜들고 달려 나왔다.

"어제 숯덩이가 되지 않았던 게로구나! 오늘을 칼맛을 보려고 나왔느냐?"

"오늘도 불화살을 쏴 보지 그러느냐? 그럼 내 당장 천지를 뒤집을 천둥을 불러내 네놈의 정수리에 꽂아 주마! 그리고 강을 뒤집고 바다를 휘젓는 바람을 불러내 네놈의 금안국을 통째로 쓸어버리겠다! 또 함지박을 뒤집을 만한 소낙비를 내려서 이놈의 나라를 모조리 물속에 담가 버리겠다! 그러고도 네가 뭐라고 나불댈 수 있는지 보자!"

셋째 왕자는 어제의 상황을 직접 목격한 터라 감히 대꾸도 못 하고 불화살도 날리지 못했다. 그의 기세가 꺾인 것을 확인한 장백이 낭아봉을 휘두르며 공격하자, 셋째 왕자도 정신을 추스르고 칼을 들어서 막았다. 그렇게 둘은 한 덩어리가 되어 치고받고 싸웠다. 그들의 싸움이 백여 판을 넘어서자 뒤쪽에 서 있던 진당이 속으로 생각했다.

'어제 장 장군이 나를 도와주었는데, 오늘 내가 수수방관만 하고 있을 수 없지. 게다가 앞뒤에서 협공하면 틀림없이 적을 물리칠 수 있을 거야.'

그는 즉시 말을 몰아 달려가 옆에서 셋째 왕자의 몸통을 향해 창을 내질렀다. 그는 상대가 미처 방비하지 못한 사이에 기습할 생각이었는데, 호사다마라고 했던가? 시하이쟈오가 그것을 발견하고 즉시 말을 달려와 진당의 배후에서 그의 뒤통수를 향해 방천량을 휘둘렀다. 하지만 그 일격은 진당의 머리를 맞히지 못하고 그가 탄 말만 두 동강을 내고 말았다. 그 바람에 진당은 창을 마저 내지르지 못했는데, 공교롭게도 그의 창은 셋째 왕자가 탄 말의 머리를 날려 버렸다. 셋째 태자도 황급히 말에서 뛰어내려, 둘은 곧 평지에서 창과 합선도로 맞서서 얼떨결에 두세 판을 맞부딪쳤다. 그때 시하이쟈오가 재빨리 셋째 왕자를 구해 자기 진영으로 돌아가 버렸다. 장백도 진당을 구해 진영으로 돌아왔다.

진당은 장백과 함께 삼보태감을 찾아갔다.

"연일 출전하셨는데, 전과는 어찌 되었소?"

이에 진당이 대답했다.

"어제는 장 장군이 셋째 왕자의 불화살에 맞아 갑옷에 불이 났고, 오늘은 제가 시하이쟈오의 방천량에 당해서 말이 두 동강이 나 버렸습니다. 다행히 황제 폐하의 신령함과 사령관님의 홍복 덕분에 어제는 거센 바람과 비가 불을 꺼 주었고, 오늘은 무의식중에 내지른 창이 셋째 태자의 말머리를 잘라 버려서 겨우 비긴 셈이 되었습니다. 그렇지 않았더라면 저희는 진즉 저승의 귀신이 되어서 사령관님의 존안을 뵙지도 못하게 되었을 것입니다."

"이런 고약한 오랑캐들을 어떻게 하면 물리칠 수 있을꼬?"

그러자 장백이 말했다.

"사령관님, 염려 마십시오. 내일 제가 단독으로 나가 반드시 그 두 놈을 생포해 오겠습니다!"

"장 장군, 너무 성급하게 굴지 마시고, 일단 그자들이 내일 어떻게 나오는지 보고 대책을 생각합시다."

한편 시하이쟈오와 셋째 왕자는 국왕 앞에서 큰소리를 쳐 놓았기 때문에 문책을 당할까 걱정스러웠다. 사흘 동안 내리 공격했지만 별다른 공을 세우지 못했으나, 그는 다시 한 가지 계책을 떠올리고 두 명의 병사를 보내 국왕에게 보고하게 했다.

"사흘 동안 공격했는데 첫날은 승부를 가리지 못했고, 둘째 날은 셋째 왕자의 불화살로 적의 부도독 한 명을 태워 죽였사옵니다. 셋째 날은 사령관의 방천량으로 적의 대도독 한 명을 쳐 죽였사옵니다. 이제 두 분이 개선가를 울리며 돌아오고 있사옵니다."

이에 국왕은 무척 기뻐하며 관리를 보내 관문 안으로 맞아들여 성대한 잔치를 베풀어 주었다.

"연일 대승을 거두었다니, 사령관께서 노고가 많으셨소이다."

"왕자님이 도와주신 덕분입니다."

"아니지요. 사령관의 공적이 훨씬 더 큽니다."

국왕이 다시 물었다.

"사령관, 명나라 함대가 아직 그대로 있는데, 언제나 물리칠 수 있겠소?"

"늦어도 사흘 안에 저놈들 사령관의 목을 효수하고 장수들을 사로잡아 오겠습니다. 성공하기 전까지는 절대 돌아오지 않겠습니다!"

그러면 이후의 승부가 어찌 되었는지는 다음 회를 보시라.

김천뢰는 시하이쟈오를 처치하고
셋째 왕자는 명나라 함대에 불을 지르다
金天雷殺西海蛟　三太子燒大明船

天低芳草誓師壇	하늘 아래 황량한 풀밭에서 단을 세우고 맹세하나니[1]
西海蛟多戰地寬	시하이쟈오는 넓은 대지에서 많은 전투를 겪었지.
鼓角迴臨霜野曙	멀리 북소리 뿔피리 소리 들릴 때 서리 내린 들판에 날은 밝아오고

---

1 인용된 시는 당나라 때 양거원(楊巨源)의 〈사 개봉에게[贈史開封]〉에서 일부 구절을 변형한 것이다. 원작은 다음과 같다. "하늘 아래 황량한 풀밭에서 단을 세우고 맹세하나니, 등애(鄧艾)는 전장의 땅이 넓음을 마음으로 알고 있었지. 멀리 북소리 뿔피리 소리 들릴 때 서리 내린 들판에 날은 밝아오고, 높다란 깃발 마주 보고 서 있는 눈 덮인 봉우리 차갑구나. 군대가 강물을 향해 나아가자 붉은 먼지 일어나고, 한 자루 검 들고 바람 앞에 서서 밝은 해 바라본다. 복파장군 마원(馬援)을 따라 서역을 정벌한 적 있나니, 서역의 토번인들은 황금 안장을 보면 겁을 먹었다지![天低荒草誓師壇, 鄧艾心知戰地寬. 鼓角迴臨霜野曙, 旌旗高對雪峯寒. 五營向水紅塵起, 一劍當風白日看. 曾從伏波征絶域, 磧西蕃部怯金鞍.]"

旌旗高對雪峰寒	높다란 깃발 마주 보고 서 있는 눈 덮인 봉우리 차갑구나.
五營向水紅塵起	군대가 강물을 향해 나아가자 붉은 먼지 일어나고
一劍當風白日看	한 자루 검 들고 바람 앞에 서서 밝은 해 바라본다.
從此大明征絶域	이로부터 위대한 명나라가 외진 서역을 정벌하나니
任誰番部怯金鞍	변방 오랑캐들 가운데 황금 안장 겁내지 않을 이 어디 있으랴!

한편 삼보태감은 왕 상서와 함께 중군 막사에서 장수들과 관리들을 모아놓고 회의를 열었다.

"무지한 오랑캐 장수가 계속해서 싸움을 걸어오고 있는데, 며칠 동안 대패도 하지 않았지만 승리도 하지 못하고 있으니 어찌하면 좋겠소? 여기 계신 장수들 가운데 뛰어난 지략과 용맹으로 저 두 오랑캐를 생포해 올 수 있는 이가 있소? 성공하게 되면 벼슬과 직위를 올려주도록 하겠소."

그러자 장수들이 서로 얼굴만 쳐다볼 뿐 한참 동안 누구도 나서지 않았다. 그러자 마 태감이 비아냥거렸다.

"흥! 폐하께서 하루아침에 쓰시기 위해 천 일 동안 군사를 양성하셨는데, 설마 이 자리에 이런 오랑캐 장수 하나를 상대할 영웅호걸이 없다는 말씀이오?"

예로부터 돌을 두드려야 불똥이 튄다고 하지 않았던가? 마 태감의 이 말에 한 명의 장수가 울컥하여 계단 위로 올라오며 큰 소리로 말했다.

"사령관님, 어찌 저희 장수들을 이리 경시하십니까! 제가 재주는 미흡하지만 부대를 이끌고 나가 이 오랑캐를 생포하여 사령관께 바치겠습니다. 괜찮겠습니까?"

다들 돌아보니 그는 석 자의 키에 두 자 다섯 치의 어깨를 지니고 있으며, 투구도 쓰지 않고 갑옷도 입지 않은 채 마치 동그란 호박처럼 생긴 인물로서, 다름 아니라 정서우영대도독 김천뢰였다. 이에 삼보태감이 물었다.

"김 장군, 무슨 좋은 전략이 있소이까?"

"귀신도 보면 울고 가는 이 임군당이 있는데, 무슨 오랑캐 따위를 두려워하겠습니까!"

삼보태감이 두 눈을 감고 고개를 몇 번 내저으며 말했다.

"시하이쟈오는 키가 한 길이고 어깨도 한 발이나 되게 넓은데, 김 장군의 키로는 그자의 정강이에도 닿지 않겠소이다. 게다가 그는 용맹할 뿐만 아니라 반룡삼태자까지 협조하고 있소이다. 그래서 요 며칠 동안 진 장군과 장 장군이 나섰지만 승리를 거두지 못하고 있었던 것이오. 그런데 그대가 어찌 그자의 상대가 될 수 있겠소?"

이 말에 자존심이 상한 김천뢰가 고함을 질렀다.

"쳇! 사령관님, 그 말씀은 옳지 않소이다! 모기도 소를 먼저 차지하겠다고 다투고, 거대한 코끼리도 쥐를 무서워한다는 말도 있지 않소이까? 사람의 재능이 어찌 몸집의 크기에 달렸겠습니까? 옛날 왕망(王莽)이 한나라 정권을 찬탈하자 광무제(光武帝)께서 다시 후한을 세우셨는데, 왕망 휘하의 거무패(巨無霸)[2]는 키가 한 길 두 자나 되고 허리둘레가 열 아름이나 되어서 마치 금강역사 같은 사내였다고 합니다. 게다가 짐승의 얼굴이 새겨진 구리 패를 들고 흔들면 호랑이와 표범, 이리, 늑대 등이 벌떼처럼 달려왔기 때문에 그가 출전하는 싸움에서 항상 승리를 거두었다고 합니다. 그 바람에 곤양성(崑陽城)[3]의 수많은 영웅호걸도 그의 적수가 되지 못했지만, 훗날 질운(郅惲)[4]이라는 말단 장수가 나섰습니다. 그는 키가 석 자도 되지 않아서 토지신 영감의 손자뻘밖에 되지 않았습니다. 하지만 그는 곤양성 서쪽에서 거무패의 군대를 대파하여 왕읍(王邑)[5]과 왕심(王尋)[6] 등에게 죽어도 묻힐 곳이 없게 만들어 버렸습니다. 지금

---

2 거무패(巨無霸: ?~23)는 왕망 휘하의 장수로서 키가 한 길이나 되고 몸통이 열 아름이나 되어서 그를 영채를 감독하는 누위(壘尉)로 삼았다고 한다.

3 곤양성(崑陽城)은 지금의 허난성[河南省] 핑딩산시[平頂山市] 예현[葉縣]의 옛 명칭이다.

4 질운(郅惲: ?~?, 자는 군장[君章])은 동한 때 태자교서(太子敎書)와 장사태수(長沙太守)를 지냈다.

5 왕읍(王邑: ?~23)은 왕망의 사촌 동생으로서 신(新) 왕조에서 대사공(大司空)이자 영향력 있는 장수로서 적지 않은 전공을 세웠지만, 서기 23년에 왕심(王尋)과 함께 곤양성에서 녹림군(綠林軍)과 전투를 벌이다가 대패하여 간신히 목숨만 건져서 도주했다. 이후 장안성(長安城)에서 다시 녹림군과 혈전을 벌이다가 전사했다.

6 왕심(王尋: ?~23)은 왕망의 찬탈에 공을 세워 대사도(大司徒) 겸 장신공(章新公)에 봉해졌으나, 서기 23년에 곤양성에서 녹림군(綠林軍)과의 전투에서

저 시하이쟈오가 용맹하다고는 하나 거무패만큼은 되지 않을 것이며, 제가 비록 이렇게 체구는 작지만 엄청난 능력이 있으니 질운 같은 이는 안중에도 없습니다. 사령관께서 지금 백만 명[7]의 정예병을 이끌고 십만 리 밖까지 출정하셨는데, 외모만 가지고 사람을 쓴다면 장수들의 마음에 찬물을 끼얹는 결과만 초래할 것입니다."

삼보태감이 잠시 말을 못 하고 있는데, 김천뢰가 벌떡 일어나서 틀에 걸린 창을 하나 집어 들더니 빙빙 돌리기 시작했다. 그러나 그것은 마치 등잔 심지에 지팡이를 얹어놓은 듯한 모습이었다. 이에 그는 창을 내던지고 칼을 하나 집어 들더니 한바탕 칼춤을 추었다. 하지만 그건 마치 반쪽짜리 표주박 같은 모양만 만들어 낼 뿐이었다. 이에 그는 다시 칼을 내던지고 활을 몇 개 들고 오더니 하나를 당기자 활이 뚝 부러져 버렸고, 두 개를 한꺼번에 잡고 당기자 그것마저 부러져 버렸다. 그는 다시 활을 내던지고 귀신도 보면 울고 간다는 자신의 무기 임군당을 휘두르기 시작했다. 그러자 "쌩! 쌩!" 바람을 가르는 소리만 들릴 뿐 사람의 모습은 보이지 않았다. 달을 쫓는 유성이라 할지라도 이보다 부드러울 수 없고, 날아가는 기러기도 이보다 빠를 수 없을 지경이었다. 그 용감무쌍한 모습을 보자 왕 상서가 즉시 자리에서 일어나며 큰 소리로 만류했다.

"잠깐! 잠깐 멈추시오!"

___

대패하여 피살되었다.

7 이 부분의 원문에서는 "십만 명"으로 되어 있으나, 이제까지의 묘사와는 맞지 않기 때문에 바로잡아 번역했다.

그 말이 끝나기도 전에 장 천사와 벽봉장로가 일제히 도착했다. 서로 인사를 나누고 자리를 정해 앉고 나자 삼보태감이 말했다.

"두 분께서 무슨 가르침을 내리시려고 오셨는지요?"

벽봉장로가 말했다.

"사령관께 축하 인사를 하러 왔소이다."

"연일 전투에서 승리를 거두지 못하고 있는데 축하라니요? 설마 국사님께서 나서서 해결해 주시겠다는 말씀입니까?"

"이제까지의 일에 대해서가 아니라, 오늘 일에 대해 축하하겠다는 뜻이외다."

"오늘은 전투도 아직 시작하지 않았는데, 무얼 축하한다는 말씀입니까?"

"김 장군이 출전하셔서 공을 세우실 것이기 때문에, 이를 축하하려고 특별히 들렀소이다."

장 천사도 말했다.

"오늘의 공로는 분명 김 장군의 몫이 될 것인지라 응당 축하할 만하지요."

왕 상서가 거들었다.

"저도 오늘의 공로는 김 장군의 손에서 이뤄질 것으로 생각합니다."

김천뢰는 자존심이 상해서 기를 펴지 못하고 있었는데, 이제 이런 얘기들을 듣자 얼굴이 활짝 펴지면서 자신감이 커졌다.

"이번에 출전하면 반드시 시하이쟈오의 목을 높은 장대에 효수하여, 질운의 지기로서 천고의 역사에 길이 이름을 남기고야 말겠습니다!"

삼보태감이 말했다.

"만대 후손들이 우러러볼 공적이 이 일에 달렸소이다. 부디 실수하지 않도록 조심하시기 바라오."

"두 분 사령관과 천사님, 국사님, 병법에도 '군중의 장수는 군주의 명령도 따르지 않을 수 있다.'라고 했습니다. 오늘 일은 제가 맡았으니 중간에 일을 진행하는 속도 또한 전적으로 제가 알아서 하겠사오니, 이를 나무라지 말아 주시기 바랍니다."

그러자 삼보태감이 말했다.

"저는 시작만 관여할 테니, 나머지는 모두 장군께서 알아서 처리하도록 하시오."

김천뢰가 절을 하고 물러가자 삼보태감은 또 군정사의 관리를 불러 양 한 마리와 술 한 독을 김천뢰의 진영으로 보내, 그가 속히 적장의 목을 효수하여 두 사령관과 장 천사, 벽봉장로의 바람을 이뤄 주도록 격려했다. 이것들을 받은 김천뢰가 속으로 다짐했다.

'장수에게는 체구의 크기가 아니라 가진 능력이 중요한 법이고, 교전하는 데에는 사납게 들이치는 것보다 장수의 지략과 포부가 중요한 법이다. 오늘 내가 이렇게 큰소리를 쳐 놓았으니 성공하지 못하면 어찌 되겠는가? 다만 이 공적은 세우기가 쉽지 않으니 지략을 잘 이용해야만 하겠다. 병법에서도 무턱대고 먼저 공격할 게 아니라, 적의 허점이 보일 때를 기다려야 한다고 했다. 지금은 적의 기세가 한껏 올라가 있으니, 한 이틀 동안 물러나 웅크리고 있다가 저자들이 교만에 빠져 있을 때 단번에 사로잡아야겠다.'

이렇게 계책을 정하고 나자 그는 사흘 동안 막사 안에 앉아만 있을 뿐, 전혀 병사를 이끌고 나가지 않았다. 매일 호위병이 와서 시하이쟈오가 싸움을 걸어 오고 있다고 보고해도 김천뢰는 못 들은 척했다. 명나라 군중에서도 말들이 많았다.

"성질 급한 김 장군이 왜 이렇게 며칠 동안이나 참고 있지?"

"김 장군이 큰소리를 쳐 놓고 수습할 수 없으니까 참고 있는 모양이지."

시하이쟈오도 부하들 앞에서 명나라 군대를 조롱했다.

"명나라 함대에 정예병이 백만이고 장수가 천 명이라고 하더니 다 허풍이었구나. 이삼일 동안 아무도 감히 출전하지 못하다니, 정말 가소롭기 짝이 없구나!"

그런데 사흘째 되는 날 세 번의 북소리와 함께 명나라 진영에서 한 명의 장수가 나왔다. 키가 석 자도 되지 않고 갑옷도 투구도 없이 말에 탄 그의 모습은 그야말로 안장에 호박을 얹어놓은 것 같았다. 그걸 본 시하이쟈오가 터지는 웃음을 참지 못하자, 김천뢰가 속으로 다짐했다.

'네놈이 나를 비웃어? 오냐, 내가 고스란히 돌려주마!'

그때 시하이쟈오는 또 제 나름대로 이렇게 생각하고 있었다.

'과연 명나라에 인재가 없는 모양이로구나. 이런 꼬맹이를 장군으로 삼다니! 내 손가락만 한 번 튕겨도 단번에 두 동강이 나 버리

겠구나. 하지만 그렇게 쉽게 죽어 버리면 내 능력을 제대로 보여줄
수 없지 않겠어? 그러니 일단 말이나 걸어보자.'

그리고 김천뢰를 향해 고함을 질렀다.

"너는 누구냐? 설마 어느 사당에서 나온 급각귀(急脚鬼)는 아니겠
지? 감히 금강역사 같은 나를 찾아오다니 말이야!"

"이런 버르장머리 없는 오랑캐 자식! 내가 바로 위대한 명나라
황제 폐하를 모시는 정서우영대도독이다. 하찮은 짐승 같은 네놈
이 감히 나를 멸시해? 네놈의 살이 천 근이나 되더라도 칼 맞고 화
살 맞기에나 좋을 뿐이지, 그 외에 무슨 쓸모가 있겠느냐?"

"허 참! 쪼그만 놈이 주둥이는 제법 매섭구나. 모기가 부채에 맞
아 죽는 것은 오로지 주둥이로 사람을 해치기 때문이지. 네놈의 난
쟁이 주둥이를 잘라 버려도 뭐라고 쫑알거릴 수 있나 어디 보자!"

그 말이 끝나기도 전에 그가 방천량을 휘두르며 김천뢰의 머리
를 향해 몇 번 내리쳤다. 그런데 김천뢰는 임군당을 꺼내 들지 않
고, 그냥 한 자루 창만 들고 이리저리 돌리며 막아 냈다. 그러다가
상대의 공격이 느슨해지면 역습을 하고, 상대가 세차게 몰아치면
슬쩍 물러나는 것이었다. 이렇게 하루 내내 치고 빠지기를 계속하
자, 성질 급한 반룡삼태자가 합선도를 치켜들고 김천뢰에게 달려
들었다. 그런데 그 흉험한 기세를 본 김천뢰는 창을 질질 끌며 본
진으로 도망쳐 버리는 것이었다. 이에 셋째 왕자가 시하이쟈오에
게 원망을 퍼부었다.

"아니 저런 애새끼 하나를 하루 내내 공격하고도 이기지 못하다

니, 창피하지도 않아요?"

"저런 꼬맹이 하나를 죽이는 게 뭐 대수라고 그러십니까! 내일은 이 방천량으로 단방에 고깃덩어리로 만들어 버리겠습니다!"

이튿날 김천뢰가 다시 나오자 시하이쟈오가 소리쳤다.

"이 꼬맹이 놈! 가서 부모님이나 모실 일이지 왜 굳이 죽을 곳으로 기어왔느냐!"

"버르장머리 없는 오랑캐 자식! 감히 나를 우습게 보다니!"

하지만 그는 이번에도 임군당을 꺼내 들지 않고, 한 자루 칼만 들고 시하이쟈오를 공격했다. 그러자 시하이쟈오는 그런 것에는 신경도 쓰지 않고 방천량을 들어 이리저리 가볍게 막아 버렸다. 그러니 김천뢰의 칼은 방천량만 "따당! 따당!" 울려댈 뿐이었다. 그때 또 셋째 왕자가 옆쪽에서 달려들자 시하이쟈오가 말했다.

"왕자님, 돌아가십시오. 이런 어린애를 우리 둘이서 협공해 죽인다면 이웃 나라에 좋지 않은 소문만 퍼질 겁니다."

"그렇군요. 저는 잠시 궁으로 돌아가 있을 테니, 다른 장수가 나오면 저를 불러 주십시오."

셋째 왕자는 아직 죽을 때가 되지 않았는지, 이날은 운 좋게 궁궐로 돌아가게 되었다. 김천뢰와 시하이쟈오는 또 하루 내내 그런 식으로 치고받다가 승부를 가리지 못하고 헤어졌다. 본진으로 돌아온 김천뢰는 삼보태감을 만나러 갔다.

"김 장군, 이틀이나 계속 출전했는데도 공을 세우지 못하셨구려. 혼자 당해 내기 어려울 것 같으면 몇 명의 장수들과 함께 협공하는 게 어떻소이까? 이런 식으로 계속 가면 괜히 저자의 기만 살려주게 되니, 이후로 더욱 물리치기 힘들어지지 않겠소?"

"제가 일부러 그자의 기를 살려주어서 교만하게 만들려고 한 것입니다. 일은 반드시 성공할 것이니, 염려 마십시오."

그러자 왕 상서가 껄껄 웃으며 말했다.

"제 생각하고 똑같습니다그려!"

그제야 삼보태감도 상황을 이해했지만 기밀이 새지 않도록 일부러 이렇게 말했다.

"다들 말만 그럴싸하게 하고 있구려. 적을 물리치지는 못하고 이렇게 쓸데없는 소리만 늘어놓고 있다니! 여봐라, 김 장군을 내보내고 영채의 문을 닫아라!"

이야말로 전쟁에서는 속임수를 마다하지 않는다는 격이었다.

이튿날 시하이쟈오가 다시 오자 김천뢰가 또 창을 한 자루 들고 나가서 하루 내내 약만 올리고 돌아왔다. 사흘째 계속되는 이런 식의 싸움에 짜증이 난 시하이쟈오는 방천량을 무식하게 휘둘렀다. 김천뢰는 그의 허점을 만들려고 일부러 창으로 맞받아쳐서 창을 부러뜨려 버렸다. 그리고 재빨리 말머리를 돌려 상대의 사정권 밖으로 달아나 버렸다. 그러더니 다시 칼을 들고 달려나가 약을 올렸다. 시하이쟈오가 다시 방천량을 무식하게 휘두르자, 김천뢰는 또 일부러 칼로 맞받아쳐서 칼이 두 동강이 나게 해 버리더니, 다시 재빨리 말머리를 돌려 상대의 사정권 밖으로 달아나 버렸다. 그리고 이번에는 저 무게 백오십 근의 임군당을 들고 동굴을 나서는 용처럼, 호수로 내리꽂히는 기러기처럼 재빨리 달려들었다. 순간적으로 그 모습을 발견한 시하이쟈오는 깜짝 놀랐다.

'아차, 실수로구나! 이런 털북숭이가 저렇게 큰 무기를 쓰다니! 내가 저런 자를 얕잡아보았다는 말인가!'

예로부터 '마음이 편안하면 온몸이 명령에 따른다.[天君泰然, 百體從令]'[8]라고 하지 않았던가? 시하이쟈오의 마음이 당황하게 되자 손도 말을 듣지 않았다. 그는 분명히 힘을 내서 김천뢰를 공격했지만, 어찌 된 일인지 그가 방천량을 내리치자 김천뢰도 즉시 임군당으로 맞받아쳤다. 그리고 두 개의 무기가 맞부딪치는 순간 임군당은 칼날처럼 변했다. 이렇게 시하이쟈오의 목숨도 끝이 난 것인가? 김천뢰가 성공을 거둔 것인가? 갑자기 "쩡!" 하는 소리와 함께 방천량이 두 쪽으로 쪼개져 버렸다. 이미 마음속으로 당황하고 있던 시하이쟈오는 자신의 무기가 두 쪽이 나 버리자 쪽박을 잃어버린 거지 신세가 되어 버렸다. 그러니 그는 혼비백산 놀라서 말 위에 앉은 채 어쩔 줄 몰라 했다. 그 순간 김천뢰가 교묘하게 그의 뒤통수를 향해 임군당을 휘두르자 시하이쟈오는 다급하게 고개를 돌리며 반쪽의 방천량을 들어서 막으려 했다. 하지만 그가 막 고개를 돌리는 순간 이미 뒷덜미에 임군당이 떨어져서, 됫박 열 개를 합쳐 놓은

---

8 이것은 명나라 때 설간(薛侃: 1486~1545, 자는 상겸[尚謙], 호는 중리[中離])이 스승 왕수인(王守仁: 1472~1529, 자는 백안[伯安], 호는 양명[陽明], 시호는 문성[文成])의 가르침을 기록한 《전습록(傳習錄)》 제104조에 들어 있는 말이다.

듯한 그의 머리가 툭 떨어져 버렸다. 우두머리를 잃은 오랑캐 병사들은 사방으로 뿔뿔이 도망쳐 버렸다. 김천뢰의 임군당은 이후로도 얼마나 많은 적의 머리를 날려 버렸는지 모른다. 그리고 주변에 적들의 모습이 보이지 않게 되자 그는 비로소 시하이쟈오의 그 커다란 머리를 들고 삼보태감을 찾아갔다. 두 사령관은 당연히 무척 기뻐했고, 장 천사와 벽봉장로도 찾아와 축하했다. 벽봉장로가 삼보태감에게 말했다.

"이러니까 내가 미리 축하한 게 아니겠소?"

"감사합니다. 그런데 이걸 어떻게 예측하셨는지 고견을 들려주십시오."

"별거 없소. 다만 시하이쟈오를 왜 김천뢰 장군이 맡았어야 하는지는 이름만 생각해 보시면 알 수 있을 게요."

"일리 있는 말씀이십니다. 서쪽은 금(金)에 속하고 바다는 밑에 있는데 하늘은 위에 있지요. 바다의 교룡이 어찌 하늘의 우레를 당할 수 있겠습니까? 그저 죽음뿐이지요. 국사님의 말씀이 참으로 지당하십니다! 그런데 천사님은 왜 그렇게 생각하셨는지요?"

"저는 수를 살펴보고 금과 목이 어울리는 수를 찾아냈습니다. 김 장군은 김(金) 각목교(角木蛟)[9]인데 시하이쟈오가 바로 목이 아닙니까? 그래서 저는 김 장군이 공을 세울 줄 알았던 것이지요."

---

9 각목교(角木蛟)는 이십팔수 가운데 동방칠수(東方七宿) 가운데 하나인 각수(角宿)의 별칭이다. 도교에서 각수는 이십팔수 가운데 우두머리로서 전쟁에 아주 뛰어나다고 알려져 있다.

"일리 있는 말씀이십니다. 그런데 상서께서는 또 어째서 김 장군이 공을 세울 거라고 예측하셨습니까?"

"저는 이치로 따져보았습니다. 무슨 얘기인고 하니, 시하이쟈오는 연일 승리하는 바람에 교만해져서 이미 안하무인이 되어 있었습니다. 게다가 김 장군은 체격이 왜소하여 자기보다 못하니, 분명히 외모만 보고 깔보았겠지요. 그런데 '전쟁에서 교만하면 패하기 마련이고, 적을 우습게 보면 망한다.'라고 하지 않았습니까? 이런 이유로 저는 김 장군이 공을 세울 거라고 추측했던 것입니다."

"세 분 말씀이 모두 오묘하기 그지없습니다! 상서님은 이치로, 천사님의 수로, 국사님께서는 이치와 수를 겸하셨군요. 평소 말씀이 없으시지만 일단 말씀하시면 항상 딱 들어맞는군요!"

그는 즉시 장부에 공로를 기록하게 하고, 군정사에 분부하여 성대한 잔치를 차리게 했으니, 그야말로 이런 격이었다.[10]

| 三十羽林將 | 서른 살에 우림군의 장수가 되어 |
| 出身常事邊 | 언제나 변방에서 몸 바쳐 일했다네. |

---

10 인용된 시는 당나라 때 최호(崔顥: ?~754)의 〈왕위고에게[贈王威古]〉에서 일부를 인용하면서 제11~12구를 변형한 것이다. 원작의 제11구 이하는 다음과 같다. "마주 보며 아직 취하지 않았을 때, 오랑캐들을 유연 땅에서 내쫓으리라. 봉화는 쉬지 않고 피어나고, 음산은 하늘 가까이 솟았구나. 먼 곳까지 말을 달려 동북 땅을 구하여, 전쟁 끝내고 성 또한 온전히 지키지. 나라에 보답하려 전장으로 달려가나니, 예로부터 모두 그러했다네.[相看未及醉, 雜虜寇幽燕. 烽火去不息, 陰山高際天. 長驅救東北, 戰解城亦全. 報國行赴難, 古來皆共然.]"

春風吹淺草	봄바람이 성긴 풀밭에 부는데
獵騎何翩翩	기마병들은 어찌나 날렵하게 수색하는지!
插羽兩相顧	화살 지니고 서로 돌아보고
鳴弓新上弦	새로 화살을 재어 쏘네.
射麋入深谷	사슴 쏘며 깊은 골짝에 들어가고
飮馬投荒泉	황량한 샘에 가서 말에게 물을 먹이네.
馬上共傾酒	말 위에서 함께 술을 기울이고
野中聊割鮮	들판에서 신선한 고기를 자르지.
相看抃醉飮	마주 보고 손뼉 치며 취하도록 마시나니
從此勒燕然	이로부터 변방을 제압하리라!

잔치가 끝나자 삼보태감은 또 은패(銀牌)와 오색 비단을 가져오라 하여 김천뢰에게 상을 내리고, 그의 부하들에게도 각기 공적에 따라 상을 내렸다. 또 시하이쟈오의 머리를 높다란 장대에 매달아 접천관 밖에 세워두어서, 오랑캐 병사들에게 속히 항복하지 않으면 이렇게 된다는 것을 보여주도록 했다.

한편 금안국 국왕은 시하이쟈오의 목이 잘렸다는 소식을 듣고 너무나 애통하게 목 놓아 울었다.

"이 나라의 기둥이자 고난을 건너는 다리였던 사령관이 하루아침에 중국인의 손에 목숨을 잃었으니, 또 누가 있어 이 나라 강산을 지키고 사직을 지탱하게 해 줄 수 있단 말인가!"

이렇게 넋두리를 하며 다시 통곡하고, 한참 통곡하다가 또 넋두리를 늘어놓았다. 그때 관문을 지키던 병사가 나는 듯이 달려와 보고했다.

"중국인들이 우리 관문 밖에 높다란 장대를 세웠는데, 그 위에 사령관의 수급이 걸려 있사옵니다. 또 수급 위에는 커다란 글씨로 '속히 항복하지 않으면 이렇게 될 것이다.'라고 적힌 붉은 깃발을 꽂아 놓아, 무례하기 짝이 없게 관문 안의 사람들을 위협하고 있사옵니다."

그 보고를 들은 국왕은 더욱 애통하게 통곡하며 그칠 줄을 몰랐다. 그러자 반룡삼태자가 말했다.

"사령관이 죽어서 장대에 효수되는 참극을 당했는데, 제가 달리 보상할 길이 없사옵니다. 이제 제가 군사를 이끌고 나가 관문을 열고 싸워서, 그 난쟁이의 목을 베어 똑같이 관문에 효수함으로써 원수를 갚겠습니다!"

"얘야, 그건 안 된다! 우리 군대는 금방 사령관을 잃어서 사기가 떨어져 있고, 게다가 그곳으로 출전한다 한들 반드시 그 난쟁이가 나오리라는 보장도 없으니 어찌 원수를 갚을 수 있겠느냐?"

"그렇다면 군사를 이끌고 관문을 내려가 사령관의 머리라도 되찾아 와서 예의를 갖춰 장례를 지내드리고 싶습니다. 나라를 위해 목숨을 바친 덕을 이렇게라도 갚아야 하지 않겠습니까?"

"조심하도록 해라. 중국인들은 속임수와 계책을 잘 쓴다. 그자들이 우리를 위협하려고 그 장대를 세웠는데, 그걸 지키고 있을 군사들이 없겠느냐? 어쩌면 이걸 미끼로 삼아 사방에 군사를 매복시켜놓았을지도 모른다. 그러니 네 생각대로 일이 이루어지기 쉽겠느냐?"

"이도 저도 아니 된다면 저의 이 마음을 어떻게 전합니까?"

"나도 생각하고 있지만, 지금은 별다른 방법이 없다. 그저 제사 예물을 준비해서 관문 위에 차려 놓고, 그의 머리를 향해 제사를 지내는 정도의 성의밖에 보일 수 없겠구나."

"일리 있는 말씀이십니다."

그는 즉시 제사 예물을 준비해서 상을 차리고 멀리 시하이쟈오의 머리를 향해 제사를 지냈다. 석 잔의 술을 따르고 향을 몇 대 사르면서 영혼의 안식을 기원하는 주문을 읽었다.

유세차 모년 모월, 금안국 국왕 모쿠웨이스[莫古未伊失]가 진수성찬을 차려 사령관 시하이쟈오의 영전에 제사를 올리나이다.

아아! 우리나라에서 장군만이 혁혁한 공을 세우셔서 늘 무기를 베고 잠들며 맹위를 떨치셨습니다. 이에 적의 칼날을 꺾고 어떤 흉맹한 적도 모두 목을 베었습니다. 우리나라는 그대의 호위에 힘입어 적에게 효수되는 재앙을 전혀 걱정하지 않았습니다. 이에 비록 장군의 머리는 벨 수 있었을지 모르지만 장군의 마음은 벨 수 없고, 장군의 머리는 효수할 수 있을지라도 장군의 뜻을 꺾지는 못할 것입니다.

아아! 살아서는 병서(兵書)를 안고 다니고 죽어서는 말가죽에 싸였나니, 드높은 저 하늘이 어찌 장군에게 해를 끼쳤단 말입니까! 아아, 슬프도다!

이에 엎드려 제사 올리나니, 오셔서 흠향하시옵소서!

제사를 마치고 나자 국왕과 셋째 왕자는 각자 머리를 감싸 안고 통곡했다. 그들의 통곡이 그치지 않고 있을 때 갑자기 제사상에 올려져 있던 거위가 갑자기 벌떡 일어나더니, 한참 동안 울어 대다가 사람의 말로 이렇게 말했다.

"왕자님, 왕자님, 앞길을 가려면 고생이 많을 테니, 술 한 병하고 거위 한 마리만 더 주셔요!"

이에 국왕과 셋째 왕자는 깜짝 놀랐다. 국왕이 말했다.

"혹시 사령관의 영혼이 우리에게 길흉화복에 대해 알려주는 것인가? 얘야, 아무래도 앞날에 길보다 흉이 많은 모양이구나. 차라리 이참에 상소문과 항서를 바쳐서 온 나라가 도탄에 빠지는 것을 피하는 게 낫겠구나. 네 생각은 어떠냐?"

그건 분명 이치에 합당한 말이었지만, 혈기왕성하여 오로지 전진밖에 모르는 셋째 왕자는 버럭 화를 냈다.

"아바마마, 그건 잘못된 생각입니다! 어찌 이런 요사한 참언(讖言) 때문에 나라의 대사를 그르칠 수 있겠습니까!"

그러면서 그는 한 손으로 거위를 잡고, 다른 한 손으로 칼을 들어 거위를 두 동강 내면서 소리쳤다.

"신하로서 온 마음을 다해 나라에 보답하지 않는 자는 누구를 막론하고 이 거위와 같이 처벌하리라!"

이렇게 셋째 왕자가 진노하자 좌우의 신하들은 모두 벌벌 떨 수밖에 없었고, 국왕 또한 마음이 몹시 언짢았다. 그 모습을 본 부마 장군(駙馬將軍) 할리후[哈里虎]가 무릎을 꿇고 아뢰었다.

"승패라는 것은 군대에서 흔히 있는 일이옵니다. 사령관을 잃었지만 다행히 셋째 왕자님이 계시옵니다. 왕자님은 천고의 영웅이시고 지략도 적수가 없을 만큼 뛰어나십니다. 사령관 같은 이는 하나가 아니라 열 명이 있다 하더라도 왕자님 한 분보다 못하옵니다. 명나라 장수쯤은 백 명도 거뜬히 물리치실 수 있사옵니다. 왕자님께서 나라를 위해 온 마음을 바치시는데, 저희가 어찌 목숨에 연연하겠사옵니까? 무슨 일을 시키시든 간에 최선을 다하겠사옵니다."

국왕은 그 말을 듣고 기분이 조금 풀어졌다.

"짐이 용기를 잃어서 남에게 굴복하려는 것이 아니라, 호랑이를 그리려다 개를 그리게 되지나 않을까 염려스러워서 일찌감치 생각을 돌리는 게 좋겠다고 한 것이다."

셋째 왕자가 말했다.

"아바마마, 염려 마시옵소서! 괜히 올리는 말씀이 아니라 제게 적을 물리칠 계책이 있사옵니다. 백만 명의 명나라 군대 따위는 제 안중에도 없사옵니다."

"그 계책이 무엇이냐?"

"명나라 군대는 사령관의 목을 베고 나서, 우리나라에 더 이상 인재가 없으리라 생각하여 점점 방비를 소홀히 하고 있사옵니다. 게다가 저들의 함대가 우리 항구에 정박해 있는데, 구불구불한 수로를 저들이 어찌 자세히 알겠사옵니까? 물론 우리가 육지에서 공격한다면 승패는 알 수 없습니다만, 오늘 밤 해추선 오백 척에 불화살과 불창, 화약 따위를 싣고 순풍을 맞아 내려가서, 저들이 단잠에 빠져 있을 때 불을 질러서 몇백 척을 태워 버리겠습니다. 이야말로 적의 의표를 찌르는 기습으로서, 《손자병법》 가운데서도 최고의 계책이 아니겠사옵니까! 그리고 부마에게 부대를 이끌고 뭍에서도 공격하게 하면, 저들은 앞뒤로 적을 맞아 견디지 못할 것입니다. 그렇게 해서 저들의 장수들과 사령관을 생포하면 되지 않겠습니까? 그리고 궁에 돌아오면 그들의 목을 베어 장대 끝에 효수하여 사령관을 위해 복수를 해 주는 것입니다. 이렇게 되면 일거양득이 아니겠습니까! 아바마마, 어떻게 생각하시는지요?"

"그것도 괜찮은 계책이로구나."

그러자 할리후가 말했다.

"역시 태자님의 묘책은 정말 귀신도 예측하기 어려울 지경입니다. 대왕마마의 사직은 이렇게 태산처럼 안전하니, 명나라 군대 따위를 걱정하실 필요가 어디 있겠습니까?"

"그렇다면 너희들의 계책대로 실행해라. 다만 너무 쉽게 생각했다가 후환을 남기지만 않으면 된다."

반룡삼태자는 국왕에게 작별인사를 하고 자신의 계책을 실행에 옮길 준비를 했다. 그는 쇠가죽으로 만든 막사에서 오백 척의 해추선과 수영을 잘하는 병졸 천여 명을 선발하고, 따로 네 명의 수군 두목을 부장(副將)으로 삼았다. 그리고 밤이 이슥해지자 작은 배에 올라 병사들을 모두 선창 밑에 숨기고 조용히 출발했다. 마침 그날 밤은 달빛이 밝고 맑은 바람이 상쾌하게 불면서 파도도 잔잔해서 오백 척의 해추선은 흐르는 조수를 따라 순조롭게 나아갔다. 드디어 명나라 함대에서 일이 리쯤 떨어진 곳에 이르자 셋째 왕자는 배들을 모두 멈추게 하고, 두 척의 배를 보내서 살그머니 정탐하게 했다. 잠시 후 정찰병들이 돌아와 보고했다.

"명나라 군대는 모두 코를 골며 자고 있고, 오직 한 척의 배에만 불빛이 조금 비치고 있습니다."

이 불빛은 어디서 나온 것이었을까? 바로 인화진인 장 천사의 배에서 나온 것이었다. 그렇다면 그는 왜 그때까지 불을 밝히고 있었을까? 당시 그는 비몽사몽 간에 눈을 뜨는 듯 마는 듯한 상태로 조천궁에 앉아 있었다. 그때 붉은 옷을 입은 누군가가 그의 앞으로 찾아와 허리 숙여 절을 했다. 장 천사가 눈을 부릅뜨며 물었다.

"그대는 누구인가?"

하지만 그 사람은 아무 말도 하지 않고 금방 사라져 버리는 것이었다. 그 바람에 잠이 다 깬 장 천사는 의아한 생각이 들었다.

'오늘 당직을 서는 하늘 신은 용호현단의 조 원수인데, 어떻게 붉은 옷을 입은 이가 내 앞에 나타났지?'

그때 벽봉장로가 사람을 통해 짤막한 서신을 보내왔다. 장 천사가 펼쳐 보니 이렇게 적혀 있었다.

한밤중에 한바탕 재난이 일어날 것이니 잘 헤아려 보시게.

장 천사는 그걸 보자 비로소 상황을 파악할 수 있었다.

'이 재앙 재(災)라는 글자는 내 천(川)자 아래에 불 화(火)가 있지. 조금 전에 보았던 붉은 옷을 입은 이는 불에 해당하니, 오늘 밤 화재가 일어난다는 뜻인가? 국사님이 나한테만 알리신 것은 미리 준비하라는 뜻이겠지. 그분이 사령관에게 알리시지 않으셨으니 나도 그럴 필요는 없겠어.'

그는 즉시 당직 신장을 불렀다. 그러자 용호현단의 조 원수가 계단 아래에 나타나 허리 숙여 절을 했다.

"오늘은 그대가 당직을 서는 거요?"

"그렇습니다."

"오늘 밤 우리 함대에 혹시 무슨 재앙이 일어나는 것이오?"

"오늘 밤 자시 삼각(子時三刻, 11시 45분)에 형혹성(熒惑星)[11]이 빛을 발하여 똑바로 무곡성(武曲星)[12]을 비칠 때 여러 척의 배에서 화재가 일어날 것입니다."

"이 몸이 여기에 있는데 어떻게 그런 일이 일어날 수 있소?"

"천사님의 분부라면 제가 어찌 온 힘을 다하지 않겠습니까?"

"그렇다면 바람의 신[風伯]과 비의 신[雨師]을 불러다 주시오. 내그들에게 분부할 일이 있소이다."

---

11 형혹성(熒惑星)은 화성(Mars)을 가리키는데, 옛날 음양가(陰陽家)에서는 흉신(凶神) 가운데 하나로 꺼리던 별이다.

12 무곡성(武曲星)은 북두칠성의 여섯 번째 별을 가리키는데, 옛날에는 이 별을 재신(財神)으로 섬겼다.

조 원수는 즉시 "예!" 하고 떠나갔다.

잠시 후 네 명의 신이 나타나 나란히 무릎을 꿇고 절을 올렸다.

"천사님, 무슨 일로 저희를 부르셨습니까?"

"그대들은 무슨 신인가?"

"저희는 모두 바람을 관장하고 있습니다."

"그런데 어째서 네 명이나 되는가?"

"하나는 삼월의 샛바람[鳥風]이고, 하나는 오월의 보리 바람[麥風], 하나는 칠팔월의 처마 바람[檐風], 하나는 십이월의 술 바람[酒風]입니다."

그 소리에 장 천사는 웃음이 나와서 물었다.

"개중 세 가지는 계절에 맞춰서 부는 바람이라는 것을 나도 아네. 그런데 자네는 왜 술 바람인가?"

"십이월은 날이 추워서 술로 한기를 막으려고 조금 많이 마시는 바람에 약간 정신없는 짓을 하게 되니까 그렇게 부르는 것입니다."

"그런 술주정뱅이는 사람이라고 할 수 없지. 그나저나 자네들은 오늘 밤 여기서 대기하고 있다가 내 지시를 따라주게. 공을 세우면 내 반드시 문서에 분명히 적어서 하늘나라에 보고하겠네."

그 말이 끝나기도 전에 또 네 명이 신이 나타나 일제히 무릎을 꿇고 절을 올렸다.

"천사님, 무슨 일로 저희를 부르셨습니까?"

"그대들은 무슨 신인가?"

"저희는 모두 비를 관장하고 있습니다."

"그런데 어째서 자네들도 네 명이나 되는가?"

"저희는 각기 동서남북 사방을 맡고 있어서 네 명입니다."

"그런데 비의 신이라면서 어째서 이리 옷차림도 엉망이고 말하는 것도 어눌한가?"

"그건 모르시는 말씀이십니다. 요즘은 세태가 날로 하락하고 있어서, 심지어 공자라 할지라도 옷차림이 단정하지 못하고 말도 어눌할 수밖에 없습니다."

"그게 무슨 소리인가?"

"'평상복이 길고 짧다. [褻裘長短]'[13]라고 했으니 옷차림이 단정하지 않은 게 아닙니까? 그리고 '선생님 말씀은 들을 수 없다.[夫子之言不可聞]'[14]고 했으니, 이것은 말이 어눌한 게 아닙니까?"

"그건 다 해석상의 문제일세. 그나저나 자네들도 오늘 밤 여기서 대기하고 있다가 내 지시를 따라주게. 공을 세우면 내 반드시 문서에 분명히 적어서 하늘나라에 보고하겠네."

그러자 바람의 신들과 비의 신들이 일제히 말했다.

---

13 이것은 《논어》〈향당(鄕黨)〉의 "집안에서 입는 평상복은 조금 길게 하고, 오른쪽 소매는 일하기 편하게 조금 짧다. [褻裘長, 短右袂]"라는 구절의 구두(句讀)를 무시하고 네 글자만 떼어서 엉터리로 해석한 것이다.

14 이것은 《논어》〈공야장(公冶長)〉에서 자공(子貢)이 "선생님께서 《시경》과 《서경》 등의 경전과 예악에 관해 말씀하신 것은 들으면 금방 이해할 수 있지만, 선생님께서 인성과 천도에 대해 말씀하신 것은 금방 이해할 수 없다.[夫子之文章, 可得聞也. 夫子之言性與天道, 弗可得而聞也]"라고 한 문장에서 중간을 떼어내고 엉터리로 이어붙인 것이다. 사실 이 구절에 대해서는 역대로 여러 가지로 해석이 분분하다.

"무슨 분부이든 내려만 주십시오!"

"오늘 밤 자시 삼각에 우리 함대에 화재가 일어날 걸세. 내가 영패를 울리거든 그것을 신호로 즉시 나타나서 바람을 일으키고 비를 흠뻑 내려 주게. 조금이라도 늦어서는 안 되네. 이를 어길 시에는 엄벌에 처하겠네!"

"예, 알겠습니다!"

자, 이 밤중에 무슨 화재가 일어나는지, 그리고 바람의 신들과 비의 신들이 어떻게 신령한 위세를 드러내는지는 다음 회를 보시라.

왕량은 셋째 왕자에게 채찍질을 하고
물 위의 영채에서는 하미치를 사로잡다
王良鞭打三太子　水寨生擒哈秘赤

陰風獵獵滿旌竿	음산한 바람 쌩쌩 깃대에 가득하고[1]
白草颼颼劍氣攢	백초(白草)는 사각사각 칼처럼 모이네.
九姓羌渾隨漢節	변방 오랑캐들 한나라 사신을 따르고
六州番落從戎鞍	육주(六州)[2]의 부족들 한나라 장군을 따르네.
霜中入塞雕弓硬	서리 속에서 변방으로 들어가니 활도 딱

---

1 인용된 시는 당나라 때 설봉(薛逢)의 〈영주 전 상서를 전송하며[送靈州田尙書]〉이다. 이 시에서 말하는 전 상서는 당나라 때 신책대장군(神策大將軍)으로서 영주절도사(靈州節度使)를 지낸 전모(田牟: ?~?)를 가리킨다. 사마양저(司馬穰苴)에 대해서는 제22회의 각주 8)을 참조할 것. 한편 사마양저는 제(齊)나라의 전(田)씨와 동족(同族)이기 때문에 여기서 전모를 사마양저의 후손이라고 묘사했다.

2 육주(六州)는 당나라 고종(高宗) 조로(調露) 1년(679)에 영주(靈州) 남쪽에 투항한 돌궐(突厥) 부족들을 안치하기 위해 설립한 노주(魯州)와 여주(麗州), 함주(含州), 새주(塞州), 의주(依州), 계주(契州)를 가리킨다. 당시에는 이곳들을 육호주(六胡州)라고 불렀다.

	딱해지고
月下翻營玉帳寒	달빛 아래 영채로 돌아오니 옥 휘장 차갑구나.
今日路旁誰不指	오늘 길가에서 누군들 손가락질하지 않으랴?
穰苴門戶慣登壇	사마양저(司馬穰苴)의 후손들은 전공 세우는 데에 익숙하다네.

한편 셋째 왕자는 명나라 함대의 모든 이들이 코를 골며 꿈나라에 빠져 있다는 얘기를 듣고 무척 기뻐했다.

'이건 나에게 큰 공을 세우라는 하늘의 뜻이 아닌가!'

그는 모든 배에게 일제히 접근하라고 명령을 내렸다. 그리고 가까이 다가가자 쇠뿔로 만든 나팔소리를 신호로 일제히 명나라의 배들을 향해 불화살과 불창을 쏘고 화약을 던졌다. 그런데 분명히 붉은 불꽃이 날아갔건만 명나라의 배에서는 불이 나지 않았다.

'이상하군! 명나라의 배는 나무로 만든 것이 아닌가? 나무로 만든 배라면 어째서 불에 타지 않지?'

그는 불을 낼 수 있는 것들을 모조리 꺼내서 발사하게 했다. 그랬더니 과연 불길이 하늘에 닿을 듯 타오르고 해수면이 온통 시뻘겋게 비쳐서 대낮처럼 환했다.

'이번에는 불이 붙겠지.'

하지만 그는 꿈에도 몰랐다. 그 무렵 장 천사는 조원각(朝元閣)에서 머리카락을 풀어헤치고 칠성검을 뽑아 든 채 별자리를 따라 걸음을 옮기고 있었다. 그리고 처음에 불길이 작았을 때는 가만히 있다가 불길이 하늘에 닿을 듯 거세지자 재빨리 영패를 내리치며 소리쳤다.

"바람의 신들은 어디 있느냐!"

그 순간 거센 바람이 일어나면서 불꽃들을 거꾸로 오랑캐들의 배를 향해 쓸어 날랐다. 장 천사가 다시 영패를 치며 소리쳤다.

"비의 신들은 어디 있느냐!"

그 순간 거센 소나기가 쏟아지면서 불길이 모조리 꺼져버렸다. 이 비바람을 보자 셋째 왕자는 발을 구르고 가슴을 쳤다.

"이런! 설마 이 바람을 중국에서 가져온 것인가? 우리 서양의 바다에 어디 이렇게 이상한 바람이 있을 수 있어? 그리고 이 비도 중국에서 가져온 것인가? 우리 서양의 바다에 이런 이상한 비가 어디 있냐고!"

그는 어쩔 수 없이 작은 배들을 수습해서 돌아갈 수밖에 없었다. 돌아가서 살펴보니 열에 일곱 척이 불에 타버리고, 열에 여덟 척은 풍랑에 부서져 버렸다는 것을 알게 되었다.

"세상에! 오히려 우리 배만 대부분 망가져 버렸구나!"

이야말로 주유(周瑜)의 꾀가 제아무리 천하제일이라 자랑해도, 결국 아내를 잃고 또 병사들까지 잃게 된 것과 마찬가지였다.

한편 명나라 함대의 인원들은 대부분 단잠에 빠져 있다가 갑자기 호통 소리와 함께 불길이 일어나자 깜짝 놀랐다. 오영대도독은 뭍에서 병사들을 깨워 전투에 대비했고, 사초부도독은 배에서 병사들을 깨워 해전에 대비했다. 잠시 후 불길이 일어나는가 싶더니 순식간에 그 기세가 맹렬해져서 천지를 다 태울 듯이 온 바다를 시뻘겋게 비추었다. 이에 다들 간담이 떨리도록 놀랐지만 아무 대책이 없어서, 그저 배들 가운데 상당수가 해를 입겠다고 생각했다. 그런데 뜻밖에 허공에서 갑자기 세찬 바람이 불고 또 소낙비까지 내려서 불길을 다 꺼버리는 것이었다. 그러자 배 위의 병사들이 모두 안도의 한숨을 내쉬었다.

"지붕 밑에도 하늘이 있었구나!"

"배 위에도 하늘이 있었어!"

이튿날 아침 두 사령관은 중군 막사에서 장수들을 소집했다. 장 천사와 벽봉장로가 찾아오자 삼보태감이 맞이하며 물었다.

"간밤에 가슴 떨리는 일이 있었는데, 두 분께서는 미리 알고 계시지 않았습니까?"

그러자 벽봉장로가 말했다.

"저는 어제 아침부터 지금까지 놀라고 있소이다."

장 천사가 말했다.

"저는 밤새 놀랐다가 지금에야 진정이 되었소이다."

"아니, 두 분께서는 어떻게 미리 놀라셨습니까?"

벽봉장로가 간밤에 편지를 보낸 일을 들려주고, 장 천사가 간밤에 부적을 날려 신장들에게 임무를 맡긴 이야기를 들려주자, 두 사령관은 깜짝 놀라서 장 천사와 벽봉장로를 윗자리로 모시고 연달아 절을 올렸다.

"감사합니다! 두 분이 아니었다면 저희까지 잿더미 신세가 되고 말았을 것입니다."

그러자 벽봉장로가 말했다.

"나는 그저 몇 마디 말만 했을 뿐이니, 감사 인사를 받을 정도는 아니외다."

장 천사도 말했다.

"제 직분상 마땅히 해야 할 일을 한 것뿐이니, 감사 인사를 받을 정도는 아니외다."

삼보태감이 말했다.

"이런 고약한 오랑캐라면 나중에 또 예기치 못한 변고를 일으킬 수 있겠습니다."

벽봉장로가 말했다.

"단단히 방비하면 되지 않겠소?"

"옳으신 말씀이십니다."

그는 즉시 오영대도독에게 군령을 하달하여 뭍에 세운 영채에 경비를 철저히 하라고 지시하고, 사초부도독에게는 바다 위의 영채에 대한 경비를 강화하라고 지시했다. 또 수군 장교인 좌순초(左 巡哨)의 백호(百戶) 유영(劉英)과 우순초(右巡哨)의 백호 장개(張蓋)에게 정찰선 쉰 척을 이끌고 앞쪽에 미리 나가서 정찰하여, 급한 상황이 발생하면 신속하게 보고하라고 분부했다. 그리고 남경강회위(南京江淮衛)의 파총(把總) 양신(梁臣)과 제천위(濟川衛)의 파총 요천석(姚天錫)에게 각기 전함 백오십 척에 수군 오백 명[3]을 이끌고 항구 안쪽 이십 리까지 진입하여 수상 영채를 차려서 상호 보조 태세를 갖춤으로써, 셋째 왕자의 수공(水攻)에 대비하게 했다. 그뿐 아니라 우선봉 유음과 왕량에게 정예병 삼천 명을 이끌고 접천관을 공격하여 기한 내에 점령하도록 하고, 낭아봉 장백에게 정예병 삼천 명을 이끌고 앞뒤에서 지원하게 했다. 이에 장수들은 각자의 임무를 수행하러 떠났다.

한편 기대에 차서 습격을 감행했다가 풀이 죽어 돌아온 셋째 왕자를 맞이하며 할리후가 말했다.

"왕자님, 큰 공을 세울 수 있었는데 어떻게 그런 비바람을 만났답니까?"

"그러게 말입니다. 그나저나 우리야 그나마 괜찮지만 아바마마께서는 심기가 조금 불편하시겠구려."

"그렇다면 저희가 가서 위로해 드려야겠군요."

그들은 곧 국왕을 찾아갔다.

"간밤의 전과는 어찌 되었느냐?"

셋째 왕자가 대답했다.

"제 계책이 나쁜 것은 아니었지만, 그 승려와 도사의 신통력이 엄청나서 중간에 포기할 수밖에 없었습니다."

---

3 원문에는 백오십 명으로 되어 있으나, 뒤쪽의 서술에서는 오백 명으로 되어 있기 때문에 여기에 맞춰서 수정했다.

"과인의 심기가 아주 불편하구나. 본래 무적이라 할 수 있는 명나라 군대가 우리 영토 깊숙이 들어와 있으니, 저들을 어찌 물리친다는 말이냐? 게다가 술법을 부리는 그 승려와 도사까지 가세했다니, 정말 골칫덩어리가 아니냐?"

그러자 할리후가 아뢰었다.

"대왕마마, 염려 마시옵소서! 왕자님의 무예는 명나라 장수들에 못지않습니다. 간밤의 전투에서 저들의 함대를 불태우지는 못했지만, 배에 타고 있던 자들은 모두 간담이 서늘했을 것입니다. 제가 재주는 미흡하지만 왕자님과 한마음으로 힘을 합쳐 이 도적들을 물리치고 사직을 보전하도록 하겠습니다. 염려 마시옵소서!"

국왕이 일어나서 그의 등을 두드리며 말했다.

"그대는 이 나라의 외척이니 왕자와 잘 협력하여 사직을 지키도록 하라. 그 공로는 대대손손 부귀를 함께 누리는 것으로 보답하겠노라."

"신하는 충직하며 자기 안위를 돌보지 않는 법이니,[4] 제가 어찌 눈앞의 안일함만을 탐하겠사옵니까?"

그 말이 끝나기도 전에 수하가 보고했다.

"명나라 함대에서 두 명의 장수가 수만 명의 정예병을 거느리고 접천관을 철통같이 포위했사옵니다!"

그 소식을 들은 셋째 왕자가 벌떡 일어나자, 할리후가 말했다.

---

4 《주역》〈건(蹇)〉: "六二, 王臣蹇蹇, 匪躬之故."

"왕자님, 직접 출정하실 필요 없이 제가 병사를 이끌고 나가보겠습니다."

"손바닥도 마주쳐야 소리가 나는 법이니, 둘이 함께 나가세."

국왕은 마음이 놓이지 않아 재삼 당부했다.

"매사에 신중하고, 적을 경시하지 마라."

그때 또 다른 수하가 보고했다.

"접천관 동쪽 수문 밖에 무수한 전함이 공격을 퍼붓는데, 수문을 지킬 사람이 없어서 위험한 상황이옵니다!"

국왕은 그 소식에 너무 놀라 옷자락까지 떨렸다.

"명나라가 물과 뭍에서 동시에 공격하고 있으니 이를 어찌한단 말이냐?"

셋째 왕자가 말했다.

"아바마마께서는 한 나라의 군주시니, 무슨 일이 생겨도 놀라 당황하시면 아니 되옵니다. 그렇게 되면 온 백성의 마음이 동요하고 병사들도 투지가 꺾일 테니, 결국 나라를 적에게 내주는 결과만 초래하지 않겠사옵니까?"

"저들이 저렇게 공격해오니 대비책이 있어야 하지 않겠느냐?"

"제 나름대로 대책이 있사옵니다."

"어쩔 생각이냐?"

"의술로 치자면 만성의 질환인 경우는 그 근본을 다스리고, 급성의 질환이라면 겉으로 드러난 증상을 먼저 다스려야 하는 것과 같습니다. 지금 수문을 공격하는 적군은 세력이 분산되어 진격 속도가 느리니 만성 질환처럼 다스리면 될 것이고, 관문 아래의 군대는 세력이 합쳐져서 기세가 날카로우니 그런 식으로 대처하면 안 됩니다."

"그렇다면 어떻게 대처할 셈이냐?"

"수문에는 수군 총수 하미치[哈秘赤]와 부사령관 사모카[沙漠咖]에게 백 척의 배를 이끌고 단단히 지키고만 있게 하면, 명나라 군대는 제풀에 지칠 것입니다. 이것이 바로 자신은 편안히 지내면서 상대가 지치기를 기다리는 전략입니다. 명나라 군대가 설령 날개를 달더라도 우리 관문 안으로 날아 들어오지 못할 것입니다."

"그러면 관문 밖은?"

"관문 밖의 명나라 군대는 저하고 부마가 직접 나가 결전을 벌일 수밖에 없사옵니다. 아바마마의 홍복과 저의 능력이 있으니, 그 두 장수를 사로잡거나 죽일 수 있을 것이옵니다. 그러면 승세를 몰아 파죽지세로 공격하여, 수문을 공격하는 장수들도 단번에 사로잡을 수 있을 것이옵니다."

그와 동시에 그는 영전 하나를 한 손으로 뽑아 들고 단번에 두 동강을 내면서 다짐했다.

"이번에 출전하여 조금이라도 적에게 기세가 꺾인다면, 맹세코 이 화살과 같은 처벌을 받겠사옵니다!"

국왕은 셋째 왕자의 늠름한 기상과 살기등등한 기세, 그리고 조리정연하게 병사를 안배하고 장수를 파견하는 모습을 보자 마음이 훨씬 누그러졌다.

"애야, 네 뜻대로 해라. 다만 매사에 조심해야 하느니라."

이에 하미치와 사모카는 수군과 함대를 인솔하여 수문을 단단히 지키면서 밖으로 나와 응대하지 않았다.

반룡삼태자는 부마와 함께 관문을 열고 병사들을 일자로 포진한 후, 말을 달려 출전했다. 잠시 후 명나라 진영에서 세 번의 북소리와 함께 우선봉이 나왔다. 훤칠한 키에 굵은 팔뚝, 높다란 코와 퉁방울눈을 한 그는 오명마에 탄 채 봉황 문양 수실이 달린 안령도를 들고 있었다. 그 모습에 셋째 왕자도 속으로 감탄하면서 소리쳐 물었다.

"너는 누구냐?"

"이 몸은 위대한 명나라의 정서우선봉 위무대장군 유음이다. 그러는 너는 누구냐?"

"하하하! 내가 바로 금안국 국왕의 친아들 반룡삼태자이다. 이 나라에 온 지 한 달이 넘었거늘, 여태 나의 위대한 명성을 들어보지 못했느냐?"

"가소로운 오랑캐 같으니! 감히 나를 희롱하느냐? 네까짓 게 무슨 셋째 왕자랍시고 어른 앞에서 주둥이를 나불거리면서 버릇없이 웃어 대느냐?"

그는 즉시 칼을 들어 버들 솜이 날리듯이 휘두르며 달려들었다. 셋째 왕자는 서두르지 않고 두 개의 합선도를 휘두르며 맞섰다. 두 사람의 싸움이 무르익어갈 때, 명나라 진영에서 다시 세 번의 북소리가 울리면서 측면에서 또 한 명의 장수가 나타났다. 유금과(流金

駬)라는 천리마에 탄 채 한 길 여덟 자의 창을 휘두르는 그는 바로 왕량이었다.

"네 이놈! 나이도 어린 오랑캐 놈이 감히 그렇게 건방을 떨다니!"

그가 창을 내지르자 셋째 왕자도 합선도로 맞받았다. 이렇게 해서 셋이 어울려 치고받으며 격전이 시작되었다.

원래 유음과 왕량은 만 명의 장부도 당해 낼 수 있는 용맹을 갖추고 있는 데다가, 둘이 호흡을 맞춰 공격하면 쉽사리 적장을 사로잡을 수 있으리라 생각했다. 반룡삼태자는 제법 무예도 뛰어나도 대담했지만 둘을 상대하기에는 역부족인지라 슬그머니 겁이 났다. 그런 상태로 치고받다 보니 자기도 모르는 사이에 틈이 생겼는데, 유음이 그걸 놓치지 않고 칼을 내질렀다. 셋째 왕자가 그래도 제법 민첩해서 황급히 허리를 젖혀 피했는데, 유음의 칼은 그대로 말의 어깨를 쪼개 버렸다. 셋째 왕자가 황급히 말을 바꿔 타려고 하자, 왕량이 달려들며 채찍을 휘둘렀다. 그 채찍은 그대로 셋째 왕자의 왼쪽 어깨에 작렬했다. 셋째 왕자는 눈앞이 캄캄해지면서 방향조차 분간할 수 없었고, 채찍을 맞은 자리의 갑옷은 진흙처럼 부서져 버렸다. 다행히 그 갑옷은 세 겹으로 된 것이어서 살까지 다치지는 않았다. 이렇게 되자 그는 다급히 말머리를 돌려 본진을 향해 달아났는데, 유음과 왕량은 송골매가 토끼를 공격하듯, 사마귀가 매미를 잡듯 관문 아래까지 바짝 쫓아갔다. 황망히 쫓기는 와중에 셋째 왕자는 나름대로 계책을 생각했다.

'관문 근처에 도착하면 불화살을 꺼내 몇 발 먹여 줘야겠구나.'

그러면서 화살을 잡으려고 한 손을 더듬었지만 허공만 더듬고 말았고, 활을 잡으려 해도 마찬가지였다. 알고 보니 말을 바꿔 탈 때 그것들을 떨어뜨린 것이었다. 이렇게 되자 그는 미치고 팔짝 뛸 만큼 조급해졌다. 이대로 관문 안으로 달아나자니 체면을 구길 것 같고, 다시 돌아서서 맞붙자니 숨 가쁘게 달아나던 상황이라 도저히 이길 수 없을 것 같았기 때문이다.

마침 그 순간 관문 안에서 쇠뿔 나팔소리가 울리면서 부마 장군 할리후가 달려 나왔다. 당황하여 마음이 어지러워진 셋째 왕자가 어쩔 줄 몰라 하고 있을 때, 그래도 정신이 온전한 할리후는 전세가 불리하다는 것을 알고 고함을 질렀다.

"왕자님, 어서 관문 안으로 들어오십시오!"

그래도 셋째 왕자가 아직 움직이지 않자 할리후가 다시 소리쳤다.

"그러다가 정말 적들까지 관문 안으로 끌어들일 작정이십니까?"

그제야 상황을 파악한 셋째 왕자는 황급히 말을 달려 관문 안으로 들어가 대문을 단단히 잠갔다. 그걸 보고 왕량이 탄식했다.

"그 오랑캐 놈이 한 발만 늦었어도 이 관문을 탈취할 수 있었거늘!"

유음이 위로했다.

"작으나마 승리를 거두었으니, 오늘은 이걸로 만족합시다. 내일 다시 공격해도 늦지 않아요."

이튿날 유음이 왕량에게 말했다.

"장수는 완력이 아니라 지략으로 싸우는 법이니, 이번에는 지략을 써서 저들을 물리칩시다."

"유 장군의 생각에 따르겠습니다."

"제가 먼저 출전하여 싸울 테니, 그대는 병졸로 위장하고 대열에 섞여 계시오. 그러다가 전투가 무르익었을 때 그 자에게 은밀히 화살을 한 대 날리시오. 그러면 그놈은 방비할 틈도 없이 자빠질 것이오."

"그야말로 묘안입니다. 아주 좋습니다! 그럼, 먼저 출전하십시오."

유음은 칼을 들고 말에 올라 정예병들을 거느리고 세 번의 북소리와 함께 진세를 펼치고 셋째 왕자가 나오기를 기다렸다.

한편 셋째 왕자가 관문 안으로 들어가자 할리후가 말했다.

"오늘은 왜 화살을 쏘지 않으셨습니까?"

"말이 칼에 맞는 바람에 다급히 바꿔 타면서 활과 화살을 떨어뜨린 모양이오."

"제게 한 가지 계책이 있는데, 왕자님 생각은 어떠실지 모르겠습니다."

"무슨 계책이오? 말씀해 보시오."

"왕자님 활 솜씨는 백발백중이 아닙니까? 하지만 정면에서 쏘면 상대도 피할 수 있습니다. 하지만 전쟁에서는 속임수를 마다하지 않는 법이 아닙니까? 그러니 제 생각에는 내일 전투에서는 제가 나가서 공격할 테니, 왕자님은 일반 병사로 위장하고 제 말의 아래쪽에 서 계시다가 적당한 때 활을 쏘십시오. 한 놈에게 한 대씩이면 되지 않겠습니까? 왕자님, 어떻게 생각하십니까?"

"아주 묘책이오! 이거면 하늘이 우리를 성공하게 도와줄 거요."

이튿날 관문의 수비병이 보고했다.

"명나라 장수가 또 싸움을 걸어오고 있습니다."

이에 할리후가 말에 뛰어올라 관문을 열고 달려나가, 병사들을 일자로 펼쳐서 진세를 구축했다. 유음이 그를 보고 호통을 쳤다.

"네 이놈! 너는 누구인데 감히 나섰느냐?"

"내가 바로 금안국 부마 장군 할리후이니라. 감히 나를 우습게 보다니! 내 팔각 쇠몽둥이 맛을 보고도 무사할 줄 아느냐?"

"털북숭이 주제에 감히 허풍만 늘어놓는구나! 돌아가서 어제 그 놈한테 물어보고 다시 나오너라. 그까짓 몽둥이로 나를 어쩌겠다는 것이냐?"

"못 믿겠거든 직접 맛을 봐라!"

그러면서 그는 팔각 쇠몽둥이를 휘둘러 하얀 구렁이가 몸을 휘감듯, 검은 용이 발톱을 휘젓듯이 무위를 선보였다. 유음은 상대가 제법 재간이 있다는 것을 알고 힘을 내서 칼로 맞받아쳤다. 둘이 한 덩어리가 되어 싸우는 동안 왕량이 속으로 생각했다.

'적을 잡으려면 선수를 치는 것이 중요하지. 더 기다려 봤자 좋을 게 어디 있겠어?'

그리고 슬그머니 활을 당겨 정확히 조준하고 "퉁!" 화살을 날렸다. 그 화살은 그대로 할리후의 왼쪽 눈동자를 뚫고 박혀 버렸다.

한편 할리후의 말 아래에서 사병들과 섞여 있던 셋째 왕자는 할리후가 화살에 맞자 황급히 활을 꺼내 불화살을 재고, 방금 화살을 날린 자를 향해 발사했다. 공교롭게도 그 화살은 왕량의 모자에 정확히 박혀서, 순식간에 그의 머리 위에서 불길이 일어났다.

다른 한 편에서는 화살에 맞은 할리후가 한 손으로 화살을 잡고 뽑았더니, 화살 끝에 눈동자까지 뽑혀 나왔다.

'눈이야 본래 두 개이니 하나쯤은 없어도 되지!'

그는 화살을 그대로 풀밭에 던져 버렸다. 그 순간 왕량의 머리 위에서 불길이 일어나는 것을 발견한 유음이 다급히 고함을 질렀다.

"왕 장군, 머, 머리에 부, 불이 났소! 머리에 불이 났단 말이오!"

왕량은 순간적으로 대책이 서지 않아 다급히 말을 달려 백 걸음 밖으로 내달렸더니, 마침 앞에 강이 하나 나타났다. 그는 그대로 말에서 뛰어올라 강물 속으로 풍덩 뛰어들었다. 이렇게 해서 한쪽은 눈을 하나 잃고 다른 한쪽은 화상을 입은 채, 양측은 각기 군사를 물려 자기 진영으로 돌아갔다.

관문으로 돌아온 셋째 왕자가 눈살을 찌푸린 채 근심스러운 표정을 짓자, 할리후가 말했다.

"저는 한쪽 눈을 잃고도 괜찮은데, 왕자님께서는 왜 그렇게 근심스러운 표정입니까?"

"내가 능력이 모자라 부마의 한쪽 눈을 잃게 하고, 또 아바마마께 시름을 더해 주었소이다."

"제 눈이야 걱정하실 필요 없습니다! 하지만 대왕마마께서 근심하시니 위로를 해 드려야겠습니다."

"어떻게 위로해 드린다는 말씀이오?"

"한 가지 방법이 있습니다."

"그게 뭐요?"

"전쟁에서 이기고 지는 것이야 늘 있는 일이지만, 우리는 반드시 패배를 승리로 바꿔야 합니다. 그렇다면 어떻게 해야 하느냐? 명나라 군대는 오늘 제 눈을 잃게 했으니, 승리했다고 생각하고 의기양양해서 다들 좋아하고 있을 겁니다. 그 소식이 수군들한테도 전해져서 그쪽의 경비가 허술해졌을 거라 이겁니다. 그러니 우리는 이 관문을 지키면서 하미치와 사모카에게 각자 전함을 이끌고 수문을 나와서 일제히 적을 기습하라고 군령을 내리는 겁니다. 이렇게 적의 의표를 찌르면 승리할 수밖에 없지 않겠습니까?"

"그거 아주 묘책이로군요!"

그는 즉시 수군들에게 여차저차 명령을 내렸다.

이튿날 하미치와 사모카는 쇠뿔 나팔소리를 신호로 수문을 열고 전함을 타고 나가 긴 뱀의 모양으로 진세를 구축했다. 그리고 하미치가 뱃머리에 서서 고함을 질렀다.

"명나라 깡패 놈들아, 감히 우리한테 덤비느냐?"

그는 명나라 배들이 미처 방비하지 못하고 있으리라 생각했지만, 순찰선의 유영과 장개가 이미 급보를 날렸다는 것은 몰랐다.

"오랑캐 전함들이 관문을 나와서 일자 진세를 구축한 채, 장수가 나서서 온갖 막말을 해 대며 싸움을 걸고 있습니다."

그러자 파총 양신과 요천석은 즉시 진세를 구축하고 병력을 점검했다. 양신이 요천석에게 말했다.

"오랑캐 병사들은 수전에 능하니 가벼이 보면 안 됩니다."

"제가 보기에는 그것도 아닌 것 같습니다."

"아니, 왜 그렇게 생각하십니까?"

"전선을 일자로 배치했는데 머리와 꼬리 사이가 너무 멀어서 호응이 되지 않습니다. 이것만 보더라도 저들이 수전에 서툴다는 것을 알 수 있지 않겠습니까?"

"장사진(長蛇陣)은 옛날부터 흔히 쓰이던 진세인데, 어찌 그게 나쁘다고 할 수 있겠습니까? 하지만 저걸 깰 방법을 찾아야겠군요. 저들의 진세가 머리와 꼬리로 나뉠 수 있으니까, 우리도 두 진영으로 나누는 겁니다. 요 장군께서는 저들의 머리를 공격하시고, 저는 꼬리를 공격하도록 합시다. 이러면 머리와 꼬리가 서로 호응할 수 없게 되겠지요. 그리고 두 백호장에게 정예병을 이끌고 적진의 허리를 치게 하는 겁니다. 이렇게 세 군데에 상처를 입으면 뱀은 살아날 길이 없게 되지 않겠습니까!"

"아주 좋은 의견이십니다. 이놈의 오랑캐들은 이제 우리 손에서 벗어나지 못할 거외다!"

그들은 즉시 양쪽 순찰선들에 군령을 전했다. 이어서 하늘을 울리는 대포 소리와 세 번의 북소리를 신호로 명나라의 전함들이 일제히 출전했다. 양신은 백오십 척의 전함과 오백 명의 수군을 이끌고 적진의 머리를 향해 돌격했고, 요석천은 적진의 꼬리를 향해 돌진했다. 입씨름 따위는 접어두고 즉각 전투가 벌어져서 창칼과 몽둥이, 쇠망치가 어지럽게 뒤엉켰다. 양측의 배들이 산처럼 단단히 붙어 선 채, 양쪽 수군들은 말처럼 내달리며 혼전이 벌어졌다.

이렇게 싸움이 무르익어 갈 때, 지략이 뛰어난 순찰선의 백호장 유영이 갑자기 한 가지 계책을 떠올렸다. 그는 즉시 스물다섯 척의 정찰선을 전선에서 멀찌감치 떨어진 곳에 정박시키고, 수영에 능한 수군 이백오십여 명을 호출했다. 그리고 그들에게 각자 갈대나 잡초를 두 다발씩 준비하게 해서, 각자 준비한 것을 오랑캐 전함들의 키 위쪽에 은밀히 끼워 넣게 했다. 수군들은 영문도 모른 채 지시에 따랐고, 잠시 후 모든 준비가 끝났다.

이어서 한 발의 포성을 신호로 스물다섯 척의 전함이 일제히 적진의 허리를 향해 돌진했다. 동원된 무기는 창칼도 아니고 쟁기도, 몽둥이도 아니고 모두가 불화살과 총, 화포 따위였다. 적진의 중간에서 불이 일어나는 것을 발견한 양신은 즉시 명령을 내려서 이쪽에서도 불화살과 총, 화포를 일제히 발사하게 했다. 적진의 머리에서 불이 일어나는 것을 발견한 요천석도 즉시 같은 방법으로 적진의 꼬리를 공격했다. 이렇게 되자 곳곳에서 명나라 전함이 나는 듯이 오가며 공격을 퍼붓는 형국이 되어 버렸다.

엄청난 화공을 견뎌내지 못한 오랑캐 배들은 도망칠 곳조차 없어져 버렸다. 키잡이들이 아무리 키를 돌리려고 해도 꼼짝도 하지 않았고, 발이 뜨거워서 제대로 서 있지도 못하고 쓰러져서 비명을 질러댔다.

"아이고 뜨거워! 아이고 아파!"

배가 꼼짝도 하지 못하자 화가 치민 하미치는 칼을 뽑아 들고 키잡이들을 쳐 죽였다. 그가 두 명의 키잡이를 죽이고 세 번째 키잡이를 죽이려 하자, 키잡이가 비명을 질렀다.

"아이고, 살려주십시오! 죄 없는 우리를 왜 죽이려고 하십니까!"

"왜 죄가 없다는 것이냐?"

"갑자기 배의 키가 아무리 움직여도 꼼짝도 하지 않으니 어쩌라는 것입니까? 이건 저희 잘못이 아닙니다!"

이에 하미치가 직접 키를 움직여보니 과연 꼼짝도 하지 않았다.

"이런! 분명히 저 중이나 도사가 무슨 술법을 쓴 게로구나!"

그는 유영의 지시에 따라 명나라 수군들이 풀 다발로 키가 움직이는 공간을 막아 버렸다는 사실을 꿈에도 몰랐다. 그가 어쩔 수 없이 돌아서서 창을 들고 공격하려 하는데, 명나라 함대가 점점 가까이 접근해오고 있었다.

백호장 유영도 작은 배를 몰고 접근하여 오랑캐 전함과 한 길 남짓한 거리까지 오자, 재빨리 창을 움켜쥐고 발을 굴러 오랑캐 전함의 갑판으로 뛰어올랐다. 하미치는 자신이 적수가 되지 않는다는 것을 알고 선창 밑으로 달아나 숨으려 했다. 하지만 어느새 내지른 유영의 창에 왼쪽 허벅지가 찔려서 그대로 갑판에 나뒹굴고 말았다. 유영이 먼저 제일 큰 공로를 세우려 한다는 것을 발견한 요천석과 양신도 일제히 달려와 하미치를 생포했다. 그 모습을 본 사모카는 어찌할 바를 몰랐다. 공격하자니 세력이 밀리고, 배를 돌려 돌아가자니 배가 꼼짝을 하지 않았기 때문이다. 다급한 김에 그가 물로 뛰어들려 하자, 요천석이 쫓아가며 호통을 쳤다.

"못된 오랑캐 놈, 어딜 도망치느냐!"

그 말이 끝나기 무섭게 단칼에 사모카를 두 동강 내버렸다. 불쌍하게도 그는 상반신은 갑판 위에 남기고 하반신만 바다에 빠져 물고기 밥이 되고 말았다. 이렇게 두 지휘관 가운데 하나는 사로잡히고 하나는 죽고 나자, 나머지 오랑캐 병사들은 더 이상 당해 내지 못하고 모조리 생포되거나 죽임을 당했다. 개중에 수영을 잘하는 몇 놈들만 물속으로 잠수하여 간신히 뭍으로 도망쳤다. 결국 이 전투에서 명나라 수군은 적의 전함 삼백 척을 탈취하고, 헤아릴 수 없이 많은 오랑캐를 죽이거나 사로잡아 큰 공을 세웠다. 다만 백호장 장개는 적진의 허리를 끊고 나서 다시 수문으로 가서 적군의 동정을 살폈다. 혹시 수문 안쪽에서 응원군이 나오지 않을까 염려했기 때문이다. 그러나 정찰을 마치고 돌아와서 유영이 큰 공을 세웠다는 얘기를 듣자 그는 한숨을 내쉬었다.

"그는 나와 똑같이 정찰선을 이끌었는데, 이제 그는 이렇게 큰 공을 세웠고 나는 아무 공도 세우지 못했으니 사령관님을 뵐 면목이 없구나."

그는 즉시 이백오십 명의 군사를 이끌고 풀이 우거진 언덕 아래 매복해 있다가, 뭍으로 올라오는 패잔병들을 사로잡았다.

한편 파총 양신은 하미치를 사로잡아 끌고 오고, 파총 요천석은 사무카의 머리를 가져왔으며, 백호장 유영과 장개가 각기 사로잡은 오랑캐 병사들과 패잔병들을 끌고 와서 바치자 두 사령관은 무척 기뻐하며 상을 내렸다. 유영이 적함의 키를 막아 버린 것은 최고의 공적으로 기록되었고, 나머지 장수들과 병사들에게도 각기 공적에 따라 차등을 두어 기록하고 상을 내렸다. 삼보태감은 하미치의 수급을 베어 효수하라고 분부했다. 그리고 두 오랑캐 장수의 수급을 두 개의 막대기에 매달아 관문 밖에 세워서, 관문 위의 사람들에게 이렇게 위협했다.

"완강히 저항하는 자들은 이같이 처벌할 것이다."

그런 다음 삼보태감은 나머지 사로잡힌 오랑캐 병사들도 목을 베어 효수하라고 지시했다. 그러자 왕 상서가 말했다.

"제가 한 말씀 드려도 되겠습니까?"

"무슨 가르침이 있으십니까?"

"오랑캐 병사들은 개나 양처럼 멍청하니, 그들을 죽인다고 애석할 게 없지요! 하지만 투항하지 않고 싸움을 주장하는 이들은 국왕과 셋째 왕자, 그리고 할리후 같은 자들입니다. 여기 이 자들은 상관의 명령에 따를 수밖에 없었으니, 이들을 죽이는 것은 무고한 이들을 죽이는 것처럼 가련한 일입니다. 차라리 석방해서 자기들 국왕에게 속히 항복하라고 설득하게 하는 게 낫지 않을까 생각합니다. 또 이것은 생명을 아끼는 천지의 어진 마음을 실천하는 길이기도 하고, 우리 중국의 더할 나위 없이 큰 도량을 보여주는 길이기도 합니다. 어떻게 생각하시는지요?"

그 일장 연설을 들은 삼보태감은 연신 고개를 끄덕였다.

"지당하신 말씀이십니다!"

그리고 즉시 수하들을 시켜 포로들의 결박을 풀어주게 하여, 모두 막사 아래 꿇어 앉히고 단단히 분부했다.

"너희는 천자의 군대에 항거했으므로 제왕의 법과 군법에서는 모두 용서할 수 없다. 그러니 본래 너희들의 목을 베어 너희 나라에 본보기를 보여야 마땅하지만, 너희들 모두 천지간에 태어난 생명이라 차마 죽일 수 없어서 죄를 용서하고 석방하려고 한다. 돌아가거든 너희 국왕에게 속히 귀순하라고 전해라. 그리고 우리가 얘기했던 전국옥새가 이 나라에 있다면 즉시 바치고, 없다면 어리석은 미망에 빠져 있지 말고 속히 상소문을 바치라고 해라. 그래도 정신을 차리지 않는다면 너희 나라를 공격해서 풀 한 포기조차 남겨 놓지 않을 것이니, 그때는 후회해도 늦을 것이다! 또 너희는 각자 집에 부모와 처자식이 있을 테니 돌아가거든 각자 생업에 힘쓰고, 예전처럼 못된 왕의 악행을 돕는 짓은 하지 말도록 하라! 다시 또 붙잡히게 되면 절대 그냥 놓아주지 않을 것이다. 알겠느냐?"

오랑캐 병사들은 목숨을 구한 데다가 삼보태감의 간절한 말을 듣자 다들 눈물을 흘리며 이삼십 번이나 머리를 조아렸다.

"저희는 포로로 붙잡혔을 때 모두 죽은 목숨으로 여겼습니다. 이제 하늘 같은 나리께서 저희를 살려주셨으니, 이후로 나리께서는 저희를 다시 살려주신 부모와 같습니다. 이제 돌아가면 반드시 나리의 말씀을 한마디도 빠뜨리지 않고 국왕에게 얘기하겠습니다. 국왕이 일찍 귀순한다면 양쪽 모두에게 좋은 일일 테고, 저희 말을 듣지 않는다면 틀림없이 군대를 파견해 싸우려 들 것입니다. 그럴 경우 저희는 차라리 스스로 목숨을 끊을지언정 절대 이쪽으로 창끝을 들이대지 않겠습니다. 다만 목숨을 구해 주신 나리의 은혜를 갚지 못한 점이 한스러울 뿐입니다!"

그 말을 마치기도 전에 그들은 일제히 통곡을 터뜨렸다. 그러자 삼보태감이 말했다.

"울지 말고 모두 일어나 돌아가도록 하라!"

삼보태감은 또 군정사에 분부하여 각자에서 술과 안주를 하사하여 놀란 가슴을 진정시켜주라고 했다. 이후 오랑캐 병사들은 일제히 떠났다.

이들이 국왕에게 말을 전했는지, 또 국왕이 정말 귀순하려 할지는 다음 회를 보시라.

셋째 왕자는 화살을 맞고 자기 진영으로 돌아가고
무장원 당영은 홀로 출전하다

三太子帶箭回營　　唐狀元單槍出陣

聞道西夷事戰征	서양 오랑캐들은 정벌 전쟁을 일삼는다고 하던데
江山草木望中淸	강산의 초목 바라보니 맑기만 하구나.
城頭鼓角何時寂	성 머리의 북과 뿔피리 언제나 조용해질까?
野外旌旗逐隊明	들판의 깃발 부대마다 또렷하구나.
號令旦嚴驅豹虎	아침에 엄한 호령으로 사나운 짐승들 쫓아내고
聲威夜到泣鯤鯨	저녁의 세찬 함성에 고래들도 놀라는구나.
須知功績非容易	공적 세우기란 쉽지 않음을 알아야 하나니
元帥胸中富甲兵	사령관의 가슴엔 군사 전략이 가득하지.

그러니까 셋째 왕자는 부마와 함께 관문을 닫고 국왕을 만났다.

"오늘 수군 사령관이 출전했는데, 승부는 어찌 되었느냐?"

셋째 왕자가 대답했다.

"하미치와 사모카는 수전에 능한 장군들이니 반드시 성공할 것입니다. 걱정하실 필요 없습니다."

할리후도 거들었다.

"왕자님께서는 인재를 잘 알아보시고, 하미치와 사모카는 적의 역량을 헤아리는 지혜를 갖추고 있습니다. 오늘 공을 세운 것도 작은 것은 아니니, 대왕마마께서는 곧 승전보를 들으시게 될 것이옵니다."

그 말이 끝나기도 전에 수하 가운데 하나가 황급히 달려왔다. 할리후가 맞이하며 물었다.

"수군의 승전보를 가져왔느냐?"

셋째 왕자도 물었다.

"명나라 장수들 가운데 누구를 사로잡았다고 하더냐?"

"승전보는 명나라의 몫이고, 붙잡힌 장수는 우리 측입니다."

그러자 국왕이 물었다.

"그렇다면 우리가 패했다는 얘기냐?"

"말씀드리기 송구하오나 하미치는 사로잡히고 사모카는 전사했사옵니다. 삼천 명의 수군도 전멸했고, 오백 척의 전함 가운데 겨우 한 척만 돌아왔사옵니다."

국왕은 그 말에 깜짝 놀랐다.

"수전에 능하다고 하더니 겨우 이 정도이고, 적에 대해 잘 안다고 하더니 겨우 그 정도밖에 되지 않았다는 것이더냐?"

그 말에 셋째 왕자와 부마는 모두 유구무언이 될 수밖에 없었다. 그러자 수하가 또 말했다.

"오늘 대패한 것은 그 두 장군의 탓이 아닙니다. 저들과 제대로 맞붙었다면 반드시 졌으리라고 볼 수 없지만, 우리 전함의 키가 못에 박힌 듯 꼼짝도 하지 않으니 어쩔 수가 없었습니다. 중국의 전함들은 나는 듯이 돌아다니는데 우리 배는 키가 전혀 말을 듣지 않으니, 속수무책으로 당할 수밖에 없었습니다. 애석하게도 하미치 장군은 다리에 창을 맞고 생포되었고, 사모카 장군은 바다에 뛰어들다가 단칼에 두 동강이 나버렸습니다. 나머지 수군들도 죄다 죽거나 사로잡혔습니다. 또 잠수해서 육지로 도망친 병사들도 모조리 명나라 장수에게 붙들려가 버렸습니다."

국왕이 말했다.

"그렇다면 우리 병졸은 하나도 살아남지 못했다는 것이냐?"

"예. 그곳을 빠져나온 이가 하나도 없사옵니다."

"오백 척의 전함은 어찌 되었느냐?"

"명나라 군대가 끌고 가버렸사옵니다."

그 말에 국왕은 발을 구르고 가슴을 쳤다.

"사람도 물자도 모두 잃게 될 줄이야!"

그 말이 끝나기도 전에 봉두난발을 한 일단의 병사가 계단 앞에 무릎을 꿇었다. 그들이 어제 전투에 참가했던 수군임을 알아본 국왕이 다급히 물었다.

"너희는 수군이 아니냐?"

"그렇사옵니다."

"어제 명나라 군대의 손에 전멸했다고 들었는데 어떻게 살아서 돌아온 것이냐?"

"저희 모두 포로가 되어 끌려가자, 명나라 사령관이 모조리 참수하여 본보기를 보이라고 명령했습니다. 그런데 왕 아무개라는 나리가 저희는 무고한 백성일 뿐이라며 목숨을 구해 주시고, 또 술과 안주까지 하사하시면서 저희더러 국왕께 가서 전하라고 했습니다.

'속히 투항하여 군대와 백성이 도탄에 빠지지 않게 하라. 계속 어리석은 미망에 빠져 있다면 나중에 성을 공격해서 풀 한 포기조차 남겨 놓지 않을 것이니, 그때는 후회해도 늦을 것이다!'

이렇게 말했습니다."

국왕은 그 말을 듣고 한참 동안 입을 열지 않았다. 그러나 그의 마음속에는 귀순하고 싶은 생각이 피어나고 있었다. 그러자 국왕 옆에 서 있던 셋째 왕자가 호통을 쳤다.

"헛소리! 이런 쳐 죽일 놈들 같으니라고! 어제 전투에서 최선을 다하지 않았으면 나라를 위해 목숨을 바쳐야 마땅하거늘, 하찮은 목숨을 구걸해 도망쳐오다니! 그것만 해도 천만 번 죽을죄이거늘, 어디서 감히 주둥이를 놀려 명나라 편을 드는 것이냐?"

그러자 국왕이 말했다.

"저들은 사실대로 얘기한 것뿐인데, 어째서 저들을 탓하느냐?"

"그건 모르시는 말씀이십니다. 이 모두 명나라 놈들의 흉계이옵니다. 이 자들은 그들에게 뇌물을 받고 돌아와서, 유방의 군대가 초(楚)나라의 노래로 항우 군대의 사기를 뒤흔들어 놓았던 술책을 부리고 있는 것입니다."

"그게 무슨 말이냐?"

"그동안 양측은 몇 차례 혈전을 치렀기 때문에 원한이 골수에까지 파고들어 있을 텐데, 저들이 저희를 용서하려 하겠습니까? 그러니까 또 간교한 계책을 써서 이 죽어 마땅한 놈들을 미끼로 쓰려고 감언이설로 부추기고 좋은 술과 안주로 꾀어놓고 돌려보내서, 명나라 사령관이 이처럼 훌륭하다고 소문을 내게 하려는 수작입니다. 그러면 우리 백성의 인심이 이탈하고 병사들의 투지가 사라지지 않겠습니까!"

"그렇다고 해도 별다른 대책이 없지 않느냐?"

"기왕 시작한 일이니 끝장을 봐야지요! 이번에는 제가 저들에게 본때를 보여주겠습니다. 제가 부마와 함께 정예병을 이끌고 가서, 낮에는 저들과 육지에서 전투를 벌이고 밤에는 해상 영채를 습격하여 밤낮으로 괴롭히겠습니다. 이렇게 계속 편히 쉴 틈을 주지 않으면 물러갈 수밖에 없지 않겠습니까?"

"듣자 하니 명나라 군대는 서양에 온 이래 연전연승을 거두며 스물에 가까운 나라들을 굴복시키고 우리나라까지 왔다고 했다. 네가 귀순하지 않는 것이야 문제가 아니지만, 장수와 병력을 다 잃고 나서는 후회해 봐야 늦게 된다. 그런데도 왜 계속해서 그들과 싸워 이기려고 하느냐?"

"싸우지 않으면 어찌하시겠다는 말씀이시옵니까?"

"간밤에 여러 차례 심사숙고해 보았지만, 그냥 투항하는 게 나을 것 같구나."

"이렇게 쉽게 투항해 버리면 이웃 나라의 비웃음거리가 되지 않겠습니까? 게다가 저들은 저희를 원수처럼 여기는데 가만두려 하겠습니까?"

그 말에 국왕은 다시 한참 동안 생각에 잠겼다. 이웃 나라의 비웃음쯤이야 그러려니 할 수 있지만, 명나라 군대가 그들을 가만두려 하지 않을 거라는 데에 생각이 미치자 상당히 겁이 났던 것이다. 이에 그는 슬그머니 말을 바꾸었다.

"네가 굳이 그러겠다면 이 아비도 억지로 말릴 수 없구나. 다만 매사에 조심하고 신중하게 행동하고, 저들을 경시하지 마라. 저들은 결코 우습게 볼 자들이 아니라는 말이다."

"알겠습니다."

셋째 왕자는 즉시 부마와 함께 국왕에게 작별인사를 하고 왕궁을 나왔다.

그런데 궁궐 문을 나오자 셋째 왕자가 껄껄 큰소리로 웃는 것이었다.

"왕자님, 왜 웃으시는지요?"

"아바마마 때문이 아니겠소? 한 나라의 군주로서 어찌 저 명나라의 별것 아닌 군대와 장수들을 뭐 엄청난 존재나 되는 것처럼 여기고, 저렇게 가슴을 졸이며 종일 불안해하고 계시느냐 이 말이오. 빈말이 아니라 이번에 출전하면 내 반드시 저놈을 가운데 몇 놈을 죽이고 몇 놈을 사로잡아, 세상의 뛰어난 대장부가 무엇인지 보여주고 말겠소! 장군, 부디 내 한 팔이 되어 주신다면 만 번을 죽어도 그 은혜 잊지 않을 것이오!"

"별 재능도 없는 몸으로 왕실의 외척이 되었으니, 최선을 다하여 만 번 죽더라도 여한이 없도록 하겠습니다!"

셋째 왕자는 무척 기뻐하며 즉시 쇠가죽으로 만든 막사에서 두 명의 수군 사령관을 선출하여 수문을 지키게 하면서, 어떤 경우에도 수문을 열지 않고 단단히 잠근 채 지키기만 하라고 당부했다. 그들이 떠나자 자신도 직접 병력을 점검한 후, 관문을 열고 나가 명나라 진영을 향해 돌격했다. 늠름하고 살기등등한 기세로 달려오면서 그는 명나라 장수들 가운데 자신의 적수가 없으리라 생각했다. 하지만 원수는 외나무다리에서 만난다고 하지 않았던가! 그가 막 관문에서 나오자마자 정서유격대장군 유천작이 일단의 병사를 이끌고 말에 앉아 창을 치켜들고 소리쳤다.

"누구냐? 성명을 밝혀라!"

"너 이 깡패 놈아, 이 반룡삼태자를 몰라보느냐?"

그가 두 자루 합선도를 휘두르며 달려들자 유천작이 말머리를 동쪽으로 돌리면서 허점을 드러냈다. 셋째 왕자가 흉험하게 달려와 그 틈새로 파고들자, 유천작이 창을 비스듬히 돌려 옆쪽에서 찔러 들어갔다.

"흥! 이따위 치사한 속임수로 일부러 빈틈을 보이다니!"

그가 노발대발 욕을 퍼붓자 유천작이 속으로 생각했다.

'겁도 없는 이런 필부와는 다툴 필요가 없지. 오냐, 네놈을 오도 가도 못 하는 신세로 만들어 주마!'

그런 속셈도 모른 채 셋째 왕자는 무작정 칼을 휘두르며 달려들었다. 하지만 그가 사납게 달려들면 유천작은 슬쩍 틈을 보이며 피하고, 조금 느슨하게 덤빈다 싶으면 또 창을 찔러 도발했다. 이렇게 왔다 갔다 치고받다 보니 어느새 날이 저물고 있었다. 셋째 왕자는 너무 화가 치밀었지만, 나름대로 계책을 생각해냈다.

'아무리 날이 저물었다지만 이 자를 그냥 보낼 수는 없지!'

그는 슬그머니 활을 꺼내서 불화살을 잰 다음 유천작의 머리를 겨냥하고 발사했다.

"흥! 가소로운 오랑캐 놈. 네가 겨우 이따위 화살이나 날리는 재주밖에 없다는 건 나도 잘 안다. 그런데 감히 내 앞에서 이런 수작을 부려?"

그가 창을 들어 화살을 동쪽으로 툭 쳐버리자 동쪽의 풀밭이 활활 타올랐다.

"네까짓 게 감히 내 화살을 쳐내? 어디 다시 해 봐라!"

셋째 왕자가 다시 화살을 날리자 유천작이 웃으며 말했다.

"이번에는 서쪽의 풀을 태워야겠지."

그러면서 창을 들어 화살을 서쪽으로 툭 쳐버리자 서쪽의 풀밭이 활활 타올랐다.

이렇게 두 발의 화살이 무위로 돌아가자 기분이 상한 셋째 왕자가 재빨리 세 번째 화살을 날렸다. 유천작도 화가 치밀어 날아오는 화살을 창으로 쳐서 오히려 셋째 왕자의 가슴으로 날아가게 했다. 하마터면 자기 화살에 화상을 입을 뻔한 셋째 왕자는 그래도 재빨리 피한 덕분에 다치지는 않았지만, 더는 어쩌지 못하고 풀이 죽어 돌아갔다.

이튿날 그는 다시 관문 아래로 내려왔다.

'어제는 화살을 잘 쏘긴 했지만 발사하는 게 조금 늦어서 날이 저무는 바람에 성공하지 못했어. 오늘은 이놈 저놈 가리지 않고 일단 화살부터 쏴야겠어.'

마침 이번에 맞부딪친 상대는 정서유격대장군 황회덕이었다. 셋째 왕자가 다짜고짜 화살부터 날리자, 그 화살의 위력을 잘 알고 있는 황회덕은 재빨리 몸을 비틀어 피해 버렸다. 하지만 그는 화살을 피하기만 할 뿐 아니라, 자기도 재빨리 화살을 한 대 날려서 되갚아 주었다. 상대를 쏠 생각만 하고 설마 상대가 자기를 쏠 줄은 생각하지 못했던 셋째 왕자는 그만 왼쪽 어깨에 화살을 맞고 말았다. 그 순간 몸의 왼쪽 절반이 마비될 정도로 극렬한 통증이 온몸을 관통했다. 어쩔 수 없이 자기 진영으로 돌아간 그는 이삼일 동안 관문 밖으로 나오지 못했다.

한편 명나라 장수들은 하루에 세 번씩 회의했는데, 그때마다 셋째 왕자의 불화살이 고약하다는 얘기가 나왔다. 그래서 어깨의 상처가 회복되어 다시 나오게 되면 단단히 대비책을 마련해 놓기로 했다. 이렇게 되니 승전의 운세는 당연히 명나라 쪽으로 기울지 않겠는가?

그리고 과연 이삼일이 지나자 관문이 열리면서 오랑캐들이 우르르 몰려나왔는데, 맨 앞의 장수는 정수리가 움푹 들어가고 시뻘건 눈에 노란 수염을 기르고 있었다. 그는 사자처럼 갈기가 말려 올라간 말에 탄 채 귀두도(鬼頭刀)[1]를 들고 있었다. 악어가죽 북소리가 세 번 울리자 그가 호통을 내지르며 달려들었는데, 하필 그를 막아선 이는 정서유격대장군 마여룡이었다.

마여룡은 상대가 셋째 왕자가 아니라는 것을 알고 일단 이름이나 물어보기로 했다.

"네놈은 누구냐? 성명을 밝혀라!"

"금안국의 부마 장군 할리후이다. 그러는 너는 누구냐?"

"천한 오랑캐 놈, 유격대장군 마 어르신을 몰라보느냐? 네놈의 그 셋째 왕자인가 하는 놈은 어디 있느냐?"

"사람마다 뜻과 능력이 다른 법이지. 네가 유격대장군이라면 나랑 붙어보자. 굳이 셋째 왕자님을 찾을 이유가 없지 않느냐?"

"그 셋째 왕자인가 하는 놈이라면 그나마 조금 재간이 있지만, 너 따위 무명 소졸이 감히 나와 겨루겠다는 것이냐?"

"뭣이! 네가 감히 나를 우습게 보는 것이냐?"

그는 즉시 눈송이 같은 빛을 뿌리며 칼을 휘둘러 마여룡의 얼굴을 공격했다. 마여룡은 느긋하게 칼을 들어 응수했다. 이렇게 둘이 주거니 받거니 막 싸움이 무르익어가는 차에, 명나라 진영에서 세 번의 북소리와 함께 유격도사 호응봉이 달려 나왔다. 그는 서른여

---

1 귀두도(鬼頭刀)는 원래 옛날에 죄수의 목을 칠 때 사용하던 칼을 가리키는 말이었으나, 일반적으로 큰 칼을 뜻하는 말로도 쓰였다.

섯 개 마디가 있는 채찍인 간공편(簡公鞭)을 들고 말을 달려 다가오더니 할리후의 몸통을 향해 매섭게 휘둘렀다. 그걸 보고 마여룡이 생각했다.

'아무리 센 놈이라 할지라도 두 명의 적을 당해 내기는 어렵지. 이 오랑캐 놈, 맛 좀 봐라!'

그런데 그 순간 명나라 진영에서 다시 세 번의 북소리가 울리더니, 왼쪽에서 중군좌호위 정당이 방천극을 치켜들고 말을 몰아 할리후에게 달려들면서 고함을 질렀다.

"천한 오랑캐 놈, 어딜 도망치려고!"

그와 동시에 명나라 진영에서 또 세 번의 북소리가 울리더니, 오른쪽에서 중군우호위 철릉이 개산부(開山斧)를 휘두르며 말을 타고 할리후에게 달려들면서 고함을 질렀다.

"천한 오랑캐 놈, 어딜 도망치려고!"

이렇게 사방팔방으로 할리후를 에워싼 명나라 장수들이 다투어 주먹을 내밀어 그를 사로잡으려 했다. 할리후가 이렇게 진퇴양난에 빠져 있을 때, 갑자기 쇠뿔 나팔소리가 울리면서 오랑캐 진영에서 세 발의 불화살이 날아왔다. 그 가운데 한 발은 좌호위 정당의 투구에 적중하여 불꽃이 일면서 투구 끈이 타 버렸다. 다른 한 발은 우호위 철릉의 갑옷에 적중하여 불꽃이 일면서 손목 보호대가 타 버렸다. 또 다른 한 발은 유격도사 호응봉의 등에 맞아 호심경(護心鏡)이 타 버렸다. 알고 보니 셋째 왕자가 계책을 써서 할리후를 먼저 내보내고, 자신은 일반 병사들 사이에 숨어 있다가 몰래 이 화살들을 날린 것이었다. 미처 그것까지 생각하지 못했던 명나라 장수들은 그 술책에 걸려 곤욕을 당해야 했다.

사방에 이렇게 다친 장수들이 생기자 마여룡은 즉시 수하들에게 불을 끄라고 지시했다. 그런 다음 병사를 물려 본진으로 돌아갔다. 이 소식을 들은 삼보태감이 진노하여 꾸짖었다.

"명색이 유격대장이라는 자들이 칠칠치 못하게 화살에 맞아 패전하고 돌아오다니, 과실의 책임을 물어 군법에 따라 참수형에 처해야 마땅하다!"

군중에서는 농담이 없는 법인지라 '참수'라는 말에 깜짝 놀란 호응봉 등은 머리를 움츠리고 아무 말도 하지 못했다. 그러자 왕 상서가 말했다.

"오늘 일은 셋째 왕자의 교묘한 계책에 이 장수들이 잘못 걸려들어서 생긴 것이니, 정상을 참작해서 한 번만 용서해 주시지요."

"어떻게 용서한단 말씀입니까? 옛말에 '적이 활을 잘 쏘면 장수를 함부로 기용하지 말고, 적이 용맹함을 자랑하면 병사를 함부로 쓰지 않는다. 그러므로 병가(兵家)에서는 허실(虛實) 사이에 계교를 써서 승부를 결정한다.'[2]라고 했소이다. 저자들은 허실조차 구별하지 못하는데 어찌 장군이라고 할 수 있겠소이까!"

---

2 이것은 한나라 때 황헌(黃憲: ?~?, 자는 숙도[叔度])이 편찬했다고 알려진 《천록각외사(天祿閣外史)》에 들어 있는 말이다. 원문은 다음과 같다. "敵善射, 則不可輕用其將. 敵負勇, 則不可輕用其卒. 故兵家設機於虛實之間, 是以決勝."

"저들이 장군의 도리를 어찌 알겠습니까? 장군이라면 긴장과 이완, 강함과 부드러움을 적절히 활용하되 움츠러들 때는 흔적을 남기지 않고, 움직이거나 멈춤에 남이 예측할 수 없는 기지를 써야 하는데, 저들이 그걸 어찌 알겠습니까? 다만 우리가 이렇게 고국에서 십만 리 밖까지 나와 있으니, 저들을 참수하는 것은 쉬워도 또 저만한 인재들을 구하기는 어렵습니다. 그리고 공을 세우게 하는 것보다는 실수를 저지르지 않게 하는 편이 더 나을 수도 있지 않습니까!"

왕 상서의 일장 연설을 들은 삼보태감은 비록 말은 하지 않았지만 몇 가지를 마음에 새겨두고 있었다. 그때 무장원 당영이 계단을 올라와 포권하며 말했다.

"두 분 사령관님께 간청하오니, 이번 한 번만 저들을 용서해 주십시오! 내일은 저희 부부가 출전해서 이 오랑캐 놈을 생포해 사령관께 바침으로써 대신 속죄하겠습니다."

삼보태감이 말했다.

"그 두 오랑캐는 생포하기가 쉽지 않소."

"생포하지는 못하더라도 기세를 반쯤 꺾어놓겠습니다."

"한 번 승전한다면 오늘의 수치를 씻는 셈이겠구려."

"승전하지 못한다면 저분들과 똑같이 처벌을 받겠습니다."

"군중에서는 빈말하지 않는 법이오. 당 장군, 잘 생각해 보고 말씀하시기 바라오."

"두 분 사령관님 앞에서 제가 어찌 빈말을 고하겠습니까?"

당영이 이렇게 적극적으로 나서준 덕분에 겨우 삼보태감의 마음을 돌릴 수 있었다.

"그렇다면 이번 한 번만 저들을 용서해 주겠소. 단, 이후로 또 이런 실수를 저지른다면 더 이상의 용서는 없을 것이오!"

이에 장수들이 사죄하고 물러갔다.

이튿날 당영은 황봉선과 함께 출전하면서 이렇게 말했다.

"어제 사령관 앞에서 큰소리는 쳤지만 오늘 승부가 어찌 될지 걱정이오."

"장수에게 중요한 것은 용맹이 아니라 지략이고, 병사는 수가 많은 것보다 훈련이 잘된 정예여야 한다고 하지 않았어요? 이 말만 명심하면 돼요."

"그러면 오늘의 지략은 무엇이오?"

"그 셋째 왕자는 그저 불화살만 제법 위력이 있을 뿐이니, 당신이 그자와 싸우고 있을 때 제가 몸을 숨기고 가서 그자를 잡아 오면 되지 않겠어요?"

"좋은 계책이기는 하지만, 그러면 우리의 능력을 제대로 보여줄 수 없지 않겠소?"

"그럼 어떻게 하실 생각인가요?"

"화살을 쏘게 해서 불발이 되게 해야지요. 그자는 나를 맞히지 못하고 나는 그자를 맞히는 거요. 이래야 우리의 능력을 제대로 알게 되지 않겠소?"

"그럴듯한 말씀이네요. 하지만 조심하셔야 해요."

"알겠소. 그리고 만약 할리후가 나오거든 우리 둘 중에 한 사람은 그자와 싸우고, 한 사람은 셋째 왕자의 불화살에 대비합시다. 셋째 왕자가 나온다면 둘이 함께 공격하면서 그자가 은밀히 화살을 날리는 것에 대비해야겠지요."

이렇게 논의를 끝내고 당영은 혼자 말을 몰아 앞으로 나아가 고함을 질렀다.

"셋째 왕자라는 놈은 어디 숨어 있느냐? 무서워서 나오지 못하는 게냐?"

이렇게 두어 번 고함을 지르자 관문이 "쿵!" 열리면서 한 명의 장수가 나왔다. 그런데 이번에도 정수리가 움푹 들어가고 시뻘건 눈에 노란 수염을 기른 할리후였다.

"너 이 오랑캐 놈아, 네 머리는 잠시 놓아둘 테니, 돌아가서 그 셋째 왕자인가 하는 놈을 내보내도록 해라!"

"네놈이 감히 그분의 성함을 부를 자격이나 되느냐?"

그러면서 그가 귀두도를 휘두르며 달려들자 당영은 지휘 깃발을 "차르륵!" 펼쳤다. 그러자 병사들은 즉시 몸을 움직여 세 개의 작은 대열로 나누어 섰다. 그리고 죽통(竹筒)을 한 번 불자 첫 번째 대열의 병사들이 일제히 조총을 발사했다. 그러자 뿌연 연기와 함께 화약이 폭발하면서 수만 마리 말들이 일제히 치달리는 듯한 굉음이 울렸다. 이에 할리후는 더 달려들지 못하고 후퇴할 수밖에 없었다. 그런데 명나라 진영에서 두 번째 죽통 소리가 울리더니, 두 번째 대열에서 일제히 불화살을 날렸다. 바람을 타고 날아간 그 화살들 끝에서 맹렬히 타오르는 불꽃은 닿는 곳에 바로 번져서, 걸음이 늦은 오랑캐 병사들은 머리며 이마까지 모조리 태워 버렸다. 이렇게 되자 할리후는 어쩔 수 없이 관문으로 달아났다. 하지만 명나라 진영에서 세 번째 죽통 소리가 울리더니, 세 번째 대열에서 일제히 화포를 발사했다. 이 화포는 앞서 쏘았던 두 가지 무기와는 그 위력이 비교가 되지 않았다. 순식간에 천지를 뒤덮을 듯한 시커먼 연기가 피어나면서 세상을 뒤흔드는 굉음과 함께 맹렬한 불꽃이 타올라서, 거기에 맞은 오랑캐 병사들은 그림자조차 남지 않았다. 이렇게 되자 할리후는 감히 칼을 휘두를 생각을 못 하고 관문 안으로 달아나 문을 단단히 걸어 잠그고, 아무리 화포를 쏘아대도 전혀 응대하지 않았다. 이에 당영이 개선가를 부르며 돌아와 보고하자, 삼보태감은 대단히 기뻐하며 공적을 기록하고 상을 내렸다. 그 덕분에 전날 네 장수가 패전한 죄과도 처벌을 면하게 되었다.

그때 관문으로 도망쳐 들어간 할리후는 셋째 왕자에게 원망을 늘어놓았다.

"오늘은 왜 불화살을 쏘지 않았습니까?"

"내 몸이 불에 탈 지경인데, 그럴 정신이 어디 있었겠소?"

"그거야 피하면 되지 않습니까?"

"피하지 못하면 온몸이 불덩어리가 되는데도 말이오?"

"이렇게 불을 무서워하시면 어떻게 이길 수 있겠습니까?"

"내일은 내가 먼저 출전해서 그놈 마누라부터 쏴 버리겠소."

이튿날 당영이 다시 황봉선과 함께 관문 아래로 와서 진세를 펼치자, 황봉선이 말했다.

"오늘은 분명히 셋째 왕자가 나올 거예요."

"그걸 어떻게 확신하오?"

"그자는 필부의 그릇밖에 되지 않아서, 용력은 넘치지만 지략은 부족해요. 할리후가 패전해서 돌아갔으니 얼마나 길길이 날뛰었겠어요? 아마 오늘은 날이 밝기가 무섭게 쳐들어오려고 안달을 했겠지요."

"일리 있는 말씀이오. 그런데 오늘 그자가 직접 나온다면 똑같이 불로 맛을 보여서 단단히 기세를 꺾어놓아야겠소. 그래야 감히 우리를 똑바로 쳐다보지도 못하게 될 게 아니오?"

그 말이 끝나기도 전에 관문이 열리면서 셋째 왕자가 달려 나왔다. 당영은 그를 보자마자 다짜고짜 죽통을 불었고, 그 즉시 조총들이 일제히 발사되었다. 갑자기 피하기가 어려워진 셋째 왕자는 당연히 당황스러울 수밖에 없었다. 그런데 잠시 후 또 죽통 소리가 울리더니 불화살이 일제히 발사되었다. 그 바람에 불화살을 쏘려고 생각하던 셋째 왕자는 제 몸을 챙기기도 바쁜 마당이라 활을 들 시간도 없었다. 어쩔 수 없이 돌아서 후퇴하려는 순간 다시 죽통 소리가 울리면서 화포가 일제히 발사되었는데, 이건 정말 장난이 아니었다! 포탄에 맞은 자는 그대로 몸에 구멍이 뚫려 버리니 도무지 대책이 서지 않았다. 그는 미치고 팔짝 뛸 지경이었지만 어쩔 수 없이 관문 안으로 도망쳐서 문을 걸어 잠갔다.

그걸 보고 당영이 중얼거렸다.

"모진 마음을 먹지 않으면 사람을 죽일 수 없는 법이지."

그는 부하들에게 양양대포(襄陽大炮)를 설치하여 관문 입구를 향해 발사하게 했다. 잠시 후 "쾅!" "쾅!" 하는 소리와 함께 관문 입구는 가루가 되어 버렸다. 게다가 시커먼 연기와 함께 불길이 활활 타오르자 셋째 왕자는 너무 놀라 아무 말도 못 하고 애통하게 비명만 질러 댔다. 국왕도 그걸 보고 다급히 소리쳤다.

"아이고! 큰일 났구나! 관문이 깨졌으니 어디로 숨으라는 것이냐?"

그러자 할리후가 말했다.

"어찌 '숨는다.'라는 말씀을 하실 수 있사옵니까?"

그는 황급히 부하들을 불러 벽돌과 물을 날라 불길을 물로 끄고 벽돌을 쌓아 관문을 막았다. 한참 후 관문은 완전히 막혀 버리고 불길도 점점 꺼졌다.

이번 전투에서 명나라 군대는 관문에 진입하지는 못했지만, 대문을 부숴 버림으로써 금안국 국왕의 간담을 서늘하게 하고 셋째 왕자에게 커다란 좌절감을 안겨주었다. 국왕이 말했다.

"얘야, 노반(魯班)[3]이 아무리 재주가 좋아도 자기 역량에 맞는 일을 해야 하는 법이다. 저들을 죽일 수 없다면 차라리 조금이라도 일찍 투항하는 게 낫지 않겠느냐?"

"제가 능력이 없는 것이 아니라 저들이 조총과 불화살, 화포를

---

3 노반(魯班)에 대해서는 제17회의 각주 5)를 참조할 것.

일제히 발사하는 바람에 제 능력을 펼칠 기회를 찾을 수 없었기 때문입니다."

그러자 할리후가 셋째 왕자에게 말했다.

"제 생각에는 내일 출전할 때 양측의 실력을 확실히 겨뤄 보는 게 좋겠습니다. 그러면 저들도 우리를 이길 수 없을 겁니다."

"옳은 말씀이오. 일단 내가 저들과 분명히 얘기하고 나서 손을 써도 늦지 않으니까 말이오."

이튿날 당영이 다시 황봉선과 함께 병사들을 이끌고 관문 아래로 가서 진세를 펼쳤다. 그러자 황봉선이 물었다.

"오늘도 화공을 쓸까요?"

"그건 안 되오. 오늘은 제대로 된 능력을 보여줘서 그자가 진심으로 굴복하게 해야 하오."

그 말이 끝나기도 전에 관문의 모습이 전혀 다르게 바뀌어 있었다. 관문의 입구에는 셋째 왕자가 뒤에 할리후를 거느리고 일제히 몰려나와 있었다. 그러다가 온몸에 갑옷을 두르고 위풍당당하게 서 있는 당영의 모습을 보고 속으로 약간 겁이 난 셋째 왕자가 고함을 질렀다.

"네가 명나라 장수라면 나와 실력을 겨뤄 보자! 이번에는 그 죽통을 울리지 말라는 것이다!"

"어떻게 실력을 겨루자는 것이냐?"

"십팔반무예를 하나씩 겨뤄 보자!"

"좋다. 무엇부터 시작할 테냐?"

"말에 탄 채 활을 쏘는 것부터 시작하자."

'음흉한 놈! 대뜸 불화살부터 쏘겠다고? 까짓거 그러라고 하지 뭐. 저놈의 계책을 역이용해서 매운맛을 보여주면, 저놈도 승복하겠지.'

이렇게 생각을 정하고 당영이 말했다.

"좋다! 그것부터 시작하자!"

"먼저 확실히 해둘 것이 있다. 이번 겨루기에서는 남몰래 활을 쏘면 안 된다!"

"대지를 밟고 하늘을 머리에 둔 대장부가 누구를 죽이려면 단칼에 죽이고, 살려주려면 그냥 살려줘야 마땅하지 않느냐? 몰래 활이나 쏘는 짓은 천박한 잡놈들에게나 해당하지 않느냐!"

"한 가지 더 있다. 먼저 각자 세 발씩 쏘고 나서, 나중에 한꺼번에 세 발을 쏘도록 하자."

"각자 쏘고 한꺼번에 쏜다는 게 무슨 소리냐?"

"각자 쏜다는 것은 네가 먼저 세 발을 쏘고 난 다음에 내가 세 발을 쏜다는 것이다. 한꺼번에 쏜다는 것은 둘이 동시에 화살을 재서 쏘는 것이다."

"그렇다면 승부에 대한 대가는 어떻게 정할 것이냐?"

"양측이 비긴다면 각자 진영으로 돌아갔다가 내일 다시 승부를 겨룬다. 하지만 지는 쪽은 상대에게 항복하는 것이다. 어떠냐?"

"좋다. 자, 네가 먼저 시작해라!"

"아니다. 네가 먼저 시작해라!"

"그럼 먼저 실례하마!"

당영이 화살 하나를 재서 쏘자, 셋째 왕자는 당황하지 않고 합선도를 들어 화살을 쳐 냈다. 다시 한 발을 쏘고, 또 한 발을 쏴도 마찬가지였다. 화살 세 발이 무위로 끝나자 당영도 상대의 실력을 어느 정도 인정했다.

"자, 이번에는 네가 쏴라!"

"그러지!"

셋째 왕자가 첫 번째 화살을 쏘려 하자 당영이 생각했다.

'저놈이 칼로 내 화살을 쳐 냈는데, 나도 칼로 쳐 내면 내가 더 고수라는 것을 보여주지 못하겠지?'

그는 일부러 칼을 놓고 두 손을 소매 안에 넣었다. 첫 번째 화살이 날아오자 당영은 머리를 왼쪽으로 슬쩍 틀어 피해 버렸다. 두 번째 화살은 오른쪽으로 머리를 슬쩍 틀어 피해 버렸다. 세 번째 화살은 머리를 앞으로 슬쩍 숙여 피해 버렸다. 그걸 보자 셋째 왕자가 속으로 생각했다.

'마음껏 재주를 부려 봐라. 잠시 후면 단단히 쓴맛을 보게 될 거다!'

그러자 당영이 말했다.

"이번에는 서로 비겼으니, 한꺼번에 쏘기는 어찌 될지 볼까?"

이후의 승부가 어찌 되었는지는 다음 회를 보시라.

셋째 왕자는 스스로 목을 베고
할리후는 물에 빠져 죽다

三太子擧刀自刎　哈里虎溺水身亡

三千甲士盡貔貅	갑옷 입은 삼천 병사 비휴처럼 용맹하고
笑擁牙旗策勝謀	웃으며 군영의 깃발 안고 승리의 계책 마련한다.
海上初分魚鳥陣	바다 위에 처음 물고기와 새의 진영 나뉘니
軍中還取犬羊頭	군중에서는 개와 양의 머리 돌려받는다.
村原晝永天風靜	시골의 긴 낮은 바람도 고요하고
巢穴烟消海日流	소굴이 불타버린 뒤 바닷물은 날마다 흐른다.
從是天山三箭後	천산에서 세 발의 화살 쏜 뒤부터
爲言功屬狀元收	공적은 당 장원이 세웠다고 하지.

그러니까 당영이 셋째 왕자에게 말했다.

"이번에는 서로 비겼으니, 한꺼번에 쏘기는 어찌 될지 볼까?"

"화살을 꺼내라!"

"너도 꺼내라!"

이렇게 해서 셋째 왕자가 한 발을 쏨과 동시에 당영도 한 발을 쏘았다. 두 개의 화살이 중간에서 맞부딪치자 "꽉!" 소리와 함께 불꽃이 터졌지만, 당영은 모르는 체했다. 셋째 왕자가 두 번째 화살을 쏨과 동시에 당영의 화살도 날아갔는데, 이번에도 두 개의 화살이 중간에서 맞부딪치면서 "꽉!" 소리와 함께 불꽃이 터졌다. 세 번째 화살도 마찬가지였다. 그런데 그 불꽃은 어찌 된 것인가? 알고 보니 셋째 왕자는 음흉하게 불화살로 당영을 해칠 속셈이었지만, 상대의 속셈을 눈치챈 당영이 박두전(箔頭箭)을 꺼내 쏘았다. 그리고 박두전은 화살촉이 크기 때문에 상대방의 화살을 막아 불꽃이 일어나게 했던 것이다. 세 발의 불화살이 모두 무위로 끝나자 셋째 왕자는 은근히 겁이 났지만, 당영은 여전히 모르는 체하며 말했다.

"이번에도 비겼군. 자, 이제 무엇으로 겨룰 테냐?"

"다시 활로 겨루는 게 어떠냐?"

"네 활 솜씨로 나한테는 당해 낼 수 없으니, 여자 장수와 겨뤄 보도록 해라!"

그 말에 셋째 왕자는 우습기도 하고 화가 나기도 했다. 왜냐? 세상에 붓을 쥐고 천하를 평안하게 하는 문관이나 칼을 들고 평화를 지키는 무장은 모두 남자인데, 어찌 활을 쏠 줄 아는 여자 장수가 있을 수 있겠느냐고 생각하니 너무 우스웠기 때문이다. 또 예로부터 무기를 들고 싸우는 것은 병사 대 병사, 장수 대 장수의 일인데 여자 장수와 겨뤄 보라는 것은 결국 자신을 우습게 본다는 뜻이라고 생각하니 화가 났다. 이에 그가 한참 동안 아무 말도 하지 않자 황봉선이 고함을 질렀다.

"못된 놈, 대답이 없는 것을 보니 내가 여자라고 깔보는 모양이로구나! 여와(女媧)는 돌을 다듬어 하늘을 보수했고, 화목란(花木蘭)은 아비를 대신해서 수자리 섰다는 것을 모르느냐? 이들은 모두 여자가 아니더냐?"

셋째 왕자는 그 말에 깜짝 놀랐다.

"좋다. 내 너와 한번 겨뤄 보마!"

"어떤 식으로 쏠 거냐?"

"아까와 마찬가지다."

"오냐. 네가 먼저 쏴라!"

"내가 양보하마!"

"그래?"

황봉선이 활을 당겨 한 발을 쏘자, 셋째 왕자도 당영처럼 칼을 내려놓고 손을 소매에 넣은 채 머리를 왼쪽으로 슬쩍 틀어 피했다. 그렇게 두 번째 화살은 오른쪽으로, 세 번째 화살을 고개를 숙여서 피했다.

'저놈은 저 정도밖에 안 되는구나.'

그렇게 생각하면서도 황봉선은 일부러 상대를 칭찬했다.

"제법이구나! 훌륭해! 자, 이제 네 차례다!"

셋째 왕자가 화살을 재자 황봉선이 속으로 생각했다.

'네놈에게 술법을 보여주마.'

그녀는 무슨 술법을 보여준다는 것이었을까? 상대가 화살을 쏘자 그녀는 "왼쪽!" 하고 소리쳤다. 그러자 화살이 정말 왼쪽으로 날아와 그녀의 왼쪽 귀밑머리에 꽂혔다.

"이런 수법을 아느냐?"

"모르겠다."

"멍청한 놈! 이게 바로 '왼쪽으로 꽃 꽂기[左揷花]'라는 것이다. 이것도 몰라?"

그 말이 끝나기도 전에 셋째 왕자가 두 번째 화살을 날렸다. 하지만 황봉선이 "오른쪽!" 하고 외치자 그 화살은 정말 오른쪽으로 날아와 그녀의 오른쪽 귀밑머리에 꽂혔다.

"이런 수법을 아느냐?"

"모르겠다."

"멍청한 놈! 이게 바로 '오른쪽으로 꽃 꽂기[右揷花]'라는 것이다. 이것도 몰라?"

'일개 여자가 이런 대단한 재주를 갖고 있다니! 이번에는 정확히 한가운데로 쏴 줄 테니, 어쩌나 보자!'

그는 다시 화살을 재어 정확히 중앙을 향해 쏘았다. 이번에는 그가 온 힘을 기울이고 정신을 집중했기 때문에 빗나가지 않을 거라고 확신했다. 그런데 황봉선은 전혀 당황하지 않고 "중앙!" 하고 외치면서 입을 딱 벌렸다. 그러자 화살은 정확히 그녀의 이빨 사이에 딱 물려 버렸다. 그녀가 화살을 입에 문 채 물었다.

"이런 수법을 아느냐?"

"모르겠다."

"멍청한 놈! 이게 바로 '날아가는 기러기가 호수로 뛰어들기[飛雁投湖]'라는 것이다. 이것도 몰라?"

'세상에 이런 여자가 다 있다니! 알고 보니 중국 놈들은 상종하기 곤란한 것들이로구나!'

그때 황봉선이 말했다.

"자, 그럼 이제 한꺼번에 쏘기를 해 볼까?"

"좋다!"

"서로 정면으로 마주 보고 쏘는 거야 별거 없으니, 돌아서서 등 뒤로 쏘는 게 어떠냐?"

'아니! 정면으로 마주 보고 쏘아도 실수할까 걱정스러운 판인데 돌아서서 등 뒤로 쏘자고? 이건 안 되지!'

하지만 그는 속내를 감추고 거짓말로 둘러댔다.

"서양에서는 사람을 만날 때 얼굴을 마주 봐야 공경한다는 뜻이고, 등을 보이는 것은 상대를 무시하는 짓이다. 그냥 정면으로 마주 보고 쏘기로 하자!"

황봉선도 맞받아 거짓말을 했다.

"우리 중국에서는 전장에서 얼굴을 마주 보고 싸우는 것은 약하다는 표시이고, 등을 돌리고 싸워야 강하다고 여긴다."

"서로 풍속이 다르니 어쩌면 좋겠느냐?"

"좋다. 그렇다면 각자 자기 풍속대로 쏘되, 화살에 맞는 쪽이 지는 것이다. 됐지?"

"네 등을 쏜다면 이것은 몰래 쏘는 것과 마찬가지가 아니냐?"

"염려 말고 쏘기나 해라!"

"먼저 쏴라!"

"이번에는 네가 먼저 쏴야 하지 않겠어?"

"좋다. 그럼 받아라!"

말을 마치기도 전에 그가 "퉁!" 화살을 쏘자, 황봉선은 그를 등진 채 화살을 날렸다. 그런데 교묘하게도 두 개의 화살은 중간에 화살촉끼리 "딱!" 부딪치며 그대로 땅바닥에 떨어져 버렸다. 그러자 양측의 모든 병사가 일제히 탄성을 내질렀다. 그 소리가 끝나기도 전에 셋째 왕자가 두 번째 화살을 날렸다. 이번에도 황봉선은 등을 진 채 화살을 날렸고, 역시 첫 번째와 마찬가지로 두 개의 화살은 중간에 화살촉끼리 "딱!" 부딪치며 그대로 땅바닥에 떨어져 버렸다. 이번에도 양측의 모든 병사가 일제히 탄성을 내질렀는데, 그 소리가 끝나기도 전에 셋째 왕자가 세 번째 화살을 날렸다. 하지만 결과는 마찬가지였다. 아니, 거기서 끝난 것이 아니라 화살 한 대가 셋째 왕자의 갑옷에 적중했다. 어떻게 화살을 하나씩만 쏘았는데, 또 하나의 화살이 셋째 왕자의 갑옷에 적중했을까? 알고 보니 황봉선의 화살은 눈으로 겨냥할 필요도 없이 마음에 따라 손이 저절로 움직여서, 백 걸음 밖에서 버들잎을 관통할 정도로 정교했다. 세 번째 쏠 때 그녀는 두 대를 연속으로 쏘았는데, 하나는 보통의 화살로서 상대편의 화살과 부딪쳐 떨어졌지만, 마지막 한 발은 소매에서 쏘는 화살[袖箭]¹처럼 강철로 만든 것이었다. 그래서 이 화살은 셋째 왕자의 갑옷에, 그것도 하필 또 어깨에 적중하여 지난번에 화살에 당했던 상처를 도지게 했다. 그 바람에 머리가 아찔하고 다리에 힘이 풀린 셋째 왕자는 말에서 풀쩍 떨어졌다. 명나라 병사들이 그를 생포하려고 우르르 달려들자, 할리후가 이리저리 귀두도를 휘둘러 막으며 간신히 구출하여 관문으로 달아났다. 그러자 황봉선이 호통을 쳤다.

"이놈들! 오늘은 너희 두 놈의 멍청한 나귀 대가리를 붙여 놓았지만, 내일은 반드시 베어가고 말겠다!"

당영이 기쁨에 겨워 황봉선과 함께 중군 막사로 찾아가자 삼보 태감은 연신 그들의 공로를 칭찬하며 장부에 기록하게 하고, 군정사에 분부하여 축하 잔치를 준비하게 했다. 또 은패와 오색 비단으로 각기 공로에 따라 상을 내렸다.

한편 셋째 왕자를 구해서 돌아간 할리후는 며칠 동안 그를 치료하면서 이를 갈며 원한을 곱씹었다. 국왕은 밤낮으로 걱정했지만, 아들이 잘못될까 싶어서 말도 꺼내지 못했다. 그렇게 며칠을 치료하여 상처가 낫자 국왕이 말했다.

"얘야, 아무래도 투항하는 게 낫겠구나. 그러면 그나마 이런 상처로 고생하지 않아도 되지 않겠느냐?"

---

1 수전(袖箭)은 옛날, 소매 속에 감추고 용수철로 남몰래 쏘는 활로서, 주로 암살용 무기로 쓰였다.

"아바마마, 그건 모르시는 말씀이옵니다. 저는 이제 어차피 호랑이 등에 올라탄 형국이라 마음대로 그만둘 수도 없사옵니다."

"아니, 그게 무슨 소리냐?"

"제가 저들과 한 달이 넘게 싸워서 원한이 골수에 사무쳤으니, 저들이 저를 죽이거나 제가 저들을 죽이거나 둘 중에 하나밖에 없다는 말씀이옵니다."

"하지만 저들이 너를 죽일 수는 있어도 네가 저들을 죽일 수는 없을 것 같으니, 이를 어쩐단 말이냐?"

셋째 왕자는 기분이 몹시 상했다.

"아바마마, 그건 아니지요! 처음부터 불리한 말씀만 하시는군요. 됐습니다. 저들이 저를 죽여도 상관없습니다. 어쨌든 저들과 대대적으로 한판 붙어야 마음을 접겠습니다."

그가 이렇게 고집을 부리며 자신을 원망하기까지 하자, 국왕은 뭐라 말을 꺼내기도 곤란해서 답답한 마음으로 돌아갔다. 이 또한 셋째 왕자가 칼날 아래 죽을 운명이라는 징조이기도 했다.

어쨌든 국왕이 떠나자 셋째 왕자는 두어 번 한숨을 쉬며 중얼거렸다.

"자식은 효도를 위해 죽고 신하는 충성을 위해 죽는 법이지. 나는 분명히 좋은 사람이 되고 싶건만 아바마마는 나를 그렇게 생각해 주시지 않는구나!"

그러자 할리후가 말했다.

"지금은 대왕마마의 마음이 문제가 아니라 적을 물리칠 계책을 세워야 할 때가 아닙니까?"

"나도 나름대로 오랫동안 생각해 보았소만, 아무래도 야간 전투를 해야 승리를 쟁취할 수 있을 것 같소."

"무슨 말씀이신지요?"

"화살을 맞고 돌아왔으니, 저들은 십중팔구 내가 죽었다고 여길 것이오. 그러니 낮에도 내가 공격할 수 없으리라 생각할 테니, 밤에 공격할 줄 어찌 짐작이나 하겠소? 게다가 오늘 밤은 이렇게 바람까지 거세게 부니 더욱 방비를 소홀히 할 것이오. 그러니 우리 함께 해추선을 이용해 저들의 해상 영채를 습격합시다. 이게 상책이 아니겠소? 배에 갈대나 풀 따위를 싣고 가서 저들의 배에 쌓아 놓고 불을 지르면, 저들은 하늘로 날아갈 수도 땅속으로 꺼질 수도 없이 속수무책이 될 것이오. 어떻소?"

"저번에는 오히려 우리 쪽이 당했는데, 이번에는 괜찮을까요?"

"이렇게 머뭇거리다가는 다시는 기회가 없을 거요. 이기든 지든 간에 오늘 밤에 결판을 냅시다!"

할리후는 그의 기분이 상할까 싶어서 어쩔 수 없이 말을 바꾸었다.

"병사를 부리는 데에는 오로지 전진만 있을 뿐이지요. 하지만 반드시 이겨야 합니다!"

셋째 왕자는 그제야 희색을 띠며 말했다.

"좋은 말씀이오! 그렇지요! 승리를 거두게 되면 우리는 대대손손 부귀영화를 함께 누리는 거요."

그들은 즉시 훈련장으로 가서 막사에 앉아 수군 정예병 삼천여 명을 선발했다. 그리고 그들 가운데 무예가 뛰어나고 지략이 있는 병사 여덟 명을 뽑아 지휘관으로 임명했다. 또 삼백 척의 해추선을 준비해서 갈대와 풀 따위의 불을 일으킬 것들을 가득 싣고 여섯 군데로 나누었다. 셋째 왕자와 할리후는 각기 쉰 척의 배를 이끌고 선두에 서고, 여덟 명의 지휘관은 각기 스물다섯 척의 배를 이끌고 뒤를 따르게 했다. 그리고 함대를 둘로 나누어 새가 양 날개를 펼친 듯, 물고기가 양쪽 지느러미로 물살을 헤치듯 앞뒤에서 실수 없이 호응하게 했다. 이렇게 준비를 마치고 날이 저물어 그들은 행동에 돌입할 때만을 기다렸다.

한편 두 사령관이 중군 막사에 앉아 군사 업무에 대해 의논하고 있을 때, 갑자기 서북쪽에서 회오리바람이 일어나 중군 막사에 이르러 스러지는 것이었다. 그러자 삼보태감이 왕 상서에게 말했다.

"또 괴상한 바람이 불어오는 것을 보니 인마의 손실이 있을 모양입니다."

"이건 괴상한 바람이 아니라 소식을 전하는 바람입니다. 틀림없이 무슨 일이 있으니까 알리러 온 것일 테지요."

"국사님을 모셔 와서 이것이 길조인지 흉조인지 여쭤봅시다."

"국사님께서 이런 데에 신경을 쓰시게 할 수는 없지요. 그냥 장 천사께 여쭤보면 알 수 있을 겁니다."

이에 즉시 전령을 보내 장 천사를 청했다. 서로 인사를 나누고 자리를 정하여 앉고 나자, 삼보태감이 회오리바람에 관해 얘기했다. 이에 장 천사가 소매점을 쳐 보더니 이렇게 말했다.

"이거 가벼이 여길 바람이 아니었군요. 오늘 밤 삼경 무렵에 적군이 해상 영채를 습격해서 한바탕 큰 소동이 벌어지겠습니다!"

"아니 어떻게 그런 점괘가 나왔습니까?"

"서쪽은 금(金)에 속하고 살기를 품고 있으며, 북쪽은 수(水)에 속하고 검은색에 해당합니다. 이걸 바탕으로 추론하자면, 한밤중에 적군이 해상 영채를 공격할 거라는 얘기가 되지 않습니까?"

"그럼 어떻게 대처하지요?"

"재앙과 복은 늘 정해진 게 아니니, 그걸 피하면 복이 되는 것이지요. 적이 해상 영채를 공격한다고 하니, 장수들에게 미리 준비하라고 분부하면 그만이 아니겠습니까?"

"그렇군요. 감사합니다. 이렇게 신묘한 점산(占算)으로 미리 알지 못했더라면 오랑캐 놈들의 흉계에 걸려들 뻔했습니다!"

그는 장 천사를 전송하자마자 장수들을 소집하여 각자 하나씩 계책을 얘기해 보라고 했다. 그것들을 듣고 나서 왕 상서가 말했다.

"다들 일리 있는 말씀들입니다만, 그것들을 하나로 아우르는 것이 좋겠습니다."

삼보태감이 물었다.

"어떻게 합친다는 말씀입니까?"

"천금의 값어치가 있는 갖옷은 여우 한 마리만의 가죽으로 만들 수 없고, 만전(萬全)의 계책 역시 괜찮은 계책 하나만으로는 이루어질 수 없습니다. 오늘 강적들이 들이닥쳐 큰 변고를 일으킬 예정이라고 하니, 여러 계책을 아울러 만전의 계책 하나를 만들어야 하지 않겠습니까?"

"그렇다면 오늘 일은 모두 상서의 뜻에 맡기겠습니다."

"제 생각은 이렇습니다. 수군대도독 진당은 전함 쉰 척에 수군 오백 명을 태우되, 병사들에게 각기 창과 화살, 조총 등 야전에 필요한 병기로 무장을 시켜서 해상 영채의 좌측에 정박하여 대기하고 있다가, 중군에서 포성이 울리면 그것을 신호로 공격하십시오. 수군부도독 해응표(解應彪) 역시 같은 규모와 같은 병기로 무장하고 우측에 정박하여 대기하고 있다가, 중군에서 포성이 울리면 그것을 신호로 공격하십시오. 참장(參將) 주원태(周元泰)는 정찰선 쉰 척에 수군 오백 명을 태우되, 병사들에게 각기 유황과 화약 등 인화물질을 준비하게 하여 바다 입구에서 우측의 빈 곳에 매복하고 있다가, 항구로 돌아가는 적을 가로막고 공격하십시오. 신호는 백조의 울음 같은 나팔소리입니다. 도사(都司) 오성(吳成) 역시 같은 규모와 같은 인화 물질로 무장하고 바다 입구에서 좌측의 빈 곳에 매복하고 있다가, 항구로 돌아가는 적을 가로막고 공격하십시오. 신호는 같은 나팔소리입니다. 유격장군 유천작은 정찰선 스무 척에 수군 이백 명을 태우되, 병사들에게 풍화자모포(風火子母炮)를 가지고 이리저리 다니며 발포하여 우리 군사들의 위세를 높여 주십시오. 유격장군 황회덕은 소형 정찰선 열 척에 수군 백 명을 태우되, 각자에게 신호용 피리[號笛]를 지니게 하고 이리저리 순찰하면서 적군이 오는지, 또 거리는 얼마나 되는지 등을 살펴서 피리 소리로 중군에 보고하도록 하십시오. 그리고 마여룡과 호응봉, 황표, 사언장 등의 장수들은 각기 보병 오백 명을 인솔하여 바다 입구의 양쪽 언덕에 매복하여, 뭍으로 도망치는 적군을 양쪽에서 격살하십시오. 공격 신호는 세 발의 총성입니다."

이렇게 임무를 부여받은 장수들은 각자 영채로 돌아가 작전을 수행할 준비를 했다.

그러자 삼보태감이 왕 상서에게 말했다.

"정말 주도면밀한 작전입니다. 그런데 우리에게 불리한 점이 한 가지 있습니다."

"그게 무엇인지요?"

"오늘 밤은 이렇게 동쪽에서 거센 바람이 뭍을 향해 불고 있으니, 서쪽 언덕에 있는 우리 군대에 불리하지 않겠습니까? 오랑캐들이 저번처럼 불을 지른다면 저들은 바람을 등지고 있고, 우리는 맞바람을 맞아야 하니 방비하기가 좀 곤란하다 이겁니다."

"그 바람은 문제가 되지 않습니다. 우리의 좌우 양 날개는 그래도 적들보다 위쪽에 있으니, 저들의 배에 불을 지르면 그걸 끄기에도 손이 모자랄 터인데, 우리 쪽에 화공을 퍼부을 틈이 어디 있겠습니까?"

"그래도 만전을 꾀하려면 뭔가 부족합니다. 우리도 저들에게 화공을 할 수 있고 저들도 그렇게 할 수 있다면, 서로 간에 손해만 있을 뿐 이로운 점은 없습니다. 그러니까 한 가지 계책이 더 필요합니다."

"더 이상의 묘안은 없는 것 같은데요? 설마 바람의 방향을 바꾸자는 것은 아니겠지요?"

"왜 아니겠습니까! 그런데 그러기 위해서는 뭐가 필요할까요?"

"그야 어려운 일이 아니지요. 장 천사께 부탁하면 되지 않겠습니까?"

"바로 그겁니다!"

삼보태감은 즉시 장 천사를 청해서 넌지시 말을 건넸다.

"아무래도 이 동풍이 좀 불편합니다."

"하하, 옛날 적벽대전에서도 만사가 다 갖춰졌는데 동풍 하나만 빠져 있었지요. 그런데 이번에 두 분께는 서풍이 필요하신 모양이군요."

"오랑캐와 중국은 사정이 다르니까 필요한 바람 방향도 다를 수밖에요. 어쨌든 이 문제는 천사님의 도력을 빌리는 수밖에 없겠습니다."

"알겠습니다. 그건 제가 책임지겠습니다."

"수고스러우시겠지만 조금 빨리 처리해 주시면 좋겠습니다."

"염려 마십시오. 자정이 지나면 바로 서풍이 불기 시작할 것입니다."

두 사령관은 장 천사에게 감사 인사를 하고, 각자 영채로 돌아가 소식을 기다렸다.

한편 유격장군 황회덕은 본채로 돌아가서 작은 정찰선 열 척과 수군 백 명을 선발하여 신속하게 정찰에 나섰다.

'사령관께서 정찰의 임무를 맡기셨는데, 제대로 수행하지 못하면 작전을 망치게 된다. 하지만 이렇게 대놓고 배를 띄우면 적의 이목을 끌게 될 테니 제대로 정탐도 할 수 없을 것이고, 우리 측의 동향을 누설해서 오히려 적이 대비하게 만들지 않겠는가! 그렇다면 어쩐다? 그렇지! 바다에 떠 있는 백조들 가운데 크기가 우리 배만 한 것들도 있지 않은가? 그렇다면 우리 배를 백조처럼 위장해서 저들이 눈치채지 못하게 해야겠구나.'

그는 즉시 부하들에게 하얀 천을 준비하게 하고, 배의 돛대를 제거한 다음, 선체 전체를 하얀 천으로 단단히 싸게 했다. 또 뱃머리에는 백조의 머리 모양으로, 뒤쪽은 꼬리 모양으로 꾸미게 했다. 이렇게 해서 느긋하게 수면에서 노니는 백조 모양을 연출할 수 있게 되자, 그는 그곳에 수군들이 숨어서 귀를 활짝 열고 눈을 부릅뜬 채 적의 함대가 오는지 자세히 살피게 했다.

한편 날이 완전히 어두워지자 셋째 왕자는 할리후와 함께 여덟 명의 지휘관을 불러 삼천 명의 수군을 점검하고, 삼백 척의 해추선을 띄운 다음, 수문을 열고 일제히 출발했다. 그런데 사방이 칠흑처럼 깜깜한 그때 뱃머리 쪽에서 무슨 소리가 들렸다.

"무슨 소리냐?"

"관문에서 어느 늙은이 하나가 뱃머리로 떨어지는 바람에 그랬습니다.”

“뭐라? 어서 그자를 이리 끌고 오너라. 혹시 명나라의 세작이 아닌지 추궁해 봐야겠다.”

노인이 끌려오자 셋째 왕자가 물었다.

“너는 누구냐? 이 깊은 밤에 어떻게 우리 배에 오게 되었느냐?”

“저는 시하이쟈오 사령관 휘하에서 서기로 있는 몸인데, 사령관님의 지시를 받고 왕자님의 군대를 격려하기 위해 술 한 병과 거위 한 마리를 바치러 왔습니다.”

“뭐라? 이놈은 세작이 분명하다. 감히 사령관의 이름을 사칭하다니! 그분은 이미 돌아가셨거늘, 어떻게 이런 걸 보내올 수 있다는 말이냐?”

그리고 즉시 합선도를 집어 들고 그 노인을 내리쳤다. 하지만 그 순간 노인의 모습이 사라져 버리는 게 아닌가! 하지만 뱃머리 왼쪽에는 술이 한 병, 오른쪽에는 거위 한 마리가 놓여 있었다.

“이 거위와 술도 우리 군사들의 마음을 현혹하려는 요사한 술법에 지나지 않아!”

그러면서 술병에 칼질을 한 번 하고 불 속에 던져 버렸다. 그러자 술병이 폭발하면서 술이 하늘로 치솟았다. 다시 거위에게 칼질하자 거위가 벌떡 일어나더니 바다로 날아가 버렸다. 셋째 왕자는 기분이 찜찜해서 함대에 출발 명령을 내리고 나서, 할리후를 불러 조금 전의 일에 대해 자세히 들려주었다.

“왕자님, 저번에 사령관께 제사 지낼 때 거위가 일어나서 얘기했던 일을 기억하십니까?"

"그런 일이 있었지요. 그렇다면 오늘 밤 작전에 뭔가 불리한 일이 생기는 건 아닐까요?"

"장수는 가능할 경우에 나아가고 어려움을 알면 물러나는 법입니다. 불리한 게 있다는 것을 아셨다면 일찌감치 돌아가도록 하시지요."

"어제 아바마마께 이기든 지든 이번에 결판을 내겠다고 말씀드렸소. 그러니 돌아가기도 좀 곤란한 상황이오."

"그렇다면 하는 수 없지만, 혹시 일이 잘못되면 오히려 불미스러워지지 않을까 걱정입니다."

"문제가 있을지 모르니까, 먼저 작은 배를 한 척 보내 정찰하는 게 좋겠습니다. 저들이 정말 대비를 하고 있다면 징과 북을 울리며 대놓고 공격하고, 대비하고 있지 않다면 계획대로 하는 겁니다. 어쨌든 저들은 내 손에서 벗어날 수 없습니다!"

"그러는 게 좋겠습니다."

그리고 즉시 스무 명의 병사에게 작은 배를 타고 은밀히 명나라 함대 근처로 가서 정탐하게 했다. 잠시 후 병사들이 돌아와서 보고했다.

"명나라 함대는 죽은 듯이 조용하고 아무 동정이 없는 것으로 보아, 전혀 대비하지 않고 있는 것 같습니다. 다만 바다 위에 수십 마리 백조만 마치 진퇴의 의미를 아는 것처럼 왔다 갔다 하고 있습니다."

"저들이 대비하지 않고 있다면 우리 작전은 성공할 것이다. 그까짓 백조 따위가 무슨 상관이냐!"

그러자 할리후가 말했다.

"그건 혹시 아까 뱃머리에 있던 거위가 아닐까요?"

"군대의 일에는 경사가 있어도 함부로 기뻐하지 않고, 이상한 일을 보아도 신경 쓰지 말아야 하는 법이오. 무슨 그런 요사한 얘기를 입에 올리시는 게요! 만약 사령관의 영혼이 실제로 있다면, 내일 작전이 성공하고 나서 다시 제사나 한번 지내 주면 그만 아니겠소? 그분의 부모는 대신 봉양해 주고, 처자식은 대신 보살펴주고, 자손이 성인이 되면 그 양반의 직위를 세습하게 해 줄 것이오. 그래도 그 양반이 또 무슨 말을 하겠소?"

그러면서 그는 함대를 출발시켰다. 할리후는 잠시 놀라서 소름이 오싹 돋아 뭔가 불길하다는 생각을 했지만, 셋째 왕자가 고집을 부리자 어쩔 수 없었다. 이는 바로 명나라의 운세가 홍성하여 셋째 왕자가 패할 조짐이 아니겠는가?

삼백 척의 해추선이 일이 리쯤 갔을 때, 바다에는 짙은 안개가 끼어서 앞이 잘 보이지 않았다. 해안으로 몰아치는 바람 또한 세차서 짧은 시간 안에 명나라의 영채로 접근할 수도 없었다. 그런데 수면의 백조들이 너무나 유유히 떠 있는 것이 마치 무슨 뜻이 있는 것 같았다. 우여곡절 끝에 해추선들이 명나라 영채 가까이 접근하여 막 손을 쓰려 하는데, 백조들이 또 가까이 다가와 해추선에 부딪치기까지 하는 것이었다. 그러자 셋째 왕자가 짜증을 내며 소리쳤다.

"탄궁(彈弓)을 가져오너라!"

그는 곧 탄알을 장전해서 백조의 등을 향해 쏘았다. 그러자 "퉁!" 하는 소리가 나는가 싶더니, 백조들 무리에서 일제히 피리 소리가 울렸다. 이 백조들은 바로 유격장군 황회덕의 정찰선이었던 것이다. 그는 적의 배들이 접근해오자 일부러 이 탄궁 소리를 이용하여 신호용 피리를 불었다. 그러자 곧바로 명나라 중군에서 한 발의 포성이 울렸다. 또 그 소리가 사라지기도 전에 명나라 함대에서 일제히 불이 밝혀지면서 사방이 대낮처럼 환해졌다. 그뿐 아니라 영채 왼쪽에서 갑자기 쉰 척의 전함이 나타나더니 오백 명의 수군이 일제히 발사한 창과 화살, 조총이 소낙비처럼 해추선들을 향해 쏟아졌다. 뱃머리에는 전신에 갑옷을 두르고 긴 창을 치켜든 수군대도독 진당이 고함을 질렀다.

"가소로운 오랑캐, 내 계책에 걸려든 걸 깨달았느냐? 이 창에 쓴 맛을 보기 전에 당장 항복해라!"

그 말이 끝나기도 전에 영채 오른쪽에서 갑자기 쉰 척의 전함이 나타나더니 오백 명의 수군이 일제히 발사한 창과 화살, 조총이 소낙비처럼 해추선들을 향해 쏟아졌다. 뱃머리에는 전신에 갑옷을 두르고 긴 창을 치켜든 수군부도독 해응표가 고함을 질렀다.

"가소로운 오랑캐, 내 계책에 걸려든 걸 깨달았느냐? 이 창에 쓴 맛을 보기 전에 당장 항복해라!"

사태가 심상치 않게 돌아가자 셋째 왕자는 즉시 후퇴 명령을 내리고 바다 입구를 향해 달아났다. 그러자 뒤쪽에서 진당과 해응표가 이끄는 두 무리의 함대가 태산 같은 기세로 추격해 왔다. 해추선들이 바다 입구에 이르자 갑자기 명나라 함대에서 백조의 울음소리 같은 나팔소리가 울리는가 싶더니, 동쪽에서 쉰 척의 전함이 나타나서 오백 명의 수군이 일제히 불화살과 화포를 발사하고 유황과 화약 등의 인화 물질을 던졌다. 그러자 해추선들에 걷잡을 수 없이 불길이 타오르기 시작했다. 명나라 함대의 뱃머리에는 전신을 갑옷으로 두르고 긴 칼을 든 참장 주원태가 고함을 질렀다.

"셋째 왕자를 사로잡는 자에게는 황금 천 냥을 상으로 내리겠다!"

그 말이 끝나기도 전에 또 백조의 울음소리 같은 나팔소리가 울리더니, 서쪽에서도 갑자기 쉰 척의 전함이 나타나서 오백 명의 수군이 일제히 불화살과 화포를 발사했고 또 유황과 화약 등의 인화 물질을 던졌다. 그러자 해추선들에 걷잡을 수 없이 불길이 타오르기 시작했다. 명나라 함대의 뱃머리에는 전신을 갑옷으로 두르고 개산부를 든 도사 오성이 고함을 질렀다.

"셋째 왕자는 어디 있느냐? 그자를 사로잡는 자에게는 황금 만 냥을 상으로 내리겠다!"

이렇게 되자 해추선들은 전후좌우로 명나라 함대에 의해 철통같이 포위당한 꼴이 되고 말았고, 배에는 거센 불길이 타오르고 있었다. 그 사이를 파고 들어온 유격장군 유천작의 정찰선들이 자모포를 쏘아대니, 온 천지에 명나라 군대의 무시무시한 함성이 진동하

고 대포 소리가 울리고 불길도 점점 거세졌다. 게다가 조원각에서
는 장 천사가 제사를 지내자 바람도 해추선들을 향해 거세게 몰아
쳤다. 이러니 해추선들에 타고 있던 병사들 가운데 열에 서넛은 불
에 타서 죽고, 물에 뛰어들어 익사한 자도 서넛이었으며, 겨우 남은
한두 명도 몸을 피할 곳이 없었다.

이렇게 되자 셋째 왕자가 고함을 질렀다.

"수영할 줄 아는 자들은 뭍으로 피해라!"

하지만 그 말이 끝나기가 무섭게 세 발의 총성이 연달아 울리면
서 양쪽 언덕에서 하늘을 찌를 듯한 함성과 함께 대낮처럼 밝은 불
이 밝혀졌다. 그 불빛 속에서 네 개의 부대를 이끄는 네 명의 장수
가 모습을 드러냈다. 언월도를 들고 말에 탄 유격대장군 마여룡과
서른여섯 개의 마디가 있는 간공편을 든 채 말에 탄 유격대장군 호
응봉이 이끄는 두 부대는 왼쪽 언덕에 위아래로 포진해 있었다. 또
방천극을 들고 말에 탄 유격대장군 황표와 탄운포무자금편(呑雲飽
霧紫金鞭)을 든 채 말에 탄 천호장 사언장이 이끄는 부대가 또 동쪽
언덕에 위아래로 포진해 있었다. 이렇게 되니 누가 감히 뭍에 오르
려 했겠는가?

셋째 왕자가 사방을 둘러보니 자기편 해추선들은 처참하게 불길
에 휩싸여 있어서 해수면이 온통 시뻘겋게 변한 채 부글부글 끓고
있었다. 이렇게 사방으로 도망칠 구멍도 없고, 적을 공격하고 싶어
도 수단을 부릴 곳이 없고, 뭍으로 오르려 해도 적군이 포진하고 있
었다. 그렇다고 바다에 뛰어들어 부질없이 죽기도 싫고, 항복하자

니 가슴 가득한 분노를 억누를 수 없었다. 이러지도 저러지도 못하는 상황에서 문득 상류에서 떠내려오는 작은 배가 눈에 띄었다. 선실도 돛대도, 상앗대나 노도, 닻도, 사람도 없는 빈 배였다.

'저건 혹시 큰 배의 뒤에 매달려 있던 구명정인가? 아무려면 어떤가? 옛날 항우는 오강(烏江)을 건너지 않고 스스로 목을 베는 참극을 맞았지. 차라리 저 배에 숨어서 파도와 물결에 몸을 맡기자. 나름대로 호수에 달빛 밝으니 낚시 드리울 곳 없으랴 하고 풍류를 즐기는 셈 치지 뭐!'

그는 곧 그 배를 끌어당기고 풀쩍 뛰어 올라탔다. 그런데 그가 막 뛰어내리자마자 사방에서 창칼이며 갈고리 등등이 눈처럼 덮쳐오는 것이었다. 그제야 이것이 자신을 사로잡기 위해 만들어진 함정이라는 것을 깨닫고, 하늘을 우러르며 고함을 내질렀다.

"애통하구나! 가련한 우리 사령관! 저번에 제사 지낼 때 거위가 살아나서 '왕자님, 왕자님, 앞길을 가려면 고생이 많을 테니 술 한 병과 거위 한 마리만 더 주세요!' 하고 얘기하더니, 오늘 출전할 때 정말 술 한 병과 거위 한 마리를 보냈지. 또 바다 위에 이렇게 많은 백조가 있으니, 이 얼마나 영험한가!"

이렇게 넋두리를 하더니 다시 고함을 질렀다.

"아바마마, 아바마마! 이 자식은 이제 당신을 보살펴 드릴 수 없게 되었나이다. 내생에 다시 당신의 아들로 태어나 다시 자식의 도리를 다하겠나이다!"

그 말을 채 끝내기도 전에 그는 한 손으로 칼을 집어 들고 단번에 자신의 목을 그어 버렸다. 병사들은 그의 수급을 집어 들고 진당에게 바쳤다. 원래 이 배를 띄운 것은 진당이 생각해낸 계책이었기 때문이다. 진당은 직접 그 수급을 검사했다.

이날 전투로 해추선 삼백 척과 삼천 명의 병사, 여덟 명의 지휘관, 그리고 셋째 왕자까지 모조리 잿더미로 변하는 참극을 맞이해야 했다. 그런데 자세히 조사해 보니 할리후의 시신이 보이지 않는 것이었다.

이 할리후가 어디에 숨었는지는 다음 회를 보시라.

제67회

금안국 국왕이 세 신선에게 간청하니
세 신선이 각자 술법을 드러내다

金眼王敦請三仙　　三大仙各顯仙術

一將功成破百夷	장수 한 명 공을 세워 모든 오랑캐 격파하니
旌頭星落大荒西	황량한 서양 깃대 끝에서 별이 떨어지네.
千年豊草凄寒塞	천 년의 풍성한 풀밭에 싸늘한 영채 쓸쓸하고
萬里長風息鼓鞞	만 리에 부는 거센 바람에 전쟁이 종식되었네.
虎陣背開淸海曲	호랑이 진세 뒤에 맑은 바다 굽이치고
龍旗面掣黑雲低	용무늬 수놓아진 천자의 깃발 펄럭일 때 먹구름도 낮아지네.
只今謾數嫖姚事	지금은 곽거병(郭去病)의 일 함부로 말하지만
大樹猶聞鐵馬嘶	커다란 나무에는 여전히 철갑마의 울음소리 들린다네.

이때는 이미 사경(四更, 새벽 1~3시)를 넘어서고 있었는데 진당은 셋째 왕자의 수급을, 다른 장수들도 각자 취한 오랑캐 병사들이나 지휘관의 수급들을 가져와서 일제히 삼보태감에게 바쳤다.

"천사님의 오묘한 예측과 장수들의 공로로 이번 작전을 완수할 수 있었소이다."

삼보태감은 그들의 공적을 기록하게 하고, 거기에 맞춰 상을 내린 후 장수들에게 물었다.

"셋째 왕자의 수급은 여기 있는데, 어째서 부마 장군의 수급은 보이지 않는 것이오?"

"어두운 밤중이라 분간할 수 없었는데, 어디로 도망쳤는지 모르겠습니다."

이튿날 날이 밝았을 때 유격대장군 황표가 수급 하나를 막사 앞에 던졌다. 그가 말을 꺼내기도 전에 장수들이 모두 막사 앞으로 나가 그것이 할리후의 수급임을 확인했다. 이에 삼보태감이 황표에게 물었다.

"이게 정말 그자의 수급이오?"

"그렇습니다."

"어디서 찾아냈소이까?"

"오늘 아침 바다 입구의 양쪽 언덕을 순찰하던 중에, 관문에서 한 무리 오랑캐 병사들이 장수 하나를 둘러싸고 있는 것을 발견했습니다. 병사들이 그에게 배로 올라오라고 했지만 그는 한사코 거절하더군요. 제가 다가가 살펴보니 그 장수는 바로 할리후였고, 병사들은 성안에서 나온 구원병들이었습니다. 간밤에 배들이 불탈 때 그자는 어쩔 도리가 없어지자 물속에 잠수하여 슬그머니 항구 안의 갈대숲에 숨어 있었는데, 오늘 날이 밝자 구원병들이 와서 배에 타라고 했던 모양입니다. 하지만 이 자는 거절하면서 이렇게 말했습니다.

'간밤에 대왕마마의 명을 받고 셋째 왕자님을 보호하면서 작전도 성공하여 군주와 신하 모두에게 유익하기를 기대했다. 하지만 하늘이 우리나라를 버리고 우리에게 참패를 안겨주어 한 척의 배도, 한 명의 병사도 돌아가지 못했다. 아아, 이 얼마나 처참한 일이냐! 이제 왕자님마저 명나라 군대에게 목숨을 잃고 생환하시지 못했다. 왕자님께서 돌아가셨는데, 내가 어찌 혼자 살아서 돌아갈 수 있겠느냐? 틀렸다! 다 끝이야! 이 물이야말로 내 원수이다!'

그러면서 대뜸 물로 뛰어들려고 했습니다. 당연히 다들 붙들며 만류하자 그가 이렇게 말했습니다.

'말리지 마라. 다만 돌아가거든 나 대신 대왕마마께 절을 올려다오. 나는 자격도 모자란 주제에 조정에서 높은 벼슬과 후한 봉록을 받았구나. 대왕마마의 봉록을 받아먹고도 그분의 근심을 나눠 가지지 못했고, 대왕마마의 말을 타고 다니면서도 그분의 재난을 구해 드리지 못했다. 이렇게 나라의 은혜를 저버렸으니 죽더라도 억울하지 않다. 황공하고 부끄러울 따름이다. 황공하고 부끄러울 따름이야!'

그러면서 다시 물로 뛰어들려고 하자 다들 붙들며 만류하니, 그가 또 이렇게 말했습니다.

'더 이상 말리지 마라. 나는 기필코 죽을 것이다. 다만 돌아가서 대왕마마를 뵙거든, 온 나라의 군대를 모두 동원해서 우리 둘의 복수를 해 주십사 말씀드려라. 적에게 항복해서 우리가 죽어서도 눈을 감지 못하게 해서는 절대 안 된다고 말씀드려라.'

그가 다시 물로 뛰어들려고 하자 다들 또 붙들며 만류했습니다. 그러자 그가 또 이렇게 말했습니다.

'왜 또 말리는 것이냐? 내가 어찌 다시 살 수 있겠느냐? 다만 돌아가거든 대왕마마께 이렇게 아뢰어라. 복수하려면 빈손으로 덤빌 수 없으니, 시그라[吸葛剌]¹ 왕국 국경의 홍라산(紅羅山)에 계신 세 분의 뛰어난 어른들을 찾아가서 도움을 청하시라고 해라. 금각대선(金角大仙)과 은각대선(銀角大仙), 녹피대선(鹿皮大仙)이라고 불리는 그분들은 모두 술법에 뛰어나고 변화막측한 능력을 지니셔서, 사람들이 다들 살아 계신 신선이라고 여기고 있다. 이분들의 도움을 얻을 수만 있다면……'

그리고 말을 마치기도 전에 물로 뛰어들어 버렸습니다. 다들 그가 아직 말을 마치지 않았기 때문에 미처 방비하지 못했고, 그는 그

---

1 지금의 벵갈(Bengal)과 인도 서 벵갈(West Bengal) 일대에 있던 옛 왕조이다. 이 지명은 중국의 문헌에서 방갈랄(榜葛剌), 방갈란(榜葛蘭), 방합랄(邦哈剌), 발갈랄(傍葛剌), 방가라(傍伽喇), 붕하라(朋呀喇) 등으로 쓰기도 했고, 고기원(顧起元: 1565~1628, 자는 태초[太初] 또는 인초[璘初], 만초[瞞初], 호는 둔원거사[遁園居士])의 《객좌췌어(客座贅語)》 권1에서는 흡갈랄(吸葛剌)이라고 표기하기도 했다.

대로 물귀신이 되어 버렸습니다. 저는 그의 이런 충직하고 의로운
모습을 보았기 때문에 위협하지 않고 그대로 두었다가, 그의 목숨
이 끊어진 뒤에야 수급을 취해서 사령관님께 가져왔습니다."

"셋째 왕자는 자식의 도리로 효도를 위해 죽었고, 할리후는 신하
의 도리로 충성을 위해 죽었구려. 오랑캐의 나라에도 이렇게 충효
를 중시하는 사내가 있거늘, 당당한 우리 중국은 오히려 저들보다
못하구려. 그래서 공자께서도 '오랑캐의 나라에도 군주가 있으니,
중원의 여러 나라에 없는 것과는 다르다.²'라고 말씀하셨지요."

삼보태감은 즉시 기패관을 불러 대부(大夫)에 대한 예우에 맞게
장례를 준비하여 두 개의 수급을 합장(合葬)하라고 분부했다. 또 장
례가 끝나자 무덤 앞에 비석을 세웠는데, 그 앞면에는 커다란 글씨
로 '서양 금안국 충효인의 무덤[西洋金眼國忠孝之墓]'이라고 새기
고, 뒷면에는 왕 상서가 쓴 네 구절의 시를 새겼다.

太子見危能授命   나라의 위기 앞에 태자는 목숨을 바쳐 사

---

2 《논어》〈팔일(八佾)〉: "夷狄之有君, 不如諸夏之亡也." 이 구절에 대해서는
역대로 크게 두 가지의 다른 해석이 있다. 하나는 오랑캐의 나라에 군주가 있다
해도 (예의를 모르니) 중원의 각 제후국에 군주가 없는 것(그래도 예의를 아는 것)
만 못하다는 것이고, 다른 하나는 오랑캐의 나라에도 (현명한) 군주가 있으니 이는
중원의 제후국들에 군주의 존재가 (현명하지 못하기 때문에) 이미 유명무실해진
것과는 다르다는 것이다. 이 소설에서는 문맥상 후자의 해석을 따른 것으로 보
인다. 다만 〈팔일〉편이 대개 예의 제도에 관한 얘기들을 담고 있다는 점에
서 전자의 해석이 옳다는 주장이 주류를 이루고 있는 듯하다.

	명을 떠안았고
爲臣駙馬致其身	신하의 몸으로 부마는 자신의 목숨을 바쳤노라.
世間好事惟忠孝	세상의 훌륭한 일이란 오직 충효밖에 없나니
一報君恩一報親	각기 군주의 은덕과 부모의 은혜에 보답하는 일이 그것이다.

한편 할리후가 바다에 몸을 던져 죽는 것을 목격한 금안국의 구원병들은 곧장 궁궐로 달려가서 대성통곡했다. 그러자 국왕이 깜짝 놀라 물었다.

"왜 이렇게 통곡하는 것이냐?"

"간밤의 전투에서 우리 군인과 전함이 모두 잿더미로 변해 버렸사옵니다."

"뭐라? 그럼 셋째 왕자는 어찌 되었느냐?"

"왕자님도 빠져나오지 못하셨사옵니다."

그 말에 국왕은 그대로 침대로 쓰러져서 정신을 잃고 말았다. 문무백관이 일제히 달려가 부축해 일으키자, 한참 만에야 깨어난 국왕이 다시 물었다.

"할리후는 어디 있느냐?"

"부마께서는 혼자 수문까지 걸어오셨는데, 왕자님이 돌아가셨다는 소식을 들으시고 혼자 살 수 없다고 하시면서 바다에 몸을 던져 돌아가셨사옵니다."

국왕은 좌우 두 팔을 잃은 것처럼 목 놓아 통곡했다. 그리고 한참 통곡하고 나더니 소리쳤다.

"아아, 애통하도다, 부마여! 내 아들이여! 너희는 각기 충과 효를 위해 죽었으니 그나마 훌륭한 명성이라도 남겼지만, 어찌 이 늙은이만 남겨 놓았단 말이냐? 나는 살아서 이 시대에 도움이 되지 않고, 죽어서도 후세에 이름이 남지 못하겠구나. 차라리 나 또한 스스로 목숨을 끊는 것이 낫겠구나!"

그 말을 마치기도 전에 그는 칼을 집어 들고 자살하려고 했으나, 좌우 두목이 황급히 그의 머리를 감싸며 칼을 빼앗았다.

"죽은 사람은 다시 살아날 수 없지만, 패배한 군대는 다시 승리할 수 있사옵니다. 대왕마마께서는 한 나라의 군주이시니, 이 나라 백성들의 목숨도 마마께 달려 있사옵니다. 그러니 옥체를 보전하시어 국가 대사를 처리하셔야지, 어찌 도랑에 빠져 죽어도 아무도 알아주지 않는 필부처럼 되려 하시옵니까?"

그러자 국왕이 이를 갈며 소리쳤다.

"나는 명나라와 너무나 깊고 큰 원한을 맺었다. 저들은 나의 장수들을 베고, 사랑하는 내 자식을 죽이고, 사위를 해치고, 백성들을 해쳤다. 이 원한은 골수에 사무쳤지만, 무슨 면목으로 내가 천지간에 서 있을 수 있겠느냐!"

그러자 구원병들이 말했다.

"대왕마마, 고정하시옵소서! 부마께서 저희더러 대왕마마께 이렇게 아뢰라고 말씀하셨사옵니다. 두 분이 돌아가신 뒤에 대왕마마께서는 온 나라의 군대를 동원해서 복수해 주서야지, 쉽게 항복해서 두 분이 죽어서도 눈을 감지 못하게 만들지 말라고요!"

"모진 바람이 불어 봐야 굳센 풀을 알아볼 수 있고, 난세가 되어봐야 충신을 알아볼 수 있다고 했지. 짐이 복수하고 싶은 마음이 없는 것이 아니라, 지금 이렇게 나라가 위태로운 마당에 조정에 가득한 대신들 가운데 내 근심을 나눠 가질 만한 자가 하나도 없으니 어쩌란 말이냐!"

"대신들을 책망하실 일이 아닌 줄 아옵니다. 부마께서 돌아가실 때 또 몇 마디를 남기셨사옵니다.

'복수하려면 빈손으로 덤빌 수 없다. 시그라 왕국 국경의 홍라산에 금각대선과 은각대선, 녹피대선이라고 하는 뛰어난 분들이 계시니, 그분들에게 도움을 청해야 저들을 물리칠 수 있다.'

이렇게 말씀하셨사옵니다."

그 말을 듣자 국왕은 술에서 깬 듯, 꿈에서 깨어난 듯이 정신이 번쩍 들었다.

"그런 훌륭한 분들이 계신다면 당장 사람을 보내 궁으로 모셔야지!"

그 순간 좌승상 샤오타하[蕭嚓哈]³가 아뢰었다.

"아니 되옵니다! 아니 되옵니다!"

국왕이 진노하여 물었다.

---

3 이 이름을 제62회에서는 샤오타하[肯嚓哈]라고 표기했다.

"애초에 명나라 군대가 여기에 왔을 때 그대가 그놈의 '아니 되옵니다! 아니 되옵니다!'라고 하는 바람에 일이 이 지경에 이르렀는데, 지금은 왜 또 아니 된다는 것이오?"

"대왕마마, 고정하시고 제 말씀을 들어 주시옵소서. 예로부터 병사를 부릴 때 적을 알고 나를 알면 백전백승이라고 했사옵니다. 제가 보기에 명나라의 장수들은 지략이 뛰어나고 병법에도 아주 밝사옵니다. 게다가 신통력이 뛰어나 도술을 잘 부리는 두 명의 이인(異人)이 있사옵니다. 무예가 출중한 왕자님께서도 그들의 적수가 되지 못했으니, 부마의 경우는 더 말할 필요도 없사옵니다. 그 때문에 참패를 당하여 목숨을 잃고 나라를 위태롭게 만들었사옵니다. 물론 지금 조정의 문무 대신들은 모두 병법을 모르니, 무슨 신선에게 의지하여 공격하는 수밖에 없사옵니다. 하지만 신선쯤 되는 이들이 굳이 남을 도와 전쟁이라는 선하지 못한 일을 하려 하겠사옵니까? 이 또한 호랑이를 그리려다 개를 그리고 마는 꼴이 되지 않겠사옵니까! 그래서 제가 아니 된다고 말씀드린 것이옵니다."

"뭐라? 여봐라, 외국과 사통하는 이 늙은 것을 당장 끌고 나가 목을 쳐라!"

문무백관은 국왕이 진노하여 그를 죽이려 하자 모두 나서서 만류했다.

"왕자님과 부마께서 돌아가신 마당에 대신까지 처형하시면 나라와 군대에 이로울 게 없지 않겠사옵니까?"

그러자 국왕도 분을 가라앉힐 수밖에 없었다.

"일단 옥에 가둬 두도록 하라. 대업을 이루고 난 다음에 처형해도 늦지 않을 테지."

이에 병사들은 감히 명을 어기지 못하고 즉시 샤오타하를 옥에 감금했다. 그런 다음 국왕이 물었다.

"조정의 관리들 가운데 그분들을 모시러 다녀올 자가 없다는 말인가?"

그러자 관리들은 서로 얼굴만 쳐다볼 뿐 아무도 나서는 이가 없었다. 다만 우승상 샤오타린[蕭噠嚛]이 나서서 이렇게 아뢰었다.

"이는 대왕마마께서 주관하시는 일이오니, 누구든 지명하셔서 파견하시면 되지 않을까 하옵니다."

샤오타린의 이 말은 명백한 아부였지만, 뜻밖에도 국왕은 찰거머리 같은 성격이 있었다.

"그렇다면 그대가 다녀오도록 하시오!"

괜히 얘기했다가 자기가 떠맡게 되자, 샤오타린은 차라리 사내답게 행동하기로 작정했다.

"대왕마마를 보필하면서 두터운 은혜를 입었는데, 지금 불행히도 이 나라가 도탄의 위기에 빠졌으니 제가 어찌 수수방관할 수 있겠사옵니까? 마마께서 분부를 내리셨으니 기꺼이 다녀오겠나이다."

"속히 가서 과인이 중용하기 위해 부른다고 얘기해서 모셔오도록 하시오."

"그 세 신선은 범속한 인간이 아니기므로 예를 갖춰 초빙해도 쉽게 오시려 하지 않으실 텐데, 국왕의 명으로 부른다고 하면 오실 리가 있겠사옵니까?"

"그렇다면 어떻게 해야 하오?"

"평소 존경하고 흠모하셨다는 내용의 국서(國書)를 한 장 쓰시고 예물을 마련하여, 공손히 청한다는 성의를 보여주시옵소서. 제가 그것들을 가지고 산으로 찾아가 간곡히 청하면 모셔올 수 있을 것이옵니다."

"아주 지당하신 말씀이오. 그렇지 않으면 오히려 신선들의 진노를 사서 괜한 헛꿈만 꾼 셈이 될 뻔했소이다."

국왕은 즉시 국서를 작성하고, 토산품과 비단 등으로 예물을 장만하여 샤오타린에게 건네주었다. 출발하기 전에 샤오타린이 또 국왕에게 당부했다.

"관문을 단단히 잠그고 뇌목(檑木)[4]과 포석(砲石)[5] 등을 많이 갖추어 적이 쳐들어오지 못하도록 단단히 지키시옵소서. 수문도 중요하오니 전함을 많이 배치하여 지키시고, 함부로 열지 않도록 하시옵소서."

"그런 것에 대해서는 과인 나름대로 생각이 있으니, 어서 다녀오기나 하시오."

샤오타린은 국왕에게 작별인사를 하고 하인을 대동한 채 풍찬노

---

4 뇌목(檑木)은 옛날 성을 수비할 때 적들이 성을 넘어오지 못하도록 높은 곳에서 떨어뜨리는 굵은 통나무를 가리킨다.

5 포석(砲石)은 무거운 돌을 발사할 수 있는 무기이다.

숙하며 보름 남짓 길을 재촉하여 겨우 어느 산 아래에 도착했다.

'이렇게 여러 날을 와서야 비로소 이 산을 보게 되는구나. 그런데 이 산이 맞나? 맞는 것 같기도 하고 아닌 것 같기도 하구나. 여기가 아니라면 잘못 온 셈이 되는데……'

이렇게 머뭇거리고 있을 때, 양떼를 몰고 고개를 넘어오는 어린 아이가 하나 보였다. 그 아이는 고개를 숙인 채 느긋하게 두 개의 막대기를 마주치며 노래를 부르고 있었다.

自小看羊度幾春	어려서부터 양을 친 지 몇 해가 지났던가?
相逢誰是不平人	만나는 이 가운데 불평 많은 이는 누구인가?
浮雲世事多翻覆	뜬구름 같은 세상사는 번복이 많나니
一笑何須認假眞	그저 웃고 말 것이지 참과 거짓 따져 무엇하랴?

샤오타린은 그 노래를 듣고 깜짝 놀랐다.

'이런 어린애가 이처럼 심오한 시를 노래하다니, 분명 예사로운 아이가 아닌 것 같구나. 어디 가까이 가서 한 번 물어보자.'

그는 곧 아이에게 다가가 말을 건넸다.

"어린 형제님, 안녕하신가?"

아이는 고개를 숙인 채 걷고 있다가 갑자기 부르는 소리에 깜짝 놀라서 엉겁결에 호통을 쳤다.

"이놈의 짐승, 어딜 도망치느냐!"

이건 분명히 샤오타린에 대한 욕이었지만, 양들은 자기들에게 하는 말인 줄 알고 모두 제자리에 멈춰 서더니 순식간에 하얀 바위로 변해 버렸다. 온 산이 이렇게 하얀 바위들로 덮이자 샤오타린도 깜짝 놀랐다.

'옛날에 황초평(黃初平)⁶이 바위를 꾸짖어 양으로 변하게 했다고 하던데, 이 아이는 양을 바위로 만드는구나. 틀림없이 신선인 게야!'

그는 다짜고짜 아이를 붙들어 세우고 절을 올렸다.

"바보 아니에요? 왜 저한테 절을 해요?"

"신선님, 방해하려는 것이 아니라 그저 이 산이 홍라산이 맞는지 여쭤보려는 것입니다."

"모르겠네요. 여긴 그저 이런 곳이에요."

그러면서 아이가 노래를 읊조렸다.

天爲羅帳地爲氈	하늘을 천막으로 삼고 땅을 양탄자로 삼아
日月星辰伴我眠	해와 달과 별을 벗 삼아 잠이 든다네.
靑衫白苧渾閑事	푸른 장삼 하얀 옷도 모두 부질없는 것.
那曉得甚麽紅羅歪事纏	무슨 붉은 비단 따위를 두른들 무엇 하리!

"그럼 혹시 이 산에 금각대선과 은각대선, 녹피대선이라는 세 분의 신선이 계시는지요?"

---

6 황초평(黃初平 또는 皇初平)에 대해서는 제8회의 각주 55)를 참조할 것.

"몰라요. 그저 이런 것만 알지요."

一鞭一馬一人騎	한 마리 말을 몰며 한 사람 타고 가는데
兩字雙關總不提	서로 연관된 두 글자 끝내 언급하지 않네.
縱是同行我師在	설령 우리 스승님 계신 곳에 함께 간다 해도
春風幾度浴乎沂	봄바람이 몇 번이나 기수(沂水) 강물에 씻기게 될까?

그 말을 마치기도 전에 아이의 모습이 사라져 버렸다. 자세히 살펴보니 산 위의 하얀 바위들도 모두 사라지고 없었다. 그제야 그는 알 수 있었다. 왜냐? 그 아이는 홍라산을 모른다고 했지만, '푸른 장삼 하얀 옷'은 붉은 비단과 짝이 되는 것이 아닌가? 세 신선을 모른다고 했지만 '우리 스승님 계신 곳에 함께 간다 해도'라고 했으니, 이는 바로 세 신선을 가리키는 게 아니겠는가?

'여기가 분명해. 잘못 왔을 리 없어!'

그는 즉시 하인을 불러 곧바로 산 위로 올라갔다. 산에 올라 사방을 둘러보니 과연 예사로운 산이 아니었다.

구름은 봉우리를 가리고 안개는 산기슭에 얽혔구나.
가물가물 보이는 몇 가닥 산길은 오르기 힘들겠고
그 옆의 맑디맑은 만 길 폭포와 못은 인간 세상 같지 않다.
소나무 잣나무 사방에 가득하고 가시나무는 자라지 않는다.
이따금 사슴은 영지 물고 가고, 새들은 과일을 쪼고 있구나.

몇 채의 초가집은 문이 달려 있어도 항상 닫혀 있고

한 쌍의 화로는 불을 때지 않아도 절로 달궈지는구나.

십주(十洲)와 삼신도(三神島)도 경치 좋다 자랑 마라.

낭원(閬苑)과 봉래산(蓬萊山)이라 해도 과연 좋은 시절 다시 만나기 어려우리라.

틀림없이 신선이 수련하는 곳이니 어찌 보통 백성들 사는 곳에 비하랴!

> 雲鎖巖巔, 霧縈山麓.
>
> 望着顚巍巍幾條鳥道, 險若登山.
>
> 傍那碧澄澄萬丈龍潭, 下臨無地.
>
> 遍生松柏, 不長荊榛. 時看野鹿銜芝, 那有山禽啄果.
>
> 數椽茅屋, 門雖設而常關. 一對丹爐, 火不燃而自熱.
>
> 十洲三島, 休誇勝地不常. 閬苑蓬萊, 果是盛筵難再.
>
> 分明仙子修眞地, 豈比尋常百姓家.

샤오타린은 한참 동안 감상하다가 속으로 생각했다.

'여긴 정말 신선 세계로구나. 봉래산이나 낭원, 삼신도, 십주 같은 곳은 얘기할 것도 없어!'

다시 몇 리를 가자 멀리 돌문이 하나 보였다.

'옳거니! 돌문이 있으니 틀림없이 신선의 동부가 있을 거야.'

그렇게 다시 몇 리를 걸어 돌문 아래에 도착하니, 거기에 두 아이가 있었다. 하나는 돌을 베개 삼아 이끼 위에 누워 있었고, 다른 하나는 양손에 한 마리씩 학을 붙들고 춤을 가르치며 자유롭게 놀고 있었다.

샤오타린은 처음 방문한 곳이라 함부로 말을 걸지 못하고 잠시 그 자리에 서 있었는데, 두 아이는 모르는 척하고 있었다. 한참 동안 서 있다가 샤오타린이 가까이 다가가서 말을 건넸다.

"선동(仙童)님, 여기가 혹시 홍라산입니까?"

하지만 자고 있는 아이나 학과 놀고 있는 아이 가운데 누구도 그를 상대하지 않았다. 다시 한참이 지나서 그가 다시 물었다.

"선동님, 혹시 이곳에 세 분 신선님이 계십니까?"

그래도 자고 있는 아이나 학과 놀고 있는 아이 가운데 누구도 그를 상대하지 않았다. 또 한참이 지나서 그가 다시 물었다.

"선동님들, 혹시 이곳 신선님들의 제자 분들이십니까?"

그래도 자고 있는 아이나 학과 놀고 있는 아이 가운데 누구도 그를 상대하지 않았다. 이렇게 세 번이나 연달아 무시를 당하자 그는 화가 치밀었지만 내색할 수도 없었다. 그런데 그를 따라 온 하인 가운데 나이는 많지만 담력이 큰 자가 있었다. 그는 두 아이가 계속 딴청을 부리는 모습을 보고 울컥 화가 치밀어 고함을 질렀다.

"예끼! 무슨 귀머거리나 벙어리라도 되는 거냐? 물으면 대답을 해야지, 정중하게 묻는데도 계속 모른 척하고 있는 게야!"

세상일이란 잘 풀리는 경우는 드물고 나빠지는 경우는 많은 법이지만, 그 늙은 하인이 화를 내며 고함을 지르자 갑자기 상황이 달라졌다. 누워 있던 아이가 부스럭거리며 일어나더니 물었다.

"어디서 오신 분들인가요? 무슨 일로 이 산과 신선, 제자 따위를 물으시면서 별것도 아닌 일에 사람을 놀라게 하고 그러셔요?"

샤오타린은 기다렸다는 듯이 다가가 공손히 사죄의 절을 올렸다.

"사실 저는 금안국 대왕마마를 모시는 우승상 샤오타린이라고 합니다. 저희 대왕마마께서 제게 국서 한 통과 몇 가지 토산품을 가지고 이 산에 계신 세 분 신선님께 인사를 올리라고 하셨습니다. 하지만 감히 제 마음대로 할 수 없어서 이렇게 두 번 세 번 여쭈었던 것입니다."

"우리 사부님들은 세상을 피해 은거하고 계시는 분이라 속세 사람과는 만나지 않으셔요."

"천 리를 멀다 하지 않고 산 넘고 물 건너 찾아왔습니다. 다행히 오늘에야 이곳에 도착했는데 어떻게 빈손으로 돌아갈 수 있겠습니까? 부디 안에다 알려만 주십시오. 만나 주고 말고는 귀 사부님 뜻대로 따르겠습니다."

"그럼 잠시 여기 계셔요. 들어가서 사부님께 말씀드릴게요."

선동은 얼른 안으로 들어가 보고했다.

"밖에 어느 벼슬아치가 찾아왔는데, 자칭 금안국의 우승상이라고 합니다. 몇 명의 하인과 함께 국왕의 국서와 토산품으로 준비한 예물을 가져와서 세 사부님을 뵙고 싶어 합니다. 하지만 제 마음대로 들여보낼 수 없어서 이렇게 알려드립니다."

그러자 금각대선이 말했다.

"우리는 속세를 떠난 몸인데 어찌 그런 작자를 만나겠느냐? 돌려보내라!"

"제가 이미 그러려고 했는데, 그 사람이 '천 리를 멀다 하지 않고 산 넘고 물 건너 찾아왔습니다. 다행히 오늘에야 이곳에 도착했는데 어떻게 빈손으로 돌아갈 수 있겠습니까?' 하면서 저더러 사부님께 말씀이라도 드려 달라고 간청했습니다."

그러자 은각대선이 말했다.

"군자는 너무 지나친 일을 하지 않는 법이지요. 찾아온 정성을 생각해서 만나 주는 게 좋겠습니다."

선동은 둘째 사부의 말이 떨어지기 무섭게 나는 듯이 달려 나와 다급히 말했다.

"들어오셔요! 어서 들어오셔요!"

샤오타린은 말할 수 없이 기뻐하며 의관을 바로잡고 들어갔다. 하지만 따라온 늙은 하인은 뭔가 마음에 걸리는 게 있는 듯, 걸음을 옮기며 선동을 불렀다.

"선동님, 선동님!"

"왜 또 부르셔요?"

"밖에 있는 사제(師弟)분께 공부를 몇 년 더 하시라고 충고 좀 해 주시는 게 좋겠습니다."

"그게 무슨 소리예요?"

"공부도 별로 안 해 놓고 무슨 학을 가르치겠다고 저러는지 모르겠다 이겁니다."

"뭘 잘 모르시는 모양인데, 제 사제는 여러 해 동안 학생을 가르치던[敎學] 사람이라고요."

"그렇게 여러 해 동안 학을 가르친[敎鶴] 분이 어떻게 저렇게 어린애 같을 수 있습니까?"

샤오타린이 그 말을 듣고 핀잔을 주었다.

"쓸데없는 소리 말고 길이나 걸어라."

동굴 안으로 들어가 세 신선을 만나자 샤오타린은 감히 무례를 범하지 않으려고, 털썩 엎드려 연달아 이삼십 번이나 고개를 조아렸다. 그러자 세 신선이 말했다.

"먼 길을 오셨으니 이런 인사는 필요 없소이다. 자리에 앉으시지요."

샤오타린은 감히 앉지 못하고 즉시 국서를 두 손으로 바쳤다. 신선들이 받아 보니 거기에는 이렇게 적혀 있었다.

금안국 국왕 모쿠웨이스가 금각대선과 음각대선, 녹피대선께 삼가 재배하며 올립니다.

과인은 일찍이 신선의 풍모를 앙모하여 오래전부터 이 길에 이 몸을 바치고자 했습니다. 하지만 속세의 인연이 아직 끊어지지 않아, 나라가 어지럽고 불안하기만 합니다. 불행히도 근래에는 중국의 군대가 침입하여 나라에 변란이 일어나, 그 재앙이 제 혈육에게까지 미쳤습니다. 신선님들께서는 자비로 세상을 제도하시는 분들이시니, 이 소식을 들으시면 측은하게 여기실 것으로 사료됩니다. 예의로 따지자면 제가 직접 뵈러 와야 마땅하지만, 적군이 국경을 위협하는 상황이라서 저는 병사들과 함께 무기를 갈고 말을 먹이며 한시도 쉴 틈이 없습니다. 이에 목욕재계하고 우승상 샤오타린을 통해 보잘것없는 예물이나마 바치면서, 신선님들께 삼가 동정을 베풀어 주십사 간청하는 바입니다.

부디 이 가련한 처지를 불쌍히 여기시어 학헌(鶴軒)[7]을 몰아 왕림해 주십시오.

궁궐 대문의 기둥을 끌어안고 간절히 기다리고 있나이다!

신선들은 편지를 읽고 나서 이렇게 말했다.

"이렇게 큰 관심을 갖고 편지를 보내 주셔서 감사합니다. 예물은 감히 받을 수 없으니, 다시 가져가시기 바랍니다."

"보잘것없는 것들이지만, 부디 하해와 같은 아량으로 받아 주십시오."

금각대선이 말했다.

"예물 얘기는 그만합시다. 그런데 우리 형제는 모두 쓸모없이 산야에 숨어 여생을 구차하게 보내는 사람들에 지나지 않은데 용병술이나 군사작전, 나라를 다스리는 일 같은 것을 어찌 알겠소이까? 그러니 국왕께서 우리를 부르신 건 실수입니다. 실수이고말고요!"

샤오타린이 다급히 머리를 조아렸다.

"세 분 신선님들의 현묘한 술법에 대해서는 널리 소문이 자자하옵니다. 다행히 저희 왕궁에 왕림해 주신다면, 이는 하늘이 우리

---

7 학헌(鶴軒)은 신선의 수레를 비유하는 말이다.

왕국을 불쌍히 여겨 복을 비춰 주신 것이라 할 수 있습니다. 그래서 이렇게 먼 길을 찾아와 간청하는 것이오니, 제발 거절하지 말아주십시오!"

그러자 은각대선이 말했다.

"승상, 어진 사람은 대국으로서 소국을 섬기고, 지혜로운 사람은 소국으로서 대국을 섬긴다[8]고 하지 않았소이까? 귀국에 전쟁이 일어났다면 피차의 역량을 헤아려서 둘 중의 하나를 택해 실행하면 될 일이지, 어찌하여 우리 형제들더러 그들과 싸우라고 하는 것이오?"

"명나라 군대의 기세는 산처럼 큰데 포악하기가 불길과도 같습니다. 세 분 신선님들께서 도와주시지 않는다면 우리나라 병사와 백성은 조만간 모두 잿더미로 변할 것입니다. 화친을 할 수 있을지는 모르지만, 그게 언제가 될지 누가 알겠습니까! 어찌 우리 왕자님의 목숨과 부마의 목숨을 헛되이 보낼 수 있겠습니까? 지금은 어

---

8 《맹자》〈양혜왕하(梁惠王下)〉: "오직 어진 사람만이 대국의 제후로서 소국의 제후를 받들 수 있기 때문에 탕임금이 갈나라를 섬기고 문왕이 곤이를 섬겼다. 오직 지혜로운 사람만이 소국의 제후로서 대국의 제후를 섬길 수 있으므로 태왕 정이 오랑캐를 섬기고 구천이 오나라를 섬겼다. 대국으로서 소국을 섬긴 것은 천명을 따르는 것을 즐겼기 때문이요, 소국으로서 대국을 섬긴 것은 천명을 두려워했기 때문이다. 천명을 따르는 것을 즐기면 천하를 지킬 수 있고, 천명을 두려워하면 그 나라를 지킬 수 있다.[惟仁者爲能以大事小, 是故湯事葛, 文王事崑夷. 惟智者爲能以小事大, 故太王整事獯鬻, 句踐事吳. 以大事小者, 樂天者也, 以小事大者, 畏天者也. 樂天者保天下, 畏天者保其國.]"

쩔 도리가 없어서 이렇게 간청하는 것이옵니다.”

그러자 녹피대선이 말했다.

“귀국에 그런 큰 재난이 있다 해도 우리 형제는 오랫동안 산림에서 유유자적 지냈기 때문에 그 부탁은 정말 들어 드릴 수 없소. 다른 곳의 은사를 찾아가 부탁해 보시는 게 어떻소?”

“지금 시대에 세 분보다 뛰어난 은사가 어디 있겠사옵니까?”

그러면서 그가 무릎을 꿇으며 말했다.

“세 분께서 한사코 가지 않으시면 저도 대왕마마를 뵐 면목이 없으니, 차라리 여기서 죽겠사옵니다.”

보라. 그는 눈물을 줄줄 흘리며 끈질기게 요청했다. 한바탕 통곡을 하다가 다시 설득하고, 또 한바탕 설득하다가 다시 통곡하기를 반복했다. 그의 얘기는 너무도 간절했고, 통곡하는 모습은 너무도 애통했다. 그러자 세 신선은 마음이 흔들려서 일제히 다가가 그를 부축해 일으켰다.

“우승상께서는 정말 세상에 짝이 없을 만큼 충신이구려. 우리는 본래 쓸데없는 세상사에 관여하지 않지만, 그대의 충의를 보니 부탁을 들어주지 않을 수 없겠소. 알겠소! 한 번 다녀오겠소!”

샤오타린이 예물을 바치자 금각대선이 말했다.

“지성의 표시로 가져온 것이니 받지 않을 수 없겠구려.”

그리고 선동에게 받아 간수하라고 분부했다. 샤오타린이 출발하자고 청하자 금각대선이 말했다.

“먼저 가시구려. 우리 형제도 곧 따라가겠소.”

샤오타린은 감사의 절을 올리고 먼저 왕궁으로 돌아가 국왕을 만났다. 그리고 자초지종을 설명하니 국왕은 무척 기뻐했다.

한편 세 신선은 동부의 대소사를 제자들에게 당부하고 각자 필요한 물건을 꼼꼼하게 챙긴 다음, 각자 탈것에 올랐다. 금각대선은 금사견(金絲犬)[9]을, 은각대선은 하얀 얼굴의 너구리인 옥면리(玉面狸)를, 녹피대선은 두 날개가 달린 얼룩말인 쌍비복록(雙飛福祿)을 탔다. 그리고 각자 신통력을 부리자 순식간에 맑은 바람이 일어나면서 그들은 어느새 금안국의 영토 안에 도착하여, 구름을 내리고 접천관 안으로 들어갔다.

샤오타린은 멀리서 세 신선의 모습을 보고 즉시 국왕에게 알렸다. 국왕은 우선 문무 대신에게 관문 밖으로 나가 영접하게 하고, 이어서 자신이 몸소 계단 아래로 내려가 영접하여 대전으로 안내하고, 서로 인사를 나눈 후 자리에 앉았다. 잠시 후 차를 마시면서 국왕이 말했다.

"과인이 선조의 기업을 계승하여, 부끄럽게도 별다른 덕이 없이도 나라를 지킬 수 있었소이다. 그런데 불행히도 적국에서 아무 이유 없이 쳐들어 왔는데, 이제 세 분 신선께서 이렇게 왕림해 주셨으니 과인뿐만 아니라 이 나라 모든 병사와 백성에게 행운이라 하겠습니다!"

---

9 금사견(金絲犬)에 대해서는 제7회의 각주 85)를 참조할 것.

세 신선이 답례하고 말했다.

"별다른 능력도 없는 저희 형제가 과분하게 후한 초청을 받았으니, 배운 바를 모두 펼쳐 명나라 군대와 맞서 싸움으로써 저희를 알아주신 호의에 보답하겠습니다."

국왕은 무척 기뻐하며 즉시 잔치를 열어 세 신선을 접대했다. 몇 차례 술잔이 돌고 서로 마음이 맞게 되자 국왕은 몇 명의 미녀를 불러 노래와 춤으로 흥을 돕게 했다. 이에 아름답기 그지없는 미녀들이 쌍쌍이 춤을 추며 세 신선에게 술잔을 권했다. 그러자 세 신선이 말했다.

"이런 미녀와 음악은 철회해 주십시오."

국왕은 그들이 그런 것을 싫어한다는 것을 알고 문관들을 불러 정중하게 몇 차례 술을 권하게 하고, 또 무장들을 불러 창칼과 권각술로 각종 무예를 선보이며 또 몇 차례 술을 권하게 했다. 그러자 금각대선이 말했다.

"귀국의 문관들은 문장력이 뛰어나고 무장들도 무예가 뛰어난데, 어떻게 명나라에 연패를 당하여 태자와 부마까지 목숨을 잃게 되었습니까? 혹시 명나라 장수의 수가 너무 많아서 그렇게 된 것입니까?"

"명나라에 장수가 많다 한들 우리나라에도 능히 대적할 만한 인재가 있습니다. 다만 저들에게 미치지 못하는 것은 저쪽에 용호산인가 하는 곳에서 온 장 아무개라는 도사가 있다는 점입니다. 나라에서 인화진인에 봉해 주었다는 그 도사는 귀신을 부리고 비바람을 부르는 능력이 있다고 합니다. 이 도사 하나만이라면 그래도 어찌 해볼 만한데, 또 김벽봉장로라고 하는 승려가 있습니다. 이자는 더욱 예사로운 인물이 아니어서, 하늘과 땅을 갈라놓았다가 붙이고 바다와 강을 뒤집으면서 천지를 소매에 담고 해와 달을 품에 넣을 수 있다고 합니다. 명나라 군대가 서양에 온 뒤로 연달아 스무 개 가까운 나라들을 항복시킬 수 있었던 것도 모두 이 둘의 능력 때문입니다. 우리나라도 그들의 적수가 되지 못하기 때문에, 이렇게 멀리 계신 세 분 신선께 간청하게 된 것입니다."

금각대선이 미소를 지으며 말했다.

"이제는 안심하셔도 됩니다. 저희가 하산했으니 모든 게 다 끝날 것입니다. 오늘 귀국에 왔으니 반드시 저들과 크게 한판 벌여서, 결코 저들이 멋대로 설치지 못하게 하겠습니다."

"감사합니다! 정말 감사합니다!"

은각대선이 말했다.

"대왕께서는 저들의 능력에 대해서만 아시고 저희의 능력은 보신 적이 없으실 테니, 잠깐 보여 드리겠소이다."

"아닙니다. 그러실 필요 없습니다!"

녹피대선이 말했다.

"사형들의 말씀이 아주 지당하십니다. 한번 보여 드립시다."

저들이 어떤 능력을 보여주는지는 다음 회를 보시라.

삼보태감은 금안국의 항복을 받아내고
삼보태감의 군대는 홍라산에 길이 막히다
元帥收服金眼國　元帥兵阻紅羅山

山門雲擁金涂麗	구름에 둘러싸인 산문은 아름다운 금빛 칠해졌고
谷口花飛寶篆香	꽃잎 날리는 계곡 입구에는 귀한 전향(篆香)의 향기 풍기네.
萬里指揮龍一顧	만 리 밖에 뜻을 둔 용이 한 번 돌아보고
九霄來往鶴雙翔	하늘을 왕래하며 학이 두 날개 펼치네.
星巖丹髓眞能覓	드높은 봉우리의 단수(丹髓)[1]도 진정 찾을 수 있고
石室玄文定有藏	석실에는 틀림없이 현묘한 글 숨겨져 있다네.
願救餘生豁金眼	남은 목숨 구하고 금안국을 활짝 열어

---

1 단수(丹髓)는 원래 송진을 가리킨다. 도교 경전인《용호경(龍虎經)》에 따르면 단수(丹髓)가 흘러내려 수은[汞]이 된다고 했는데, 수은은 도교 연단술(煉丹術)에서 중요한 재료로 쓰였다.

帶來五福錫時康　　　오복을 가져와 태평성대를 내려 주리라!

그러니까 녹피대선이 말했다.

"두 사형의 말씀이 아주 지당합니다. 이 자리에서 한번 보여 드립시다."

그 말이 끝나기도 전에 금각대선이 자리에서 일어나며 말했다.

"대왕, 저 섬돌 위에서 술법을 펼칠 텐데, 놀라지 마시기 바랍니다."

"예. 정말 보고 싶습니다."

금각대선은 섬돌 위로 걸어가더니 펄쩍 뛰어 공중제비를 돌자 곧 머리에 쓰고 있던 구룡관(九龍冠)이 벗겨지고, 입고 있던 칠성포(七星袍)도 벗겨졌다. 곧이어 칼을 하나 집어 들더니 자기 목을 그어 머리를 잘라냈다. 그리고 왼손에는 칼을 들고, 오른손에는 머리를 들어 공중으로 던졌다. 그러자 그 머리가 허공에서 마치 한 마리 새가 날갯짓하며 맴도는 것처럼 유유히 떠다니는 것이었다. 그래도 섬돌 위의 몸은 전혀 흔들림 없이 서 있었다. 잠시 후 그 머리가 떨어지더니 교묘하게도 잘린 목 위에 한 치도 어긋나지 않게 딱 내려앉는 것이었다! 금각대선이 몸을 흔들며 다시 공중제비를 돌고 나자, 처음처럼 다시 구룡관을 쓰고 칠성포를 입은 모습이 되었다. 그는 대전으로 걸어가서 국왕에게 물었다.

"대왕, 이 정도면 명나라의 김벽봉인가 하는 자나 인화진인인가 하는 자를 사로잡을 수 있겠소이까?"

"당연합니다! 당연하고말고요! 정말 대단하십니다! 이제부터 과인도 명나라 사람들을 걱정하지 않고 편히 잘 수 있게 되었습니다!"

그 말이 끝나기도 전에 은각대선이 자리에서 일어나 섬돌 위로 올라갔다. 그리고 공중 발차기를 한 번 하자, 단번에 머리에 두르고 있던 바람막이 일자건[搶風一字巾]과 이십사기(二十四氣)를 담은 검푸른 비단 도포[皂羅袍]가 벗겨졌다. 그는 너비가 세 치에 길이가 두 자 정도 되는, 둥글게 굽어지지도 않고 반듯하지도 않아서 '을(乙)'자 모양으로 된 무기를 꺼냈다. 그리고 그것을 머리 위의 허공으로 던지면서 "변해라!" 하고 소리쳤다. 그 순간 그 무기가 하나에서 열로, 열에서 백으로 변하더니, 순식간에 백 개의 칼로 변해 공중에서 씽씽 소리를 내며 날아다녔다. 그러더니 그 칼들이 모두 날아와 그의 몸에 박혀서 그야말로 몸 전체가 칼의 산처럼 변해 버렸다. 잠시 후 그가 몸을 한 번 흔들자 칼들은 모조리 땅으로 떨어져 버렸고, 그의 몸에는 티끌만 한 상처도 없었다. 그리고 그가 다시 "변해라!" 하고 소리치자, 백 자루의 칼은 다시 원래 모습으로 돌아왔다. 이어서 은각대선이 다시 공중 발차기를 하자, 일자건과 검푸른 비단 도포를 착용한 모습으로 되돌아왔다. 그가 대전으로 걸어가서 국왕에게 물었다.

"대왕, 이 정도면 명나라의 김벽봉인가 하는 자나 인화진인인가 하는 자를 사로잡을 수 있겠소이까?"

국왕은 기뻐 어쩔 줄 몰라 하며 연신 감탄했다.

"충분합니다! 충분하고말고요! 그런데 그 무기의 이름은 무엇입니까?"

"이 무기는 천변만화하여 시작과 끝을 예측할 수 없고, 주인의 뜻대로 무슨 모양으로든지 변할 수 있소이다. 또 변화된 물건은 무엇이든 마음먹은 대로 부릴 수 있는지라, 이 무기를 '여의구(如意鉤)'라고 부릅니다."

"알고 보니 세상에 이런 보물도 있었군요! 운 좋게 세 분 신선을 만나지 못했더라면, 과인은 평생을 헛되게 산 셈이 되고 말았겠습니다."

그 말이 끝나기도 전에 녹피대선이 자리에서 일어나 섬돌로 올라가서, 역시 두건과 외투를 벗고 소매 안에서 천천히 조그마한 조롱박을 꺼냈다. 그리고 조롱박을 입에 대고 훅 불자, 그 안에서 길이가 세 치 정도 되는 조그마한 우산이 나왔다. 그것은 구리로 만든 대에 금색 종이, 쇠로 만든 손잡이가 달린 것이었다. 그가 그 우산을 손에 쥐고 "변해라!" 하고 소리치자, 순식간에 그것은 한 길 정도로 늘어나면서 살대의 길이도 일곱 자 정도로 커졌다. 그가 그것을 공중으로 던지자 순식간에 천지가 가려져서, 하늘이며 태양이 어디 있는지조차 알 수 없게 되어 버렸다! 그리고 쉭 떨어지더니 문무 대신들과 궁궐을 지키는 병사들까지 모조리 우산 안에 가둬 버렸다. 국왕이 그걸 보고 깜짝 놀라 말했다.

"도술을 충분히 봤으니 이제 사람들을 풀어주십시오. 혹시 실수라도 하시면 오히려 곤란한 일이 생기지 않겠습니까?"

"놀라지 마시구려. 즉시 사람들을 돌려드리겠소이다."

그 말이 끝나기도 전에 다시 우산을 공중으로 던지자, "팟!" 하는 소리와 함께 문무 대신들과 병사들이 하나씩 천천히 공중에서 내려왔다. 국왕이 놀라 소리쳤다.

"저런! 신선님, 이러다 저 관료들과 군인들이 떨어져 죽게 되는 게 아닙니까?"

하지만 녹피대선은 전혀 서두르지 않고 하얀 능라로 만든 손수건을 꺼내 입김을 훅 불었다. 그러자 그것은 순식간에 무수한 구름으로 변해서 잔뜩 쌓이더니, 그 문무 대신들과 병사들이 구름을 타고 서 있게 만들었다. 그리고 그가 손짓을 한번 하자 한 줄기 향기로운 바람이 불어오더니 사람들을 하나씩 땅으로 내렸는데, 누구에게도 조그마한 상처 하나도 없었다. 국왕이 깜짝 놀라 물었다.

"신선님, 그야말로 세상에 진귀한 보물입니다. 그건 이름이 무엇입니까?"

"이 보물도 말로 다 설명할 수 없는 신통력을 갖고 있소이다. 크기는 한 줌도 되지 않아도 이걸 펼치면 천지를 가릴 수 있어서 '차천개(遮天蓋)'라고 부릅니다."

"신기하군요! 정말 오묘합니다!"

이어서 세 신선은 다시 잔칫상에 앉아 마음껏 마시다가 한밤중이 되어서야 자리를 파했다.

이튿날 아침, 세 신선은 각자의 물건을 챙겨 들고 관문에 올라가 적을 물리칠 대책을 상의했다. 관문 밖에서 정탐하고 있던 명나라 병사가 즉시 이 사실을 중군 막사에 보고했다.

"접천관 밖에 새로 세 명의 도사가 왔는데, 모두 홍라산인가 하는 데에서 모셔온 이들이라고 합니다. 이름은 각기 금각대선과 은각대선, 녹피대선이라고 하는데, 그들이 일제히 우리 명나라와 능력을 겨루어 물리치겠다고 호언장담하고 있습니다."

두 사령관은 기분이 언짢아졌다.

"셋째 왕자와 할리후가 죽었으니 금안국을 손쉽게 항복시킬 수 있으리라 생각했는데, 또 이런 도사들이 나타날 줄이야! 이 자들도 틀림없이 무슨 이상한 술법을 익히고 괴상한 모략을 쓰겠구려. 지금까지 괜한 마음고생을 실컷 했는데, 또 처음부터 싸움을 벌여야 하게 생겼구려. 이런 나라 하나를 항복시키는 게 이렇게 어렵다니, 이를 어쩌면 좋을꼬! 어쩌면 좋을꼬!"

그러자 입이 싼 마 태감이 말했다.

"예전에 살발국에서 도사가 나와서 그렇게 고생했는데, 이번에는 셋이나 나왔으니 또 얼마나 애를 먹을까요? 차라리 돌아가십시다. 오기도 멀리까지 왔고 항복시킨 나라도 여럿인데, 이 정도면 중도에서 그만두었다는 말은 듣지 않을 수 있지 않겠습니까?"

삼보태감이 말했다.

"호랑이 굴에 들어가지 않고 어찌 호랑이 새끼를 잡겠느냐? 금안국과 이제까지 전쟁을 해 왔는데 어찌 여기서 그만둘 수 있겠느냐? 이후로는 그런 소리 하지 마라. 그 말이 문제가 아니라, 그로 인해 병사들의 마음이 동요될 수 있으니 악영향이 크게 미칠 수도 있다."

마 태감은 무안해서 입을 다물고 말았다. 그때 막사 아래쪽에서 한 명의 장수가 나서서 소리쳤다.

"사령관님, 염려 마십시오! 이 도사들이 무슨 재간이 있는지 모르지만, 제가 출전하여 저들을 사로잡겠습니다."

두 사령관이 살펴보니 이 장군은 일곱 자의 호랑이 같은 체구에 얼굴은 재처럼 새까맣고 목소리는 우레처럼 울리는데, 초록색 비단 전포 위에 기러기 깃털 모양의 갑옷을 입고, 손에는 월아산(月牙鏟)을 들고 있는 남경 표도좌위도(豹韜左衛都) 지휘(指揮)로서 지금 유격장군을 맡고 있는 뇌응춘(雷應春)이었다. 평소 강인하기로 소문난 그는 눈앞에 칼이 들어와도 등 뒤에 무쇠솥이 떨어져도 태연한 인물이었다. 삼보태감이 말했다.

"뇌 장군이 용맹하기는 하나 혼자 힘으로는 어렵소. 만전을 꾀하려면 몇 명의 용맹하고 지략 있는 장수가 도와야 할 거요."

그 말이 끝나기도 전에 막사 아래에 두 명의 장수가 나섰다. 하나는 머리를 질끈 묶어 모자를 쓰고 있고 소매를 바짝 묶은 왕량이었고, 다른 하나는 쇠로 만든 둥근 모자를 쓰고 붉은 띠를 이마에 두른 낭아봉 장백이었다.

"저희가 재주는 미흡하지만 뇌 장군과 함께 출전하여 저 산야에 묻혀 있던 요사한 도사들을 잡아다 바치겠습니다."

삼보태감은 무척 기뻐하며 그들에게 각기 석 잔의 술을 내려 격려했다.

세 장수는 각기 자신의 무기를 들고 각자의 말에 올라 각자의 병사들을 이끌고 일제히 출병했다. 황량한 풀이 우거진 언덕 앞에 이르러서 보니, 접천관 아래에 수만 명의 오랑캐 병사가 일자로 진세를 펼치고 있었다. 맨 앞 중앙에는 금각대선이, 왼쪽에는 은각대선이, 오른쪽에는 녹피대선이 서 있어서 앞쪽에는 신선의 기운이 자욱하고 뒤쪽은 살기가 등등했다. 뇌 장군이 동료 장수들에게 말했다.

"저 앞에 선 도사들은 분명히 무슨 술법을 부릴 거외다. 거기에 현혹되지 말고 곧바로 돌격하여 의표를 찌르는 게 좋겠소이다. 머뭇거리는 사이에 저들이 술법을 쓰게 되면 처치하기 곤란해지지 않겠소이까?"

그러자 장백과 왕량도 "옳습니다." 하고 동의했다. 그리고 그 대답이 떨어지기 무섭게 셋은 일제히 말을 달려 돌진했다.

그들이 관문 아래까지 쇄도했을 때, 갑자기 오랑캐 진영에서 달콤한 향기가 풍겨 나오더니, 세 도사가 각기 하얀 구름을 타고 천천히 공중으로 떠올랐다. 그들은 그렇게 모습이 보이지 않을 때까지 올라가서, 결국 그들이 탄 구름마저도 보이지 않게 되었다. 이렇게 되자 뇌 장군은 깜짝 놀랐다.

"괴상하기 그지없는 일이구려! 저들이 왜 모두 구름을 타고 떠나 버렸지요?"

왕량이 말을 받았다.

"틀림없이 무슨 속임수가 있을 겁니다. 우리가 관문으로 진입하면 빠져나오지 못하게 할 속셈이겠지요."

장백이 말했다.

"분명히 구름을 타고 떠나지 않았소? 이렇게 겁을 내려면 차라리 남경에서 편안히 있을 일이지, 무엇 하러 여기까지 왔단 말이오?"

뇌응춘도 다행히 머리가 영민해서 즉시 한 가지 계획을 생각해 냈다.

"서양에 온 이래 다른 분들은 모두 공을 세웠지만, 저 혼자 능력을 전혀 펼치지 못했소이다. 오늘은 저들이 무슨 수작을 부리든 간에 이대로 관문으로 진격하겠소. 성공하면 하늘이 나를 도운 것이고, 실패하여 말가죽에 시신이 싸이는 한이 있더라도 절대 후회하지 않겠소!"

그러자 왕량이 말했다.

"장수는 적을 물리쳐야 공을 세우는 법이오. 뇌 장군이 진격해 들어가시겠다면 저도 따르겠소이다."

장백도 나섰다.

"그대들이 들어가는데 나라고 못 할까! 한꺼번에 돌진합시다!"

이렇게 상의를 마치고 그들은 일제히 관문 안으로 돌진했다. 관문 안에는 원래 싸움에 능한 장수가 없어서 전적으로 세 신선만 믿고 있었는데, 신선들이 구름을 타고 떠나 버리자 나머지 병사와 백성은 모두 머리를 싸매고 도망쳐 버리고 감히 나서는 사람이 없었다. 그러자 명나라의 세 장수는 기세를 몰아 그대로 왕궁까지 진격했다.

한편 중군 막사에 앉아 있던 두 사령관은 호위병으로부터 보고를 들었다.

"우리 군대가 접천관 안으로 진격해 들어갔습니다."

두 사령관은 그들이 고립되게 될까 염려하여 즉시 유격장군 마여룡에게 일단의 병사를 이끌고 남문으로 진격하게 하고, 유격장군은 호응봉은 북문으로 진격하게 했다. 또한 좌영대도독 황동량과 우영대도독 김천뢰에게 각기 부대를 이끌고 다시 접천관으로 진격하여 앞뒤에서 보조하게 했다. 아울러 수군대도독 진당과 부도독 해응표에게 각기 전함 쉰 척과 수군 오백 명을 거느리고 수문을 공격하게 했다.

이렇게 사방팔방에서 일제히 쳐들어가니 금안국에서 어찌 감당할 수 있었겠는가? 국왕은 너무 놀라서 말도 못 하고 부들부들 떨며 후궁으로 숨어서 감히 고개조차 내밀지 못했다. 궁전으로 들어간 뇌응춘은 문무백관을 체포하여 국왕을 불러내라고 했지만 다들 서로 얼굴만 마주 보고 있을 뿐, 아무도 소리를 내지 않았다. 격분한 뇌응춘은 한 놈을 잡아 단칼에 쳐 죽이고, 또 두 놈을 더 끌어내쳐 죽였다. 오랑캐 관리들이 어쩔 줄 몰라 하고 있을 때, 우승상 샤오타린이 나와서 말했다.

"장군님, 잠시만 고정하십시오. 저희가 곧 국왕을 모셔 와서 옥새를 바치고 투항하게 하겠습니다."

뇌응춘은 쉽게 분이 풀리지 않아 이를 갈며 호통을 쳤다.

"이놈! 너는 누구냐? 감히 그런 허튼소리로 속임수를 쓰려 하다니!"

샤오타린은 어쩔 수 없어서 그저 고개를 조아리며 그를 진정시키기 위해 애쓸 뿐이었다. 머리끝까지 화가 치민 뇌응춘은 당장 오랑캐 국왕을 잡지 못하는 게 한스러울 뿐이었다. 그때 삼보태감이 전령을 보내 모든 장수에게 삼십 리 밖으로 철수하여 국왕이 잘못을 뉘우칠 기회를 주되, 장수들은 함부로 사람을 죽이거나 백성의 재물을 약탈하지 말라고 강조했다. 이를 어긴 자는 군법으로 엄히 다스린다는 다짐도 덧붙였다. 이렇게 되자 뇌응춘도 어쩔 수 없이 철수할 수밖에 없었다. 명나라 군대가 철수하자 샤오타린은 국왕을 불러와 대책을 논의했다. 그러자 국왕이 말했다.

"좌승상의 말을 듣지 않은 것이 후회막급일 뿐이오."

"좌승상은 지금 옥에 갇혀 있으니, 불러내시면 무슨 방법이 생길 것이옵니다."

국왕은 즉시 좌승상을 불러왔다.

"좌승상, 지난날 짐이 그대의 말을 듣지 않아서 오늘 이렇게 부끄러운 얼굴로 마주하게 되었소."

"군주가 근심에 싸여 있는데 신하로서 편히 있었으니, 이 모두 저의 죄이옵니다."

"이제 일이 이 지경에 이르렀으니, 어찌하면 좋겠소?"

"중국은 오랑캐를 통제하고 오랑캐는 중국을 섬기는 것이 당연한 이치이옵니다. 하물며 지금은 계책도 힘도 바닥나지 않았사옵니까? 더 이상 갈 길이 없으니 투항하는 수밖에 없사옵니다."

"투항한다 해도 어떻게 해야 할지 모르겠소."

"옛날에는 상의를 벗고 가시나무를 짊어지고, 두 손을 뒤로 묶은 채 입에 옥을 물어 투항하겠다는 의사를 표시했으니, 지금 그렇게 할 때이옵니다. 그 외에 항서 한 통과 상소문을 작성하고, 천자에게 바칠 진상품을 준비해야 하옵니다."

"그렇다면 속히 준비해 주시구려."

모든 준비가 끝나자 국왕이 좌승상 샤오타하와 우승상 샤오타린 등과 함께 상의를 벗고 가시나무를 짊어진 채 중군 막사로 찾아가자, 삼보태감이 말했다.

"강한 힘을 믿고 굴복하지 않은 그대는 엄한 처벌을 받아야 마땅하나, 신하들의 충효를 고려하여 이번 한 번만 용서하겠소. 일어나시오!"

이어서 정중하게 상견례를 마치고 나서, 국왕이 상소문을 바치자 삼보태감은 중군의 관리에게 받아 간수하게 했다. 이어서 국왕이 항서를 바쳐서 삼보태감이 받아 펼쳐 보니, 거기에는 이렇게 적혀 있었다.

금안국 국왕 모쿠웨이스가 위대한 명나라 황제께서 파견하신 통병초토대원수께 삼가 재배하며 올리나이다.

듣자 하니 하늘은 덕 있는 자에게 복을 내리고 죄지은 자를 토벌하며, 성인(聖人)은 천지의 중심이 되어 중원과 사방 오랑캐의 주인이 되고, 만물의 우두머리로서 법률과 기강을 세운다고 하였습니다. 여기에는 추한 용모를 하고 금빛 눈동자를 가진 이들이 사는 먼 서양의 외진 땅도 모두 빠짐없이 포함됩니다. 하지만 왕도(王道)를 모른 채 무력을 자랑하며, 계속하여 적을 잡아 심문하고 종묘에 포로를 바치려 했습니다. 철모르는 어린 자식은 온갖 계책을 써서 공격하려 했고, 용맹을 믿고 항거하던 장수와 신하들은 칠종칠금(七縱七擒)의 위업을 몸소 체험해야 했습니다. 이러니 뼈가 가루가 되고 시신이 천만 조각이 나는 처벌을 받아 마땅하거늘, 어찌 관대한 은덕을 기대할 수 있었겠습니까? 하지만 제 목숨을 살려주시고 사직을 보전하여 제 자손과 백성을 구제함으로써, 하해와 같이 넓고 천지와 같이 높고 두터운 은덕을 베풀어 주셨습니다. 이에 이후로는 죽는 날까지 중국을 어버이로 섬기고, 억만년이 지나더라도 중국의 속국으로서 지시에 순종하며, 이 은혜를 잊지 않고 직분에 충실하겠습니다.

감격스럽고 황공한 마음으로 삼가 올립니다.

삼보태감이 항서를 읽고 나자 국왕이 또 진상품을 바쳤다. 그러자 삼보태감이 말했다.

"한 해 가까이 애쓴 것이 어찌 이런 자잘한 진상품 때문이었겠소? 그저 그대가 중원과 오랑캐의 직분을 구별할 줄 알기만 하면 되오. 예로부터 지금까지 중국이 있어야 오랑캐도 있을 수 있었소. 중국은 군주이자 부모이고, 오랑캐는 신하이자 자식이오. 그런데 군주와 부모를 등지는 신하와 자식이 있을 수 있겠소? 중국은 머리이고 모자요, 오랑캐는 발이고 신에 해당하오. 그런데 감히 발이 머리를 건드릴 수 있겠소? 감히 신이 모자를 건드릴 수 있겠소?"

국왕과 두 승상은 절구질하듯 머리를 찧으며 연신 "예! 알겠습니다!" 하고 말했다.

"그대들처럼 이렇게 힘을 믿고 무례하게 굴면 나라를 멸망시키고 자손을 끊어버려야 마땅하지만, 귀국에 효를 위해 죽을 수 있는 아들과 충성을 위해 목숨을 바칠 수 있는 신하가 있기에 이 정도로 가볍게 넘어가는 것이오. 또 우리를 우습게 여기시겠소?"

국왕과 두 승상은 다시 절구질하듯 머리를 찧었다.

"이후로는 절대 거역하지 않겠습니다."

"어제는 홍라산에서 세 명의 신선을 데려왔던데, 그건 무슨 생각이었소? 그들에게 우리와 대적하게 하려 했던 것이오? 생각해 보시오. 반고(盤古) 이래로 우리 중국은 대대로 왕조를 계승해왔는데, 대대로 중국을 지켜준 신선이 있었소? 대체 무슨 생각으로 그런 일을 벌였던 것이오?"

국왕은 두 사령관이 진노하는 모습을 보자 더는 죄를 지으면 곤란할 것 같아서, 감히 속이지 못하고 머리를 몇 번 조아리며 말했다.

"홍라산에서 신선을 데려오라는 것은 죽은 할리후가 얘기한 것으로, 우승상 샤오타린이 직접 다녀왔습니다."

"오늘 항복한 것은 누구의 생각이었소?"

"좌승상 샤오타하입니다."

"상벌이 분명하지 않으면 군사를 지휘하고 사방 오랑캐를 통제하여 만세(萬世)에 이어지는 평화를 누릴 수 없소."

삼보태감은 즉시 군정사의 관리에게 은으로 만든 꽃과 오색 비단을 가져와서 좌승상에게 휘장을 걸어주게 하고, 망나니에게 우승상을 막사 밖으로 끌고 나가 목을 치게 했다. 이어서 악대에게 풍악을 연주하게 하여 좌승상을 관아로 전송하고, 행렬 앞에는 '하늘에 순종하는 자는 살아남아 이와 같은 상을 받는다.'라고 적힌 하얀 패를 걸게 했다. 샤오타하는 말로 표현할 수 없는 영예에 감격했고, 길거리 가득 구경 나온 백성은 하나같이 탄식했다.

"진즉 좌승상의 말씀을 들었다면 이런 지경에 이르지 않았을 텐데!"

그리고 망나니가 우승상의 목을 바치자 삼보태감은 군악대에게 이 수급을 들고 각 대문과 거리를 돌아다니며 대중에게 보여주게 했다. 그 행렬의 앞쪽에는 '하늘을 거스르는 자는 망나니, 이같이 처벌받는다.'라고 적힌 하얀 패를 내걸게 했다. 그러자 길거리 가득 구경 나온 백성들은 하나같이 욕을 퍼부었다.

"이 늙은이가 죄를 자초하더니 결국 이런 꼴을 당했구나!"

상벌을 마치고 나서 국왕이 좌승상과 함께 작별인사를 하자, 삼보태감이 말했다.

"이후도 또 이런 짓을 저지르면 수억 명의 정예병과 수천만 명의 장수를 보유한 우리 중국은 십만 리 밖이 아니라 백만 리, 천만 리 밖이라 해도 호주머니의 물건을 꺼내듯이 그대의 목을 자르고, 썩은 나무를 부러뜨리듯이 이 나라를 멸망시켜 버릴 것이오!

알겠소?"

그러자 국왕이 다짐했다.

"예! 알겠습니다! 명심하겠습니다!"

좌승상도 다짐했다.

"감히 또 그럴 리 있습니까! 어림없는 짓이지요!"

국왕과 관리들이 물러가자 삼보태감은 공적을 기록하게 하고, 성대한 잔치를 열어 장수들을 치하했다. 그러자 장수들이 말했다.

"두 분 사령관님, 상벌이 분명할 뿐만 아니라 널리 덕을 베풀고 위엄을 떨치셨으니, 먼 이방의 백성을 회유하는 최상의 방법이었습니다."

그러자 삼보태감이 말했다.

"이 금안국은 요행히 넘어갔지만, 구름을 타고 떠난 세 도사는 어디서 왔는지 모르겠구려. 아직도 우리 앞길을 막고 고약한 수작을 부릴까 걱정이오!"

왕 상서가 말했다.

"사악한 것은 정의로운 것을 이길 수 없는 법이니, 사악한 술법을 쓰는 자들이 무슨 수단을 부리겠습니까? 설령 그런다 하더라도 그자들을 두려워할 필요 있겠습니까?"

그 말이 끝나기도 전에 사령관은 출항을 명령했다. 그렇게 며칠을 항해하고 나자 멀리 산이 하나 보이는데, 정상에 자줏빛 안개가 자욱하고 상서로운 기운이 가득 피어났다. 이를 증명하는 시가 있다.

瑤臺無塵霧氣淸	요대(瑤臺)에는 속세의 때 묻지 않아 공기도 맑고
紫雲妙蓋浮烟輕	오묘하게 덮은 자줏빛 구름 속에 안개 가벼이 떠가네.
朝擁華軒騁丹曜	아침에는 화려한 수레 몰고 붉은 해 초빙하고
暮驅素魄搖金英	저녁에는 달을 몰아 금빛이 흔들리네.[2]
羲軒素魄歲年久	해와 달도 오랜 세월 동안 있었거늘
瓊宇珠樓何不有	옥으로 지은 화려한 신선의 전각이 어찌 없으랴?
天公吹笛醉倚牀	하느님은 피리 불며 취한 채 침대에 기대 있고
玉女投壺笑垂手	투호 놀이하는 선녀는 웃으며 손을 내미네.
萬里銀河共明滅	만 리 은하수는 함께 반짝이고
夾岸楡花紛似雪	물가에는 느릅나무 꽃들 눈처럼 어지러이 날리네.
紅雲冉冉日更長	붉은 구름 유유히 떠가고 날은 더 길어지나니
天上人間永乖別	천상과 인간 세계는 영원히 다르다네.
層崖有書不可通	층층 벼랑에 새겨진 글은 알아볼 수 없고
層崖有路誰能窮	층층 벼랑에 난 길 뉘라서 끝까지 갈 수 있

---

2 이 구절의 원문에서는 '모(暮)'가 '폭(暴)'으로 되어 있으나, 위 구절의 '조(朝)'와 대구(對句)를 고려하여 수정해서 번역했다. 한편 마지막 글자인 '영(英)' 또한 문맥을 생각하면 '영(影)'을 잘못 쓴 것이 아닐까 생각된다.

을까?

海外未傳靑鳥使	바다 밖까지 파랑새[3] 사신 전해지지 않았 지만
山中今見碧霞容	산속에는 지금 신선 거처의 모습 보인다네.
復道重巖閉丹穴	복도와 겹겹의 봉우리 산속 동굴을 가리고
石賽天門飛玉屑	바위 사이 하늘로 들어가는 문에는 옥가 루 날리네.
文石高擎雲母盤	아름다운 바위들은 운모 쟁반[4] 높이 들고 있고
彩虹倒掛蒼龍節	거꾸로 걸린 오색 무지개 청룡처럼 걸쳐 있네.
別有古殿幽潭深	또 오래된 전각과 깊고 그윽한 못이 있고
玄林奇石同沉沉	깊은 숲과 기이한 바위가 함께 무성하네.
已見飄霜夏不歇	예전에 내린 서리는 여름에도 녹지 않고
還看飛雨冬常陰	또 날리는 빗방울에 겨울도 늘 어둑하다네.
夏霜冬雨兩奇絶	여름 서리와 겨울비 둘 다 기이하거늘
石榻金爐秘丹訣	돌침대 옆 황금 화로에는 단약 만드는 비 결 숨겨져 있다네.
採芝種玉有夙緣	영지 캐고 옥을 심는 것은 전생의 인연이 있기 때문이니
此事誰從世人說	이 일을 누가 세상 사람들에게 말해 주랴?

---

3 파랑새[靑鳥]는 고대 중국의 신화에서 서왕모(西王母)에게 음식을 가져다
주고 편지를 전달하는 새라고 알려져 있다.

4 '운모 쟁반'은 운모처럼 하얀 구름을 비유한 것이다.

世人賤身貴立勳	천한 세상 사람들은 공훈 세우는 것만 중시하여
搖精盜智徒紛紜	정기(精氣) 흔들려 지혜 훔치며 부질없는 분쟁만 일삼지.
就中林臥觀無始	숲속에 들어가 태고의 세월 누워서 살폈던 것은
古來惟有榔梅君	예로부터 오로지 낭매군(榔梅君)[5] 밖에 없었다네.

삼보태감이 한참 동안 바라보더니 이렇게 말했다.

'저번에 그 세 도사가 홍라산인가 하는 곳에 산다고 했는데, 저산에 특이한 구름과 괴이한 기운이 서려 있는 걸 보니 혹시 저게 홍라산이 아닐까?'

삼보태감은 사공에게 배를 바다 쪽으로 우회하여 산 가까이 가지 말라고 분부했으니, 이것이 바로 피하는 게 상책이라는 것이었다. 그런데 삼보태감이 이렇게 조심했지만, 세상사란 십중팔구 뜻대로 되지 않는 법. 하필이면 바닷바람이 불어와 천 척의 배가 모두 산 아래로 떠밀려 버렸다. 그러자 삼보태감이 지시했다.

"속히 전령을 상륙시켜 여기가 어느 나라인지, 또 무슨 요괴 같

---

5 낭매군(榔梅君)은 도교의 신으로서 현천상제(玄天上帝)라고도 불리는 진무대제(眞武大帝)를 가리킨다. 그는 젊었을 때 무당산(武當山)에서 수련할 때 매화나무를 꺾어 느릅나무[榔]에 접목(椄木)해 놓고 "내가 득도하면 여기에 꽃이 피고 열매가 맺히리라!" 하고 맹세한 후 42년의 면벽수련 끝에 득도에 성공했고, 과연 낭매에도 꽃이 피고 열매가 맺혔다고 한다.

은 것이 있는지 알아보게 하라!"

잠시 후 수하들이 보고했다.

"빈산만 있을 뿐, 어떤 나라나 요괴 같은 것은 없습니다."

그러자 왕 상서가 삼보태감에게 말했다.

"저번에 그 세 도사가 시그라 왕국의 국경에 있는 홍라산인가 하는 곳에 살고 있다고 했는데, 나라가 없다면 혹시 이게 그 산이 아닐까요?"

"아무 나라도 없다면 그냥 출발합시다."

삼보태감은 즉 출발 명령을 내렸다. 그런데 배가 바다 한가운데에 이르자 또 바닷바람이 불어서 배들을 모두 산 아래로 떠밀어 버렸다. 삼보태감이 말했다.

"이런 고약한 일이! 어쨌든 다시 출발하는 수밖에."

그리고 다시 출발 명령을 내려서 배가 바다 한가운데에 이르자, 또 바닷바람이 불어서 배들을 모두 산 아래로 떠밀어 버렸다.

"삼세판을 시도해도 안 되니, 아무래도 지금 출발하지 말라는 징조인 것 같구려."

삼보태감은 즉시 오영대도독에게 병력을 뭍으로 이동하게 하고, 사초부도독에게 해상 영채를 차리게 했다. 또 유격장군들에게 병사를 나누어 상륙하여 순찰하도록 했다. 이렇게 분부하고 나서 삼보태감이 말했다.

"수륙 양쪽의 영채가 이미 다 차려졌으니, 무슨 도사인가 하는 것들이라 해도 얼마든지 와보라고!"

그러자 왕 상서가 말했다.

"적을 알고 나를 알면 백전백승이지요. 산 위에 아무 동정도 없으니, 공연히 영채를 차리느라 고생만 한 게 아닌지 모르겠습니다."

"그렇다면 속히 정찰병을 산 위로 보내 살펴보라고 해야겠구려."

"혹시 정찰병들이 그 세 도사에게 잡히면, 오히려 이쪽 상황이 누설되어 곤란해지지 않겠습니까?"

"그렇다면 왕명을 보내도록 하지요."

"그럴 수밖에 없겠습니다. 제 생각에는 상황을 자세히 알수록 좋으니까 왕명을 산 남쪽으로 보내고, 다시 황봉선을 산 북쪽으로 보내서 양쪽을 모두 자세히 정탐하게 하면 확실할 것 같습니다."

"좋은 생각입니다."

삼보태감은 즉시 왕명을 산 남쪽으로 올려보내면서 마을이나 동굴이 있는지, 아니면 황무지인지 살펴보고 기한 내에 보고하도록 지시했다. 그리고 또 황봉선을 산 북쪽으로 올려보내면서 건물이나 사당, 신선이나 요괴 따위가 있는지 살펴보고 기한 내에 보고하도록 지시했다.

왕명은 한 손에는 은신초를, 다른 손에는 짧은 칼을 든 채 오솔길을 따라 구불구불 한나절 동안 걸었다. 그렇게 이삼십 리쯤 가자 돌문이 하나 나타났는데, 위쪽에는 커다란 글씨로 '홍라산 제일의 복된 땅[紅羅山第一福地]'이라고 가로로 새겨져 있었다.

'다들 문이 있는 곳마다 길이 있고, 길이 있는 곳마다 문이 있다

고 하더라니! 과연 이 깊은 산중에도 길이 있고 문이 있구나.'

그는 은신초를 들어 올려서 모습을 감추고, 다른 한 손에는 칼을 들고 만약의 사태에 대비했다. 그리고 곧장 돌문 안으로 들어가니, 거기에 또 작은 돌문이 있었다. 돌문 위쪽에는 '백운동(白雲洞)'이라는 글자가 가로로 새겨져 있었다.

'틀림없이 신선이 사는 곳일 거야. 그런데 문은 닫혀 있고 물어볼 사람도 없어서 안쪽의 동정을 알 수 없으니, 이를 어쩐다? 일단 한 번 문을 두드려 보자.'

그는 돌멩이를 하나 집어 들고 두어 번 문을 두드렸다. 그런데 문이 열리지 않아서, 다시 두어 번 두드렸지만 역시 마찬가지였다.

'알고 보니 빈 동굴이었구나. 안에 신선이 없는 모양이야. 그렇다면 여기 있을 필요 없지. 얼른 내려가서 사령관께 보고나 하자.'

그는 다시 한 손에는 은신초를, 다른 손에는 짧은 칼을 들고 느긋하게 돌문 밖으로 나왔다. 돌문 입구에 이르렀을 때 그가 무심코 중얼거렸다.[6]

王子去求仙	왕자교(王子喬)가 신선이 되고 싶어 하다가
丹成入九天	득도하여 하늘로 올라갔다네.
洞中方七日	동굴에서 겨우 이레가 지났는데

---

6 왕명이 중얼거린 시는 작자를 알 수 없는 고시(古詩)이며, 마지막 구절은 대개 "世上幾千年" 또는 "世上已千年"으로 되어 있다.

그가 거기까지 읊조리는데 갑자기 옆에서 누군가가 뒤를 이었다.

獻世幾千年   인간 세상에서는 수천 년이 지났다네.

왕명은 깜짝 놀랐다.

'어떻게 사람의 목소리가 들리지? 설마 선동(仙童)이라도 있는 건가?'

하지만 사방을 둘러봐도 사람의 그림자는 보이지 않았다. 그래서 그가 다시 "동굴에서 겨우 이레가 지났는데⋯⋯" 하고 읊조리자, 저쪽에서 또 누군가가 "인간 세상에서는 수천 년이 지났다네." 하고 뒤를 이었다. 이에 왕명은 상당히 당황스러웠다.

"이놈! 어떤 귀신이냐?"

그러자 저쪽에서 이렇게 대답했다.

"왕극신(王克新), 너는 운이 좋은 몸이니, 함부로 이 산에 들어와서는 안 된다."

왕명은 상대가 자신의 명호(名號)를 알고 있음을 보고 은신초를 내리며 물었다.

"당신은 누구요? 왜 모습을 드러내지 않는 것이오?"

그러자 그 사람이 "척!" 하고 모습을 드러냈는데, 알고 보니 무장원 당영의 부인 황봉선이었다!

"아니, 여긴 어떻게 오셨습니까?"

"사령관님의 명령을 받았어요. 산 북쪽으로 올라가면서 탐문하라고 하셔서요."

"그럼 왜 저를 부르시지 않고, 뒤 구절을 이으셨어요?"

"그대가 은신초를 들고 있어서 누군지 확인하지 못했기 때문에 부를 수 없었어요."

"그런데 왜 제가 부인을 볼 수 없었나요?"

"저도 여기 산길이 초행이어서 모습을 드러내지 못하고, 흙의 장막에 몸을 숨기고 있었거든요."

"오시는 길에 뭐 특별한 걸 발견하셨나요?"

"사람은 보지 못했지만 한 가지 발견한 게 있어요."

그녀가 무엇을 발견했는지는 다음 회를 보시라.

황봉선은 관음보살로 변장하고
세 신선과 싸우다

黃鳳仙扮觀世音　黃鳳仙戰三大仙

石門一望路迢迢	돌문에서 바라보니 길은 아득히 이어지고[1]
五老峰高聳碧霄	오로봉은 푸른 하늘로 높이 솟았구나.
泉掛珠簾當洞口	주렴처럼 걸쳐진 폭포 동굴 입구를 가리고
烟拖練帶束山腰	비단 띠 같은 안개는 산허리를 묶었구나.
香爐捧出仙人掌	향로봉은 선인장을 받들고 있고
輦輅行來織女橋	천자의 수레 직녀교를 찾아온다.
午夜月明天似水	한밤중에 달은 밝고 하늘은 호수 같은데
鶴歸松頂聽吹簫	소나무 꼭대기로 돌아온 학 퉁소 소리를 들는구나.

---

1 인용된 시는 송나라 때 정탁(程卓: ?~?, 자는 종원[從元], 시호는 정혜[正惠])이 지은 〈설암(雪巖)〉이다. 소설의 인용에서는 제2구의 오로봉을 '줄률봉(崒嵂峰)'으로, 제3구의 동구(洞口)를 노구(路口)로 표기했으나, 본 번역에서는 원작에 따라 바로잡아 번역했다.

그러니까 왕명이 황봉선에게 물었다.

"오시는 길에 뭐 특별한 걸 발견하셨나요?"

"사람은 보지 못했지만 한 가지 발견한 게 있어요."

"그게 뭐였는데요?"

"조금 전에 돌문 아래에서 어슬렁거리고 있는 꽃무늬가 있는 금사견 한 마리를 발견했어요. 물론 저는 그놈을 보았지만, 그놈은 저를 보지 못했지요. 그래서 제가 손가락으로 결을 맺고 술법을 걸어 시험해 보았더니, 풀쩍 허공으로 뛰어올라 어디론가 사라져 버렸어요."

"저번에 금각대선이 타고 있던 게 금사견이 아니었나요? 그렇다면 여기가 바로 그자들의 동부(洞府)인 게 분명하군요."

"돌문 위에 분명히 '홍라산'이라고 새겨져 있으니, 의심의 여지가 없지요. 그런데 저 안에서 무슨 흔적을 발견하지 못했나요?"

"문이 잠겨 있어서 내부 사정은 알 수 없었어요."

"문을 두드려 보지 그랬어요?"

"두드려 보긴 했는데 열리지 않더라고요!"

"무얼 가지고 두드렸어요?"

"돌멩이요."

"솥에 넣고 삶은 것인가요?"

"이런 황량한 산중에 그걸 삶을 데가 어디 있겠어요?"

"삶지 않은 돌이라면 생짜로 두드린 것인데, 그래서야 문이 열리겠어요?"

"어째서 생짜로 두드리면 열리지 않는 것이지요?"

"어머? '달빛 아래 생짜로 문을 두드리네.[生敲月下門]'라는 시 구절도 들어보지 못했나요?"

"에이, 그야 '스님이 달빛 아래 문을 두드리네.[僧敲月下門]'[2]이지요! 돌아가십시다."

"사령관께서는 민가나 사당, 신선이나 요괴가 있는지 자세히 알아보라고 하셨어요. 그런데 아직 이렇게 모호한 상황에서 어떻게 돌아가 보고할 수 있겠어요?"

"얼굴을 보지 못했는데 누군지 어떻게 알아요?"

"제 생각에는 이 셋은 정통의 신선이 아닌 것 같아요."

"왜요?"

"사람은 안이 부족하면 밖이 여유가 있어 보이고, 안에 여유가 있으면 밖이 부족해 보이는 법이에요. 왜냐하면, 생각해 보셔요. 동굴 문을 열어서 내 마음에 잘못된 부분이 조금 있더라도 남들이 다 볼 수 있게 하면, 이게 바로 안에 여유가 있으니 밖이 부족해 보

---

2 이것은 '생(生, shēng)'과 '승(僧, sēng)'의 발음이 비슷한 점을 이용한 말장난이다. 당나라 때 가도(賈島: 779~843, 자는 낭선[閬仙] 또는 낭선[浪仙])의 시 〈이응의 한적한 거처에 쓰다[題李凝幽居]〉는 다음과 같다. "한가한 거처 이웃도 적고, 풀 사이로 난 길 시골 마을로 들어가네. 새들은 못가 나무에서 잠자고, 스님은 달빛 아래 문을 두드리네. 개울에 걸친 다리는 들판의 풍경을 나누고, 산봉우리에는 구름이 스쳐가네. 잠시 떠났다가 다시 이곳에 돌아왔으니, 은거하겠다는 언약 저버리지 않았네.[閒居少鄰並, 草徑入荒村. 鳥宿池邊樹, 僧敲月下門. 過橋分野色, 移石動雲根. 暫去還來此, 幽期不負言.]"

이는 경우가 아닌가요? 소인이 한가롭게 지내면서 나쁜 짓을 하면 못하는 바가 없고, 군자를 만나면 그게 싫어서 나쁜 행위를 가리고 선한 행위인 척 꾸미지요.[3] 이게 바로 안은 부족한데 밖은 여유가 있어 보이는 경우가 아닌가요? 이 자들은 중문을 단단히 닫고 유약하게 숨어 있는 듯한 모습을 보이니, 어떻게 정통 신선이라고 할 수 있겠어요?"

"일리 있는 말씀이네요. 다만 직접 보지 못했으니 보고하기가 곤란하네요."

"한 가지 방법이 있어요."

"그게 뭔데요?"

"함께 깊숙한 벼랑을 찾아가 제가 거기서 관음보살 흉내를 낼 테니까, 그대는 팔에 빨간 팔목 보호대를 두르고 홍해아(紅孩兒)인 척해요. 그자들이 정통 신선이라면 저한테 기도하러 올 텐데, 그걸 들어보면 내막을 알게 되겠지요."

"아주 절묘한 계책이네요. 그런데 거기 관음보살이 있다는 걸 저 자들한테 어떻게 알리지요?"

"그대가 은신초를 지니고 이 문 안팎을 서성이다가, 누가 오거든 은신초를 꺼내서 모습을 감추는 거예요. 그리고 조금 걸어가다가 다시 은신초를 내려서 모습을 드러내고, 또 조금 걷다가 은신초를 들어서 모습을 감추는 것이지요. 이런 식으로 벼랑 앞까지 오거든

3 《대학(大學)》 제6장: "小人閒居爲不善, 無所不至. 見君子而後厭然, 揜其不善, 而著其善."

은신초를 거두고 동굴 안으로 들어와요. 그러면 저들이 알지 않겠
어요?"

"절묘해요! 정말 절묘해요!"

둘은 계획을 실행할 만한 벼랑의 동굴을 찾았는데, 백 걸음도 떨
어지지 않은 곳에 적당한 곳이 있었다.

窈窕縈紆鎖翠崖　　녹음에 둘러싸여 으슥한 벼랑
幽深虛敞絕纖埃　　깊고 탁 트여 속세의 때 묻지 않았네.

황봉선은 동굴 안에 단정하게 앉아 있었다. 왕명이 은신초를 들
고 막 벼랑 위에 이르렀을 때 녹피대선은 이미 놀란 상태였다. 왜
냐? 왕명은 빨간 손목 보호대를 차고 있었는데, 세상에 빨간색보다
눈에 잘 띄는 것이 어디 있겠는가? 명나라 함대가 왔는지 알아보러
나갔다가 돌아오던 녹피대선은 빨간 무언가를 착용하고 있던 사람
을 발견했는데, 갑자기 그의 모습이 사라지자 깜짝 놀랐다. 하지만
얼마 후에 그의 모습이 다시 나타나자 얼른 쫓아갔는데, 또 갑자기
모습이 사라져 버리는 것이었다. 이렇게 몇 번 하다 보니 어느새
벼랑 근처에 이르렀다. 그는 주위를 두리번거리다가 벼랑 중간의
동굴에 앉아 있는 관음보살과 그 옆에 서 있는 홍해아의 모습을 발
견하자, 얼른 동굴로 달려갔다.

'다들 이곳이 조음동(潮音洞)이라고 하더니, 과연 빈말이 아니었
구나. 오늘 정말 관음보살께서 이곳에 현신하시다니!'

동굴 안으로 뛰어 들어간 그는 두 사형에게 관음보살을 본 이야

기를 자세히 들려주었다. 그러자 금각대선이 말했다.

"그렇지 않아도 출전하려는 마당이라 길흉화복을 물어보려던 참이었네."

은각대선이 말했다.

"당장 가봅시다. 늦으면 지성이 모자라다고 여기실 겁니다."

세 신선은 일제히 벼랑 아래로 가서 절을 올렸다.

"저희 셋은 원래 평범한 세속의 몸이었는데 우연히 이인을 만나 신선술을 전수받고 또 보물을 얻었습니다. 저번에 금안국 국왕의 초빙을 받아 명나라 군대를 퇴치하러 갔는데, 뜻밖에 저희 동부 근처에 사는 천년 묵은 원숭이가 저희가 없는 틈을 타서 저희 제자를 기만하고 동부를 차지하려 했습니다. 그런데 일이 뜻대로 되지 않자, 그놈이 불을 질러 저희 제자들 가운데 절반이 잿더미로 변해 버렸습니다! 저희는 막 출전하려다가 이런 소식을 담은 바람을 발견했는지라 어쩔 수 없이 그곳을 빠져나와야 했기 때문에, 초빙해 준 국왕의 성의를 저버리고 전혀 공을 세우지 못했습니다. 그런데 하늘이 안배한 교묘한 인연으로 그 명나라 함대가 이 산 아래를 지나게 되었는지라, 저희가 바닷바람을 일으켜 그 배들을 이곳으로 몰아 왔습니다. 이곳은 원래 서양의 인도 땅으로서 석가모니 부처께서 득도한 곳인지라, 선하기 그지없는 지역입니다. 그런데 어찌 살생을 일삼는 무리가 이곳에서 행패를 부리도록 내버려 둘 수 있겠습니까? 대자대비하신 보살님, 부디 저희가 전투에서 승리하여 이곳 백성들을 구제하도록 보우해 주시옵소서! 이 일이 성공하면 보살님을 위해 성대한 암자를 짓도록 하겠사옵니다. 간절히 기원하옵니다!"

기도를 마치자 그들은 다시 이삼십 번의 절을 올리고 밖으로 나갔다. 그러자 황봉선이 말했다.

"정말 대단한 작자들이로군요!"

"부인의 오묘한 계책 덕분에 모든 사정을 알게 되었네요. 그뿐 아니라 그자들한테 절을 받고 제자로 삼게 되었잖아요!"

"호호! 그자들이 제 제자가 된 것은 그렇다 치고, 그대도 내 밑에 있는 홍해아가 되었잖아요?"

"그나마 그냥 아들[孩兒]이 아니라 '홍(紅)'자라도 붙어서 다행인 가요?"

둘은 한바탕 농담을 나누다가 서둘러 산을 내려갔는데, 중군 막사에 도착하니 어느덧 시간이 이경을 넘어서 있었다. 그들이 곧 삼보태감을 찾아가 그간의 일을 자세히 들려주자, 삼보태감이 무척 기뻐했다.

"이 또한 '사방에 사신으로 나가 군주의 명령을 욕되게 하지 않은 진정한 인재'라고 할 수 있지 않은가!"

그는 즉시 그들의 공적을 기록하고 후한 상을 내렸다. 이어서 왕 상서가 말했다.

"그 천년 묵은 원숭이는 금안국에는 재앙이었지만 우리에게는 복덩어리였군요! 세상에 이렇게 공교로운 일이!"

삼보태감이 말했다.

"지난 일은 거론할 필요 없고, 내일 저들이 우리 장수를 사로잡고 배를 부수려 할 텐데, 그에 대한 대책을 마련해야 하지 않겠소이까?"

"사악한 것은 정의로운 것을 이기지 못하는 법이지요. 어쩔 수 없이 천사님과 국사님께 부탁드려야겠습니다."

"그렇겠지요?"

두 사령관은 즉시 장 천사와 벽봉장로를 청해서 세 신선에 관한 일을 자세히 얘기했다. 그러자 장 천사가 말했다.

"그자들이 속세의 몸이라면 그다지 대단할 것도 없습니다. 먼저 몇 판 붙어서 어떤 술법을 쓰고 어떤 보물을 지니고 있는지 보고 나서, 제 나름대로 대책을 마련하겠습니다."

그러자 벽봉장로가 말했다.

"술법을 쓰고 보물만 이용한다면 문제가 되지 않겠지만, 바다에 바람을 일으키고 뭍에 불을 지른다면 조금 곤란하겠구먼. 아무래도 이 일은 내가 나서서 처리해야겠소이다."

그러자 삼보태감이 말했다.

"감사합니다!"

그런 다음 그들은 자리를 파했다.

이튿날 과연 세 신선이 일제히 찾아와 일자로 포진했다. 전번과 마찬가지로 금사견을 탄 금각대선이 중앙에, 하얀 얼굴의 여우를 탄 은각대선이 왼쪽에, 쌍비복록을 탄 녹피대선은 오른쪽에 포진해 있었다. 그들의 뒤쪽에는 털이 북슬북슬한 오랑캐 병사들이 수를 헤아릴 수 없이 많이 늘어서 있었다. 세 신선이 소리쳤다.

"명나라 진영에 인재가 있다면 나와 봐라! 저번에 금안국에서는 용서해 주었지만, 이번에는 어디로도 도망칠 수 없을 것이다!"

그 말이 끝나기도 전에 명나라 쪽에서도 세 명의 장수가 세 부대를 이끌고 나왔다. 월아산을 들고 말에 탄 유격대장 뇌응춘이 중앙에, 낭아봉 장백도 말을 타고 왼쪽에, 한 길 여덟 자의 창을 든 왕량이 역시 말을 타고 오른쪽에 포진했다. 잠시 후 명나라 진영에서 세 번의 북소리와 함께 천지를 뒤흔드는 함성이 일어났다. 금각대선이 그걸 보고 웃으며 말했다.

"하찮은 개미 같은 것들이 감히 태산을 향해 덤벼드는구나. 내가 슬쩍 손짓만 해도 너희 같은 것들은 즉각 가루로 만들어 버릴 수 있다!"

그 말이 끝나기도 전에 그가 금사견에게 채찍을 휘두르자, 그놈의 입에서 푸른 연기가 무럭무럭 피어나면서 꼬리 끝에서 시뻘건 불길이 이글거리기 시작했다. 그걸 보자 명나라 군대는 순간적으로 놀라서 감히 앞으로 나아가지 못했다. 그러자 담력이 큰 장백이 벼락처럼 진노하여 꾸짖었다.

"버르장머리 없는 놈, 감히 그런 허풍을 치다니! 네가 태산이라면 어째서 개의 기세를 빌리느냐? 네까짓 놈이 무섭다면 내가 사내대장부가 아니다!"

그와 동시가 그가 매서운 기합과 함께 낭아봉을 휘두르며 달려

들었다. 하지만 금사견의 불덩이에 맞은 오추마가 모래사장에 털썩 쓰러지는 바람에, 그는 제대로 휘두르지도 못하고 그대로 곤두박질치고 말았다. 하지만 이미 화가 머리끝까지 치밀어 있던 장백은 말이고 뭐고 돌아보지 않고 벌떡 일어나서 두 다리로 달려가 낭아봉으로 금사견의 머리에 두 대를 갈기고, 다시 금각대선의 얼굴을 치려고 했다. 그러자 금각대선이 코웃음을 치며 말했다.

"그나마 이 장수는 죽음을 두려워하지 않는구먼. 그래도 쓴맛을 조금 보여줘야 내가 누군지 알아 모시겠지!"

그 말이 끝나기도 전에 그는 한 모금 법수(法水)[4]를 훅 내뿜었다. 그 순간 장백은 물론이거니와 그를 따르던 병사들까지 모조리 땅바닥에 쓰러져 정신을 잃고 말았다. 사실 장백은 정신은 말짱했으나, 어찌 된 일인지 다리에 힘이 풀려 서 있을 수조차 없었다. 이어서 털북숭이 오랑캐 병사들이 우르르 달려들어 그들을 밧줄에 묶어 산으로 끌고 가버렸다. 이를 본 뇌응춘과 왕량은 전세가 불리함을 느끼고 철수하여 삼보태감에게 상황을 설명했다.

"그들이 제법 재간을 부린다 해도 여러분은 힘을 내서 몇 번 더 싸워 보시오. 그래도 이기지 못하면 다른 방법을 마련하겠소."

두 장수는 "예!" 하고 물러갈 수밖에 없었다.

한편, 장백을 사로잡아 동굴 안으로 끌고 들어간 세 신선은 솥

---

4 법수(法水)는 도사나 무당들이 병마나 사악한 요괴, 귀신 따위를 물리치는 효능이 있다고 여기는 물이다.

밑바닥처럼 시커멓고 강철 같은 수염이 덥수룩한 그의 모습을 자세히 살펴보고 놀라지 않을 수 없었다. 하지만 그런 그도 법수에 걸려들어 바보처럼 정신이 혼미한 상태로 바닥에 쓰러져 있었다. 그러자 은각대선이 금각대선에게 말했다.

"사형, 이자는 꼭 말랑말랑한 솜 덩어리 같습니다."

"겉은 그렇게 보이지만 만 번을 죽더라도 굽히지 않을 강한 성격을 지닌 사람일세. 지금은 단지 내 법수에 걸려서 이렇게 꼼짝 못하고 있을 뿐일세. 내가 깨워 볼 테니 잘 보시게."

그가 다시 법수를 한 모금 내뿜자 장백은 꿈에서 깨어나듯이 정신을 차렸다. 눈을 뜨고 살펴보니 세 신선이 윗자리에 앉아 있고, 털북숭이 오랑캐 병사들이 양쪽으로 늘어서 있었다. 장백은 몸을 일으키려고 해보았지만, 온몸이 밧줄로 묶여서 꼼짝도 할 수 없었다. 화가 치민 그가 고함을 질렀다.

"간덩이가 부은 도사로구나! 감히 나를 묶어서 이곳으로 끌고 오다니. 당장 죽여라! 그렇지 않으면 이 밧줄을 끊고 네놈들을 풀 한 포기 남기지 않고 모조리 쓸어버리겠다!"

그 사나운 외침에 금각대선도 조금 겁이 났지만, 다시 코웃음을 치며 말했다.

"성질도 급하구먼. 나한테 안락와(安樂窩)라는 것이 있으니, 거기 잠시 앉아서 안락한 맛을 봐라. 그러면 내가 누군지 알겠지!"

"네까짓 하찮은 도사를 누가 알아준다는 거냐? 못생긴 얼굴에 신선 흉내나 내면서 경전을 옹알거리고 동냥이나 다니는 주제에!"

"이놈이 죽음을 코앞에 두고도 아직 정신을 차리지 못하고 주둥이를 나불대는구나! 여봐라, 저놈을 새로 발견한 조음동에 옮겨놓아라. 내일 몇 놈을 더 붙잡아서 한꺼번에 처단하겠다!"

이에 오랑캐 병사들이 그들 동굴 안으로 끌고 갔는데, 그 안은 시커먼 안개가 자욱해서 밤낮을 구별할 수 없을 정도로 어두웠고 하늘의 해도 볼 수 없었다. 잠시 후 오랑캐 병사들이 떠나자, 장백은 생각할수록 화가 치밀어 평생의 힘을 다해 다리에 힘을 주고, 머리카락이 곤두서도록 용을 쓰면서 "찻!" 기합을 내질렀다. 그러자 그를 묶은 밧줄이 칼로 자른 듯이 모조리 끊어져 버렸다. 그는 곧 낚싯바늘을 벗어난 물고기처럼 정신없이 내달려 산을 내려왔다. 그리고 삼보태감을 찾아가 전후 사정을 자세히 얘기하자, 삼보태감이 물었다.

"동굴은 어떠했소?"

"밖에서 보면 무슨 신상(神像)을 모셔 둔 곳 같았는데, 안으로 들어가니까 아무것도 보이지 않고 깜깜해서, 마치 지옥문에서 종이 한 장 정도밖에 떨어져 있지 않은 것 같았습니다."

그러자 왕명이 물었다.

"동굴 밖에 혹시 무슨 대(臺) 같은 것은 없던가요?"

"새로 쌓은 듯한 대가 하나 있었네."

"아마 어제 제가 그놈들을 속여먹은 곳 같군요."

"그래! 맞네! 다들 그곳이 새로 발견된 조음동이라고 하더구먼."

"거기다 가둔다면 좋은 수가 있지요."

삼보태감이 물었다.

"그게 뭔가?"

"제가 가서 구해오면 되지 않습니까?"

"적의 계책을 역이용한다 이거로군. 그건 자네들한테 맡기겠네."

"알겠습니다!"

이튿날 세 도사가 다시 오랑캐 병사를 이끌고 몰려와서 일자로 포진하고 소리쳤다.

"감히 우리와 맞설 자가 있느냐?"

그 말이 끝나기도 전에 명나라 진영에서 세 번의 북소리와 함께 함성이 울리면서 월아산을 들고 말에 탄 유격장군 뇌응춘이 달려 나왔다. 그리고 그가 진세를 다 펼치기도 전에 또 세 번의 북소리와 함께 함성이 울리면서 한 길 여덟 자 길이의 창을 휘두르며 말에 탄 왕량이 달려 나왔다. 그리고 그가 진세를 다 펼치기도 전에 또 세 번의 북소리와 함께 함성이 울리면서 곤룡창(滾龍槍)을 휘두르며 말에 탄 무장원 당영이 달려 나왔다. 역시 그가 진세를 다 펼치기도 전에 또 세 번의 북소리와 함께 함성이 울리면서 양쪽으로 날이 선 칼을 휘두르며 말에 탄 황봉선이 달려 나왔다. 이렇게 네 장수는 각기 자신의 무기를 들고 일제히 호통을 쳤다.

"요사한 도사 놈들! 당장 목을 내밀어라!"

금각대선이 말했다.

"나더러 목을 내밀라고? 정작 너희들 코앞에 죽음이 닥친 걸 모르는 모양이로구나? 못 믿겠거든 어제 그 얼굴 시커먼 작자가 어찌 되었는지 봐라!"

그러자 황봉선이 말했다.

"어제 그 사람들은 네놈의 요사한 술법에 속아서 그렇게 된 것이다. 그런데 오늘 또 찾아와 그 지저분한 주둥이로 오줌을 뱉으려고 하느냐?"

"지금 뱉으면 어떻게 할 테냐?"

"어디 한번 해봐라!"

금각대선은 어제처럼 상대가 쓰러지겠거니 생각하며 정말 물을 한 모금 뿜었다. 그러자 황봉선은 느긋하게 월월홍(月月紅)이라고 불리는 요사포(了事布)⁵를 꺼내 말 앞에 펼쳐 흔들었다. 그러자 그 물은 장강에 뿌린 오줌처럼 흔적도 없이 사라져 버렸다. 법수가 통하지 않자 금각대선은 급히 금사견에게 채찍을 휘둘렀다. 그러자 그 짐승은 주둥이에서 한 줄기 푸른 연기를 내뿜으며 꼬리 끝에 시뻘건 불길을 일으킨 채, 황봉선을 향해 나는 듯이 달려들었다. 그러자 황봉선은 느긋하게 금전두(錦纏頭)라고 불리는 머리 묶는 끈을 꺼내 앞을 향해 가볍게 흔들었다. 그 순간 금사견은 네 발이 묶여 땅바닥에 꽈당 쓰러져 버렸다. 그 바람에 금각대선도 땅에 떨어져 빈틈을 드러내고 말았다. 그 순간을 놓치지 않고 황봉선은 양쪽

---

5 요사포(了事布)는 여자가 달거리할 때 속옷 안에 넣는 천이다. 월월홍(月月紅)은 원래 장미과의 화초인 월계화(月季花)의 별명인데, 여기서는 달거리를 암시하기 위해 쓰였다.

으로 날이 선 칼을 재빨리 휘둘러 그의 목을 뎅겅 잘라 버렸다. 다행히 금각대선은 제법 재간이 있어서, 황봉선이 머리를 주우려고 다가가자 두 눈을 부릅뜨고 입을 쩍 벌리더니, 갑자기 머리가 허공으로 날아올라 마치 새가 날아 맴도는 것처럼 유유히 떠다녔다. 이에 황봉선이 그의 몸뚱이를 가지러 가자 그 몸뚱이가 벌떡 일어나더니 산언덕으로 풀쩍 뛰어갔다. 그리고 잠시 후 공중에 있던 머리가 떨어져 내려서 한 치도 틀리지 않게 목 위에 턱 내려앉았다.

"같잖은 도사 같으니! 장난치는 거냐?"

황봉선의 호통이 끝나기도 전에 은각대선이 여의구를 들고 달려들어 그녀의 머리를 내리쳤다. 하지만 황봉선이 칼을 들어 맞받아치면서 둘의 무기가 "챙챙! 캉캉!" 부딪쳤다.

"네놈도 머리가 잘리고 싶어서 덤비는 게냐?"

"헛소리! 누가 감히 내 머리를 자를 수 있겠느냐?"

그러면서 그는 여의구를 하늘 높이 던지면서 "변해라!" 하고 소리쳤다. 그러자 여의구는 열 번, 백 번 변화하여 순식간에 백 자루의 칼이 되에 "쐐액!" 날아 떨어졌다.

"흥! 그래도 자칭 '대선'이라 떠들지만, 네까짓 게 어디 진정한 신선이더냐! 하는 짓이라고는 죄다 요사한 술법 따위에 지나지 않으면서, 감히 이 어미 앞에서 칭얼거리다니!"

황봉선은 느긋하게 양쪽 발목에 묶여 있던 야야쌍(夜夜雙)이라는 각반을 풀어내서 설화개정(雪花蓋頂)의 수법처럼 위아래로 서너 번, 좌우로 대여섯 번 휘둘렀다. 그 순간 그녀는 물론 타고 있던 말까지 자취가 사라져 버렸다. 그 바람에 백 자루의 칼들은 "팅!" 하는 소리와 함께 모조리 땅바닥에 떨어져 다시 여의구로 변했다. 자신의 술법이 깨지자 은각대선은 속으로 상당히 놀랐다.

'일개 여자가 상당한 내공이 있으니, 우습게 보면 안 되겠구나.'

그는 다시 여의구를 들어 공중으로 던지면서 "변해라!" 하고 소리쳤다. 그러자 여의구는 커다란 맷돌로 변해서 공중에서 이리저리 왔다 갔다 하더니, 곧 황봉선의 정수리를 짓누를 듯이 떨어져 내렸다.

"또 요사한 사술을! 네놈만 변신술을 쓸 줄 알고 나는 못 하는 줄 아느냐?"

그녀는 느긋하게 머리에서 벽두조(劈頭抓)라고 불리는 검은 능라 비단으로 만든 수건을 풀어내 땅바닥을 향해 휘두르며 "변해라!" 하고 소리쳤다. 그러자 그 수건은 순식간에 가파른 벼랑이 치솟은 드높은 산으로 변해서, 마치 하늘을 떠받치는 기둥처럼 명나라 진영 앞을 가로막았다. 한낱 맷돌이 산을 뚫을 수 있겠는가? 그것은 흐르는 강물을 산들바람으로 막아 보려는 수작에 지나지 않았다. 은각대선은 어쩔 수 없이 여의구를 회수하여 다른 변화 술법을 쓰려고 했다. 하지만 앞에서 산이 떡 가로막고 있으니 다가갈 수도 없고, 게다가 벌써 해가 저물어 방향을 분간하지 못할 정도로 사방이 어두워져 있었다. 그러니 변화 술법을 쓰려 해도 별 소용이 없게 되어, 결국 양측은 군대를 거두어 자기 진영으로 돌아가고 말았다.

동부로 돌아온 은각대선은 화가 치밀어 투덜거렸다.

"당당한 남자의 몸으로 여자 하나를 어쩌지 못하다니!"

그러자 금각대선이 말했다.

"천변만화의 능력을 가진 자네의 여의구가 있는데, 어찌 된 일인가?"

"첫 싸움에서 사형이 지셨으니 끝까지 불리하게 된 게 아닙니까!"

"그건 자네들 키가 작으면서 오히려 내 머리가 너무 높이 있다고 원망하는 격이 아닌가?"

그러자 녹피대선이 말했다.

"적 앞에서는 덤비지 못하고 뒤에서 힘자랑만 해 봐야 아무 소용없습니다. 내일 두 사형께서는 가만히 앉아 계십시오. 제가 그년을 잡아 안락궁에 처박아서 두 분의 분을 풀어드리겠습니다!"

그러자 은각대선이 말했다.

"여보게 사제! 머리 위의 밥은 먹기 어렵고, 주제 넘는 말은 삼가야 하는 법이네. 설마 자네가 그 여자를 잡을 수 있다는 건가?"

"해내지 못하면 사형께 내 수급을 바치겠소!"

"좋네! 자네가 그 여자를 잡아 오면 나도 내 수급을 자네한테 바치겠네! 여기 계신 대사형께서 보증하실 걸세!"

이튿날은 명나라 진영의 장수들이 먼저 진세를 펼치고 세 신선을 사로잡을 준비를 하고 있었다. 그러자 쌍비복록을 타고 위풍당당하게 다가온 녹피대선이 노기등등 소리쳤다.

"어제의 그 계집을 나오라고 해라! 감히 자신이 있느냐?"

황봉선이 호통을 쳤다.

"아이고 내 새끼, 어미를 찾느냐?"

"이런 못된 계집! 네까짓 게 우리 신선의 오묘한 술법을 어찌 알 겠느냐? 칼맛을 보기 전에 일찌감치 말에서 내려 투항해라!"

"네 이놈! 목을 쳐도 모자랄 도적놈 같으니라고! 하찮은 오랑캐 나라의 요사한 작자 따위가 감히 우리 천자의 나라 대장군 앞에서 허풍을 치다니! 내 오늘 네놈과 생사 결판을 내서 이 어미가 누구 인지 똑똑히 알려주마!"

그 말을 마치기도 전에 그녀가 한 손을 흔들자, 명나라 진영에서 월아산을 들고 말에 탄 유격장군 뇌응춘과 한 길 여덟 자 길이의 창 을 휘두르며 말에 탄 왕량, 그리고 곤룡창(滾龍槍)을 휘두르며 말에 탄 무장원 당영이 달려 나왔다. 이들은 양쪽으로 날이 선 칼을 휘 두르는 황봉선과 함께 사방팔방에서 일제히 녹피대선을 향해 달려 들었다. 그들이 녹피대선을 가운데에 두고 주마등처럼 재빠르게 빙빙 돌자 녹피대선은 어찌할 바를 몰랐다. 왜냐? 공격하자니 상대 의 기세가 흉험하여 감히 손을 쓸 수 없었고, 조롱박을 꺼내자니 경 황 중에 그걸 불 틈도 없었기 때문이다.

다급해진 그가 쌍비복록에게 채찍질하자, 주인의 뜻을 안 그 짐 승이 공중으로 날아올랐다. 하지만 한 길 가까이 날아올랐을 때, 황봉선이 금전두를 꺼내 들고 쌍비복록을 향해 던졌다. 그런데 그 금전두는 일단 달라붙으면 가죽을 벗기고 살을 뭉개 버리는 성질 이 있어서, 제아무리 천지를 뒤흔들 재간을 가졌다 해도 무사히 빠져나올 수 없었다. 하물며 조금 영통하다고는 하지만 결국 짐승에 지나지 않는 그 쌍비복록이야 더 말이 필요 없었으니, 금전두가 달라붙자 그 짐승은 다시 떨어져 버렸다. 그렇지 않아도 분을 풀 대상을 찾지 못해 이를 갈고 있던 황봉선은 단번에 그놈을 잡아채더니 단칼에 목을 쳐버렸다. 그러자 그놈의 본래 모습이 드러났는데, 알고 보니 사슴이었다. 황봉선은 가짜 얼룩말을 탄 녹피대선도 결국 가짜 신선이라는 것을 간파하고 고함을 질렀다.

"다들 힘을 내서 이 요사한 도사를 사로잡도록 하라! 이 사슴을 보면 알 수 있듯이, 이자의 술법은 결국 요사한 짓거리에 지나지 않는다."

그 말은 들은 명나라 병사들은 과연 더욱 자신감이 생겨서 북을 치고, 고함을 지르고, 깃발을 흔들고, 호각을 불며 더욱 용감하게 달려들었다. 이야말로 먼저 내지른 함성이 상대의 사기를 꺾는다는 경우이니, 상대가 아무리 녹피대선이라 할지라도 누가 두려워하겠는가! 구름 위에 서 있던 녹피대선은 달리 대책이 서지 않아 조롱박을 꺼내려고 했다. 그러나 재빨리 그 모습을 간파한 황봉선이 소리쳤다.

"저 못된 도사 놈이 또 무슨 수작을 부릴 속셈으로 조롱박을 꺼내어 불려고 한다. 당장 조총을 발사하라!"

그 즉시 조총이 빗발치듯 발사되었다. 원래 녹피대선은 진정한 신선이 아니라 그저 몇 가지 술법으로 신선인 체 거들먹거리던 자였기 때문에, 항상 남에게 들통날까 두려워하는 마음을 갖고 있었다. 그런데 황봉선에게 정체를 간파당하자 조롱박을 불지 못했고, 또 조총까지 무섭게 쏟아지는지라 더욱 그럴 경황이 없었다. 이러지도 저러지도 못하는 사이에 어느덧 날이 저물어 천지가 어두워지자, 양측은 병사를 거두어 자기 진영으로 돌아갈 수밖에 없었다.

황봉선이 이틀 동안 연이어진 두 번의 전투를 모두 승리로 이끌고 돌아오자, 삼보태감은 말할 수 없이 기뻐했다.

"일부러 심은 꽃나무에서는 꽃이 피지 않고, 무심히 꽂아둔 버들가지가 그늘을 만들어 낸다고 하더니, 여인국 출신의 이 장수가 이렇게 큰 공을 세울 줄 누가 알았겠소!"

그러면서 즉시 그녀의 공적을 기록하게 했다. 그러자 황봉선이 말했다.

"이건 세 장군의 공이니, 제가 감히 가로챌 수 없습니다."

"그렇다면 세 장군의 공적도 한꺼번에 기록하면 되지 않겠소?"

그러자 세 장수가 말했다.

"요사한 도사들이 아직 살아 있으니, 저희는 감히 공적을 세웠다고 내세울 수 없습니다."

삼보태감은 더욱 기뻐했다.

"여러분은 적을 물리친 공적을 세운 것도 모자라 양보하는 미덕까지 보여주시는구려!"

그러면서 즉시 잔치를 열어 네 장수의 공적을 축하해 주었다.

이튿날 날이 완전히 밝기도 전에 뇌응춘과 왕량, 당영, 황봉선은 각자의 군마를 거느리고 진세를 펼쳤다. 당영이 황봉선에게 말했다.

"오늘은 또 어떤 도사 놈이 나올지 모르겠구려."

"분명히 녹피대선이 나올 거예요."

"그걸 어찌 확신하오?"

"어제 손 한 번 쓰지 못하고 물러갔으니 패배를 인정하려 들지 않겠지요. 그러니 분명히 오늘 다시 나올 거예요."

그 말이 끝나기도 전에 산언덕에서 백마를 탄 도사 하나가 나는 듯이 달려 내려오며 소리쳤다.

"간밤에는 너희들 때문에 마음고생이 많았으니, 오늘은 너희들에게 되갚아 주마!"

그 말을 마치기도 전에 그가 조롱박을 꺼내 불었다.

자, 그가 이번에는 어떤 술법을 쓰고 또 그게 얼마나 무시무시한지, 결국 승패가 어찌 되었는지는 다음 회를 보시라.

황봉선은 금각대선의 목을 베고
벽봉장로는 신선의 본색을 밝히다

鳳仙斬金角大仙　國師點大仙本相

爲愛仙人間世英	신선이 되고 싶은 인간 세계의 빼어난 이 가끔 있었지만
幾從仙籍識仙名	신선의 명부에서 이름 알아볼 수 있는 이 몇이나 되랴?
金章未得元來面	높은 벼슬 얻어도 원래의 면모 깨닫지 못하나니
石室甘頤太古情	석실 속에서 기꺼이 태고의 정을 누리리라.
黃鶴幾番尋故侶	황학은 몇 번이나 옛 짝을 찾았던가?
白雲隨處訂新盟	흰 구름은 가는 곳마다 새로운 맹세를 하는구나.
鹿皮俄見飛仙影	녹피대선은 잠깐 신선의 모습 자랑했지만
底事隨風羽翰輕	결국은 바람에 날리는 깃털 신세가 되어 버렸지!

그러니까 녹피대선은 산 아래로 달려오자마자 조롱박을 불고, 즉시 우산을 꺼내 들고 "변해라!" 하고 소리쳤다. 순식간에 우산은 한 길 높이에 일곱 자 너비로 커져서 공중의 해를 가렸고, 다시 "휘릭!" 떨어지면서 명나라의 장수들과 군마들을 모조리 퍼 담으려 했다. 하지만 뜻밖에 이번에도 황봉선에게 묘책이 있었다. 그게 무엇이냐? 그녀는 상대의 무기가 우산이라는 것을 알아보고는 느긋하게 말했다.

"아가, 헛짓하는구나. 감히 이까짓 우산으로 이 어미를 어찌할 수 있다고 생각한 게냐?"

그녀는 가볍게 손을 뻗어 수지호(搜地虎)라고 불리는 머리에 꽂고 있던 비녀를 뽑아 들더니 땅바닥을 향해 내던지며 "변해라!" 하고 소리쳤다. 그러자 순식간에 그 비녀는 높이가 만 길쯤 되는 붓 모양의 봉우리로 변해서, 하늘과 땅 사이를 떠받치듯 늘어나 그 우산을 단단히 붙들어 버렸다. 우산이 내려오지 않자 녹피대선은 몸을 비틀며 옷자락을 털었다. 그 즉시 그는 거대한 사슴으로 변했다. 알고 보니 그가 입고 있던 옷은 사슴 가죽이었기 때문에 이렇게 변했던 것이다. 어쨌든 그는 사슴으로 변하자마자 황봉선의 머리 위로 풀쩍 뛰어올랐다. 황봉선은 그가 사납게 달려들자, 한 손으로 수지호를 거둬들여 그를 향해 내질렀다. 하지만 수지호가 사슴에게 닿기도 전에 하필 우산이 다시 떨어져 내리자, 그녀는 어쩔 수 없이 흙의 장막에 숨어 피해 버렸다. 그 바람에 가엾게도 백여 명이 넘는 명나라 병사만 꼼짝없이 우산에 갇혀버렸다.

녹피대선은 기뻐 어쩔 줄 몰라 하며 우산을 들고 재빨리 산으로 내달렸다. 그러자 당영이 "요사한 도사 놈, 어딜 도망치느냐!" 하고 달려들며 사납게 창을 내질렀다. 왕량 또한 "비천한 오랑캐 놈, 어딜 도망치느냐!" 하고 달려들며 매섭게 표창을 날렸다. 뇌응춘 또한 "못된 도적 놈, 어딜 도망치느냐!" 하고 달려들며 사납게 월아산을 휘둘렀다. 하지만 녹피대선은 모르는 체 상대하지 않고 그대로 산으로 내달려 동부로 뛰어 들어갔다.

"사형들! 사형들! 모두 와보시오!"

그러자 금각대선이 말했다.

"오늘은 이렇게 좋아하는 걸 보니 승리하고 돌아온 모양이구먼."

은각대선이 말했다.

"사제, 그년을 사로잡았다면 내 수급을 드리겠네."

"사형, 군중에서는 농담하지 않는 법이오. 보아하니 사형의 목은 제대로 붙어 있기 힘들겠구려!"

"사내대장부가 한 번 뱉은 말은 되돌릴 수 없는 법이지. 자네가 그년을 잡을 수 있다면 내 어찌 후회하겠는가!"

그러자 금각대선이 말했다.

"말로만 해서는 증거가 없으니 어서 꺼내 보게. 다음 일은 그때 가서 처리하세."

녹피대선은 희희낙락 우산을 꺼내 들고 "변해라!" 하고 소리쳤다. 그 순간 우산은 한 길 높이에 일곱 자 넓이로 변했다. 그가 다시 "열려라!" 하고 소리치자 우산이 공중으로 떠오르면서 천천히 펼쳐졌다. 이에 금각대선과 은각대선이 고개를 쳐들고 살펴보니 한 줄기 바람에 십여 명의 명나라 병사가 떨어져 내리고, 다시 한 줄기 바람이 불자 또 십여 명이 떨어져 내렸다. 이렇게 떨어져 내리기를 계속해서 모두 백여 명이 떨어졌지만, 황봉선의 모습은 보이지 않았다.

그러자 은각대선이 말했다.

"쳐 죽일 것들은 그래도 이 정도가 있는데, 저 안에 그 계집은 보이지 않는군."

녹피대선이 말했다.

"분명히 가뒀는데, 왜 안 보이지? 틀림없이 죽음이 두려워서 우산 속에 숨어서 내려오려 하지 않고 있는 게야."

잠시 후 다시 한 줄기 바람이 불었지만 더 이상 떨어져 내리는 사람이 없었다. 다시 한 줄기 바람이 불어도 마찬가지였다.

"그 계집이 제법 수작을 부릴 줄 아는 모양인데, 내가 직접 우산을 살펴봐야겠군!"

녹피대선이 손짓을 한 번 하자 그 우산이 툭 떨어졌다. 하지만 아무리 꼼꼼히 그 안을 살펴봐도 황봉선의 모습은 찾을 수 없었다. 그러자 은각대선이 말했다.

"사제, 보아하니 이번에는 자네 목이 제대로 붙어 있기 힘들겠구먼!"

내기에 진 것을 알게 되자 녹피대선은 억지를 썼다.

"나는 분명히 그 계집을 잡았단 말이오. 혹시 두 분 사형이 일부러 그년을 풀어주고, 나더러 패배를 인정하라고 하시는 거 아니오?"

은각대선이 물었다.

"내가 풀어주는 걸 본 사람이 있는가?"

"그년이 분명히 저 병사들하고 함께 있었고, 우산으로 천지를 덮었소. 그러니 잡히려면 다 잡히고, 실패하려면 하나도 잡히지 않아야 하는 거 아니오? 그런데 어떻게 병사들은 있는데 그 계집만 없을 수 있단 말씀이오?"

"그 계집은 신출귀몰한 변신술을 부릴 줄 아는데, 자네가 어떻게 잡을 수 있겠는가?"

"그 계집에게 그런 재주가 있다는 것을 사형만 알고 계시니, 이게 바로 사형이 그년을 풀어주었다는 증거가 아니오?"

"나는 그런 적이 없네!"

"사형이 풀어준 게 맞아요!"

이렇게 둘이 말다툼이 벌어지자 금각대선이 말했다.

"둘이 다툴 필요 없네. 막내 사제는 그 계집을 잡지 못했으니 완전히 이겼다고 할 수 없고, 그래서 둘째 사제의 수급을 취할 수 없네. 그 대신 많은 군마를 사로잡았으니 또 완전히 졌다고도 할 수 없네. 그러니 둘째 사제의 수급도 취할 수 없네. 그러니 그만 둘이 화해하시게."

녹피대선은 자기가 말도 안 되는 억지를 부렸다는 것을 스스로 알기 때문에 "예!" 하고 대답했다. 하지만 은각대선은 여전히 불만스러웠다.

"사제, 이런 식으로 나를 무시하면 안 되지!"

금각대선이 말했다.

"자네도 너무 탓하지 마시게. 내일 내가 그 계집을 사로잡아 자네들의 분을 풀어주겠네!"

이튿날 명나라 군대는 다시 산발치에 진세를 펼쳤다. 이때 금각대선이 금사견을 타고 나는 듯이 달려오자, 황봉선은 원수를 만난 듯이 눈이 시뻘겋게 변해서 즉시 그를 향해 금전두를 내던졌다. 너무 급작스러운 일이라 미처 피하지 못한 바람에 금전두는 금사견에게 철썩 들러붙어 버렸고, 결국 금사견이 털썩 쓰러져 버렸다. 황봉선은 금각대선이 쓰러졌다고 생각하고 이 틈에 해치우려 했다. 그런데 뜻밖에 금각대선이 탁천차(托天叉)라는 삼지창을 들고 나는 새처럼, 내닫는 토끼처럼 달려드는 것이 아닌가! 게다가 이상하게 금사견도 입을 쩍 벌려 송곳니를 드러내고 네 발톱을 곤두세운 채, 늑대 무리 속을 휘젓는 호랑이처럼 달려들었다. 깜짝 놀란 황봉선은 재빨리 야야쌍을 풀어 들고 이리저리 막아 냈다. 그때 금각대선이 "풋!" 하고 법수를 내뿜자 그녀도 어쩔 수 없이 월월홍을 꺼내어 말 앞에 쫙 펼쳤다. 그 법수가 무위로 돌아가자 금사견이 "컹!" 짖으며 그녀의 머리 위로 뛰어올랐다. 그녀는 다시 한 손에 든 칼을 휘둘렀는데, 그 바람에 금사견의 꼬리가 뭉텅 잘려나갔다. 금사견은 너무 아파서 바람을 향해 몸을 털더니 공중의 구름 속으로 뛰어올라 도망쳤다.

이렇게 되자 금각대선은 스스로 칼을 들고 자기 목을 그어 버렸다. 그러자 머리가 공중으로 떠올라 유유히 공중을 떠다녔다. 그러더니 잠시 후 그 머리가 다시 법수를 내뿜었다. 황봉선은 급히 월월홍을 꺼내 하늘과 땅을 가리며 휘둘렀다. 하지만 이번 법수는 너무나 흉험해서 아무리 월월홍이라 해도 열에 한두 방울은 막을 수 없었다. 거기에 맞은 이들은 온몸에 맥이 풀려서 취한 바보처럼 땅바닥에 쓰러져 버렸는데, 전투의 경황 중에 그들을 모두 본진으로 들어다 나를 틈이 없었다.

어느새 날이 저물어 달이 떠올랐다. 명나라 진영에는 그때까지도 쓰러져 있는 이들이 상당히 많았는데, 이들은 모두 털북숭이 오랑캐 병사들에게 붙들려 동굴로 끌려갔다. 금각대선의 머리는 다시 몸뚱이에 붙어서 금사견을 타고 동굴로 돌아갔다. 그는 말할 수 없이 기뻐하며 말했다.

"오늘 전투에서 그 계집을 사로잡지는 못했지만, 단단히 기를 꺾어놓고 많은 병사를 사로잡았으니 나의 완승이라 할 수 있지!"

그러면서 승리를 자축하기 위해 술상을 차리라고 분부하는 한편, 이틀 동안 사로잡은 명나라 병사들을 안락궁에 가둬서 저번에 가둬 두었던 시커먼 얼굴의 장수와 함께 재미있게 지내도록 해주라고 지시했다. 이어서 술상이 차려져서 그가 통쾌하게 석 잔을 마시자, 은각대선이 말했다.

"내일은 우리 둘이 모두 돕겠습니다. 그러면 그 계집을 확실히 잡을 수 있을 겁니다."

하지만 자부심 강한 금각대선이 그 말을 따를 리 없었다.

"이번에는 그년을 사로잡기 전에는 절대 돌아오지 않겠네!"

그리고 술잔을 들어 땅바닥에 뿌리며 맹세했다.

"완승을 거두기 전에는 절대 돌아오지 않겠네! 이를 어기면 모든 산신이 지켜보는 가운데 이 술과 같이 될 것이네!"

이 또한 금각대선의 운이 다하고 황봉선이 공적을 세울 운명이 아니고 무엇이겠는가?

이튿날 전장에 나온 금각대선은 다짜고짜 칼을 들어 목을 그었다. 그러자 그의 머리는 다시 어제처럼 온 하늘을 날아다니며 법수를 마구 뿜어댔고, 역시 어제처럼 많은 명나라 병사가 쓰러졌다. 황봉선은 더욱 힘을 내서 이리저리 막았는데, 결국 이날도 날이 저물어서야 법수가 더 이상 떨어져 내리지 않았다. 금각대선은 황봉선을 어쩌지 못했고, 황봉선도 그를 어쩌지 못한 채 날이 저물어 각자 병사를 거두어 자기 진영으로 돌아갔다. 이튿날도 똑같은 상황이 벌어져서 한쪽에서는 머리가 날아다니며 온 하늘 가득 법수를 뿌려댔고, 다른 한쪽에서는 월월홍이 천지를 가릴 듯이 휘둘러졌다.

이런 식으로 사흘을 연이어 싸웠으나 승부가 나지 않자 황봉선은 약간 짜증이 났다. 그때 당영이 말했다.

"부인, 연일 출전할 때마다 용맹한 모습을 보이더니 오늘은 왜 그러는 것이오?"

"짜증나는 것이 문제가 아니라, 이런 식으로 질질 끌다가 어느 세월에 저들을 다 제압할 수 있을지 모르니 그게 문제지요!"

"내 생각에는 그 도사 놈들이 기껏 요사한 술법을 쓰는 것에 지나지 않으니, 차라리 천사님이나 국사님께 도움을 청해야 일이 마무리될 수 있을 것 같소. 이렇게 짜증을 내는 건 아무 도움도 안 되오."

"옳은 말씀이셔요. 함께 가보도록 해요."

그때 장 천사와 벽봉장로는 중군 막사에서 군무를 의논하고 있었는데, 당영이 불쑥 들어와서 절을 올리자 장 천사가 웃으며 말했다.

"당 장군, 부인을 위해 계책을 구하러 오신 모양이구려."

"아내를 위해서가 아니라 멀리로는 황제 폐하를 위해서, 가까이로는 사령관님을 위해서입니다."

"그저 농담이었을 뿐이니, 용서하시구려."

당영이 금각대선에 대해 자초지종을 설명하자 장 천사가 말했다.

"사악한 것은 정의를 이길 수 없고, 가짜는 진짜를 이길 수 없는 법이지요. 하지만 저는 사실 그럴 능력이 안 되니, 국사님께 한 마디 조언을 구하시구려."

그러자 벽봉장로가 말했다.

"나는 불경이나 읽을 줄 알지 살인에 대해서는 전혀 모르네."

이에 당영이 말했다.

"이건 살인을 하는 일이 아닙니다. 다만 금각대선의 머리가 날아다니고 몸뚱이도 꼼짝도 하지 않고 있다가, 한참 후면 다시 머리가 한 치의 오차도 없이 몸뚱이에 딱 들러붙습니다. 이건 술법이 아니겠습니까? 두 분께서 그자의 머리가 몸뚱이에 다시 붙지 못하게 할 방법만 가르쳐 주시면, 그간 그자에게 진 빚을 다 갚을 수 있습니다."

벽봉장로가 말했다.

"그건 어렵지 않지. 그자의 몸뚱이가 따로 떨어져 있다고 했으니, 자네는 내일 그자의 목 위에 《금강경(金剛經)》을 한 권 얹어놓으시게. 그러면 목이 몸뚱이에 붙지 못할 걸세."

"감사합니다! 성공하게 되면 다시 국사님께 절을 올리겠습니다."

그는 허리를 숙여 절하고 밖으로 나가 황봉선에게 벽봉장로의 이야기를 들려주었다. 그러자 황봉선이 말했다.

"그럴 수가! 어떻게 《금강경》 한 권이 그렇게 신통력을 보일 수 있겠어요?"

"국사님이 언제 허튼 말씀을 하신 적이 있소? 그러니 믿을 수밖에!"

"그렇다면 내일 한 번 시험해 보기로 하지요. 그게 통하지 않으면 다른 대책을 여쭤보면 될 테니까요."

"내일 당신이 그자하고 싸울 때 내가 몰래 《금강경》을 얹어놓겠소. 머리하고 몸뚱이가 서로 호응하지 못하면 그자도 순간적으로 대책이 없어질 거요."

"폐하의 홍복과 사령관님의 위엄에 힘입어 꼭 성공할 거예요. 이번에 승리하면 십만의 병사를 물리친 것보다 더 큰 공을 세우게 되는 셈이지요!"

이튿날 날이 밝자 금각대선이 다시 오더니, 곧 금사견에서 내려서 머리를 잘랐다. 잠시 후 머리가 하늘을 날아다니며 다시 법수를 뿜어대기 시작했다. 그러자 황봉선이 소리쳤다.

"간악한 도사 놈! 이번에야말로 이 어미의 진정한 실력을 보여주마!"

"며칠 동안은 몇 명의 장수에게 호위를 받더니, 오늘은 혼자 나온 걸 보니 그 못난 장수들이 겁을 집어먹은 모양이로구나. 너처럼 멍청한 아낙네가 우리 신선들의 오묘한 술법을 어찌 알겠느냐?"

금각대선은 신선의 오묘한 술법을 자랑했지만, 당영에게도 오묘한 대책이 있다는 것을 꿈에도 생각하지 못했다. 잠시 후 금각대선의 머리가 하늘을 날며 법수를 뿜어대자, 황봉선도 월월홍을 휘두르며 막아 내기 시작했다. 이렇게 대결이 무르익게 되자 금각대선은 자기 몸뚱이를 돌아볼 틈이 없었다. 그 사이에 당영은《금강경》을 들고 금각대선의 몸뚱이를 찾았는데, 그 목에서 한 줄기 하얀 기운이 솟아나고 있었다. 하지만 당영은 무슨 기운이 솟아나든 말든, 그게 흰색이든 아니든 상관하지 않고 서둘러《금강경》을 그 위에 얹어 버렸다. 그러자 잠시 후 금각대선의 몸뚱이가 사라져 버리고, 그 대신 그 자리에는 흙더미만 쌓여 있었다. 그런데 그 흙더미가 점점 커지더니 한 자, 한 길, 열 길로 늘어나면서 결국 커다란 산으로 변해 버렸다.

'부인은 믿지 않았는데, 알고 보니 부처님의 힘은 정말 한없이 광대하구나! 국사님의 가르침은 역시 빈말이 아니셨어!'

그는 즉시 곤룡창을 쥐고 말에 올라 진영의 앞으로 나가 창으로 동쪽을 가리켰다. 이에 징 소리가 울리며 명나라 군대가 본진으로 돌아왔다.

황봉선이 병사를 물리는 것을 본 금각대선은 자기를 두려워해서 그런 줄로만 알고 서둘러 머리를 내려 몸뚱이를 찾았다. 하지만 아무리 찾아봐도 몸뚱이가 보이지 않는지라 그저 머리만 공중을 이리저리 맴돌았다. 여기저기 한참을 찾아도 보이지 않자 그는 곧 소리쳐 몸뚱이를 부르기 시작했다. 하지만 아무리 불러도 몸뚱이가 나타나지 않자 더욱 안절부절 통곡하기 시작했다. 이리저리 찾아다니며 통곡해도 끝내 몸뚱이가 나타나지 않으니, 그는 한참 동안 통곡하다가 소리쳐 몸뚱이를 불러보기도 하고, 또 소리쳐 부르다가 다시 통곡하기를 반복했다.

그걸 보고 당영이 황봉선에게 말했다.

"부인, 이제 저놈의 머리를 잡을 수 있게 됐소!"

이에 황봉선은 다시 말머리를 돌려 그 머리 쪽으로 다가가서 금전두를 꺼내 던졌다. 하지만 몸뚱이는 찾지 못해도 머리에 붙어 있는 두 눈은 멀쩡해서, 그 머리는 재빨리 공중으로 날아올라 금전두를 피해 버렸다.

"못된 도사 놈아, 이제 몸뚱이가 없어졌으니 사람 노릇 하기는 틀렸겠구나!"

"흥! 내 몸뚱이를 숨겼다고 나를 어쩔 수 있을 것 같으냐?"

"아직도 누구한테 욕할 수 있겠느냐?"

"입은 있어도 목이 없는데, 누구를 욕할 수 있겠느냐?"

"아직도 사람을 죽일 수 있겠느냐?"

"눈으로 볼 수는 있어도 움직일 손이 없는데, 누구를 죽일 수 있겠느냐?"

"또 무슨 수작을 부릴 수 있겠느냐?"

"지금 나는 입은 있어도 마음[心]이 없으니, 누구한테 수작을 부릴 수 있겠느냐?"

"아직도 누구를 잡아갈 수 있겠느냐?"

"방법은 알고 있지만 움직일 다리가 없으니, 누구를 잡아갈 수 있겠느냐?"

"이제 누구한테 잘났다고 자랑할 수 있겠느냐?"

"지금은 머리만 있고 아랫도리가 없는데, 누구한테 잘났다고 할 수 있겠느냐?"

그 말이 끝나기도 전에 금사견이 두어 번 도약하여 내려오더니 입을 벌리고 사람의 말을 했다.

"주인님, 주인님! 어쩌다 이렇게 젖은 소나무 꼴이 되셨나요?"

"이제 이렇게 머리만 남고 아랫도리가 없어져 버렸으니, 어쩌지?"

"주인님, 싫어하지 않으신다면 제 몸뚱이를 드리겠습니다!"

금각대선이 잠시 생각해 보더니 다급히 말했다.

"안 돼! 그건 안 돼!"

"왜요?"

"나는 도교에서 수행하다가 이 길로 빠져서 이미 천한 하인이나 개와 비슷한 처지가 되었는데, 여기에다 정말 네 거죽까지 뒤집어 쓴다면 무슨 면목으로 삼청신[1]을 뵙겠느냐?"

그 말이 끝나기도 전에 황봉선이 양쪽으로 날이 선 칼을 휘둘러 금각대선의 머리와 금사견을 한꺼번에 베어 버렸다. 보라, 그녀는 기쁨에 겨워 등자를 울리고 함박웃음을 지은 채 개선가를 부르며 돌아왔다. 그리고 중군 막사의 계단 앞에 두 개의 시신을 늘어놓고, 막사로 올라가 삼보태감을 만났다.

"계단 앞에 있는 것은 누구의 시신이오?"

"금각대선과 금사견입니다."

"저 머리와 꼬리가 있고 팔다리가 달린 것은 누구이고, 머리만 있고 꼬리도 손발도 없는 것은 누구요?"

"머리만 있는 것이 금각대선이고 머리와 꼬리, 팔다리가 다 있는 것은 금사견입니다."

두 사령관이 헛기침하며 말했다.

"알고 보니 저 죽은 도사 놈은 개보다 못한 놈이었구려."

그 말이 끝나기도 전에 기패관이 보고했다.

"천사님과 국사님께서 오셨습니다."

서로 인사를 나누고 자리에 앉자마자 장 천사가 삼보태감에게 물었다.

"저 수급은 누구의 것인지요?"

"오늘 황봉선 장군이 전공을 세웠습니다. 이게 바로 금각대선의

---

1 원문에는 '삼정노아(三淨老兒)'라고 되어 있는데, 이는 '삼청노아(三淸老兒)'를 잘못 쓴 것으로 보인다.

수급입니다."

그러자 장 천사가 탄식하며 말했다.

"자칭 금각대선이라고 뻐기던 이 축생이 결국 이런 꼴이 되었으니, 우리 도교의 수치로구먼!"

그러자 벽봉장로가 장 천사에게 말했다.

"아미타불! 이 축생이 어찌 도교에 속한 자라고 할 수 있겠는가?"

"아니, 그게 무슨 말씀입니까?"

"못 믿는 모양인데, 그렇다면 내 저자의 몸뚱이를 보여주겠네."

"가르침을 내려 주신다니 저로서는 큰 행운입니다."

"당 장군을 좀 불러주시구려."

잠시 당영이 와서 절을 올리자 벽봉장로가 물었다.

"가져간 《금강경》은 어디 두었는가?"

"국사님께서 말씀하신 대로 금각대선의 목에 놓아두었습니다."

"그런 다음에 어찌 되었는가?"

"《금강경》을 놓아두자 그 몸뚱이가 곧 흙더미로 변하더니, 잠시후 점점 커져서 산이 되어 버렸습니다. 그래서 금각대선도 제 몸뚱이를 찾을 수 없었습니다."

"가서 《금강경》을 다시 가져오시게."

"이미 높은 산이 되어 버렸는데 어떻게 다시 가져올 수 있겠습니까?"

"그야 상관없지. 자네 손 좀 내밀어 보시게."

당영이 한 손을 내밀자 벽봉장로가 구환석장을 들어 그의 손바닥에 흙 '토(土)'자를 써주고 말했다.

"그걸 조심해서 쥐고 산 앞에 가서 손바닥을 펼친 다음, 즉시 본영 안으로 달려오시게."

당영이 산 앞에 이르러 손바닥을 펼치자, 갑자기 "우르릉!" 하며 천지가 무너지는 듯한 소리가 울렸다. 이에 그는 벽봉장로가 얘기한 것처럼 서둘러 본영으로 달려왔다. 그런데 삼보태감을 만나기도 전에 계단 아래를 보니, 덥수룩한 털에 덮인 들소 한 마리가 자빠져 있었다. 사령관에게 보고하러 가서 보니, 구환석장 끝에 《금강경》이 얹혀 있었다. 당영은 모골이 송연해질 정도로 놀라 아무 소리도 내지 못했다. 그러자 장 천사가 벽봉장로에게 물었다.

"저 들소는 어디서 온 것입니까?"

"그게 바로 금각대선의 몸뚱이일세. 머리 또한 사람의 것이 아니지."

"그럼 무엇인지 보여주실 수 있습니까?"

"그야 어렵지 않지."

그는 즉시 무근수 한 사발을 가져오라고 해서 한 모금 머금더니 그 머리를 향해 뿜었다. 그러자 그 머리는 즉시 금빛으로 빛나는 두 개의 긴 뿔이 달린 쇠머리로 변했다.

"이게 바로 금각대선이 아닌가! 도교에 멋대로 섞여 들어간 이런 축생이 어찌 도교의 수치라고 할 수 있겠는가?"

장 천사가 한없이 감사하자 두 사령관이 말했다.

"이 소의 정령이 자칭 금각대선이라고 하더니, 과연 두 개의 뿔이 있군요."

지금까지도 이 이야기가 전해져서 다들 도사를 욕할 때 '쇠코도사[牛鼻子道士]'라고 하는 것이다. 어쨌든 삼보태감이 벽봉장로에게 물었다.

"이 두 개의 시신을 어떻게 처리할까요?"

"예를 갖춰 묻어줘야지요. 다만 금사견의 무덤에는 '의로운 개[義犬]'라는 글을 새긴 비석을 세워 줘서, 사람들이 그걸 보고 개만도 못한 사람이 되지 않도록 조심하게 해주시구려."

후세 사람들이 이에 감동하여 〈병구부(病狗賦)〉[2]를 지어 이를 기록했으니, 그 내용은 이러하다.

개가 병든 것은 무슨 고생 때문인가? 그저 주인을 지키고자 했기 때문이지.

밤낮으로 잠도 못 자고 도적을 지키나니, 그 소리에 도적이 집에 들어오지 못하지,

주인의 재물 지키고, 주인의 생명도 지키지.

그런데도 어느 날 늙어 병이 들자 개장수에게 팔아 버렸구나.

개장수에게 팔려 죽을 때 소리쳐 주인을 불러도 주인은 돌아보지도 않지.

──────────
2 《미산현지(眉山縣志)》에 따르면 소식(蘇軾)이 미산현의 치소(治所)에서 서쪽으로 18리 떨어진 곳에 있는 서운사(棲雲寺)의 벽에 〈병구부(病狗賦)〉를 써 놓았다고 하는데, 이 원문은 지금 남아 있지 않다. 그러므로 여기 수록된 작품은 소설의 작자가 지은 것인 듯하다.

고개 돌려 다시 주인의 대문 바라보나니, 아직도 주인을 그리는 마음 남아 있구나.

아아! 개는 가죽을 쓰고 있는데 사람은 피를 뒤집어쓰고 있고, 개는 인의를 실천하는데 사람은 살생하는구나.

개가죽 속에는 사람의 마음 들어 있건만 사람에게 짐승의 마음 있음을 어찌 눈치챌 수 있을까?

아아! 세상의 인정은 개만도 못하나니, 그렇게 된 지 오래되었다네.

사람은 가난해진 사람 보면 점점 소원하게 대하는데, 개는 가난한 사람도 항상 지켜주지.

돈이 있거든 의롭지 못한 사람과 사귀지 말고, 먹고살 만하면 집안에 개를 기르세.

狗病狗病由何苦? 狗病只因護家主.

晝夜不眠防賊來, 賊聞狗聲不登戶.

護得主人金與銀, 護得主人命與身.

一朝老來狗生病, 却將賣與屠狗人.

狗見賣與屠人宰, 聲叫人主全不睬.

回頭又顧主人門, 還有戀主心腸在.

嗚呼! 狗帶皮毛人帶血, 狗行仁義人行殺.

狗皮里面有人心, 人有獸心安可察.

嗚呼! 世上人情不如狗, 人情不似狗情久.

人見人貧漸漸疏, 狗見人貧常相守.

有錢莫交無義人, 有飯且養看家狗.

삼보태감이 공적을 기록하고 상을 내린 것은 말할 필요도 없겠다.

한편 금각대선의 전사 소식을 들은 은각대선은 너무 놀라 취한 듯, 바보가 된 듯 인사불성이 되었다. 녹피대선이 재삼 위로했다.

"죽은 이는 다시 살아날 수 없는 법인데, 산 사람이 굳이 죽을 필요가 있겠소이까? 우리 이 산을 떠나 다른 경치 좋고 복 받은 땅을 찾아 편안하게 삽시다."

"명나라 함대에 김벽봉장로와 장 천사가 있다는 소문이 자자하여, 다들 둘을 마치 인간 세상에 현신한 이철괴나 여동빈처럼 감히 건드릴 수 없는 존재라고 칭송하고 있네. 하지만 지금까지 보름 남짓 그 둘의 꽁무니조차 보지 못하고, 오히려 저런 계집한테 연패를 당하며 얼마나 마음고생을 했는가? 이제 이 지경까지 왔으니, 내 어찌 그만둘 수 있겠어! 게다가 사형을 죽인 원수와는 같은 하늘을 이고 살 수 없네! 내일은 반드시 그년과 결판을 짓고 말겠어!"

"이번에는 저번과 달라야 하지 않을까요? 저번에 그년이 우리와 처음 만났을 때까지만 하더라도 우리를 하늘나라의 진짜 신선으로 여기고 있었고, 설사 약간 의심스럽다 하더라도 스스로 답을 구하기 어려웠을 게 아닙니까? 하지만 이제 사형을 쓰러뜨렸으니 우리 정체를 확실히 꿰뚫었을 거라 이겁니다. 그런데 우리가 또 저번과 같은 방식으로 나간다면, 일이 잘못될 수도 있지 않겠습니까?"

"옳은 말일세. 하지만 나도 이미 그 점에 대해 생각해 본 적이 있네. 지금은 귀신도 예측하지 못할, 천지를 뒤엎을 만한 묘책이 있네."

"그게 뭡니까?"

"담에도 귀가 있고 창밖에서 누가 엿들을지도 모르니, 말로 밝힐 수는 없네. 내일 보면 알게 될 걸세."

"그저 승전하는 모습을 직접 보고 좋은 소식을 듣게 되기만을 바랄 뿐입니다."

이튿날 동이 틀 무렵이 되자마자 은각대선은 옷을 차려입고 산 꼭대기에 서서 바다를 향해 여의구를 던졌다. 그는 천변만화하여 무엇이든 주인의 뜻대로 변하는 이 무기를 물속의 괴물로 변화시켜서 거센 풍랑을 일으켜 명나라 함대를 침몰시켜 버리려고 했던 것이다. 과연 여의구가 몸길이가 수만 길이나 되는 거대한 자라로 변해서 하늘에 닿을 듯이 출렁이는 만 길 높이의 새하얀 파도를 일으키니, 순식간에 사방이 이렇게 변했다.[3]

---

3 인용된 부는 명나라 때 범수익(范受益)이 지은 전기(傳奇)인 《심친기(尋親記)》 제3착(齣) 〈수축(修築)〉에서 남주인공인 '말(末)'의 대사에 들어 있는 것을 인용한 것이다. 범수익은 오현(吳縣, 지금의 장쑤성 쑤저우[蘇州]) 사람으로 호는 정암(丁庵)이다. 가정(嘉靖: 1522~1566) 초기에 국자감생(國子監生)이 되었으며, 《심친기》는 전기(傳奇) 《주우교자심친기(周羽敎子尋親記)》를 개편한 것으로서 양신어(梁辰魚)나 심여일(沈予一) 등이 개편한 것보다 훌륭하다고 평가된다. 그 외에 《옥어기(玉魚記)》와 《환벽기(還璧記)》 등의 전기 작품을 창작하기도 했다.

해와 달도 어둑해지고 우레가 진노한다.

몇 겹의 운무가 천지를 덮어 사방이 어둡기 그지없고

쌀쌀하기 그지없는 일진광풍이 산악을 뒤흔든다.

만 길 설산이 하늘을 치고 태양을 두드리고

천 개의 은 촛불 평지로 쏟아져 순식간에 드넓은 바다가 된다.

하루 내내 쏴아 철썩이니 천 척의 함대라도 이리저리 기우뚱거릴 수밖에 없고

눈에 가득 엄청난 파도 철썩철썩 쾅쾅대니 바다를 건너는 팔선이라도 당황하여 손발이 어지러워질 수밖에!

까마득히 높고 험한 물결에 눈을 뜨기도 어려워, 놀란 물속의 신들 목을 움츠리고 둥지 속의 봉황처럼 꼼짝도 하지 못하고

휘리릭 쿵쾅 철썩대니 발이 있어도 달아나기 어려워, 물결에 떠밀린 물고기들 진흙 덩어리처럼 뭉쳐 있다.

하늘을 가린 운무에 눈을 들어도 아침인지 저녁인지 알 수 없고

해를 적실 듯한 파도에 항해하려 해도 길의 높낮이를 분간할 수 없다.

만 길이나 치솟은 신령한 빛 번쩍번쩍 눈이 부셔서 한밤중에 번갯불이 다투어 번쩍이는 듯하고

천 겹의 살기 어둡고 음침하게 덮치나니, 흡사 삼월의 온갖 꽃들 어지러이 피는 듯하다.

주룩주룩 쏴쏴 한밤중의 소낙비에 못지않고

쿵쿵 철썩 한여름의 우렛소리도 비할 바 아니다.

양후(陽侯)⁴나 영서(靈胥),⁵ 풍이(馮夷),⁶ 해약(海若),⁷ 천오(天吾),⁸ 임계(壬癸)⁹ 같은 신들이 누구와 싸우기라도 하는 것인가?

분명히 경천군(涇川君)이나 동정군(洞庭君), 남해군(南海君), 북해군(北海君), 궁정군(宮亭君),¹⁰ 단양군(丹陽君) 같은 신들이 영험한 위세를 드러내는 것이리라.

日月昏螟, 雷霆震怒.

慘慘黯黯, 數重雲霧罩定乾坤.

凛凛冽冽, 一陣猛風撼開山嶽.

雪山萬丈, 打着天, 拍着太陽.

銀燭千條, 瀉平地, 頓成滄海.

---

4 양후(陽侯)는 고대 전설에 등장하는 파도의 신이다.

5 영서(靈胥)는 춘추시대 오자서(伍子胥)가 죽어서 변했다는 파도의 신이다.

6 풍이(馮夷)는 전설 속에 등장하는 황하의 신인 하백(河伯)을 가리키는데, 일반적으로 물의 신[水神]을 통칭하는 뜻으로 쓰이기도 한다.

7 해약(海若)은 전설 속에 등장하는 바다의 신이다. 장병린(章炳麟)의《구서(訄書)》〈원교하(原教下)〉에 따르면 그것은 우예(右倪)의 거북[龜]으로서 바다[瀛]의 신이라고 했다.

8 천오(天吾)는 천오(天吳)를 잘못 쓴 것인 듯하다.《산해경》〈해외동경(海外東經)〉에서는 "조양의 계곡에 천오라는 신이 있는데, 물의 신이다.[朝陽之谷, 神曰天吳, 是為水伯.]"라고 했고, 〈대황동경(大荒東經)〉에는 "머리가 여덟 개에 사람의 얼굴을 하고 있고, 호랑이의 몸뚱이에 열 개의 꼬리가 달린 신이 있는데 이름을 천오라고 한다.[有神人, 八首人面, 虎身十尾, 名曰天吳.]"라는 기록이 있다.

9 임계(壬癸)는 물[水]을 가리키는 천간(天干)이다.

10 궁정(宮亭)은 역도원(酈道元)의《수경주(水經注)》〈여강수(廬江水)〉에 언급된 호수 이름이다.

鎭日間淅淅索索, 劃劃喇喇, 任是你寶船千號, 少不得東倒西歪.

滿眼裏傾傾動動, 佇佇忽忽, 憑着他過海八仙, 也不免手慌脚亂.

巉巉崖崖, 崎崎嶇嶇, 有眼難開, 吓得個水神們縮頸坐時如鳳宿.

嘩嘩剝剝, 叮叮噹噹, 有足難走, 打得個水族們攢身聚處似泥蟠.

雲霧障天, 擧目不知天早晚.

波濤浴日, 要行難辨路高低.

神光萬丈, 閃閃爍爍, 燦燦爛爛, 恍疑五夜裏掣電爭明.

殺氣千重, 昏昏沉沉, 陰陰深深, 恰似三月間奇花亂吐.

拂拂霏霏, 不讓三更驟雨.

轟轟劃劃, 難逃九夏鳴雷.

不知是陽侯神, 靈胥神, 馮夷神, 海若神, 天吾神, 壬癸神, 和誰鬪戰.

只應是涇川君, 洞庭君, 南海君, 北海君, 宮亭君, 丹陽君, 各顯威靈.

그야말로 이런 격이었다.

西風作惡實堪哀	서풍이 행패 부리니 너무나 슬프구나!
萬丈潮頭劈面來	만 길 파도가 정면에서 덮쳐 온다.
高似禹門三級浪	용문(龍門)의 세 층 물결처럼 높고
險如平地一聲雷	평지에 떨어지는 벼락처럼 험악하구나!

한편 사초부도독은 이렇게 만 길 파도와 하늘을 휩쓰는 듯한 새

하얀 물결을 보고 모두 깜짝 놀랐다.

"하늘이 어찌 된 거 아냐?"

그들이 일제히 삼보태감을 찾아가자 삼보태감이 말했다.

"이것은 저 죽일 놈의 두 도사가 우리를 놀라게 하려고 벌인 짓임이 분명하오."

그러면서 즉시 벽봉장로를 청해서 자문을 구하자, 벽봉장로가 말했다.

"무슨 일로 부르셨소이까?"

"저번에 바다의 바람이나 배의 화재는 모두 국사님께서 책임지시겠다고 하셨지요? 불행히도 오늘 바다에 이렇게 풍랑이 일고 있으니, 국사님께서 저번에 하신 말씀을 지켜주시기 바랍니다."

"제가 어명을 받고 나온 이래 한 마디라도 빈말을 한 적이 있소이까? 오늘 일은 두 분 사령관께서 제 거처의 천엽연화대로 잠깐 와 주시면 전말을 알 수 있으실 거외다."

두 사령관이 벽봉장로를 따라 천엽연화대로 올라가 살펴보니, 함대에서 열 길 바깥쪽은 새하얀 파도가 하늘을 휩쓸고 은빛 물기둥이 해를 삼킬 듯 출렁이고 있었지만, 열 길 안쪽은 잔잔하기 그지없었다. 두 사령관이 의아해서 물었다.

"어떻게 바깥쪽은 저리 흉험한데 안쪽은 이리 고요하지요?"

"사실 그 요사한 도사가 풍랑을 일으키는 것을 보고, 서신을 보내서 사해 용왕에게 열 길 밖에서 우리 함대를 보호하게 했소이다."

두 사령관은 한없이 감사했다.

"부처님의 신력으로 도와주시지 않았더라면 물고기 밥이 될 뻔했습니다!"

"미리 조치하지 않았더라면 함대가 위험할 뻔했습니다. 그런데 어찌 사령관께서 나를 찾을 때까지 기다리고 있을 수 있었겠소이까?"

"이 풍랑은 언제쯤 잠잠해질까요?"

"요사한 술법이라는 것은 짧으면 삼각(三刻, 45분)이고 길어 봐야 그 열 배 정도밖에 지속되지 않소이다. 이 풍랑은 인시(寅時) 초에 일어나기 시작했으니 요사한 도사의 기력이 다할 때쯤인 사시(巳時) 초쯤에야 잠잠해질 거외다."

과연 사시가 되자 풍랑이 잠잠해졌다. 사초부도독과 모든 수군 도독이 찾아와 문안 인사를 하자, 두 사령관이 수하들에게 분부했다.

"어서 군정사에 알려 잔치를 준비하도록 하라. 우리 장수들의 놀란 가슴을 진정시켜 드려야겠구나."

그러자 벽봉장로가 말했다.

"아미타불! 이건 별거 아니고 그보다 더 놀랄 일이 기다리고 있으니, 잠시 잔치는 미뤄 두는 게 좋겠소이다."

이후에 기다리고 있다는 더 놀랄 일이 무엇인지는 다음 회를 보시라.

벽봉장로는 은각대선을 거둬들이고
장 천사는 녹피대선을 사로잡다

國師收銀角大仙　天師擒鹿皮大仙

邊事勤勞不自知	변방의 일에 수고로운 줄 스스로 알지 못하고
勉然輿病强撑持	병든 몸 억지로 이끌고 수레에 올라 버틴다네.
願擒元惡酬明主	악당 두목 사로잡아 현명한 군주에게 보답하고자 하나
不斬降人表義師	항복한 적 죽이지 않음으로써 정의로운 군대 표방하지.
木石含愁移塞處	변방으로 옮겨갈 때는 나무와 바위도 시름겨웠지만
山川生色獻功時	공적을 바칠 때는 산천도 생기를 피워냈지.
華夷一統淸明日	중원과 오랑캐가 하나 되는 맑은 날에는
誰把中華俗變夷	뉘라서 중원의 풍속을 오랑캐처럼 바꿀 수 있으랴?

그러니까 두 사령관이 장수들의 놀란 가슴을 진정시켜주기 위해 잔치를 준비하라고 분부하자 벽봉장로가 말했다.

"잠깐! 잠깐! 이건 별거 아니고 그보다 더 놀랄 일이 기다리고 있소이다."

그 말에 두 사령관이 깜짝 놀라 다급히 물었다.

"또 놀랄 일이 있다고요? 무사히 넘어갈 수 있겠습니까?"

"아미타불! 전에 한 말도 있으니, 아무튼 이것도 제가 맡아 처리하리다."

"미리 준비할 게 있습니까?"

"그럴 필요는 없소이다. 다만 날이 저무는 술시(戌時) 무렵이 되면 자연히 알게 될 것이외다."

한편 은각대선은 여의구를 던지고 일곱 시간 남짓 지났는데도 풍랑이 별 효과를 거두지 못하자, 자신만만하게 나섰다가 맥이 빠져 돌아갈 수밖에 없었다. 그가 어쩔 수 없이 여의구를 거두고 시름에 잠겨 있자 녹피대선이 말했다.

"사형, 또 헛수고만 하셨군요. 차라리 제 말씀대로 하시지요."

"일을 시작했으면 끝장을 봐야지. 날이 저물 무렵에 또 한 가지 묘책이 있네. 이번에야말로 저놈들이 사방팔방으로 막아 내기 어려워서 내 진정한 실력을 인정할 테지!"

"이번에도 빈말로 끝나지 않을까 염려됩니다."

"각자 할 일이나 하고, 자네는 여기에 상관하지 말게."

황혼 무렵이 되자 그는 다시 산꼭대기에 서서 여의구를 든 채 머리를 세 번 끄덕이더니, 다시 좌우로 세 번 도리질하고 나서, 손을 세 번 흔들면서 발을 세 번 굴렀다. 그리고 여의구를 들어 공중으로 던졌다. 그 순간 "휘릭!" 하는 소리가 울렸는데, 그 바람에 명나라 함대의 모든 장수가 깜짝 놀랐고, 두 사령관은 황급히 벽봉장로를 찾아갔다. 벽봉장로는 두 사령관을 천엽연화대 위로 청하여 자리에 앉아 구경하라고 하면서, 또 사령관에게 장수들에게 명령을 내려서 각자 소란을 피우지 말고 진영을 지키도록 하게 했다. 그런데 그 명령을 다 내리기도 전에 "쿵!" 하는 소리와 함께 피처럼 시뻘건 불 까마귀가 떨어져 내리더니, 하필이면 '사령관[帥]' 깃발이 걸린 깃대 위에 내려앉았다. 멀리서 보면 그것은 까마귀가 아니라 사방을 시뻘겋게 비추며 불꽃이 이글거리는 불덩어리로 보였다. 그걸 본 두 사령관은 깜짝 놀라 적벽대전과 같은 화공을 당하는 게 아닌가 걱정했다. 그 순간 벽봉장로가 소리쳤다.

"금두게체는 어디 있느냐?"

그 말이 끝나기도 전에 갑자기 허공에서 몸집이 커다란 신장이 머리에 두르는 황금 테[金箍頭]를 들고 나타나더니, 불 까마귀에게 다가가 가볍게 테를 씌웠다. 그러자 그 까마귀는 "까악!" 하는 소리와 함께 평범한 까마귀로 변해 버렸으니, 이를 증명하는 시가 있다.

白頭不歎老年光　　흰머리에도 노년을 탄식하지 않고

亂噪驚飛繞樹傍	어지러이 지저귀며 숲 가를 날아도네.
影拂黑衣飛遠塞	검은 옷자락 그림자 스치며 먼 변방으로 날아가나니
光翻金背閃斜陽	등 위에 햇빛 받아 석양빛이 반짝이네.
報凶厭聽因何切	불길한 일 지겹게 알리는 건 무슨 급한 사정 때문인가?
返哺應知孝不忘	어미 새 먹이는 걸 보면 효성을 잊지 않았음을 알겠네.
幾度五更驚好夢	새벽녘에 놀라 좋은 꿈 깨운 게 몇 번이던가?
數聲啼月下回廊	달빛 아래 울어 대며 회랑으로 내려오네.

몸에 불덩어리도 없는 까마귀는 배에 아무런 문제가 되지 않았다. 그제야 두 사령관은 마음을 놓았다.

"국사님의 신령한 힘 덕분에 무사했지만, 정말 놀라 죽는 줄 알았습니다!"

그 말이 끝나기도 전에 또 "퉁!" 하는 소리와 함께 '사령관' 깃발이 걸린 깃대 위에서 시뻘건 불꽃이 이글거리는 쥐가 한 마리 내려오더니 중군 막사로 들어가려 했다. 멀리서 보면 그것은 쥐가 아니라 사방을 시뻘겋게 비추며 불꽃이 이글거리는 불덩어리로 보였다. 그걸 본 두 사령관은 또 깜짝 놀라 박망(博望)에서 제갈량의 화공에 참패한 조조의 신세가 되지 않을까 걱정했다. 그 순간 벽봉장로가 소리쳤다.

"은두게체는 어디 있느냐?"

그 말이 끝나기도 전에 갑자기 허공에서 몸집이 커다란 신장이 머리에 두르는 은 테[銀箍頭]를 들고 나타나더니, 불 쥐에게 다가가 가볍게 테를 씌웠다. 그러자 그 불 쥐는 "찍!" 하는 소리와 함께 평범한 생쥐로 변해 버렸으니, 이를 증명하는 시가 있다.

土房土屋土門樓	흙으로 만든 집에 흙 대문 지어놓고
日裏藏身夜出遊	낮에는 숨어 있다가 밤이 되면 나들이하네.
脚小步輕乖似鬼	작은 발에 걸음도 경쾌하여 귀신처럼 영활하고
眼尖嘴快滑如油	예리한 눈 뾰족한 주둥이는 기름처럼 매끄럽다.
巧穿板竇偸倉粟	교묘하게 판자에 구멍 뚫어 창고의 곡식 훔치고
慣入巾箱破越綢	옷상자에 들어가 귀한 비단 망가뜨리기 일쑤라네.
有日相逢猫長者	언젠가 고양이 어르신 만나는 날이면
連皮帶骨一時休	가죽이며 뼈까지 순식간에 끝장나겠지!

몸에 불덩어리도 없는 생쥐는 배에 아무런 문제가 되지 않았다. 그제야 두 사령관은 마음을 놓았다.

"국사님의 신령한 힘 덕분에 무사했지만, 정말 놀라 죽는 줄 알았습니다!"

그러자 벽봉장로가 말했다.

"아직 하나가 더 남아 있소이다."

"아니, 이걸 어쩌지요?"

그 말이 끝나기도 전에 또 "풍덩!" 하는 소리와 함께 물속에서 시뻘건 불 뱀이 한 마리 나오더니, 하필 사령관의 깃발이 걸린 배를 알아보고 선실 안으로 파고 들어왔다. 멀리서 보면 그것은 뱀이 아니라 사방을 시뻘겋게 비추며 불꽃이 이글거리는 노끈처럼 보였다. 잠시 후 선실 안에서 연기가 치솟으며 불꽃이 일자, 두 사령관은 또 깜짝 놀라 신야(新野)에서 제갈량의 공성계(空城計)와 화공에 참패한 조조의 신세가 되지 않을까 걱정했다. 그 순간 벽봉장로가 소리쳤다.

"바라게체는 어디 있느냐?"

그 말이 끝나기도 전에 갑자기 허공에서 몸집이 커다란 신장이 금강고(金剛箍)라는 머리 테를 들고 나타나더니, 불 뱀에게 다가가 가볍게 테를 씌웠다. 그러자 그 불 뱀은 "쉿!" 하는 소리와 함께 불꽃이 사라져서 평범한 뱀으로 변해 버렸으니, 이를 증명하는 시가 있다.

鱗蟲三百六居一	비늘 덮인 짐승 일 년 내내
大澤深山得自宜	큰 못과 깊은 산속에서 느긋하게 지냈지.
吞吐陰陽誠有道	음양의 기운 삼키고 토하는 데에도 진정 도리가 있거늘
修藏造化豈無機	행운이 깃들고 틀어지는 데에 어찌 때가 없으랴?

甲鱗漸漸方披處	비늘 갑옷 점차 펼쳐지고
頭角森森欲露時	머리의 뿔 으스스 드러날 때
待得春雷一聲早	봄날 벼락소리 일어나면
翻身變作巨龍飛	거대한 용이 되어 날아가지.

몸에 불덩어리도 없는 뱀은 선실에 아무런 문제가 되지 않았다. 그제야 두 사령관은 마음을 놓았다.

"부처님, 감사합니다. 이제 더는 놀랄 일이 없겠지요?"

"아직 하나 더 남았소이다."

"아니, '삼세판'이라는 말도 있는데, 어떻게 세 번이나 놀랄 일이 지난 뒤에 또 무슨 일이 일어난다는 것입니까?"

그 말이 끝나기도 전에 또 "풍덩!" 하는 소리와 함께 물속에서 시뻘건 불에 덮인 거북이 한 마리가 나오더니, 하필 또 사령관의 깃발이 걸린 배를 알아보고 선창 안으로 기어 들어갔다. 멀리서 보면 그것은 거북이가 아니라 사방을 시뻘겋게 비추며 불꽃이 이글거리는 대야처럼 보였다. 잠시 후 선창 안에서 연기가 치솟으며 불꽃이 일자 두 사령관은 또 깜짝 놀라 화재로 성문(城門)을 잃게 되는 신세가 되지 않을까 걱정했다. 그 순간 벽봉장로가 소리쳤다.

"바라승게체는 어디 있느냐?"

그 말이 끝나기도 전에 갑자기 허공에서 몸집이 커다란 신장이 금강첩(金剛鉆)이라는 족집게를 들고 나타나더니, 불 거북이에게 다가가 가볍게 집었다. 그러자 그 거북이는 풀썩 뒤집히더니 한 마리 신령한 거북이로 변해 버렸으니, 이를 증명하는 시가 있다.

妙在天心蘊洛奇	오묘한 하늘의 뜻 낙수(洛水)에 숨겨져
文明斯世應昌期	이 시대에 문양 드러내면 번창한 시절 약속하리라.
九疇全見陰陽數	구주(九疇)[1]는 음양의 수를 모두 구현하고
五總能含造化機	오총(五總)[2]은 조물주의 지식을 담을 수 있지.
氣合幽明增有象	음양의 기운 합쳐져 형상이 더 나타났고
卜傳吉凶亦無私	길흉을 점쳐 전함에도 사사로움이 없었지.
誠哉是個鐘靈物	그야말로 신령함이 깃들인 동물이건만
寶在當是豈得知	보물이 눈앞에 나타난들 어찌 알아보랴?

몸에 불덩어리도 없는 신령한 거북이는 선창에 아무런 문제가 되지 않았다. 그제야 두 사령관은 마음을 놓았다.

"부처님, 한없는 법력으로 보살펴주셔서 감사합니다. 네 번의 변고가 지나갔으니, 이제 무사하겠지요?"

---

1 구주(九疇)는 이른바 '낙서(洛書)'에 적혀 있었다는 홍범구주(洪範九疇)를 가리킨다. 《상서(尙書)》〈홍범(洪範)〉에 따르면 그것은 첫째가 오행(五行)이고, 둘째는 경용오사(敬用五事), 셋째는 농용팔정(農用八政), 넷째는 협용오기(協用五紀), 다섯째는 건용황극(建用皇極), 여섯째는 예용삼덕(乂用三德), 일곱째는 명용계의(明用稽疑), 여덟째는 염용서징(念用庶徵), 아홉째는 향용오복(向用五福)과 위용육극(威用六極)이라고 한다.

2 당나라 때 은천유(殷踐猷: 684~721, 자는 백기[伯起])가 박학다식해서 하지장(賀知章)이 '오총귀(五總龜)'라고 불렀다고 한다.

"이제 아무 일 없을 거외다."

그 말이 끝나기가 무섭게 마 태감이 끼어들었다.

"국사님, 조금 전에 나타난 하늘 신이 들고 있던 것은 무엇입니까?"

"금강첩이라는 것일세."

"배에 기어 올라온 것은 무엇이었습니까?"

"거북이지."

"알고 보니 하늘 신도 거북이 점을 칠 줄 아는군요!"

벽봉장로가 두 눈을 감고 아무 말도 하지 않자 홍 태감이 또 끼어들었다.

"그 하늘 신은 혹시 남경 회광사(回光寺)에서 모시는 보살이 아닙니까? 주사(朱砂)를 가까이하면 붉은 물이 들고, 먹을 가까이하면 검은 물이 든다고 했지 않습니까?"

그러자 삼보태감이 말했다.

"너희는 그저 이런 쓸데없는 소리만 늘어놓는구나. 그런데 국사님, 불을 일으키는 그 네 괴물이 어디 숨어 있는지 모르니 상당히 곤란하군요."

"그것들은 모두 사라졌는데, 곤란할 일이 어디 있겠소이까?"

"어떻게 갑자기 다 사라졌지요?"

"지극한 정성으로 쉼 없이 추구하고, 거짓이 오래되면 반드시 본색을 드러내기 마련이지요. 그래서 이 요괴들도 일단 본색이 드러나면 즉시 사라져서 숨어버리는 것이외다."

"이제 잔치를 열어도 되겠습니까?"

"한 가지가 더 남아 있기는 하지만, 이처럼 놀랄 만한 것은 아니외다."

"아니, 한 가지가 더 있어요?"

"이것만 지나면 별일 없을 테니, 잔치를 열어도 될 것이외다."

"그건 언제 일어납니까?"

"내일 자정쯤에 일어날 것이외다. 그건 두 분에게 알리지 않고 제가 알아서 처리하겠소이다."

이에 두 사령관은 한없이 감사했다.

한편 은각대선은 밤새 애썼는데도 전혀 효과가 없자 또 마음이 답답해졌다. 그러자 녹피대선이 말했다.

"사형, 어째서 이번에는 여의구가 전혀 효험을 발휘하지 못하고 있는 건가요?"

"엊저녁에는 처음에 불 까마귀로 변신했지만 먹혀들지 않아서 다시 불 쥐로 변했는데, 그것도 먹혀들지 않아서 불 뱀으로 변했네. 하지만 그것도 먹혀들지 않아서 불 거북이로 변신했는데, 이것마저 통하지 않아서 결국 포기했네. 변신해도 뜻대로 되지 않고, 어찌 된 일인지 무슨 수를 써도 먹혀들지 않더라고."

"사형, 사형! 그 배에 있는 장 천사와 벽봉장로가 어떤 자들입니까? 그들을 무슨 수로 이기겠습니까?"

그러자 은각대선이 안색이 변했다.

"자네는 남을 추켜세우기만 하고 자기 편의 사기를 생각하지 않는구먼! 오늘 밤은 솥단지를 깨뜨리고 배를 가라앉힐 계책을 쓸 작정이네. 그래도 이기지 못하면 절대 돌아오지 않겠네!"

그는 이를 갈며 분에 차서 당장 명나라 함대를 뒤엎어 버리지 못해 안달이었다. 그러다가 한밤중이 되자 산언덕에 서서 여의구를 꺼내 들고 탄식했다.

"여의구야, 여의구야! 저들을 어찌지 못하면 나는 어쩌라는 말이냐! 이번에는 반드시 백만 명의 정예병이나 천 명의 맹장들처럼 위용을 발휘하여 자랑스럽게 칭송받을 공적을 세워다오. 그래야 너와 내가 한평생 함께한 보람을 저버리지 않을 수 있지 않겠느냐?"

그러자 여의구가 그 말을 알아들은 듯 바람을 맞아 "웅!" 하고 소리를 냈다. 은각대선이 무척 기뻐하며 말했다.

"네가 내 마음을 알아주면 됐다!"

그리고 여의구를 공중으로 내던지며 "변해라!" 하고 소리쳤다. 그 즉시 여의구는 하늘만큼 커다란 맷돌로 변해서 빙빙 돌며 바람을 타고 내려왔다. 은각대선이 또 당부했다.

"어서 다녀오너라."

그러자 맷돌이 명나라 함대를 향해 떨어져 내렸다. 하지만 벽봉장로는 이미 그 사실을 꿰뚫어 보고 있었다.

"아미타불! 이렇게 큰 맷돌이 떨어지면 우리 배들은 바로 침몰해 버리지 않겠는가! 그러면 우리 병사와 장수들도 고깃덩어리 신세를 면치 못하겠지."

그러면서도 그는 느긋하게 철여의(鐵如意)를 집어 들고 좌선하는 걸상의 모서리를 두드리며 소리쳤다.

"위타천존은 어디 있느냐?"

그 말이 떨어지기 무섭게 붉은 얼굴에 날카로운 송곳니를 드러낸 신장이 내려와 포권하며 물었다.

"부처님, 무슨 일로 부르셨사옵니까?"

"은각대선이 여의구에 술법을 부려 큰 맷돌로 만들어서 우리 함대를 치려 하니, 가서 그걸 가져오도록 하게."

위타천존은 즉시 상서로운 구름을 타고 공중으로 날아올랐다. 바로 그 순간 맷돌이 "쉬익!" 하는 소리와 함께 명나라 함대로 떨어져 내리고 있었다. 위타천존은 즉시 신통력을 발휘하여 한 손을 뻗어 맷돌을 받아 들고 소리쳤다.

"못된 것! 네가 감히 내 앞에서 주둥이를 나불대느냐!"

그러자 맷돌은 즉시 여의구의 모습으로 돌아갔다. 위타천존은 즉시 구름을 내려서 벽봉장로에게 그걸 바쳤다.

"그대는 이만 하늘로 돌아가라. 이후에 또 일이 생기면 부를 것이니라."

이에 위타천존은 자기 자리로 돌아갔다.

이튿날 두 사령관이 천엽연화대로 찾아와 문안 인사를 올리자 벽봉장로가 말했다.

"아미타불! 오늘은 두 분 사령관께 축하할 일이 있소이다."

"연일 놀라서 가슴 졸일 일만 있었는데, 국사님의 한없는 불법의 힘이 아니었다면 어찌 되었을지 상상만 해도 끔찍합니다! 그런데 갑자기 무슨 축하할 일이 있다는 말씀입니까?"

"연이어 몇 차례 재앙이 찾아왔는데도 다행히 안전하게 지킬 수 있었으니, 당연히 축하해야 하지 않겠소이까?"

"무슨 말씀이신지 좀 더 자세히 가르침을 내려 주십시오."

"말로만 해서는 믿기 어려울 테니, 직접 보여 드리겠소이다."

그는 즉시 소매에서 길이가 한 자쯤 되고 너비가 두 치쯤 되며, 반듯하지도 않고 둥글게 휘지도 않았지만 신령한 빛이 번쩍이며 살기를 가득 풍기는 물건을 꺼냈다. 하지만 두 사령관은 생전 처음 보는 물건이었다.

"그건 보물입니까, 아니면 재앙 덩어리입니까?"

"이건 여의구라고 하는 것으로 천변만화하여 예측할 수 없는 능력이 있고, 무엇이든 주인의 뜻대로 변할 수 있는 것이라오. 어제는 무게가 천만 근이나 되는 커다란 맷돌로 변해서 우리 함대를 향해 떨어져 내렸는데, 그대로 두었다가는 배들이 모두 침몰하여 우리 병사가 모두 고깃덩어리로 변할 뻔했소이다. 이러니 재앙 덩어리가 아니겠소?"

"그걸 어떻게 거둬들이셨습니까?"

"위타존자를 시켜서 가져오게 했소이다."

두 사령관이 연신 칭송했다.

"국사님의 광대한 신통력이 아니었다면 저희는 모두 가루가 될 뻔했군요!"

그러자 마 태감이 말했다.

"저희도 한 번 구경할 수 있을까요?"

벽봉장로가 마 태감에게 여의구를 건네주자 다들 돌아가며 살펴보았다.

"이 조그마한 것이 천만 근이나 나가는 맷돌로 변할 수 있다니!"

그러자 벽봉장로가 말했다.

"믿기 어려운 모양이구먼? 내가 직접 보여줄까?"

마 태감이 말했다.

"국사님 말씀을 누가 감히 믿지 않겠습니까? 다만 이것이 저절로 커지고 작아지고, 왔다 갔다 무궁한 변화를 일으키며, 사람의 뜻까지 알아듣는다고 하니, 정말 세상에 드문 보물이 아니겠습니까? 그러니 누가 감히 우습게 볼 수 있겠습니까?"

"보여주는 거야 어렵지 않네."

벽봉장로는 여의구를 받아 들고 공중으로 던지면서 "변해라!" 하고 소리쳤다. 그러자 여의구는 즉시 천만 근이나 되는 거대한 맷돌로 변해서 공중에서 이리저리 맴돌며 "쉬익! 쉬익!" 살벌한 소리를 냈다. 그걸 보고 다들 감탄했다.

"정말 대단한 보물이로구나!"

"정말 굉장히 영통한 물건일세!"

한편 어제 분노를 주체하지 못하고 여의구를 던지면서 명나라 함대를 박살 내서 통쾌한 승리를 기대했던 은각대선은 여의구가 감감무소식으로 돌아오지 않자 애가 탔다. 한밤중부터 아침을 먹을 때까지 기다렸지만 명나라 함대와 군대는 멀쩡하기만 하고, 심지어 여의구마저 돌아오지 않으니 속이 터질 노릇이 아닌가! 그는 돌문 아래 뻣뻣이 누워서 그저 죽고 싶은 생각뿐이었다. 그 순간 "쉬익! 쉬익!" 하는 소리가 들리는 것이 아무래도 자기 보물이 내는 소리 같았다. 이야말로 물건이 주인을 만났으니 반드시 취해야 한다는 상황이었다. 그가 벌떡 일어나 눈을 치뜨고 살펴보니 과연 자기의 보물이 허공에 유유히 떠서 "쉬익! 쉬익!" 소리를 내고 있었다. 이에 그가 손짓하자 그 맷돌은 함대 위를 날아 그의 손으로 떨어지면서 다시 여의구로 변했다. 은각대선이 기뻐 어쩔 몰라 하며 그것을 들고 나가려 하자, 녹피대선이 말했다.

"사형, 어찌 그렇게 후퇴를 모르고 나아가려고만 하시오? 정말 끝장을 봐야 그만둘 셈이오?"

"자네는 내 기분 상하게 할 생각은 그만하고, 자네 일이나 하게! 병법에도 적의 의표를 찌르라고 하지 않았는가? 저들은 내가 보물을 회수했다는 것을 모를 테니, 지금 내가 이걸 던져놓으면 저들은 무방비 상태에서 당하게 되지 않겠느냐 이걸세. 한 번만 뒤엎어 놓으면 나머지는 처리하기 쉽지!"

"이번에도 맷돌을 쓸 생각이오? 그럼 어제는 저들이 그걸 어떻게 가져가 버렸겠소? 그런데도 지금 또 그걸로 저들을 뒤엎겠다는 것이오?"

"그렇다면 다른 변화를 써서 저 김벽봉을 잡아 와 눈을 파 버리겠네."

그는 곧 여의구에게 몇 마디 당부하며 그것을 공중으로 던졌다.

그때 구름 속에서 한 무리 하얀 독수리들이 무리를 지어 날고 있었다. 그러자 이 여의구는 과연 즉시 하얀 독수리의 모습으로 변해서 다른 독수리들과 짝을 이루어 춤을 추며 날았다.

한편 벽봉장로는 사람들에게 보여주려고 여의구를 맷돌로 변하게 했는데, 뜻밖에 은각대선이 회수해 버리자 다들 원망을 퍼부었다.

"이게 다 마 태감이 보여 달라고 해서 이리 돼 버렸어. 이제는 더 볼 수도 없게 되었지 않은가!"

그러자 벽봉장로가 말했다.

"다들 원망하실 필요 없소이다. 조금 후면 그 보물이 다시 돌아올 테니까 말이오."

다들 벽봉장로의 말을 믿었지만, 이번만은 약간 미심쩍었다.

'화살에 놀란 새와 그물에서 겨우 빠져나간 물고기가 다시 돌아올 리 있겠어?'

그들은 한참 동안 하늘을 바라보았으나 맷돌은 보이지 않고, 애초에 아무 상관도 없는 몇 마리 하얀 독수리들만 춤추며 날아다닐 뿐이었다. 그때 벽봉장로가 잠깐 눈을 떴다가 즉시 다시 감더니, 한 손으로 바리때를 꺼내 승모 대신 머리에 썼다. 다들 그 모습을 보기는 했지만 무슨 영문인지는 전혀 몰랐다. 잠시 후 하얀 독수리 한 마리가 "휘익!" 하는 소리와 함께 벽봉장로의 바리때로 떨어져 내렸다. 벽봉장로가 바리때를 내리고 그걸 꺼내니, 하얀 독수리는 온데간데없고 예의 그 여의구가 나타났다.

두 사령관은 다시 여의구를 얻게 되자 무척 기뻐했다. 그러자 벽봉장로가 말했다.

"이건 두 분 사령관께서 간수해 두시구려."

삼보태감이 "아닙니다!" 하자 벽봉장로가 마 태감에게 물었다.

"다시 한번 보시겠는가?"

"아, 아닙니다!"

벽봉장로는 다시 다른 사람들에게 물었다.

"다시 한번 시험해 볼까요?"

"아닙니다!"

이에 벽봉장로는 사손 운곡에게 그것을 간수해 두라고 분부했다.

그때 삼보태감이 말했다.

"이 못된 도사 놈이 보물을 잃었으니 명줄도 사라진 셈이 되었군요. 내일은 장수들에게 군대를 이끌고 가서 그놈을 잡아 오라고 해야겠습니다."

그러자 왕 상서가 말했다.

"제게 창칼이나 군마를 쓰지 않고도 그 도사를 잡을 계책이 하나 있습니다."

"상서께서 그런 좋은 계책을 갖고 계시니, 그 일은 전적으로 맡기겠습니다."

그러자 왕 상서는 즉시 당영을 불러서 귓속말로 여차저차 분부하고, 또 왕명을 불러 귓속말로 여차저차 분부했다.

이튿날 당영은 황봉선과 함께 은각대선을 중군 막사로 끌고 왔고, 왕명은 홍라산 안락궁에 갇혀 있던 백오십여 명의 명나라 병사를 구해왔다. 그러자 삼보태감이 깜짝 놀라서 물었다.

"이 도사 놈은 그렇게 많은 군마를 잃고도 어쩌지 못했는데, 어떻게 이리 쉽게 잡아들일 수 있었소? 대체 누가 저놈을 잡아 온 것이오?"

그러자 황봉선이 대답했다.

"제가 왕 상서님의 명령을 받들어 잡아 왔습니다."

"상서께서 뭐라고 분부하셨던가?"

"저자가 다급해지면 신에게 도움을 청할 거라고 짐작하시고, 저더러 저번처럼 관음보살로 변장하고 왕명은 홍해아로 변장한 채 둘이 함께 조음동에서 기다리라고 하셨습니다. 그러자 과연 은각대선이 찾아와 머리를 조아리며 관음보살에게 자비를 베풀어 제 목숨을 구해 달라고 애원했습니다. 그자가 머리를 조아리고 기도할 때, 저희 둘이 재빨리 걸어 내려가서 오랏줄로 묶어 잡아 왔습니다."

"허허! 과연 상서께서는 만 리 밖을 내다보는 명철한 분이시구려. 한마디 말로 십만의 군사도 해내지 못한 일을 해내시다니! 그런데 이 백오십 명의 병사는 어떻게 구해 냈는가?"

이번에는 왕명이 대답했다.

"이들은 저 도사의 술법에 걸려 잡혀가 조음동 뒤편의 토굴에 갇혀 있었는데, 제가 내친김에 모두 구해왔습니다."

"다치거나 죽은 병사는 없는가?"

"한 사람도 다치거나 죽지 않았습니다."

"그대의 공 또한 적지 않네."

"제가 뭐 한 일이 있겠습니까? 모두 황 장군께서 해내신 일입니다."

황봉선이 말했다.

"저야 상서님의 명령대로 행한 것뿐인데, 무슨 공이라 할 게 있겠습니까?"

왕 상서가 말했다.

"이 모두 폐하의 홍복과 장수들의 노력 덕분이지, 제게 무슨 공이 있겠소이까?"

삼보태감이 말했다.

"다들 이렇게 공을 서로 양보하시니 참으로 가상한 일입니다!"

이어서 벽봉장로와 장 천사를 모셔 와서 은각대선의 처분에 대해 논의했다.

"오늘 요행히 이 은각대선을 사로잡았는데, 어떻게 처리하면 좋겠습니까?"

그러자 장 천사가 말했다.

"저번에 금각대선은 알고 보니 한 마리 소에 지나지 않았소. 그러니 이 자도 분명히 무슨 축생일 것이오. 국사님께 여쭈면 적당한 처분을 말씀해 주시지 않겠습니까?"

이에 벽봉장로가 장 천사에게 되물었다.

"소와 양 가운데 뭘 고르시겠는가? 저번에는 소였으니 이번에는 틀림없이 양일 것 같네만?"

"그래도 국사님께서 분명히 밝혀 주시는 게 좋겠습니다."

"보고 싶다면 보여줘야지."

그는 곧 무근수를 가져오라 해서 은각대선에게 한 모금을 내뿜었다. 그러자 과연 그는 새하얀 양의 모습으로 변했는데, 특히 두 개의 뿔은 은보다 더 새하얀색이었다. 그걸 보고 장 천사가 말했다.

"이따위 축생이 이리 큰 재앙을 일으키다니!"

두 사령관이 말했다.

"알고 보니 금각이니 은각이니 하는 호는 바로 그 실체를 따라 지은 것인데, 사람들이 제대로 간파하지 못했군요. 두 분 어르신, 이놈의 시체는 어디에 둘까요?"

벽봉장로가 말했다.

"그냥 버리시구려."

장 천사가 말했다.

"혹시 이놈이 또 무슨 변신술이 남아 있어서 후세 사람들에게 해를 끼칠까 걱정입니다."

그는 한 손에 칠성검을 들고 꾸짖었다.

"못된 짐승! 감히 사람의 가죽을 쓰고 신선 행세를 하여, 위로는 하늘의 법을 어기고 아래로는 군왕의 법을 어겼다. 네놈의 몸뚱이를 조각조각 잘라내고 가죽을 벗겨내도 그 죄를 다 씻지 못할 것이로다!"

그는 즉시 칼을 들어 가로로 한 번, 세로로 한 번 그어 양을 네 동강으로 만들어 버리고 나서, 부적을 한 장 사르고 그 불꽃을 이용해 은각대선의 몸뚱이를 화장해 버렸다.

그런 다음에도 장 천사는 분노가 아직 가라앉지 않았는데, 그때 호위병이 보고했다.

"녹피대선이 길이가 한 길이 넘고 폭이 일곱 자 남짓한 커다란 우산을 펼쳤는데, '휭휭!' 소리를 내며 공중에 떠 있습니다. 그자는 우산 위에 앉아 느긋하게 서쪽으로 향하고 있습니다."

그 말을 들은 장 천사가 호통을 내질렀다.

"버르장머리 없는 축생이 감히 어디로 도망치려고!"

그가 칠성검을 들고 세 번 휘두르자 칼끝에서 불길이 일어나며 즉시 부적을 한 장 살랐다. 그러자 서북쪽에서 구름이 피어나고 동남쪽에서 안개가 무럭무럭 솟아났다. 또 남쪽에서는 벼락이 울리면서 분을 칠한 듯 새하얀 얼굴에 세 개의 눈을 부릅뜬 신장이 두 손에 각기 금으로 된 벽돌과 불창을 들고 나타나서 장 천사 앞으로 걸어와 포권하며 허리를 숙였다.

"천사님, 무슨 일로 부르셨습니까?"

"그대는 어떤 신인가?"

"오늘 당직을 맡은 화광조사(華光祖師) 마 원수입니다."

"녹피대선이 요사한 술법을 써서 우산을 타고 서쪽으로 달아나고 있으니, 그놈을 잡아 가죽을 벗겨 오시오!"

마 원수는 즉시 바람 수레를 몰고 허공으로 날아올라 녹피대선을 쫓아가서 황금 벽돌로 그의 뒤통수를 갈겨 버렸다. 세상일이란 사악한 것이 정의로운 것을 이길 수 없고, 가짜는 진짜를 이길 수 없는 법. 그 한 방에 녹피대선은 즉시 거꾸로 떨어져 버렸다. 그러자 마 원수가 한 손으로 덥석 붙잡고, 다른 한 손으로 가죽을 확 벗기더니 바람 수레를 몰고 돌아와서 장 천사에게 건네주고 떠났다. 장 천사가 그 가죽을 보며 말했다.

"이건 사슴 가죽이로구먼."

그러자 두 사령관이 말했다.

"그야말로 제 명호에 딱 맞는군요. 그런데 천사님, 그 가죽은 어떻게 할까요?"

"마찬가지로 화장을 해야겠지요."

그런데 녹피대선의 영성이 아직 조금 남아 있었던지, 장 천사가 '화장'이라는 말을 하자마자 공중에서 고함을 질렀다.

"천사 나리, 동정을 베푸소서! 저희 형제가 비록 사람은 아니지만, 천여 년 동안 수행해서 겨우 이런 경지에 이르렀습니다. 일이 이 지경이 되기는 했지만, 애초에 여러 어르신께 함부로 덤비지 말았어야 했습니다. 다만 저희 두 사형은 자신들의 성격대로 행동했으니 죽어도 여한이 없겠지만, 사실 저는 분수를 알고 누차 사형들에게 그만두라고 충고했습니다. 오늘도 저는 싸울 생각을 하지 않고 도망치는 중이었는데, 나리들께서 쫓아오신 게 아닙니까? 떠난 자는 쫓지 않는 법인데, 이번에는 나리들께서도 조금 지나치신 게 아닙니까? 나리들, 제가 이제까지 어렵게 수행해왔고, 또 오늘 이렇게 얼른 잘못을 뉘우치고 있사오니, 이 점을 고려하셔서 제발 그 가죽을 제게 돌려주십시오!"

가죽은 벗겨졌으나 이 말은 제법 설득력이 있었다. 그런데 다들 그 말에 신경도 쓰지 않았지만, 자비로운 벽봉장로는 그의 하소연을 듣고 나자 나서서 물었다.

"아미타불! 축생아, 이 가죽은 어디에 쓰려고 굳이 달라고 하는 것이냐?"

"그 가죽이 없으면 새로운 목숨으로 태어나기 위해 아주 많은 고생을 해야 하기 때문입니다."

"됐다! 이 가죽을 돌려주기도 어려울 뿐 아니라, 네가 새로운 목숨으로 다시 태어나기도 힘든 일이다. 내 생각에는 네가 그냥 홍라산의 녹피산신(鹿皮山神)이나 되는 게 낫겠구나."

"그것도 괜찮긴 합니다만, 증빙 서류가 없습니다."

"장 천사, 그대가 그걸 마련해 주시게."

장 천사는 감히 다른 말을 못 하고 즉시 종이를 한 장 꺼내서 '홍라산 녹피산신 증명서'라고 큼직하게 쓰고 불을 살라 그에게 주었다. 그러자 녹피대선의 영혼이 말했다.

"감사합니다! 정말 감사합니다!"

그러자 벽봉장로가 말했다.

"한 가지 더 당부할 게 있다. 이 산에서 지내면서 너는 복은 내리되, 절대 재앙을 내려서는 안 된다. 이곳을 지나는 배에 순풍을 불어 주고, 절대 역풍을 불어서는 안 된다. 알겠느냐!"

"예, 명심하겠습니다!"

"이를 어기면 즉시 너를 음산 뒤쪽으로 보내 영원히 다른 생명으로 태어나지 못하게 할 것이다."

"절대 분부를 어기지 않겠습니다!"

훗날 홍라산의 신은 무척 영험하여 이곳을 왕래하는 배나 원주민이 질병이나 가뭄, 홍수가 생겼을 때 이곳에서 기도하면 반드시 소원이 이루어졌고, 이 때문에 백 리 밖에서부터 이곳을 찾는 서양 사람들의 행렬이 끊이지 않았다고 한다. 또 이곳에 '녹피신사(鹿皮神祠)'라는 현판이 걸린 사당을 세우기도 했으니, 이 모두 벽봉장로가 제도하여 교화한 공덕, 즉 연등고불이 인간 세상에 태어나 쌓은 공덕 덕분이다.

두 사령관이 감탄해 마지않자 벽봉장로가 말했다.

"이 세 명의 요사한 신선을 무사히 넘겼으니, 함대도 순조롭게 항해할 수 있게 되었구려."

삼보태감이 말했다.

"벌써 출항 명령을 내렸습니다."

그렇게 한나절쯤 가면서 각자의 공적을 기록하고 상을 내렸는데, 그 일이 끝나자마자 호위병이 보고했다.

"앞쪽에 나라가 하나 있는데, 해안에서는 제법 멀리 떨어져 있습니다."

이 나라가 무슨 나라인지, 또 여기서는 무슨 장애가 없는지는 다음 회를 보시라.

삼보태감三寶太監
서양기西洋記 통속연의通俗演義 {5권}

초판 인쇄 2021년 6월 23일
초판 발행 2021년 6월 30일

저　자 | (명) 나무등
역　자 | 홍상훈
발행자 | 김동구
디자인 | 이명숙 · 양철민
발행처 | 명문당(1923. 10. 1 창립)
주　소 | 서울시 종로구 윤보선길 61(안국동)
　　　　우체국 010579-01-000682
전　화 | 02)733-3039, 734-4798, 733-4748(영)
팩　스 | 02)734-9209
Homepage | www.myungmundang.net
E-mail | mmdbook1@hanmail.net
등　록 | 1977. 11. 19. 제1~148호

ISBN 979-11-91757-05-7 (04820)
ISBN 979-11-91757-00-2 (세트)

20,000원